KB218098

차마 못다 한 이야기들

TOUTES CES CHOSES QU'ON NE S'EST PAS DITES

by Marc Levy

Copyright © 2008 – Editions Robert Laffont / Susanna Lea Associates
All rights reserved.

Korean translation Copyright © Yolimwon Publishing co., 2023
Korean edition is published by arrangement with Editions Robert Laffont / Susanna Lea Associates
through Sibylle Books Literary Agency, Seoul.

이 책의 한국어판 저작권은 시빌에이전시를 통해
Editions Robert Laffont / Susanna Lea Associates와 독점 계약한 열림원에 있습니다.
저작권법에 의해 한국 내에서 보호를 받는 저작물이므로 무단전재와 무단복제를 금합니다.

TOUTES CES CHOSES QU'ON NE S'EST PAS DITES

차마 못다 한 이야기들

마르크 레비 장편소설 | 강미란 옮김

MARC LEVY

열림원

"세상을 보는 두 가지 방법이 있다.
하나는 그 어떤 것도 기적이 아니라고 보는 것,
나머지 하나는 모든 것이 기적이라
생각하는 것이다."

– 아인슈타인

뻴린과 루이에게 이 책을 바친다.

1

"나 어때?"

"한번 돌아볼래? 다시 좀 보게."

"스탠리! 머리끝부터 발끝까지 지켜보고 있는 게 벌써 삼십 분째야. 더는 정말 못 서 있겠어."

"일단 길이를 좀 줄이는 게 좋겠어. 네 다리처럼 아름다운 다리를 감추는 건 있을 수도 없는 일이니까 말이야."

"스탠리!"

"내 의견을 듣고 싶었던 것 아니었어? 그래, 안 그래? 다시 한 번 돌아봐. 이번엔 정면을 좀 봐야겠다. 음, 내가 생각했던 그대로인걸? 앞이 파인 것과 뒤가 파인 것이 똑같잖아. 하긴 뭐, 옷에 얼룩이 지거나 한다면 돌려 입을 수 있으니 그거 하나는 좋네……. 앞이랑 뒤가 어쩜 이렇게 똑같을 수 있어?"

"스탠리!"

"난 일단 웨딩드레스를 세일 기간에 산다는 생각 자체가 정말 마음에 안 들어. 차라리 인터넷으로 주문을 하지 그래? 내 의견을 원한다고 했지? 이게 바로 내가 생각하고 있는 바야."

"그래픽 디자이너 월급이 뻔하잖아. 더 이상 비싼 걸 살 수가 없어."

"화가 혹은 아티스트라고 하면 안 돼? 내가 21세기식 단어에 치를 떤다는 걸 잘 알면서 왜 그래?"

"내가 컴퓨터로 작업한다는 거 몰라? 색연필 시대는 갔어, 스탠리."

"크로키를 그리고 멋진 캐릭터를 만들어내는 게 내 제일 친한 친구가 하는 일이야. 컴퓨터로 일을 하든 말든, 내 친구는 아티스트야. 컴퓨터 그래픽 디자이너가 아니라고! 별걸 갖고 다 트집이다, 정말!"

"그래서 길이를 줄여, 말아?"

"오 센티만 줄이자. 어깨 부분도 좀 줄이고, 특히 허리를 좀 더 잘록하게 해야 해."

"이제 좀 감이 잡히네. 너는 지금 이 드레스가 마음에 안 드는 거야, 그렇지?"

"내가 언제 맘에 안 든다고 했던가?"

"어쨌든 그렇게 생각하잖아."

"그러지 말고, 내가 돈을 보탤 테니 '안나 마리에'에 가보

10

자. 내가 이렇게 빈다. 딱 한 번만 내 얘기 좀 들어."

"드레스 하나에 만 달러나 하는 그 집? 미쳤어, 정말! 네 형편으로도 살 수 없는 곳이야, 거기는. 그리고 이건 그냥 결혼식일 뿐이야, 스탠리."

"네 결혼식!"

"나도 알아!"

줄리아는 결국 한숨을 내쉬었다.

"너희 아버지 부자잖아. 그 돈이면……."

"내가 아빠를 마지막으로 본 건 어느 신호등 앞이었어. 난 신호를 기다리고 있었고, 아빠는 차에 타고 있었어. 5번가로 내려가는 중이었겠지……. 벌써 6개월 전 일이야. 이 정도면 말 다 한 거 아닌가?"

줄리아는 어깨를 한번 으쓱 하더니 이윽고 탈의실 단상에서 내려왔다. 스탠리가 줄리아를 붙잡아주며 꼭 껴안았다.

"줄리아. 너한테는 세상의 모든 드레스가 다 잘 어울릴 거야. 난 그저 네 웨딩드레스니까 예쁘고 완벽했으면 하는 거지. 차라리 네 신랑한테 드레스를 선물해달라고 하면 어떨까?"

"아담의 부모님께서 결혼식 비용을 다 대시잖아. 그리고 그 집안에서 아담이 불쌍하고 가난한 아가씨와 결혼을 한다는 얘기가 나오는 게 싫어."

스탠리는 사뿐사뿐 가게 안을 가로질러 가더니 진열대 가까이에 있는 옷걸이 쪽으로 다가갔다. 계산대에 팔을 괴고 잡담을 나누는 가게 직원들에게 스탠리의 행동은 안중에도 없었다. 그는 하얀 새틴 소재의 타이트한 드레스를 꺼내들더니 돌아서며 말했다.

"이 드레스 딱 한 번만 입어봐. 그럼 더 이상 아무 말도 안할게."

"사이즈가 55야? 난 절대 못 입을걸?"

"내가 방금 뭐라고 말했니?"

줄리아는 어이없다는 표정을 짓더니 스탠리가 가리키는 탈의실로 발걸음을 옮기며 말했다.

"55사이즈야, 스탠리!"

그렇게 몇 분이 흘렀고, 탈의실의 커튼이 닫힐 때도 그랬듯 갑자기 휙 하고 열렸다. 스탠리는 감탄하며 소리를 질렀다.

"이 정도는 돼야 줄리아의 웨딩드레스지! 그 단상 위에 한번 올라서봐."

"혹시 거중기 같은 거 있니? 드레스가 너무 껴서 움직이질 못하겠거든……."

"정말 잘 어울린다!"

"뭐 하나라도 먹었다가는 실밥이 다 터지겠는데?"

"신부는 결혼식 날 아무것도 먹으면 안 돼! 가슴 부분만 조금 터주면 근사할 것 같아. 근데 도대체 여기 직원들은 왜 일을 안 하는 거야? 알 수가 없네, 정말!"

"지금 신경이 곤두서야 할 사람은 네가 아니고 나야!"

"누가 신경이 곤두섰다고 그러는 거야? 이게 다 결혼식이 나흘 앞으로 다가왔는데 나 아니면 웨딩드레스 하나 못 사는 네가 답답해서 그러는 거 아냐!"

"요즘 일이 많아서 그랬어. 말이 나와서 하는 얘긴데, 오늘 일 아담한테는 절대 말하지 마. 한 달 전부터 이미 모든 준비가 끝났다고 그랬거든."

스탠리는 의자 팔걸이 위에 무심코 내던져진 옷핀 꽂이를 들었다. 그리고 줄리아 앞에 무릎을 꿇고 앉았다.

"네 남편은 자기가 얼마나 운 좋은 남자인지 모를 거야. 네가 지금 얼마나 예쁜지 알아?"

"왜 자꾸 가시 박힌 소리를 하는 거야? 아담이 맘에 들지 않는 이유가 또 뭔데?"

"너희 아빠를 닮았어⋯⋯."

"그게 무슨 소리야? 하나도 안 닮았어. 게다가 얼마나 싫어하는데."

"아담이 너희 아빠를 싫어한다고? 그거 하나는 마음에 드네."

"아니, 우리 아빠가 아담을 싫어해."

"너희 아빠는 너랑 가까운 사람은 다 싫어하잖아. 만일 네가 개를 키우고 있었다면, 아마 확 물어치우고 말았을걸!"

스탠리의 말에 줄리아가 웃으며 대답했다.

"틀린 말은 아니네. 만일 나한테 개가 있었다면, 분명 우리 아빠를 물어버렸을 거야."

"아니, 내 말은 너희 아빠가 네 개를 물어버렸을 거라고."

스탠리는 일어서더니 드레스의 보정 상태를 보기 위해 뒤로 몇 걸음 물러섰다. 그러더니 고개를 끄덕거리고 곧 깊은 한숨을 내쉬었다.

"또 무슨 일이야?"

줄리아가 물었다.

"드레스가 정말 최고야. 아니, 네가 너무 예쁘다는 말이 더 맞겠지. 허리를 조금만 줄이고 나서 밥 먹으러 가자."

"오늘은 네가 가고 싶은 곳으로 가. 어디든지!"

"햇볕이 좋으니까 테라스 있는 곳이면 어디든지 오케이지. 단, 그늘 아래여야 한다는 조건에서 말이야. 아, 조건이 하나 더 있다. 그만 좀 움직여. 거의 완벽에 가까운 이 드레스 보정을 일단 마쳐야지!"

"완벽이면 완벽이지 왜 거의 완벽이야?"

"세일 품목이니까."

때마침 점원 한 명이 줄리아와 스탠리의 곁을 지나며 혹시 필요한 게 있느냐고 물었다. 그러자 스탠리는 아무것도 필요 없다는 손짓을 하며 점원을 따돌렸다.

"과연 올까?"

"누구?"

줄리아가 물었다.

"누구긴 누구야, 너희 아빠지!"

"우리 아빠 얘기 좀 그만 할 수 없어? 벌써 몇 달째 연락이 없다고 내가 말했니, 안 했니!"

"그래서 뭘 어쨌다고……"

"안 올 거야."

"너희 아빠한테 연락한 적 있어?"

"난 아빠 비서한테 내 사생활에 대해 말하는 데 지쳤어. 우리 아빠는 늘 출장중이거나 회의중이라서 딸이랑 통화할 시간이 없거든."

"아빠한테 청첩장은 보냈지?"

"계속 더 할래, 정말?"

"거의 끝났어! 뭐랄까, 오래된 커플 같은 느낌이랄까? 지금 너희 아빠는 질투를 하고 있는 거야. 모든 아빠들이 다 질투를 하지. 그러다 곧 말 거야."

"우리 아빠 편을 들어준 건 이번이 처음인 것 같은데? 네 말대로 우리가 정말 오래된 커플 같은 거였다면, 이미 이혼을 해도 몇 번은 했을걸!"

줄리아의 핸드백에서 〈I Will Survive〉의 멜로디가 들려왔다. 스탠리는 줄리아에게 시선을 던지며 물었다.

"전화 받을래?"

"아담 아니면 스튜디오일 거야……."

"움직이지 마. 겨우 보정한 걸 다 망칠 셈이니? 전화 갖다줄게."

스탠리는 온갖 잡동사니가 다 들어 있는 줄리아의 핸드백 속으로 손을 집어넣었다. 그리고 얼른 휴대폰을 꺼내 줄리아에게 넘겼지만 전화 멜로디는 온데간데없이 사라져버렸다.

"끊겨버렸네!"

줄리아가 한숨을 내쉬며 말하고는 발신번호를 확인했다.

"아담이야 스튜디오야?"

줄리아가 얼굴이 굳어져 말했다.

"둘 다 아니야."

스탠리는 줄리아를 뚫어지게 쳐다보았다.

"스무고개로 맞춰볼까?"

"아빠 회사였어."

"그럼 다시 전화해봐."

"미쳤니? 그쪽에서 다시 하겠지!"

"방금 전에 그쪽에서 했잖아."

"아빠가 아니고 비서였어. 비서 전화번호야."

"청첩장을 보낸 이후부터 이 전화를 기다렸던 거 아냐? 유
치하게 굴지 마, 줄리아. 결혼을 코앞에 둔 신부는 스트레스를
받지 말아야 해. 너 입술이 퉁퉁 부르트거나 목에 열꽃이라도
피기를 원하는 거야? 당장 전화해봐."

"내가 왜? 아빠가 한 달 전부터 약속이 잡힌 출장을 가야 하
기 때문에 내 결혼식에 참석할 수 없고, 그래서 정말 미안해한
다는 얘기를 왈라스한테 전해듣기 위해서? 아니면 마침 내 결
혼식 날 너무 중요한 사업 약속이 있어서 못 온다는 얘기? 아
니면 알 수 없는 또 다른 변명을 듣기 위해서 내가 꼭 전화를
해야 해?"

"누가 알아? 네 결혼식에 참석하게 되어서 너무 기쁘다는
소식을 듣게 될지 말이야. 서로 다른 점을 이해해가며 행복하

게 살 수 있도록 축하해주고 싶다는 소식을 들을 수도 있지!"

"우리 아빠는 명예니 뭐니 하는 것 따위에는 관심도 없어. 만일 내 결혼식에 온다고 하더라도 분명 구석 탈의실 옆에 자리를 잡을 게 뻔해. 물론 옷을 정리해주는 아가씨가 예쁘다는 조건 하에서 말이야."

"이제 그만 좀 미워하고 다시 전화를 해보는 게 어떨까, 줄리아? 아니면 네 마음대로 해. 괜히 아빠가 오나 안 오나 신경만 쓰면서 결혼식을 망치든 말든 무슨 상관이야!"

"차라리 그렇기라도 하면 네가 골라준 드레스가 찢어질까 두려워 맛있는 음식 하나 못 먹는 처지를 잠시라도 잊을 수 있지 않을까?"

그러자 스탠리는 가게 문 쪽으로 걸어가며 심정이 상한 듯 말했다.

"알았어, 알았다고! 점심식사는 다음에…… 네가 기분이 더 좋을 때 하기로 하자."

정신없이 탈의실 단상에서 내려오는 바람에 다리까지 접질릴 뻔한 줄리아는 얼른 스탠리를 향해 달려가 그의 어깨를 잡았다. 그리고 이번에는 그녀가 그를 품에 꼬옥 안았다.

"미안해, 스탠리. 그렇게 말하려고 했던 건 아닌데, 정말 미안해."

"네 아빠 얘기니? 아니면 말도 안 되는 걸 골라서 너한테 입어보게 한 드레스 얘기야? 이거 한 가지만은 분명히 해두겠는데 네가 허겁지겁 단상에서 뛰어내려도, 또 아무리 고삐 풀린

망아지처럼 움직인다 해도 드레스에는 아무 문제 없다고!"

"스탠리, 네가 골라준 드레스는 정말 예뻐. 그리고 넌 나의 둘도 없는 친구지. 네가 없었다면 난 결혼 생각은 꿈에조차 하지 않았을 거야."

스탠리는 줄리아를 가만히 쳐다보았다. 그리고 주머니에서 실크로 된 손수건을 꺼내더니 가장 친한 친구인 줄리아의 젖은 눈을 닦아주었다.

"너 정말 내 팔짱을 끼고 입장하겠다는 거야, 아니면 어이없게도 나를 너의 그 악명 높은 아버지라고 속이겠다는 거야?"

"웃기지 마. 우리 아빠의 역할을 하기에 너는 주름살이 너무 없잖아."

"덕분에 너는 더 젊어지는 거잖아, 이 바보야! 자기를 칭찬해주는 것도 몰라?"

"스탠리! 결혼식 때 난 너와 함께 입장을 할 거야. 너 아니면 또 누가 있겠니?"

스탠리는 이내 미소를 지어 보였다. 그러더니 줄리아의 휴대폰을 가리키며 나지막한 목소리로 말했다.

"네 아빠한테 얼른 전화해봐. 그러는 동안 나는 손님을 알아보지도 못하는 답답한 점원한테 몇 가지 지시사항을 알려줘야겠어. 그래야 내일 모레 정도에 드레스를 찾을 수 있을 테니까. 그리고 밥 먹으러 가자. 빨리 전화해, 줄리아. 배고파 죽을 지경이야."

말을 마치고 스탠리는 곧 돌아서더니 계산대를 향해 갔다.

가는 중에 그는 흘끔 줄리아를 쳐다보았다. 조금 망설이는가 싶더니 줄리아는 이내 전화기를 꺼내들었다. 그 틈을 타 스탠리는 조심스레 수표를 꺼내 드레스 값을 계산했고, 수선할 부분에 관해 설명을 했다. 마지막으로 그는 48시간 내에 드레스가 완성되어야 한다고 부탁하는 것을 잊지 않았다. 영수증을 받아든 스탠리는 줄리아 쪽을 바라보았다. 마침 줄리아가 스탠리를 향해 다가오고 있었다.

"전화 했어? 오신대?"

다급해진 스탠리가 묻자 줄리아는 고개를 저었다.

"이번에는 또 무슨 핑계를 대서 올 수 없다는 거야?"

줄리아는 깊은 한숨을 내리쉬더니 스탠리의 눈을 똑바로 쳐다보며 말했다.

"아빠가 죽었대!"

줄리아와 스탠리는 한동안 아무 말 없이 그저 서로를 바라보기만 했다.

"이건 정말 뭐라고 할 수 없는 변명인걸?" 하고 스탠리가 속삭였다.

"지금 그런 말이 나오니?"

"나도 당황해서 그래. 그런 말을 하려던 건 아니었는데, 나도 내가 왜 그랬는지 모르겠다. 어떻게 하지? 정말 미안하게 됐다."

"난 아무 느낌 없어. 가슴이 아프지도 않고, 코끝이 찡하거나 그런 느낌조차 없어."

"곧 그렇게 될 거야. 아직은 믿기지가 않아서 그래."

"웬걸, 너무나 현실적으로 다가오는데 뭐."

"아담한테 알려야겠지?"

"아니, 지금은 아니야. 좀 나중에."

스탠리는 걱정스러운 눈빛으로 줄리아를 바라보았다.

"남편이 될 사람한테 너희 아버지가 돌아가셨다는 사실을 말하고 싶지 않은 거야?"

"어젯밤 파리에서 돌아가셨대. 비행기로 시신이 보내지면 나흘 후에 장례식을 치를 예정인가봐."

줄리아는 들릴락말락하는 작은 목소리로 말을 이었다. 그녀의 말을 들은 스탠리는 손가락으로 뭔가를 세어보더니 눈을 똥그랗게 뜨며 말했다.

"그럼 이번주 토요일이네?"

"그것도 토요일 오후. 내 결혼식이 거행되는 시간……."

줄리아가 웅얼거렸다.

이 말을 듣고 스탠리는 곧 계산대로 가서 드레스 값으로 낸 수표를 다시 찾아오더니 줄리아를 끌고 밖으로 나갔다.

"가자. 내가 점심 살게."

*

뉴욕은 6월의 화사한 빛으로 가득 차 있었다. 줄리아와 스탠리는 9번가를 지나 프랑스 식당인 파스티스로 향했다. 파스티스는 한창 변화의 물결에 휩쓸리고 있는 거리 분위기에 아랑 곳 않고 자리를 지키는 그야말로 원조 식당이었다. 몇 년 전부 터 '미트 패킹 디스트릭트'의 옛 창고 자리가 뉴욕에서 내로라 하는 명품점과 디자이너 숍들에 자리를 내주고 있었다. 고급 호텔과 가게들이 정신없이 들어서기 시작했고, 예전에 철도가 있었던 자리는 10번가까지 연결되는 산책로로 거듭났다. 오래 전 문을 닫은 공장 하나는 재건축이 되어 1층에는 유기농 슈퍼 가 있었고, 2층부터 4층까지는 영화사며 광고사들이 자리를 차지하고 있었다. 그 건물의 5층이 바로 줄리아가 일하는 스튜 디오였다. 저 멀리로는 새로 단장한 허드슨 강의 둑길이 자전 거를 타거나 조깅을 하는 사람들, 그리고 우디 알렌의 영화 속 에 나오는 맨해튼 벤치를 아끼는 사람들에게 긴 산책로를 제 공하고 있었다. 목요일 저녁부터 이곳은 강을 건너와 온갖 술 집이나 유행하는 식당에서 여유로운 시간을 보내고 즐기려는 사람들로 옥작댔다.

파스티스의 테라스에 자리를 잡은 스탠리는 카푸치노 두 잔 을 주문했다.

"아담한테 전화를 했어야 했는데."

줄리아가 뭔가 꺼림칙한 표정을 지으며 말했다.

"너희 아버지의 부음 소식을 전하는 거라면 했어도 벌써 했 어야지. 그럼, 당연하고말고. 하지만 너희 둘의 결혼식을 미뤄 야 한다는 말이라면…… 그래서 신부님, 피로연 식사 관계자, 초대객들, 아담의 부모님한테도 알려야 한다는 얘기라면……

아니다. 그건 지금 당장 급한 일이 아니니까 좀 기다린다고 치자. 어쨌든 오늘은 날씨가 끝내주잖아, 줄리아. 그러니까 괜히 이 소식으로 벌써부터 하루를 망치게 하느니, 좋은 날씨를 조금이나마 더 즐길 수 있도록 한 시간 정도만 더 여유를 주자. 그리고 넌 지금 상중이야. 뭘 해도 다 이해가 된다 이거지. 그러니 너도 즐겨!"

"아담한테 어떻게 말을 꺼내지?"

"아버지의 장례식과 결혼식이 한날한시에 있다는 사실이 얼마나 소화하기 힘든 일인 줄은 아담도 당연히 알겠지! 그리고 네가 혹시라도 두 가지 일을 다 치를 생각을 하고 있다면 당장 아서라. 말도 안 돼. 그나저나, 하느님! 어쩌다 이런 일이 생겼단 말입니까!"

"이게 하느님 때문에 생긴 일이니? 날을 이렇게 고른 건 우리 아빠야. 그 누구도 아니고 아빠 자신이 이 날을 골랐어."

"설마 너희 아빠가 네 결혼식을 망치려는 목적 하나 때문에 어제 저녁 파리에서 생을 마감하겠다고 결심을 했을까? 물론 일생의 마지막 장소로 파리를 선택한 데에는 적극 동의를 한다만……."

"네가 잘 몰라서 하는 소린데, 날 짜증나게 하는 일이면 뭐든지 할 사람이 우리 아빠야!"

"카푸치노나 마셔, 줄리아. 당분간은 쏟아지는 햇살을 마음껏 즐기고, 조금 있다가 아담한테 전화하자."

2

에어 프랑스 보잉 747기의 바퀴가 굉음을 내며 케네디 공항
의 활주로 위로 미끄러져내렸다. 줄리아는 대합실의 큰 창을
통해 마호가니로 된 기다란 관 하나가 타르막 활주로에 세워
진 영구차로 옮겨지는 모습을 바라보았다. 그때 공항경찰 한
명이 줄리아를 찾아 대합실로 들어왔고, 곧 줄리아는 부친의
비서, 약혼자인 아담, 그리고 스탠리와 함께 비행기까지 연결
되는 승합차에 올랐다. 비행기 가까이에 내리자 미국세관 담
당자가 봉투 하나를 줄리아에게 건넸다. 그 봉투 안에는 공문
서 몇 장과 손목시계, 그리고 여권이 들어 있었다.
    줄리아는 여권을 넘겨보았다. 여권 안에는 안토니 왈슈의
마지막 몇 달을 기억하는 비자가 여럿 붙어 있었다. 베를린,

23

홍콩, 봄베이, 사이공, 시드니…… 줄리아에게는 낯설기만 한 도시들, 아버지와 함께 여행하고 싶었던 수많은 나라들.

네 명의 남자들이 관을 두고 바쁘게 움직였다. 그러는 동안 줄리아는 학교 마당에서 아무것도 아닌 일로 다투던 어린 시절, 아버지가 떠났던 기나긴 출장의 기억을 떠올렸다.

수많은 밤을 이제나저제나 아버지가 돌아오기만을 기다렸다. 그리고 아침마다 학교로 가는 길의 보도블록 위에서는 단 한 번도 실수하지 않고 잘 뛰어넘어가면 아빠가 곧 돌아온다고 상상의 놀이를 하며 숱한 나날들을 보냈다. 그러다 가끔은 매일밤 드린 기도 중에 간절한 소원 하나가 이루어지기도 했다. 줄리아의 방문이 열리고 마술 같은 빛이 쏟아져 들어오더니, 이윽고 그 속에서 아버지 안토니 왈슈가 나타나 보였던 것이다. 침대맡에 앉은 그는 이튿날 아침 잠에서 깬 줄리아가 쉽게 찾아볼 수 있도록 이불 위로 작은 선물을 하나 놓아두곤 했다. 출장으로 다닌 각 나라의 이야기를 전해줄 물건을 잊지 않고 선사하는 아버지가 있어 줄리아의 어린 시절은 행복했다.

그러나 이내 어머니의 건강에 문제가 생겼다. 줄리아가 기억하는 첫 번째 사건은 어느 일요일 영화관에서였다. 한참 영화를 보는 도중 어머니가 난데없이 왜 불이 꺼졌냐며 줄리아에게 다그쳤다. 숭숭 구멍이 뚫려버린 어머니의 영혼. 영혼의 구멍은 끊임없이 커졌으며 그 수도 늘어나 어느 날엔가는 부엌과 피아노 방을 구별도 못 할 정도가 되어버렸다. 그날 줄리아의 어머니는 그랜드 피아노가 없어졌다며 참을 수 없는 비명을 질러댔다. 결국 그녀는 주위 사람들의 이름까지도 깡그리 잊고 마는 지경에 이르게 되었다. 줄리아를 보며 "이 예쁜 아이가 내 집에서 무얼 하는 거지"라고 말했던 날의 고통…… 평소 담배를 피우지도 않으면서 난데없이 담배에 불을 붙이려다 나이트가운에 불을 옮긴 날, 어머니가 타오르는 불길을 보며 그 광경에 넋을 잃어 꼼짝 못 하고 있다가 구급차에 실려갔던 오래전 12월 그날의 끝없는 허무감…….

줄리아의 어머니는 끝까지 딸을 알아보지 못하다가 몇 년 후 뉴저지의 어느 병원에서 숨을 거뒀다. 이렇게 줄리아는 상중에 사춘기를 맞았고, 아버지의 비서와 매일 저녁 수업내용을 복습하며 하루하루를 보냈다. 아버지의 출장은 횟수도 기간도 점점 늘어가기만 했다. 이후 줄리아는 대학에 입학했으나, 유일하게 그녀를 사로잡는 일을 하기 위해 곧 그만두었다. 바로 캐릭터를 만들어내고, 그 캐릭터에 색을 입히며, 컴퓨터 프로그램을 통해 삶을 불어넣는 일이었다. 줄리아가 그려내는 캐릭터 동물들은 마치 사람과도 같았다. 연필을 한 번 스윽 움직였을 뿐인데도 그녀에게 미소를 지어 보이는 벗이 되었고, 믿고 비밀을 나눌 수 있는 존재가 되었다.

"이 신분증이 부친의 것이 틀림없습니까?"

세관 직원의 목소리를 듣고서야 다시 현실로 돌아온 줄리아는 가볍게 고개를 끄덕였다. 직원이 서류에 사인을 한 후, 안토니 왈슈의 사진 위로 도장을 찍었다. 부재 말고는 더 이상 추억이 없는, 도장 찍힌 도시로 가득한 여권의 마지막 검사였다.

관이 검은색 차 안으로 옮겨졌고, 스탠리가 조수석에 자리했다. 아담은 바로 그날 오후 자신의 아내가 될 뻔했던 줄리아를 위해 차의 문을 열어주었다. 안토니 왈슈의 비서는 유해와 가장 가까운 자리인 간이의자에 앉았다. 시동 걸린 차가 덜컹 움직이기 시작했고, 모두가 687번 도로를 타고 공항을 나섰다.

차는 북쪽을 향해 달렸다. 그 누구도 말을 하지 않아 조용하기만 했다. 왈라스는 세상을 떠난 사장의 관에서 한시도 눈을 떼지 않았다. 스탠리는 자신의 손을, 아담은 줄리아를, 그리고 줄리아는 뉴욕 변두리의 회색빛 풍경을 하염없이 바라보았다.

"어느 쪽으로 가실 건가요?"

롱 아일랜드 분기점에 접어들자 줄리아가 기사에게 물었다.

"화이트스톤교로 가려는데요."

기사가 곧 줄리아에게 대답했다.

"브루클린교를 이용해도 될까요?"

이 말에 기사는 곧 방향신호등을 켜더니 차선을 변경했다.

"너무 돌아가는 거 아냐? 기사님이 말씀하신 길이 더 빠를 텐데."

아담이 줄리아에게 조용히 속삭였다.

"어차피 오늘 하루는 망쳤잖아. 즐기게 두는 것도 나쁘지 않을 것 같아."

"누구를 두고 하는 말이야?"

아담이 물었다.

"우리 아빠. 마지막으로 월 스트리트, 트라이베카, 소호를 다 볼 수 있게 해주려고. 가는 김에 센트럴 파크도 가지, 뭐."

"당신 말이 맞아. 오늘 하루는 제대로 망쳤지. 정말 아버지를 기쁘게 해드리고 싶다면 말이야……."

이렇게 몇 마디를 내뱉더니 아담이 다시 말을 꺼냈다.

"우선은 신부님께 우리가 좀 늦는다고 연락을 드려야 하지 않을까?"

"아담, 혹시 개 좋아하세요?"

스탠리가 아담에게 물었다.

"네. 그렇다고 볼 수 있죠. 근데 개들이 저를 싫어해요. 그 질문은 왜 하시는 건지……."

"그냥 생각나서 물어봤어요."

아담은 이렇게 대답하며 차창을 열었다.

영구차는 맨해튼의 남쪽 섬을 지나 북쪽을 향했다. 그리고 한 시간 정도 지났을까, 드디어 233번가에 도착했다.

우드런 묘지 정문이 열리면서 영구차는 작은길로 접어들었다. 작은 로터리와 수많은 묘를 지나 호수로 이어지는 냇물길을 건넌 영구차는 새 주인을 맞기 위해 갓 파놓은 묏자리 길 앞에 멈춰 섰다.

사제 한 명이 그곳에 와 기다리고 있었다. 파인 묏자리에 두 개의 받침대가 올려져 있었고, 그 위로 안토니 왈슈의 관이 놓였다. 아담은 마지막으로 장례절차를 의논하기 위해 사제를 만나러 갔다. 스탠리가 줄리아를 감싸안으며 말했다.

"무슨 생각 해?"

"몇 년 동안이나 말도 붙여보지 못한 아버지를 땅속에 묻는 이 순간에 내가 무슨 생각을 하냐고? 너는 정말 당황스런 질문을 던지는 데 있어서 선수감이야, 스탠리."

"이번엔 농담이 아니라 심각하게 묻는 거야. 바로 지금, 넌 무슨 생각을 하고 있지? 이걸 잘 기억해둬야 해. 넌 평생 이 순간을 기억하게 될 테니까 말이야. 내 말을 믿어."

"엄마 생각을 했어. 엄마가 하늘나라에서는 아빠를 알아볼까? 아니면 아직도 망각에 빠진 채로 구름 속 어딘가를 헤매고 다니지나 않을까……."

"이젠 하느님을 믿는 거야?"

"아니. 하지만 사람 일이라는 게 늘 좋은 일만 있는 건 아니니까."

"너한테 고백 하나 할게, 줄리아. 절대 나를 놀리지 않겠다고 약속해. 실은 난 시간이 지나면 지날수록, 더욱 더 하느님을 믿게 돼."

스탠리의 말에 줄리아가 슬픈 미소를 지으며 대답했다.

"신이 존재한다는 사실이 아빠에게 좋은 소식이 될지는 의문이야."

이때 아담이 줄리아와 스탠리의 곁으로 오며 물었다.

"다 왔으면 식을 시작해도 되냐고 신부님이 물으시는데?"

"우리 넷밖에는 없는걸, 뭐."

줄리아가 비서 왈라스에게 가까이 오라는 손짓을 하며 덧붙였다.

"여행을 많이 다니는 외로운 떠돌이들의 문제가 바로 이런 거지. 가족이며 친구는 세계 곳곳에 흩어져 있는 지인일 뿐이야……. 지인들이 장례식에 참여하는 일은 드물지. 장례식이야말로 어떤 도움을 준다거나 호의를 베풀기에 가장 부적절한 날이니까. 사람은 혼자 태어나고 혼자 죽는 거야."

"이건 부처님의 말씀이지! 자기 아버지는 아일랜드 출신의 가톨릭 신자였잖아."

아담이 대답하자 스탠리가 한숨을 쉬며 말했다.

"도베르만! 엄청나게 큰 도베르만이 아담 당신에게 딱 어울려요!"

"왜 자꾸 나한테 개 얘기를 하는 겁니까?"

"그냥요. 별 뜻은 없어요."

사제는 줄리아의 곁으로 다가와, 혼배성사를 주고 싶었으나 부친의 장례를 먼저 치르게 되어 정말 유감이라고 말했다. 그러자 줄리아가 사제에게 물었다.

"한 번에 결혼과 장례를 다 집전할 수는 없나요? 하객 따위는 어차피 신경 쓰지도 않으니까요. 그리고 하느님에게 중요한 건 본인들의 의사가 아닌가요?"

이 말에 스탠리는 그만 참지 못하고 웃음을 터뜨렸다. 그러나 사제는 몹시 언짢아했다.

"무슨 말씀을 그렇게!"

"그렇게 어리석은 아이디어는 아닌 것 같은데요? 덕분에 우리 아버지도 제 결혼식에 참석할 수 있게 되니까요!"

"줄리아!"

이번에는 아담이 줄리아를 나무랐다.

"반응을 보아하니 그리 좋은 생각은 아니었나보네요."

줄리아는 할 수 없이 생각을 접기로 했다.

"마지막으로 몇말씀 하시겠습니까?"

사제가 줄리아에게 물었다. 그러자 줄리아는 관을 뚫어지게 쳐다보며 말했다.

"그럴 수만 있으면 얼마나 좋겠어요……."

그리고 줄리아는 비서 왈라스에게 발언권을 넘기며 말을 이었다.

"왈라스는 할 말이 있을 것 같은데…… 어쨌든 아빠하고는 가장 가까운 사이였잖아요."

"저도 마찬가지입니다. 달리 무슨 말을 할 수가 없을 것 같네요. 그리고 사장님과 저는 말없이 소통하는 데 익숙했습니다. 정 한마디 한다면…… 이건 사장님께가 아니라 줄리아 양에게 드리는 말입니다만, 줄리아 양은 사장님이 단점이 참 많은 사람이었다고 생각하시죠? 물론 가끔은 어렵기도 하고, 괴상하며, 엉뚱하기까지 하셨지요. 하지만 의심할 여지 없이 정말 좋은 사람이었다는 것만은 꼭 알아주시기 바랍니다. 그리고 사장님은 줄리아 양을 무척 사랑하셨습니다."

이 말에 줄리아는 눈물을 글썽하였고, 그녀를 바라보던 스탠리가 괜히 잔기침을 하며 말했다.

"내가 세어보기로는 한마디를 훨씬 넘은 것 같은데……."

기도를 모두 올린 사제가 기도서를 덮자 다음으로 안토니 왈슈의 관이 내려졌다. 줄리아는 왈라스에게 장미 한 송이를 건넸다. 미소를 지어 보인 왈라스가 장미를 다시 줄리아에게 돌려주며 말했다.

"먼저 하시죠."

목관 위로 떨어진 장미 꽃잎이 하나, 둘 흩뿌려지고…… 이어 세 송이의 장미가 안토니 왈슈의 관 위로 떨어졌다. 그러고 난 뒤 고인의 마지막 가는 길에 함께했던 네 사람이 발길을 돌렸다.

묘를 뒤로하고 나오는 길 저편으로 두 대의 승용차가 보였고, 아담이 줄리아를 데리고 차 쪽으로 걸어갔다. 줄리아가 고개를 들어 하늘을 바라보며 말했다.

"구름 한 점 없네. 온통 하늘색이야, 온통. 너무 덥지도, 너무 춥지도 않고, 오한의 기미도 없는…… 결혼하기 정말 좋은 날이야."

"또 이런 날이 있겠지. 너무 걱정하지 마."

아담이 줄리아를 달래며 말했다. 그러자 줄리아가 두 팔을 벌리며 대답했다.

"이런 날? 오늘 같은 하늘이 있는 그런 날? 오늘처럼 날씨가 좋은 날? 나무들이 녹색으로 물들고, 오리가 호수 위에 떠 있는 그런 날이 온다고? 내년 봄을 기다린다면 또 모를까!"

"가을 날씨도 좋잖아. 내 말을 믿어. 그런데 언제부터 오리를 좋아했어?"

"오리가 나를 좋아하는 거야. 방금 전에 봤어? 아빠 무덤 곁 연못 위에 오리들이 몇 마리나 떠 있었는지 알아?"

"아니, 신경 안 썼는데."

아담은 갑자기 들떠 보이는 줄리아가 조금은 걱정되어 대답했다.

"열 마리도 넘게 있었어. 나비넥타이를 한 열 마리도 넘는 청둥오리들이 바로 저기에 있다가 장례식이 끝나자마자 떠나가버렸지. 내 결혼식에 오려고 했던 오리들이었는데, 대신 나를 보러 아빠의 장례식에 온 거야!"

"줄리아, 오늘 같은 날 당신의 기분을 상하게 할 생각은 없어. 하지만 오리가 나비넥타이를 했다는 건 좀……."

"자기가 뭘 안다고 그래? 오리 그림을 그려나봤어? 난 해봤어! 그러니까 오리가 정장을 하고 나타났다고 하면 그런가보다 하고 믿어!"

줄리아가 이렇게 소리를 치자 아담이 대답했다.

"알았어, 줄리아. 오리들은 모두 연미복을 차려입고 있었어. 이제 그만 돌아가자."

스탠리와 왈라스가 줄곧 차 옆에서 그들을 기다리고 있었다. 그래서 아담은 줄리아를 데리고 얼른 자리를 뜨려 했다. 하지만 줄리아가 이번에는 잔디밭 안의 어느 비석 앞에서 걸음을 멈추는 것이었다. 그녀는 바로 자기 발밑에 묻힌 이의 이름을 읽으면서 이미 한 세기도 넘어버린 그 사람의 생일을 확인했다.

"아는 사람이야?"

아담이 물었다.

"할머니야. 우리 가족 모두가 이 묘지에 묻혔지. 내가 왈슈 가문의 마지막 자손이라고 할 수 있어. 아일랜드, 브루클린, 시카고 여기저기에 떨어져 살고 있는 얼굴도 모르는 몇몇 친척들을 제외한다면 말이야. 조금 전에는 미안했어. 내가 좀 심했지?"

"괜찮아, 줄리아. 결혼식을 올려야 할 날에 아버지의 장례를 치렀잖아. 신경이 날카로워지는 게 당연해."

아담과 줄리아는 길을 걸었다. 이제 몇 미터만 가면 두 대의 승용차가 주차되어 있는 곳이었다. 아담이 하늘을 올려다보더니 말했다.

"자기 말이 맞아, 줄리아. 오늘 날씨는 정말 좋군. 그리고 당신 아버지는 마지막 가는 날까지 우리를 난처하게 한 게 틀림없어."

이 말을 들은 줄리아는 갑자기 걸음을 멈추더니 잡고 있던 아담의 손을 뿌리쳤다.

"그런 식으로 쳐다보지 마, 줄리아! 아버지가 돌아가시고 수십 번도 더 한 말이잖아."

아담이 애원하며 말했다.

"그래 맞아. 난 내가 원한다면 몇 번이고 할 수 있는 말이야. 하지만 자기는 달라! 스탠리랑 함께 타. 난 다른 차를 탈래."

"줄리아! 정말 미안해⋯⋯."

"미안해할 필요 없어. 오늘은 혼자 있고 싶어. 그리고 자기 말처럼 떠나는 그날까지 우리를 곤란하게 만든 내 아버지의 짐을 정리할래."

"내가 한 말이 아니잖아! 당신이 먼저 꺼낸 말이야, 알아?"

아담이 소리치자 줄리아는 차 안에 올라 차 문을 닫기 전에 한마디 던졌다.

"마지막으로 말할게, 아담. 우리가 결혼하는 날엔 오리가 있었으면 좋겠어. 청둥오리로 십여 마리 정도!"

줄리아가 탄 차가 묘지 밖으로 사라졌다. 제법 화가 난 아담은 뒷자리로 가서 왈라스의 곁에 자리를 잡았다.

"아니면 폭시 종류의 개는 어때요? 그리 크진 않지만 잘 물거든요……."

조수석에 앉은 스탠리가 말했다. 그리고 곧 그는 기사에게 출발하자는 신호를 보냈다.

3

줄리아가 탄 차는 갑작스런 소나기 속에 5번가로 내려갔다.
교통체증으로 몇 분 전부터 아예 멈춰 서 있는 차 안에서 줄리
아는 58번가 길 모퉁이의 장난감 가게 쇼윈도를 하염없이 바
라보고 있었다. 그녀는 진열장에 전시된 푸르스름한 털이 달
린 거대한 수달 인형을 즉시 알아보았다.

틸리는 어느 토요일 오후에 태어난 캐릭터였다. 그날도 어
찌나 비가 많이 내렸던지, 줄리아의 사무실 창문 위로 흐르는
비는 마치 철철 넘치는 냇물과도 같았다. 골똘히 상념에 빠져
있던 줄리아에게 한없이 퍼붓는 비는 강물처럼 느껴졌었다.
나무로 된 창틀은 아마존의 어느 강어귀처럼 보였고, 비에 쓸
려 한데 뭉친 낙엽은 혼란에 빠진 수달 마을에서 멀리멀리 떠

나 홍수에 떠밀려갈 작은 수달의 집처럼 보였었다.

그다음 날 밤에도 비가 많이 내렸다. 혼자 작업 스튜디오에 남은 줄리아는 그날 밤 수달 캐릭터의 첫 스케치를 마쳤다. 그 이후 얼마나 많은 시간을 모니터 앞에서 보냈던가. 하늘빛 수달에게 생명을 불어넣기 위해 줄리아는 그림을 그렸고, 색을 입혔고, 각종 표정과 몸짓을 만들어내었다. 몇 번이나 밤늦은 회의를 했는지, 틸리와 자신의 이야기를 들려주기 위해 바쳐야 했던 주말이 몇 번이나 되는지 다 기억하기란 불가능했다. 그렇게 거둔 틸리 캐릭터의 성공은 꼬박 이 년을 고생한 줄리아와 오십 명의 직원들에게 뜻 깊은 보상이 되었다.

"여기서 내릴게요. 집까지는 걸어갈 수 있어요."

줄리아가 기사에게 말했다. 그러자 기사는 날씨가 너무 험하다며 걱정했다.

"오늘 일어난 일 중에 처음으로 마음에 드는 건데요!"

줄리아는 말을 마침과 동시에 급히 차 문을 닫고 내렸다. 기사는 줄리아가 장난감 가게 쪽으로 뛰어가는 모습을 겨우 볼 수 있었다. 쇼윈도 속의 틸리는 소나기 따위는 안중에도 없이 그저 줄리아의 방문에 미소를 짓고 있는 것 같았다. 줄리아는 저도 모르게 틸리에게 인사를 했다. 그랬더니 웬걸, 생각지도 않게 틸리 옆에 서 있던 꼬마 여자아이가 줄리아에게 답인사를 건네는 것이었다. 아이의 엄마는 급히 아이의 손을 낚아채며 밖으로 나가려 했다. 하지만 아이는 안 나가려 떼를 쓰며 거대한 수달 인형을 끌어안았다. 줄리아는 몰래 두 모녀의 실랑이를 지켜보았다. 아이는 틸리에게 붙어 꼼짝하지 않았고, 엄마는 인형에게서 떼어놓기 위해 아이의 손가락을 때렸다. 줄리아는 결국 가게 안으로 들어가 곧장 모녀의 곁으로 다가 갔다.

"틸리는 요술을 부릴 줄 안답니다. 알고 계셨어요?"

"점원이 필요하면 그때 부르도록 하지요!"

딸아이를 무섭게 쏘아보며 아이의 엄마가 줄리아에게 대답 했다.

"전 이곳의 점원이 아니에요. 이 아이의 엄마죠."

"뭐라고요? 말도 안 되는 소리! 제가 이 아이의 엄마예요!"

아이의 엄마가 이번에는 목소리를 한층 높여 말대꾸를 했다.

"그게 아니라 틸리의 엄마라고요. 아주머니 따님이 무척 마 음에 들어하는 저 인형이요. 제가 만들어낸 인형이에요. 따님 에게 틸리를 선물하고 싶은데, 그래도 될까요? 조명이 강한 쇼 윈도에 홀로 있는 틸리를 보는 게 영 마음에 걸려서요. 강한 조명 때문에 얼마 안 있어서 털 색깔이 변할지도 몰라요. 틸리 는 회색빛이 감도는 푸른색 털을 가진 데 대해 늘 자랑스러워 했거든요. 틸리의 어깨, 목, 배, 그리고 입 부분에 맞는 색깔을 찾아주기 위해서 저희 팀이 얼마나 많은 시간을 보냈는지 몰 라요. 틸리는 홍수 때문에 집을 잃었답니다. 그런 틸리에게 다 시 미소를 찾아주기 위해서는 그럴 수밖에 없었어요."

"아가씨의 틸리 인형은 계속해서 이 가게에 있게 될 거고, 제 딸아이는 밖에 나왔을 때 항상 엄마 곁에 붙어 있는 법을 배우게 될 것 같군요!"

아이의 손을 모질게 끌어당기며 그 엄마가 말했다. 얼마나 세게 당겼는지 아이는 그만 잡고 있던 틸리 인형을 놓치고 말았다.

"틸리에게 친구가 생기면 좋을 텐데!"

줄리아도 질세라 고집을 부렸다.

"아니, 지금 이 인형 좋자고 그러는 거예요?"

아이의 엄마는 당황해하며 줄리아에게 물었다.

"오늘은 특별한 날이니까요. 틸리도 저도, 그리고 따님도 모두 좋아할 거예요. 어머니께서 허락만 하시면 세 사람이 기뻐하게 될 텐데, 한 번쯤 생각해보시죠."

"싫습니다. 앨리스가 선물을 받는 일 따위는 일어나지 않아요. 더군다나 알지도 못하는 사람한테서라면 말이죠. 이만 가보겠습니다."

아이의 엄마가 멀어져가며 말했다.

"앨리스도 선물을 받을 자격이 있는 거 아닌가요? 십 년이 지난 뒤에 그때가서 후회하지 마세요!"

줄리아도 질세라, 화를 참으며 대꾸했다. 그러자 아이의 엄마가 걸음을 멈추고는 조금은 거만한 표정으로 줄리아에게 한마디 했다.

"아가씨는 인형을 낳았는지 모르겠는데, 저는 이 아이를 낳았어요. 그러니 그런 교훈 따위를 저에게 늘어놓을 생각은 하지도 마세요!"

"어머니 말이 맞아요. 확실히 아이와 인형은 다르죠. 아이에게 낸 상처는 실로 꿰맨다고 해서 없어지지 않으니까요!"

흥분한 아이의 엄마가 가게를 나섰다. 그리고 두 모녀는 뒤도 돌아보지 않고 5번가 쪽으로 사라졌다.

"미안해, 틸리. 난 말주변도 없고, 사교성도 없나봐. 너도 날잘 알잖아. 내가 그쪽 방면에 있어서 많이 약하다는 걸. 하지만 걱정 마. 너도 곧 새로운 가족을 찾게 될 거야. 너만의 가족을 말이야."

방금 벌어진 일을 지켜보고 있던 가게 주인이 다가오며 말했다.

"줄리아! 이게 얼마만이에요. 마지막으로 본 지가 벌써 한 달은 족히 된 것 같네요."

"요즘 일이 좀 바빠서요."

"틸리가 아주 인기예요. 벌써 열 번째 주문상품입니다. 나흘 정도 전시를 해두면 금방 팔리곤 하지요."

가게 주인은 틸리를 다시 제자리에 갖다놓으며 줄리아를 안심시켰다. 그리고 덧붙여 말했다.

"근데 이놈은 벌써 이 주째 이 자리를 지키고 있네요. 하기야 요즘 같은 날씨로는……."

"그게 뭐, 날씨 탓인가요? 이 틸리는 진짜예요. 그러니 좀 까다롭죠. 틸리 스스로가 새 가족을 찾아야 하니까요."

줄리아의 대답에 가게 주인은 재미있다는 듯 말했다.

"우리 가게에 올 때마다 같은 말씀을 하시네요, 줄리아."

"모든 틸리가 다 하나밖에 없는 유일한 창조물이에요."

줄리아는 이렇게 말하고 가게를 나섰다. 어느새 비가 멈춰 있었다. 가게를 떠난 줄리아는 맨해튼 아래쪽으로 내려갔다. 그녀의 모습이 군중 속으로 유유히 사라졌다.

*

비에 젖어 무거워진 나뭇잎 때문일까, 호라치오 거리의 나무들은 허리를 잔뜩 구부리고 있었다. 저녁이 되자, 허드슨 강을 침대 삼은 해가 뉘엿뉘엿 넘어가는 모습이 보였다. 따사로운 붉은 빛이 웨스트 빌리지의 길거리를 비추고 있었다. 줄리아는 집 앞 그리스 식당의 사장에게 인사를 했다. 저녁 손님을 받기 위해 테라스를 정리하고 있던 사장은 줄리아에게 테이블을 하나 비워두는 게 좋을지 물었다. 줄리아는 공손히 거절하면서 일요일 오전에 브런치를 하러 오겠노라고 약속했다.

줄리아는 그녀가 살고 있는 작은 건물 입구의 문을 열고 들어갔다. 그녀의 아파트가 있는 2층까지 올라가보니, 마지막 계단에 앉아 기다리고 있는 스탠리가 보였다.

"어떻게 들어왔어?"

"아래 부티크 사장 있잖아, 지무어 씨가 열어줬어. 내가 그 사람을 좀 도와줬거든. 그리고 잠깐 얘기도 나눴어. 그나저나 새로 들어온 구두 신상품 봤어? 정말 예쁘더라. 아니 요즘은 어떤 사람들이 그 비싼 구두를 사서 신는대?"

"주말이면 쇼핑백을 한 아름 들고 지무어 씨 가게를 들락날락거리는 사람들이 얼마나 많은데! 그런 비싼 구두 사 신는 사람들 많아."

줄리아는 답을 해주고 나서 아파트의 현관을 열며 스탠리에게 물었다.

"뭐 필요한 거라도 있어서 왔어?"

"아니. 너에게 말동무가 필요할 것 같아서. 내 말이 맞지?"

"버림받은 강아지마냥 불쌍하게 쳐다보는 네 눈을 보자니, 과연 우리 둘 중 누가 더 외로움에 몸서리를 치는지 궁금한 걸?"

"그래! 내가 오늘 네 자존심 지켜준다. 초대받지도 않았는데 불쑥 찾아온 건 다 내 탓이라고 해두지, 뭐!"

줄리아는 레인코트를 벗어 벽난로 옆 안락의자 위로 내던졌다. 그녀의 아파트에서는 건물 벽을 가득 덮은 등나무 덕분인지 좋은 향기가 났다.

"너희 집은 정말 분위기가 좋은 것 같아."

스탠리가 소파 위로 몸을 내던지며 감탄조로 말했다.

"올해는 꼭 그렇게 될 거야."

"꼭 그렇게 되다니, 무슨 소리를 하는 거야?"

"이 낡은 아파트 위층을 뜯어고치려고. 맥주 한 잔 할래?"

"안 돼, 살쪄! 포도주 한 잔이라면 또 모를까."

줄리아는 식탁 위로 치즈 한 접시를 내었고, 포도주도 한 병따서 올려놓았다. 이어 카운트 베이지의 앨범을 튼 그녀는 스탠리에게 식탁으로 와서 앉으라고 신호를 보냈다. 포도주 상표를 확인하더니 놀란 표정을 짓는 스탠리를 보고 줄리아도 식탁에 앉으며 말했다.

"진짜 파티 같지? 이백 명이 넘는 하객과 각종 먹거리가 없을 뿐이지, 눈이라도 감으면 정말 내 결혼식에 온 것 같지 않겠어?"

"우리 춤출까?"

스탠리가 물었다. 그러더니 줄리아의 대답은 아예 들을 생각도 않고 그녀를 일으켜세우고는 곧 스윙을 했다.

"진짜 파티니까……."

스탠리의 말을 듣고 줄리아가 그제야 그의 어깨에 머리를 기대었다.

"스탠리, 네가 없었다면 어쩔 뻔했을까?"

"아무것도 못했겠지. 예전부터 알고 있던 바야."

노래가 끝이 났고, 스탠리도 자리로 돌아가 앉았다.

"아담한테 전화는 한 거야?"

그날 오후 줄리아는 홀로 오랜 시간을 걷고 난 후에야 비로소 아담에게 전화를 걸어 미안하다고 했다. 아담은 혼자 있고 싶은 줄리아의 마음을 이해해주었다. 그리고 그는 장례식 때 괜히 섣부른 행동을 해 미안하다고 전했다. 줄리아와 헤어진 후 만난 아담의 어머니가 아들의 무례함을 나무란 모양이었다. 아담은 그날 저녁 남은 주말을 가족과 함께 보내기 위해 부모님의 별장으로 내려간다는 말을 잊지 않았다.

"솔직히 너희 아버지의 장례식이 오늘인 게 어쩌면 잘된 일이 아닐까 하는 생각이 들어."

스탠리가 포도주를 따르며 줄리아에게 속삭이듯 말했다.

"넌 정말 아담을 싫어하는구나!"

"그런 말은 안 했어!"

"난 솔로로 사는 사람이 이백만 명도 넘는 이 도시에서 삼 년이나 혼자 살았어. 아담은 신사적이고, 너그럽고, 남을 배려할 줄 알고, 호감을 주는 사람이야. 바쁘고 불규칙한 내 일도 다 이해를 해줘. 나를 행복하게 해주기 위해서 정말 최선을 다하지. 그리고 무엇보다 아담은 날 사랑해, 스탠리. 그러니 제발 부탁이야. 아담을 좀 이해해줘."

"너의 약혼자에게 감정이 있는 건 아니야. 아담은 정말 완벽한 남자니까. 하지만 몇 가지 필요한 장점을 갖고 있다는 것만으로 네 곁에 있는 그런 남자가 아니라, 너의 넋을 빼앗아갈 만한 남자, 너를 사로잡는 그런 남자와 더 어울릴 것 같아 하는 소리야. 비록 결점이 많다고 해도 말이야."

"지금 네가 나한테 충고할 입장이니? 그러는 넌 왜 혼자야, 그럼?"

"난 혼자가 아니야. 사랑하는 사람을 잃었을 뿐이지. 엄연히 다른 거 아닌가? 내가 사랑했던 그 남자는 죽었지만, 나를 완전히 떠난 것은 아니야. 병원에서 에드워드가 얼마나 멋졌는지 네가 봤어야 했어. 너무 아팠지만 그의 멋진 모습은 하나도 변하지 않았지. 항상 유머가 넘쳤어. 떠나기 전 마지막 말까지 말이야."

"마지막 말이 뭐였는데?"

줄리아는 스탠리의 손을 잡으며 물었다.

"사랑해!"

줄리아와 스탠리는 아무 말 없이 잠시 서로를 바라보았다. 그러다 스탠리가 일어나 겉옷을 챙겨입고는 줄리아의 이마에 가볍게 입을 맞추며 말했다.

"집에 가서 잘래. 네 말이 맞아. 오늘밤은 네가 아니라 내가 더 외로운가봐."

"잠깐만 있어봐, 스탠리. 에드워드의 마지막 말이 너를 사랑한다는 거였어?"

"그건 기본이지. 날 두고 바람피우다 병에 걸려 죽었잖아."

스탠리가 웃음을 지어 보이며 말했다.

*

아침이 밝았다. 소파에서 잠이 들었던 줄리아가 눈을 떠보니, 지난밤 스탠리가 덮어준 담요가 눈에 띄었다. 시간이 조금 흐른 뒤, 줄리아는 아침식사용 그릇 아래 넣어둔 스탠리의 메모를 발견했다. 내용은 이러했다.

'아무리 우리가 서로에게 못할 말을 해가며 상처를 준다 해도, 넌 역시 나의 가장 절친한 친구야. 나도 사랑해. 스탠리가.'

4

열 시경, 오늘 하루를 스튜디오에서 보내기로 한 줄리아가
길을 나섰다. 해야 할 일도 있었고, 아무것도 하지 않으면서
시간을 보내거나, 어차피 며칠 후면 다시 어질러질 물건을 정
리하면서 하루를 보내는 것이 무의미하다고 생각했기 때문이
었다. 그렇다고 해서 스탠리를 만날 심산으로 그에게 전화해
봤자 소용없는 일이고. 브런치를 먹자고 불러내거나 달콤한
시럽을 곁들인 팬케이크로 슬슬 달래지 않는 이상, 오늘도 역
시 스탠리는 오후 늦게야 일어날 게 뻔했기 때문이다.

호라치오 거리는 여전히 한산했다. 줄리아는 파스티스 식당
테라스에 앉아 있던 몇몇 이웃들에게 인사를 건네고 나서 서
둘러 발걸음을 옮겼다. 9번가 쪽으로 올라가면서 아담에게 몇

마디 다정한 문자메시지를 보내고, 두 블록을 더 가서 그녀는 첼시 파머스 마켓 건물로 들어갔다. 엘리베이터를 타고 마지막 층에서 내린 그녀는 스튜디오 문의 보안창에 배지를 갖다 댄 다음 이윽고 육중한 철문을 열어젖혔다.

스튜디오 안에는 세 명의 그래픽 디자이너들이 있었다. 그들의 안색과 휴지통에 버려진 종이컵 수를 세어보건대, 밤을 꼬박 새우고 작업을 했음에 틀림없었다. 며칠 전부터 줄리아 팀의 골머리를 썩게 하고 있는 문제가 아직도 해결이 되지 않은 모양이었다. 요는 이렇다. 곧 닥칠 사마귀 군단의 공격으로부터 성을 보호해야 할 잠자리 군단을 움직이게 할 수 있는 프로그램을 아직 그 누구도 짜내지 못한 것. 벽에 붙은 계획표상으로는 오는 월요일에 사마귀 군단의 공격 장면을 만들어내야 한다. 그러니 월요일까지 잠자리 군단이 행동개시를 하지 않을 경우, 적군의 손에 아성이 넘어가는 참사를 당해야 하거나 혹은 사마귀 군단 작업이 늦어지는 수밖에 없다. 줄리아에게는 이 두 경우 모두 있을 수 없는 일이었다.

줄리아는 바퀴 달린 의자를 끌어다 두 명의 그래픽 디자이너 사이에 자리를 잡았다. 우선 그들의 작업 상황을 체크한 줄리아는 응급조치를 취해야겠다는 결정을 내렸다. 그녀는 곧 전화기를 들고 팀원 하나하나에게 전화를 하기 시작했다. 전화를 할 때마다 일요일 오후를 망치게 되어서 정말 미안하다고 말하는 것을 잊지 않았다. 이렇게 줄리아는 팀원 모두를 회의실로 집합시켰다. 모든 프로그램을 처음부터 끝까지 다시 체크하는 한이 있더라도, 월요일까지는 무조건 잠자리 군단이 움직이도록 만들 생각이었다.

어제 밤을 새운 팀이 잠시 쉬는 동안, 줄리아는 얼른 뛰어나가 팀원들에게 줄 샌드위치, 과자 등 먹을 것을 한 아름 샀다.

점심때가 되자, 줄리아의 전화를 받은 서른일곱 명의 팀원이 스튜디오로 나왔다. 아침나절만 해도 조용했던 스튜디오는 어느새 일러스트레이터, 그래픽 디자이너, 프로그래머, 애니메이션 전문가들이 서로의 작업 결과와 엉뚱하기까지 한 의견을 주고받느라 정신없는 시장통으로 변했다.

오후 다섯 시, 새로 들어온 신입 한 명이 프로그램 진전의 실마리를 찾아낸 듯하여 팀원 모두가 회의실로 모이게 되었다. 찰스는 들어온 지 일주일도 채 안 된 그야말로 신입사원이었다. 줄리아가 찰스에게 발견한 프로그램에 대해 설명을 해달라고 부탁하자, 그는 떨리는 목소리로 알아들을 수 없는 말을 웅얼거리기만 했다. 팀장은 찰스를 격려해주기는커녕, 말솜씨가 왜 저러냐며 괜히 놀리기까지 했다. 적어도 그 놀림을 뒤로 하고 몇 초간 키보드를 두드리던 찰스가 자신이 짜낸 프로그램의 결과를 보여주기 전까지는 말이다. 모니터를 통해 보인 잠자리들은 날개를 움직이더니 원을 그리며 하늘을 날았다. 이 장면을 보자, 노닥거리며 찰스를 놀려대던 웃음소리가 싹 사라졌다.

찰스를 격려하는 줄리아에 이어 나머지 서른다섯 명의 직원들도 그에게 박수를 보내주었다. 이제 남은 작업은 무장을 한

740마리의 잠자리 떼를 움직이게만 하면 되는 것이었다. 이번에는 사람들이 신입인 찰스의 설명에 귀를 기울여주었다. 찰스는 방금 만든 프로그램을 되풀이할 수 있게 하는 또 다른 프로그램에 대해 설명했다. 바로 이때 전화벨이 울렸다. 전화를 받은 직원은 줄리아에게, 그녀에게 온 전화라는 것과 용건이 위급한 것 같다는 신호를 보냈다. 그러자 줄리아는 옆에 있던 직원에게 찰스의 설명을 잘 들어놓으라고 부탁하고는 곧 그녀의 방으로 가서 전화를 받았다.

*

줄리아는 그녀가 살고 있는 건물 1층의 부티크 사장인 지무어 씨 목소리를 단번에 알아차렸다. 물어볼 필요도 없이 수도가 잘못되어 그녀의 아파트에서 물이 샌다는 내용일 것이다. 그렇게 천장을 통해 샌 물은 그나마 세일 기간이 되어서야 줄리아 월급의 1.5배나 하는 구두 위로 뚝뚝 떨어졌을 것이다. 작년에도 같은 일이 있어 줄리아는 잘 알고 있었다. 당시 그녀의 아파트에서 샌 물 때문에 손해를 입은 지무어 씨에게 손해 배상을 해주며 보험회사 직원이 요금을 알려주었던 것이다. 그날 줄리아는 집을 나서며 골동품 세탁기의 연결 수도를 잠그는 것을 그만 깜빡했었다. 하지만 얼마든지 일어날 수 있는 문제가 아니던가!

그때 보험회사 직원이 확실하게 말했었다. 이런 일로 손해

배상을 담당하는 것은 정말 이번이 마지막이라고 말이다. 그것도 그 직원의 아이들이 틸리의 팬이어서 틸리가 나온 만화 영화의 DVD를 사준 이후 일요일은 편하게 지낼 수 있었기에 가능한 일이었다고 했다. 그렇기 때문에 이번만큼은 회사가 줄리아와의 보험계약을 해지하지 않도록 하기 위해 자기가 애를 한번 써보겠다는 것이었다.

보험 일은 그렇게 처리가 되었지만 지무어 씨와의 관계를 회복하는 데는 더 큰 노력이 필요했다. 스탠리의 집에서 열리는 추수감사절 파티에 초대를 하는가 하면, 성탄 즈음에는 친하게 지내자는 제안을 하기도 하고, 그밖에 이루 말할 것 없는 각종 배려가 지무어 씨와의 원만한 관계 유지에 절대적으로 필요했다. 지무어 씨로 말할 것 같으면, 상냥한 성격과는 담을 쌓은 사람이었다. 세상만사에 자기만의 확고한 의견이 있었으며, 자신이 한 말이 아닌 이상 웃음을 보여주는 경우도 드물었다. 줄리아는 숨을 한번 길게 내쉬고, 벌어진 불상사에 대해 조곤조곤 설명을 늘어놓을 지무어 씨의 잔소리에 대비했다.

"여보세요, 줄리아?"

"네, 지무어 씨. 무슨 일이 생겼는지는 모르겠지만, 정말 어찌할 바를 모르겠어요."

"나만큼이나 그럴까요? 지금 우리 가게에 얼마나 손님이 많은지 알아요? 게다가 줄리아가 없는 동안 배달된 물건 때문에 신경을 쓰지 않아도 내가 해야 할 일이 얼마나 많은데요!"

줄리아는 일단 쿵쾅거리는 마음을 진정시키고, 도대체 무슨 일이 벌어지고 있는지 알아보기로 했다.

"무슨 배달을 말씀하시는 건가요?"

"배달을 시킨 줄리아가 더 잘 알겠지요!"

"죄송하지만, 전 배달을 시킨 적이 없는데요. 그리고 배달을 시킨다 해도 저는 늘 제 회사로 시켜요."

"이번에는 집으로 배달을 시켰나보죠. 우리 부티크 앞에 엄청나게 큰 트럭이 주차를 하고 있어요. 일요일이 우리 부티크에 있어서는 가장 중요한 날이에요. 저 트럭 때문에 엄청난 손해를 볼 수도 있어요! 그리고 거인 같은 배달 직원들이 누군가 나와서 줄리아에게 배달된 저 특대형 상자를 받아가지 않으면 꼼짝도 할 수 없다고 버티고 있답니다. 도대체 뭘 어떻게 해야 할까요?"

"특대형 상자요?"

"내가 지금 그렇게 말하지 않았어요? 지금 손님이 저를 기다리고 있어요. 그런데 몇 번이나 또 반복해서 말을 해야 하겠어요?"

"저도 너무 황당해서 무슨 말씀을 드려야 할지 모르겠군요."

"언제쯤 여기 올 수 있는지 말해주세요. 적어도 배달 직원들에게 얼마나 더 많이 기다려야 할지 얘기라도 할 수 있잖아요? 줄리아 덕분에 얼마나 더 시간낭비를 해야 할지 말이에요!"

"지금 갈 수가 없는걸요. 일을 하던 중이라서……."

"아니, 그럼 난 뭐예요? 나는 지금 놀고 있다는 소리예요?"

"지무어 씨. 저는 배달을 시킨 적이 없어요. 하다못해 무슨 편지를 기다리거나, 소포를 기다리는 것도 아닌데 특대형 상자라니요! 다시 말하지만, 잘못 배달된 게 틀림없어요."

"안경 없이도 상자에 씌어진 이름이 보이는걸요! 그 상자가 바로 우리 가게 앞에 떡하니 버티고 있으니까요. 상자 위에는 줄리아의 이름이 크게 적혀 있고, 우리 건물 주소도 정확히 씌어 있어요. '취급주의'라는 단어도 함께요! 뭔가 깜빡 잊고 피해를 주는 경우가 이번 한 번만은 아니잖아요, 줄리아?"

도대체 누가 그 상자를 보냈단 말인가? 아담이 주는 선물일 수도 있다. 아니면 줄리아가 배달을 시켜놓고 깜빡 잊은 것일 수도 있다. 아니면 실수로 주소를 집으로 적고 배달을 시킨 스튜디오 장비? 하지만 어떤 경우에든 일요일 오후에 불러들인 팀원들을 나 몰라라 하고 스튜디오를 나설 수는 없는 노릇이었다. 이제 짜증이 제법 오른 지무어 씨는 빠른 시간 내에, 아니 당장 해결방법을 찾으라고 난리였다.

"해결할 방법을 찾은 것 같아요, 지무어 씨. 조금만 도와주신다면 우리가 일단은 복잡한 상황을 피할 수 있을 거예요."

"이 상황에 그런 논리가 참 신기하게 들리네요. 내 문제도 아닌 줄리아 양 혼자만의 문제를, 그것도 또 한 번 나를 끌어들이는 일 없이 혼자서 해결할 수 있다고 했다면 정말 영광이었겠는걸요! 귀 기울여서 들을 테니 어디 한번 생각을 말해보시죠."

줄리아는 여섯 번째 계단 카펫 밑에 여분의 집 열쇠를 감추고 있노라고 말했다. 그러니 계단 수만 잘 세면 금방 찾을 수 있을 터였다. 혹여 여섯 번째 계단이 아니라면, 일곱 번째나 여덟 번째 계단 밑을 뒤져보면 되었다. 열쇠를 찾은 다음 지무어 씨는 배달 직원에게 문을 열어주면 되고, 그렇게 되면 당연히 지무어 씨 가게 앞을 지키고 있는 트럭도 곧 사라질 것이라고 일렀다.

"난 또 배달 직원들이 일을 마칠 때까지 내내 기다리고 있어야 하고, 그 후에는 줄리아 양의 아파트 문을 닫아주면 되는 거네요. 더할 나위가 없겠네!"

"그렇죠. 더할 나위 없이 감사할 일이죠, 저한테는……."

"만일 가전도구를 배달시킨 거라면, 줄리아…… 이번에야 말로 정말 전문가를 찾아서 잘 설치하길 바랍니다. 무슨 뜻인지 잘 아시겠죠?"

줄리아는 가전도구를 사서 배달시킨 일 따위는 없었다며 지무어 씨를 안심시키고 싶었다. 그러나 이미 그는 전화를 끊어버린 후였다. 줄리아는 어깨를 한번 으쓱하고 잠깐 동안 뭔가를 생각하는 눈치더니, 이내 온 정신을 쏟아붓고 있던 일터로 돌아갔다.

*

어둑어둑 밤이 되었고, 팀원들은 모두 회의실의 대형 화면 앞에 자리를 잡고 앉았다. 찰스는 컴퓨터 그래픽을 실행시켰고, 화면으로 보이는 결과로 미루어 희망을 가져도 될 듯싶었다. 몇 시간만 더 일하면 문제의 '잠자리 군대의 아성보호 전투'는 제 날짜에 끝낼 수 있을 것 같았다. 프로그래머들은 다시 모여 프로그램을 확인했고, 그래픽 디자이너들은 배경 디테일을 검토했다. 그러자 왠지 할 일이 없는 듯 느껴진 줄리아는 곧장 휴게실로 발걸음을 옮겼다. 그곳에는 줄리아와 학교를 같이 다녔던 일러스트레이터 친구 드레이가 있었다.

뻐근한 몸에 기지개를 펴는 줄리아를 보고 그녀가 요통에 시달리고 있음을 간파한 드레이는 줄리아에게 집에 가서 좀 쉬는 편이 어떻겠느냐고 말했다. 집이 스튜디오 근처니 잠깐 여유시간을 활용하는 것도 좋은 생각이라고. 드레이는 일이 끝나는 대로 줄리아에게 연락을 주겠다는 약속도 잊지 않았다. 줄리아는 드레이에게 생각해주는 것은 고맙지만, 그래도 팀원들을 내팽개치고 혼자 가서 쉴 수는 없노라고 대답했다. 드레이는, 오히려 괜히 이 방 저 방 들락날락하는 게 안 그래도 피곤에 지친 팀원들에게 스트레스를 주는 일일 수도 있다고 말했다.

"언제부터 내가 팀원들한테 부담되는 상대였어?"

줄리아가 물었다.

"괜히 과장하긴! 다들 신경이 곤두서 있는 때야. 6주 동안 단 하루도 쉬지 못하고 일하고 있잖아."

줄리아는 일요일까지 휴가를 낸 상태였다. 그래서 팀원들도 줄리아가 없는 동안을 틈타 한숨 돌리려고 했었다는 게 드레이 말의 요지였다.

"우린 네가 신혼여행 중인 줄만 알고 있었지⋯⋯. 그렇다고 오해는 하지 마, 줄리아. 난 그저 다른 팀원들을 대표해서 하는 소리니까."

입장이 조금은 난처해진 드레이가 계속해서 말을 이었다.

"이게 다 책임자의 몫이잖아. 또 너는 그 역할을 받아들인 거고. 네가 크리에이션 팀의 팀장이 된 이후로 너는 더 이상 우리의 단순한 동료가 아니야. 뭔가 권위를 갖고 있다고. 이번 일만 해도 그래. 일요일인데도 불구하고 네 전화 한 통에 몰려온 팀원들을 좀 봐!"

"모일 만하니까 다들 모인 것 아니야? 어쨌든 네 말의 요지는 이해했어. 내가 팀원들의 일에 방해가 되는 모양이니까 내가 나가지, 뭐. 일이 다 끝나면 나한테 전화해줘. 내가 팀장이라서가 아니야, 팀원의 한 사람이기 때문이지!"

말을 마친 줄리아는 의자 팔걸이에 걸쳐 있던 겉옷을 집어 올렸다. 그리고 청바지 주머니 속에 열쇠가 들었는지 확인하고는 성큼성큼 엘리베이터 쪽으로 발걸음을 옮겼다.

스튜디오 건물을 나서며 줄리아는 아담에게 전화를 걸었다. 그러나 그는 전화를 받지 않았고, 곧 자동 음성메시지로 넘어갔다.

"나야. 자기 목소리가 듣고 싶어서 전화했어. 끔찍한 토요일을 보냈는데 일요일도 다를 바 없이 우울하네. 혼자 주말을 보내려고 생각했던 게 잘한 짓이었나 싶어. 그래도 괜히 자기한테 짜증을 내거나 그러지는 않아서 다행이야. 회사 동료한테 쫓겨나서 밖으로 나왔어. 조금 걸어볼까 생각하고 있어. 지금쯤이면 시골에서 돌아와 자고 있겠지? 자기 어머니가 얼마나 또 피곤하게 하셨을까. 메시지라도 남기지 그랬어. 그만 끊을게. 참, 이 메시지 받으면 나한테 전화해달라고 말하려고 했는데, 말도 안 되는 소리지. 지금쯤이면 자고 있을 테니까. 지금 내가 한 얘기가 다 말도 안 되는 소리 같아. 내일 봐. 그리고 일어나는 대로 나한테 전화해줘."

휴대폰을 가방에 집어넣고 줄리아는 강둑을 따라 걸었다. 그렇게 삼십 분을 걷고 나서 그녀는 집으로 돌아갔다. 아파트 문에 누군가 붙여놓은 봉투 하나가 보였다. 봉투 위에는 줄리아의 이름이 적혀 있었다. 궁금한 생각에 줄리아는 곧 봉투를 열어보았다.

'줄리아 양 앞으로 온 배달에 신경 쓰다가 그만 손님 한 분을 놓쳤어요. 열쇠는 제자리에 두었습니다. P-S: 열한 번째 계단입니다! 여섯 번째도, 일곱 번째도, 여덟 번째도 아니고! 좋은 하루 보내세요!'

지무어 씨는 편지 마지막에 사인을 하는 것도 잊은 모양이었다.

"도둑이 이걸 봤으면 어쩔 뻔했어? 고양이한테 생선을 맡긴 격이잖아!"

줄리아는 투덜거리며 계단을 올랐다. 서서히 2층에 가까워지자, 자신을 기다리고 있는 대형 상자 속에 도대체 무엇이 들어 있을까 궁금해지기 시작했다. 그녀는 발걸음을 서둘렀다.

계단 카펫 밑에서 열쇠를 찾아든 줄리아는 여분의 열쇠를 숨겨둘 다른 장소를 물색해봐야겠다고 생각했다. 드디어 아파트에 들어서자 그녀는 불을 켰다.

거실 중앙에 엄청나게 큰 상자 하나가 떡하니 놓여 있는 것이 보였다.

"이건 도대체 뭐야?"

줄리아는 옷이며 가방을 테이블 위에 대강 올려놓으며 혼잣말을 했다.

상자 옆을 보니, '취급주의'라고 씌어 있는 스티커 밑에 받는 이의 이름이 적혀 있었다. 분명 줄리아 본인의 이름이었다. 그녀는 엷은 색깔로 된 거대한 나무 상자를 살피며 한 바퀴 돌아보았다. 상자가 너무 무거운지라 단 몇 미터도 옮길 수 없었다. 망치와 드라이버를 사용하지 않는 이상, 맨손으로는 상자를 열 수도 없었다.

아담은 계속해서 전화를 받지 않았다. 방법은 하나밖에 없었다. 줄리아는 필요할 때마다 늘 곁에 있어주었던 스탠리에게 전화를 걸었다.

"내가 괜히 방해했어?"

"일요일 밤, 이 시간에? 난 네가 전화해서 놀자고 하기만 기다렸지!"

"있잖아…… 혹시 2미터가 넘는 상자 하나를 나한테 배달시킨 적 있어?"

"무슨 소리를 하는 거야, 줄리아?"

"넌 아닐 줄 알았어. 그럼 다음 질문. 2미터가 넘는 상자는 어떻게 열어야 하는 거니?"

"뭘로 된 상잔데?"

"나무!"

"그럼 톱으로 잘라야 하지 않을까?"

"대답 하고는! 넌 내가 가방이나 약상자 속에 톱 같은 걸 넣어둘 거라고 생각했니?"

"비밀이 아니면 말해봐. 그 상자 속에 도대체 뭐가 들어 있는데?"

"나도 그게 알고 싶어! 정 궁금하면 지금이라도 당장 택시 잡아타고 우리집으로 와서 날 좀 도와줘."

"난 지금 잠옷 차림이야, 줄리아."

"아까는 나가려고 내 전화를 기다리고 있었다며!"

"기다리긴 기다렸는데 침대에 누워서 기다렸어."

"알았어. 내가 그냥 알아서 해결할게."

"잠깐만! 잠깐만 생각할 시간을 줘. 혹시 상자에 손잡이 같은 건 없니?"

"없어!"

"뭐, 경첩 같은 것도 없고?"

"안 보이는데……."

"알았다! 일종의 모던아트 아닐까? 유명한 아티스트가 만든 열리지 않는 상자 말이야."

스탠리가 웃으며 말했다.

그리고 줄리아의 침묵이 이어졌다. 스탠리는 지금 농담할 때가 아니라는 것을 단번에 알아차렸다.

"옷장 같은 걸 열 때 말이야, 가끔은 한 번 탁 쳐주면 쉽게 열리잖아. 그렇게 해봤어? 한 번 툭 치면서 밀면……."

스탠리가 열심히 설명을 하고 있는 동안, 줄리아는 상자에 가만히 손을 대어보았다. 줄리아는 스탠리가 설명을 한 대로 상자를 꾹 눌러보았다. 그랬더니 상자의 정면 부분이 천천히 회전했다.

"여보세요, 여보세요! 듣고 있어?"

전화기를 통해 스탠리는 목이 터져라 소리를 치고 있었다.

그때, 줄리아의 손에서 전화기가 스르르 떨어졌다. 상자 안에 든 물건을 본 줄리아는 너무 놀라 어안이 벙벙했다. 그도 그럴 것이 상자 속에 있는 물건은 감히 상상조차 할 수 없는 그런 것이었기 때문이었다.

발밑으로 떨어진 수화기를 통해 스탠리의 목소리가 지지직거리며 들려왔다. 줄리아는 상자에서 눈을 떼지 못한 채, 천천히 몸을 굽혀 수화기를 들어올렸다.

"스탠리?"

"뭐야! 깜짝 놀랐잖아. 괜찮은 거지?"

"그렇다고 할 수 있어."

"지금 당장 너희 집으로 갈까?"

"아니. 그럴 필요 없어."

줄리아의 목소리만 들어도 하얗게 질린 기색이 역력했다.

"상자를 열어본 거야?"

"응. 내일 내가 다시 전화할게."

정신이 멍한 상태로 줄리아가 대답했다.

"걱정되잖아. 무슨 일이야?"

"그냥 자, 스탠리. 끊을게."

줄리아가 전화를 끊고 나서 집 한가운데 우두커니 선 채 소리쳤다.

"도대체 누가 나한테 이런 걸 보낸 거지?"

*

상자를 들여다보니 안토니 왈슈와 똑같은 모습으로 만들어놓은 밀랍인형이 줄리아를 향해 서 있었다. 착각을 불러일으킬 정도로 똑같이 생긴 인형이었다. 눈만 뜨면 꼭 살아 있는 것처럼 보일 수도 있겠다 싶었다. 줄리아는 제대로 숨을 쉴 수조차 없었고, 땀방울이 그녀의 목을 타고 도르륵 흘러내렸다. 그녀는 한 발 한 발 천천히 상자 쪽으로 다가갔다. 안토니 왈슈의 등치까지 그대로 닮은 인형은 그야말로 놀라워 보였다. 피부 색깔이며 모습까지 그대로 닮아 있었다. 안토니 왈슈가 항상 고수하는 스타일인 구두, 진회색 양복, 하얀 와이셔츠…… 모두 똑같았다. 줄리아는 인형의 뺨을 만져보고, 머리카락 한 올을 뜯어내보고 싶었다. 그렇게 해서라도 진짜 아버지가 아니라 인형일 뿐이라는 사실을 확신하고 싶었다. 그러나 부녀는 이미 오래전부터 어떤 신체적 접촉도 오가지 않은 터였다. 작은 포옹이나 가벼운 입맞춤을 한다든가 혹은 손이라도 스치는 등 부녀지간의 정을 나눌 수 있는 그 어떤 사소한 몸짓조차 사라진 지 오래였다. 시간이 흘러 더 깊어지기만 한 골을 채울 수는 없는 문제였다. 하물며 진짜 아버지가 아니라 아버지를 닮은 인형이라니! 말할 필요도 없었다.

이제 상상조차 할 수 없었던 문제의 실마리를 이끌어내야 할 때였다. 누군가가 안토니 왈슈와 똑같이 생긴 인형을 만들어야겠다는 끔찍한 생각을 한 것이었다. 퀘벡, 파리 혹은 런던의 밀랍인형 박물관에서나 볼 수 있었던 그런 인형을 말이다. 여태까지 줄리아는 진짜보다 더 진짜 같아 소리를 지르게 만드는 인형을 본 적이 없었다. 소리를 지른다⋯⋯ 지금 줄리아가 정말 하고 싶은 행동이 아닐까?

인형을 찬찬히 살펴보던 줄리아는 와이셔츠 손목 부분에 꽂혀 있는 메모지 한 장을 발견했다. 그 위에 푸른색 잉크로 그려진 화살표가 양복 윗주머니를 향해 있었다. 줄리아는 메모지를 떼어내 뒷장에 적혀 있는 글을 읽었다.

'작동을 시켜보렴'

특이한 글씨체 덕분에 줄리아는 안토니 왈슈가 이 메모를 썼다는 것을 단번에 알아볼 수 있었다.

화살표가 가리키는 양복 윗주머니, 생전에 안토니 왈슈는 이 주머니에 실크로 된 행커치프를 끼워넣고는 했었다. 그러나 오늘, 양복 주머니 위로는 리모컨처럼 생긴 것이 불쑥 튀어나와 있었다. 줄리아는 그 리모컨을 꺼내보았다. 리모컨에는 하얗고 네모난 버튼 하나가 달려 있었다.

줄리아는 기절이라도 할 것 같았다. 이것은 악몽인가! 땀에 흠뻑 젖어 잠에서 깨면 별 이상한 꿈을 다보겠네 하며 웃고 넘 겨버릴 그런 꿈이란 말인가. 아버지의 관이 묻히는 것을 보며 줄리아는 생각했었다. 이미 오래전 아버지의 상을 치른 것이 나 마찬가지라고. 이십 년이 넘도록 비어 있던 아버지의 자리 때문에 슬퍼하거나 하는 일은 절대 없을 것이라고 말이다. 오 히려 나이답지 않게 성숙했던 자신이 자랑스럽기까지 했던 줄 리아가 이렇게 무의식의 함정에 빠져버리다니. 말도 안 되고 우습기 짝이 없는 일이었다. 그녀의 어린 시절에는 항상 자리 를 비웠던 아버지의 영혼이 성인이 된 지금에 와서 그녀를 괴 롭힌다는 것은 생각조차 할 수 없는 일이었다.

포장도로 위를 덜그럭거리며 지나가는 쓰레기차의 소리를 들으니 이것이 꿈은 아닌 듯했다. 줄리아는 분명 깨어 있었다. 그리고 그녀의 앞에는 이제나저제나 줄리아가 리모컨 버튼을 누를 것인가 말 것인가만을 기다리며 질끈 눈을 감고 있는 밀 랍인형이 놓여 있었다.

쓰레기차가 멀어져갔다. 줄리아는 차라리 그 트럭이 사라지 지 않기를 바랐다. 얼른 창가로 달려가서 환경미화원을 부른 후, 제발 악몽 같은 이 상자를 치워달라고 애원하고 싶었다. 그러나 거리는 다시 정적으로 휩싸였다.

아직 리모컨의 버튼을 누를 여력이 없는 듯, 줄리아는 그저 힘없이 리모컨을 만지작거리기만 했다.

어쨌든 끝장을 봐야 할 문제였다. 가장 현명한 방법은 고스란히 상자 문을 닫고, 배달회사의 전화번호를 찾아내어 아침이 밝는 대로 전화를 걸고, 당장 와서 이 말도 안 되는 물건을 치워가라고 으름장을 놓은 후, 마지막으로 장난 같지도 않은 이 장난을 꾸민 사람이 누구인지 알아내는 것이었다. 과연 누가 이런 엄청난 짓을 저질렀을까? 주변 사람들 중 과연 누가 이런 비열한 장난을 할 수 있단 말인가?

줄리아는 창문을 열고 부드러운 밤기운을 가득 들이마셨다.

밖을 보니 조금 전 집으로 들어올 때와 별반 달라진 것이 없었다. 그리스 식당의 의자는 차곡차곡 정돈되어 있었고, 간판의 불은 다 꺼져 있었다. 라브라도를 산책시키는 한 여자가 사거리를 지나갈 뿐. 밤색 털의 그 개는 묶인 줄을 끌어당기며 지그재그로 몸을 움직이고 있었다. 그러다 가로등불 아래에 찍, 벽 밑에 찍, 그렇게 영역표시를 하고 지나갔다.

줄리아는 숨을 죽이고 손에 리모컨을 꼭 쥐었다. 과연 누굴까, 주변인물 모두를 샅샅이 다 찾아보았다. 그때마다 떠오르는 단 한 사람. 이런 시나리오와 연출을 할 만한 유일한 사람의 이름이 머릿속을 맴돌았다. 너무 화가 나 할 말조차 잃은 줄리아는 거실을 가로질러 갔다. 이제 그녀의 예상을 확인해 볼 차례였다.

줄리아가 리모컨의 버튼을 눌렀다. 곧이어 딸각 하는 소리가 나면서 밀랍인형의 눈꺼풀이 스르르 올라갔다. 이제 밀랍

인형은 더 이상 인형이 아니었다. 얼굴에 미소를 띤 채, 인형 아닌 인형이 아버지의 목소리로 물었다.

"벌써 내가 그리워진 거니?"

5

"빨리 악몽에서 깨어나야지! 지금 나에게 벌어지고 있는 일은 가당치도 않은 일이야! 그렇다고 말해줘요. 안 그러면 내가 미친 줄로 알 테니까."

"일단 진정하렴, 줄리아."

안토니 왈슈의 목소리가 들려왔다.

그는 상자에서 나와 얼굴을 찌푸리며 기지개를 폈다. 동작 하나하나, 살짝 굳은 얼굴 표정 하나하나가 놀랍게도 진짜 같았다.

"네가 미쳤다니, 말도 안 되는 소리! 그냥 조금 놀랐을 뿐이지. 이런 상황에서 놀라는 건 당연해, 이해한다."

안토니 왈슈가 말했다.

"뭐가 당연하다는 거예요? 아빠가 여기 있을 리가 없잖아요. 이건 있을 수도 없는 일이에요."

줄리아가 머리를 흔들며 중얼거렸다.

"네 말이 맞아. 네 앞에 있는 사람은 백 퍼센트 안토니 왈슈가 아니야."

이 말에 줄리아는 손을 입가로 가져가더니 깔깔대고 웃기 시작했다.

"인간의 뇌라는 것은 말이에요, 정말 놀라운 시스템이 아닌가 하는 생각이 들어요. 하마터면 믿을 뻔했잖아요. 지금 난 잠을 자고 있는 거예요. 어젯밤에 집에 들어와서 술을 마신 게 틀림없어요. 화이트 와인? 화이트 와인이 맞을 거예요. 이상하게 화이트 와인만 마시면 취하니까. 내가 만들어낸 상상에 내가 빠지다니, 이렇게 바보 같은 일이 또 어디 있겠어요?"

줄리아는 거실 안을 성큼성큼 걸으며 말을 이어갔다.

"그래도 내가 꿨던 꿈 중엔 이 꿈이 제일 어리석고 말도 안 되는 꿈이라고 말 좀 해줘요!"

"그만 해라, 줄리아. 너는 지금 꿈을 꾸고 있는 게 아니야. 멀쩡하게 제정신으로 깨어 있다는 말이지."

안토니 왈슈가 조심스럽게 말했다.

"아니에요! 왜 그런지 말해요? 지금 제 앞에 아빠가 있으니까요. 아빠와 말을 하고 있잖아요. 죽은 아빠하고 말이에요!"

안토니 왈슈는 아무런 말 없이 줄리아를 잠깐 동안 지켜보았다. 그리고 줄리아에게 최대한 상냥하게 말했다.

"맞아, 줄리아. 난 죽었어."

충격을 받은 줄리아가 멍하니 서서 하염없이 자신을 바라보고 있자, 안토니 왈슈는 그녀의 어깨에 손을 갖다 대며 소파를 가리켰다.

"잠깐 앉아서 내 얘기를 좀 들어보겠니?"

"싫어요!"

줄리아는 안토니 왈슈의 손을 뿌리치며 대답했다.

"줄리아, 내가 하는 말을 꼭 들어야 해."

"그러고 싶지 않다면요? 왜 항상 아빠가 결정하는 대로 따라야 하죠?"

"더 이상은 아니란다. 리모컨 버튼 하나만 누르면, 나는 다시 움직이지 못하게 되니까 말이야. 하지만 그렇게 된다면, 어떻게 해서 이런 일이 벌어지고 있는지 너는 영영 알지 못하게 될 거야."

줄리아는 손에 들고 있던 리모컨을 내려다보았다. 잠시 생각에 잠겼던 줄리아는 어금니를 꽉 깨물었다. 그리고 그녀가 정말 원한 것은 아니었지만, 놀랍게도 아버지를 쏙 빼닮은 이 알 수 없는 물건의 말에 따라 자리에 앉았다.

"얘기하세요."

"좀 당황스러운 일이라는 건 나도 잘 알고 있어. 우리가 서로 얼굴을 못 본 지 꽤 됐다는 것도 잘 알고 있지."

"일 년하고도 5개월이에요!"

"그렇게 오래 되었던가?"

"그리고 22일이요!"

"정확하게도 세고 있구나!"

"내 생일이 언제인지는 아니까요. 그날 아빠는 비서를 통해서 저녁식사 때문에 아빠를 굳이 기다릴 필요가 없다고 전하셨죠. 식사를 하고 있으면 온다고 했어요. 하지만 결국 아빠는 나타나지 않았어요!"

"기억이 나질 않는구나."

"전 기억해요!"

"뭐, 어쨌든. 지금 그게 문제는 아니잖니."

"그럼 문제가 뭔데요?"

줄리아가 냉정하게 쏘아댔다.

"어디서부터 어떻게 설명을 해야 할지 잘 모르겠구나."

"아빠가 늘 하시는 말씀 있잖아요. '모든 것에는 시작이 있다!' 그러니까 지금 벌어지고 있는 일부터 설명해보세요."

"난 몇 년 전에 첨단사업으로 유명한 회사의 주주가 되었단다. 나더러 주주라고 하니, 그렇게 알고 있는 수밖에. 시간이 지나면 지날수록 그 회사는 자금을 필요로 했고, 그러면 그럴수록 주주로서의 내 자리도 더 커졌지. 결국에는 내가 이사회 대표까지 되었단다."

"아빠 회사한테 먹혀버린 불쌍한 중소기업인가요?"

"아니. 이번 투자는 철저히 개인적인 것이었어. 나도 다른 주주들과 마찬가지였지. 물론 내 힘이 크긴 컸다만."

"아빠가 그렇게 많은 돈을 투자했다는 그 회사에서는 뭘 만들죠?"

"안드로이드!"

"뭐라고요?"

줄리아가 놀라서 되물었다.

"방금 들었잖니. 안드로이드. 사이보그!"

"아니, 왜요?"

"하기 귀찮은 일을 대신 할 수 있도록 인간을 닮은 로봇을 만드는 것이 이 회사가 처음은 아니잖니."

"그럼 우리집에 와서 청소기를 돌려줄 생각으로 환생하신 건가요?"

"장을 보고, 집을 지키고, 전화를 받고, 각종 질문에 대답을 하고…… 웬만한 로봇은 다 할 수 있는 일들이지. 다만 우리 회사는 뭐랄까…… 한층 더 발전되고, 좀더 욕심을 낸 프로젝트에서 성공을 거뒀다고 할까."

"예를 들면?"

"가족들에게 여분의 며칠을 선사하는 것……."

줄리아는 안토니 왈슈의 말을 제대로 이해하지 못한 채 그를 쳐다보기만 했다. 그러자 그가 덧붙여 말했다.

"사후의 며칠을 말이야!"

"지금 농담하는 거예요? "

줄리아가 물었다.

"상자를 열었을 때 네 표정으로 보건대, 지금 네가 농담이라고 부르는 이번 일이 성공을 거뒀음에는 틀림없는 것 같구나."

벽걸이 거울을 들여다보면서 안토니 왈슈가 말을 이었다.

"정말 완벽에 가까운걸? 그런데 이마에 난 이 주름은 뭐지? 이런 주름은 없었던 것 같은데. 너무 과장해서 만들어놓은 거 아닌가?"

"내가 어렸을 때부터 있던 주름인데 새삼스레 왜 그래요? 중간에 보톡스라도 맞았다면 또 모를까, 있던 주름이 저절로 사라지겠어요?"

"알려줘서 고맙구나!"

안토니 왈슈는 미소를 지으며 대답했다. 줄리아는 다시 일어나 안토니 왈슈의 안드로이드를 찬찬히 살펴보았다. 지금 눈앞에 보이는 것이 일종의 기계라고 한다면, 정말 끝내주는 기술임에는 틀림없었다.

"불가능해. 기술적으로 불가능한 일이에요!"

"너도 일 년 전까지는 불가능해 보이던 프로그램을 어제 성공시켰잖니?"

안토니의 말에 줄리아는 식탁으로 가서 앉더니 두 손으로 머리를 감쌌다.

"이렇게 좋은 결과를 보기 위해서 정말 많은 돈을 투자해야 했어. 난 일종의 샘플인 셈이지. 어떻게 보면 네가 우리 회사의 첫 손님이야. 물론 샘플이니까 너에게 돈은 받지 않아. 선물이라고 해두자."

안토니 왈슈가 상냥한 표정으로 말했다.

"선물? 도대체 그 누가 이런 선물을 받고 싶어할까요?"

"죽음을 앞두고 사람들이 흔히 하는 말이 뭔지 아니? '좀더 일찍 알았다면, 좀더 일찍 깨달았다면, 좀더 일찍 그 말을 들었다면, 너에게 이 말을 할 수만 있었다면, 내 마음을 이해해주었더라면……' 이런 거야."

아무 말 없는 줄리아를 보며 안토니 왈슈가 덧붙였다.

"엄청난 규모의 시장이 될 거야."

"나랑 말을 하고 있는 이 기계가 정말 아빠 맞아요?"

"거의! 내 기억과 피질의 대부분이 이 기계에 들어가 있어. 피부 색깔이며 질감 하나하나까지 신경을 써서 마치 인체가 움직이듯 똑같이 움직이도록 했지. 그런 첨단기술을 이용한 몇백만 개의 프로세스로 이루어진 일종의 장치인 거야."

"왜 이런 걸 만들었죠? 무엇을 하려고?"

기가 막힌 줄리아가 물었다.

"그리운 사람과 며칠을 함께 있도록 하기 위해서지. 영원으로부터 잠깐 시간을 빌려와서 말이야. 너와 내가 차마 나누지 못한 말들을 함께 얘기하고 들어보기 위해서……."

*

소파에서 일어난 줄리아는 거실을 왔다갔다하며 생각에 잠겼다. 지금 자신이 처한 상황을 이해하는가 싶더니, 이내 생각을 바꿔버렸다. 그러고는 부엌으로 들어가 물 한 잔을 벌컥벌컥 들이켜고 나서 다시 안토니 왈슈에게 돌아왔다.

"아무도 내 말을 믿어주지 않을 거예요!"

줄리아가 침묵을 깨고 말했다.

"어차피 너는 새로운 작품을 만들 때마다 그런 생각을 하지 않았었니? 네 손은 이미 네가 만든 캐릭터를 살아 움직이게 하고 있는데도 불구하고, 넌 사람들이 믿어줄까 안 믿어줄까 의심을 하지 않았더냐? 네 직업에 대해 달갑지 않게 생각했던 나에게 했던 말을 생각해보렴. 나보고 꿈의 힘을 믿지 못하는 바보 같은 사람이라고 했었지! 수많은 아이들이 그들의 부모를 상상의 세계로 초대한다고 하지 않았었나? 그것도 너와 네 동료들이 만들어낸 그런 상상의 세계로 말이야. 너에게 큰 기쁨을 주는 직업을 왜 인정하려 들지 않느냐고 했던 것도 너 아니었니? 어처구니없는 색깔의 수달을 상상하고 만들어낸 것도, 그 수달의 존재를 믿은 것도 너야. 그랬던 네가 지금 네 앞에서 살아 움직이는 이 존재는 미처 상상하지 못했던 존재이기 때문에 믿지 않겠다는 거냐? 동물 캐릭터가 아니라 네 아빠를 닮은 캐릭터라서 믿지 못하겠다? 정말 그렇다면, 이미 말했듯이 그저 리모컨 버튼 하나만 누르면 모든 것이 해결돼!"

안토니 왈슈는 줄리아가 탁자 위에 올려놓은 리모컨을 가리키며 이렇게 말했다. 그러자 줄리아가 비웃기라도 하는 듯이 박수를 쳤다.

"내가 죽었다고 해서 버릇없이 굴어도 된다고 생각하는 거니, 줄리아?"

"이 버튼을 눌러서 조용해진다면 못할 것도 없죠!"

안토니 왈슈가 평소 습관대로, 화는 나지만 애써 아닌 척하는 표정을 짓던 바로 그때! 밖에서 들려오는 두 번의 경적 소리에 두 사람 사이의 언쟁은 잠시 휴전 상태가 되었다.

줄리아의 심장은 엄청난 속도로 뛰기 시작했다. 수백 가지의 비슷한 소리 중에서도 단번에 알아챌 수 있는 그 소리, 아담이 후진기어를 넣을 때 삐걱거리는 소리였다. 의심해볼 여지도 없었다. 아담이 건물 옆에 주차를 하고 있었던 것이다.

"어쩌면 좋아!"

창가로 황급히 달려가며 줄리아가 중얼거렸다.

"누군데 그래?"

안토니 왈슈가 물었다.

"아담이요!"

"누구?"

"토요일에 제 남편이 됐어야 했던 남자요!"

"됐어야 했던?"

"토요일에 전 아빠 장례식을 치렀잖아요!"

"아, 그렇지!"

"네, 그래요……. 이 얘긴 조금 있다가 하기로 하고! 어서 상자 안으로 다시 들어가요!"

"뭐라고?"

"차를 대자마자 바로 올라올 거예요. 아직 몇 분 남았어요. 아빠 장례식 때문에 결혼식도 미뤘는데, 그런 이 마당에 아빠가 여기에 있는 걸 알면 어떻게 되겠어요?"

"쓸데없이 왜 비밀 따위를 갖고 있어야 하는 거니? 인생을 함께할 사람이라고 생각했었다면 그를 믿어야지! 너에게 설명한 것처럼, 그 친구한테도 내가 잘 설명을 할게."

"왜 과거형을 쓰시는 거예요? 결혼식은 그냥 미뤄졌을 뿐이에요! 그리고 설명을 하신다고요? 바로 거기에 문제가 있는 거예요. 저도 믿기가 힘든데, 아담은 오죽하겠어요?"

"그 친구가 너보다 더 마음이 열려 있을지 누가 알아?"

"비디오카메라도 제대로 작동을 못 시키는 사람이에요. 그러니 안드로이드는 말할 필요도 없죠. 빨리 상자 안으로 들어가세요!"

"좀 바보 같은 생각이라고 여겨지는데?"

화가 잔뜩 난 줄리아가 안토니 왈슈를 쳐다보자 그가 얼른 말을 이었다.

"그런 표정 짓지 마라. 조금만 생각해보면 답이 나오잖니. 네 아파트에 2미터가 넘는 거대한 상자가 있어. 그럼 아담은 그 상자 안에 뭐가 들었는지 궁금하지 않겠니?"

안토니의 말에 줄리아는 대답을 찾지 못했다. 줄리아의 반응에 만족한 듯 안토니 왈슈가 한술 더 떠 말했다.

"네가 생각해도 그렇지?"

"빨리 서둘러요. 아무데나 가서 숨으세요. 벌써 시동까지 껐단 말이에요!"

창문을 통해 밖을 보던 줄리아가 사정하며 말했다.

"그런데 집이 왜 이렇게 작은 거냐?"

안토니 왈슈는 주변을 둘러보며 놀란 듯 말했다.

"이 정도면 제가 살기에 적당해요. 그리고 이게 바로 제 수준에 맞게 사는 것이죠!"

"별로 그런 것 같진 않은데. 작은 거실이나, 서재, 당구 방, 아니면 드레싱 룸…… 뭐 이런 곳이 있니? 내가 가서 잠깐 기다릴 수 있는 그런 데 말이야. 이런 원룸식의 아파트에서 어떻게 사는지 참 이해가 안 돼! 사생활이라는 게 없잖니, 이런 곳에서는 말이다."

"대부분의 사람들은 서재나 당구 방 없이도 잘만 지낸다는 거 모르세요?"

"네 친구들은 그렇겠지!"

이 말에 발끈한 줄리아가 아버지를 무섭게 쏘아봤다.

"살아 있을 때도 그렇게 짜증나게 하더니! 이젠 몇십 억이나 들여서 이런 기계 따위를 만들어가지고 죽은 후에까지 절 괴롭히는 거예요?"

"네 말대로 이 기계가 비록 샘플이긴 하다만, 그렇게 엄청난 돈을 필요로 하는 것은 아니란다. 돈이 그렇게 많이 든다면 과연 누가 안드로이드를 사겠니?"

"아빠의 부자 친구들이 있잖아요."

줄리아가 빈정거리며 대답했다.

"저 몹쓸 성격! 어쨌든 이렇게 우물쭈물할 시간이 없으니 여기서 관두자. 방금 전에 다시 나타난 네 아비를 빨리 사라지게 하는 게 지금 너에게 있어서는 급선무니까. 위층에는 뭐가 있니? 다락방?"

"아파트예요."

"잘 아는 이웃인가? 네 약혼자가 와 있는 동안 내가 올라가서 버터나 소금을 빌려달라며 시간을 끌 수 있는 그런?"

줄리아는 갑자기 부엌으로 가더니 서랍을 하나하나 다 열어보았다.

"뭘 찾고 있니?"

"열쇠요."

줄리아가 소곤거리며 대답했다. 바로 그때, 아담이 줄리아를 부르는 소리가 들려왔다.

"위층 아파트 열쇠를 네가 가지고 있단 말이야? 혹시 몰라서 말해두겠는데, 만일 네가 나를 지하창고로 보낼 생각이라면 아서라. 내려가면서 네 약혼자와 마주칠 게 뻔하니까."

"위층 아파트의 주인이 바로 저예요! 특별 보너스를 받아서 작년에 샀어요. 하지만 아직 수리를 할 여유는 없어서 아파트가 엉망이에요."

"엉망이라고? 그럼 여기는 엉망이 아니라는 말이냐?"

"계속 그러면 정말 화낼지도 몰라요!"

"네 말에 반박하는 것 같아 미안하긴 한데 어쩔 수 없구나. 네 아파트가 조금만 더 깔끔했다면, 가스렌즈 옆 벽의 못에 걸려 있는 열쇠를 금방 찾을 수 있지 않았을까?"

그제야 고개를 들어보고서 줄리아는 곧 열쇠꾸러미가 걸린 쪽으로 다가갔다. 그러고는 위층 열쇠를 휙하고 낚아채더니 바로 안토니에게 넘겼다.

"얼른 올라가세요. 그리고 아무 소리도 내지 말아요. 위층이 비어 있다는 걸 아담도 알거든요."

"나한테 시시콜콜한 지시를 하느니, 차라리 나가서 약혼자를 맞이하는 편이 어떨까? 저렇게 네 이름을 큰 소리로 불러대다간 동네 사람들이 다 깨겠구나."

줄리아는 다시 창가로 달려가서 창틀 위로 몸을 굽혀 밖을 내다보았다.

"초인종을 열 번도 넘게 눌렀어!"

아담은 인도 위로 한 걸음 물러서며 말했다.

"인터폰이 고장 났어. 미안해!"

줄리아가 대답했다.

"내가 부르는 소리 못 들었어?"

"들었어. 아니, 방금 막 들었지. 텔레비전 소리 때문에……"

"문을 열어주긴 할 거야?"

"당연하지."

여전히 창가에 서 있던 줄리아가 조금은 망설이며 대답했다. 이때 안토니 왈슈가 밖으로 나갔고, 드디어 아파트의 문이 닫혔다.

"내가 와서 별로 기쁘지 않은 모양인걸?"

"아니야! 왜 그런 말을 해?"

"아직도 이렇게 나를 밖에 세워두고 있잖아. 메시지를 들었더니 당신 기분이 별로 좋은 것 같지 않더라고. 그래서 시골에서 돌아오는 길에 잠시 들른 건데…… 원한다면 그냥 집으로 돌아갈게."

"아니야, 문 열어줄게!"

줄리아는 인터폰을 향해 걸어갔다. 버튼을 누르자 아래층의 자동문이 찰칵하며 열렸다. 이윽고 아담이 계단을 올라오는 소리가 들렸다. 줄리아는 얼른 부엌으로 가서 리모컨을 찾았다. 하지만 그녀는 리모컨을 잡자마자 깜짝 놀라며 다시 던져 버렸다. 텔레비전 리모컨이 아니었던 것이다. 테이블 서랍을 뒤진 후에야 진짜 리모컨을 찾아낸 그녀는 건전지가 다 된 것이 아니기를 간절히 바랐다. 아담이 현관문을 여는 바로 그 순간, 텔레비전도 켜졌다.

"문을 안 잠그고 있었던 거야?"

안으로 들어오며 아담이 물었다.

"잠갔었지. 자기가 올라온다기에 방금 전에 열어뒀어."

속으로 아버지를 원망하며 줄리아는 어물쩍 대답을 했다. 아담은 겉옷을 벗어 의자 위에 아무렇게나 올려놓았다. 그러고는 지지직거리기만 하는 텔레비전 화면을 가만히 쳐다보며 말했다.

"진짜 텔레비전 보고 있었던 거야? 난 당신이 텔레비전이라면 질색인 줄 알았는데."

"가끔 볼 수도 있는 거지, 뭘 그래."

줄리아는 애써 정신을 가다듬으며 대답했다.

"그리 재미있는 프로그램을 보고 있었던 것 같지는 않네."

"놀리지 마. 안 그래도 끄려고 하던 참이야. 게다가 요즘은 거의 텔레비전을 안 보잖아. 뭘 잘못 만져서 저런 거야."

아담은 주위를 둘러보다가, 아니나 다를까 거실 한가운데에 놓여 있는 요상스런 물건에 관심을 보였다.

"왜 그래?"

줄리아가 괜히 찔린 듯 물었다.

"혹시 당신이 못 봤을까봐 하는 얘긴데, 거실 한가운데에 2미터는 족히 되어 보이는 상자가 놓여 있어."

그의 물음에 줄리아는 되는대로 얼버무려 설명을 하기 시작했다. 그 상자의 정체는 다름 아니라, 고장 난 컴퓨터를 돌려보내기 위해 특수제작된 것이라고 말했다. 배달 직원의 실수로 스튜디오가 아닌 줄리아의 아파트에 배달되었다고.

"굉장히 조심해서 운반해야 하는 컴퓨터인가보군. 저렇게 큰 상자에 담아놓은 걸 보면 말이야."

"굉장히 복잡한 기계거든. 그리고 크기는 또 얼마나 큰지. 정말 조심해서 다뤄야 하는 기계야."

"근데 주소를 잘못 알고 배달이 되었다고?"

이상하게 여긴 아담이 되물었다.

"응. 실은 내가 주소를 잘못 적어놨어. 몇 주 전부터 누적된 피로 때문에 요즘 일처리가 엉망이거든."

"조심해. 혹시라도 누가 회사물품을 빼돌렸다고 오해할 수 있잖아."

"누가 감히! 아무도 그럴 사람 없어."

줄리아는 초조함을 애써 감추며 대답했다.

"나한테 뭐 할 말이 있지 않아?"

"왜? 무슨 말?"

"열 번이나 초인종을 누르고, 또 길거리에서 당신 이름을 고 래고래 소리쳐 부른 후에야 겨우 창밖으로 나와봤잖아. 와봤 더니 자기는 뭔가에 홀린 듯 얼이 빠져 보이고, 또 안테나도 연결되지 않은 텔레비전을 켜놓고 있으니…… 가만히 생각 해봐. 뭔가 이상하지 않아?"

"아담! 지금 내가 당신한테 뭔가를 숨기기라도 하고 있단 말 이야?"

더 이상 짜증을 숨길 생각도 없이 줄리아가 대답했다.

"나야 모르지. 그리고 난 당신이 나에게 뭔가를 숨기고 있다 고 말한 적 없어. 자기가 말할 차례야."

줄리아는 갑자기 방문을 열어젖히더니 아담에게 옷장 문도 활짝 열어 보였다. 그러고는 부엌으로 가서 찬장 문을 하나씩 하나씩 다 열었다. 우선 싱크대 위에 있는 찬장 문부터 시작해 서, 그 옆, 또 그 옆, 이렇게 마지막 문까지 다 열어 보였다.

"지금 뭘 하고 있는 거야?"

아담이 물었다.

"몰래 숨겨둔 애인이 어디 있는지 찾고 있는 중이야. 당신이 알고 싶은 게 바로 이거 아니었어?"

"줄리아!"

"줄리아, 뭐!"

막 시작된 두 사람의 말다툼은 때맞춰 울린 벨소리에 중단되었다. 아담과 줄리아는 둘 다 놀라 전화기를 쳐다보았다. 이윽고 줄리아가 전화기를 들어 상대방이 하는 말에 오랫동안 귀를 기울였다. 그리고 그녀는 전화를 줘서 고맙다면서 끊기 전에는 축하한다는 말을 전했다.

"누구야?"

"스튜디오. 프로그램 하나 때문에 애니메이션 작업 진행이 중단됐었거든. 그걸 해결했대. 계속해서 일을 할 수 있게 되었어. 그럼 시간 내에 끝낼 수도 있고."

"그것 봐! 예정대로 내일 아침에 신혼여행을 떠났어도, 여행 내내 마음이 가벼울 수 있었잖아."

아담이 한결 부드러워진 목소리로 말했다.

"알아. 그리고 정말 미안해. 얼마나 미안한지…… 참, 비행기표는 다시 돌려줄게. 스튜디오에 두고 왔어."

"그냥 버려. 아니면 기념으로 갖든지. 환불이나 교환이 안 되는 티켓인걸, 뭐."

신경을 건드리는 주제에 대해 얘기하길 피할 때면 늘 그랬듯이 줄리아는 이번에도 눈썹을 추어올리는 표정을 지었다.

"그렇게 쳐다보지 마, 줄리아. 출발 사흘 전에 신혼여행을 취소하는 경우는 드물잖아. 그냥 떠날 수도 있었는데……."

"비행기표는 환불을 받을 수가 없으니까?"

"그런 게 아니잖아. 메시지를 듣고 당신 기분이 영 아니라는 걸 알았어. 역시 오지 말았어야 했는데. 지금 당신은 혼자 있을 시간이 필요해. 내가 말했지? 다 이해한다고. 그러니 여기서 끝낼게. 그만 집에 갈래. 내일은 달라질 거야."

아담이 줄리아의 아파트를 막 떠나려는 순간, 천장에서 삐걱거리는 소리가 들려왔다. 아담은 소리가 나는 곳을 향해 고개를 들다가 곧이어 줄리아를 쳐다봤다.

"또 왜, 아담! 그냥 쥐가 지나가는 소리일 뿐이야."

"이런 곳에서 도대체 어떻게 사는 거야?"

"난 여기가 좋아. 내가 더 큰 아파트에서 살 수 있는 날이 오면, 그때 가서 봐."

"우린 이번 주말에 결혼할 뻔한 사이야. 이젠 '우리'라고 말해도 되지 않아?"

"미안해. 일부러 그런 건 아니었어."

"대체 언제까지 당신 아파트와 당신 취향에는 너무 작기만 한 내 아파트를 왔다갔다하며 지내야 하지?"

"끝이 나지도 않는 얘기를 뭣 하러 또 해? 그런 말을 할 만한 때가 아니야. 약속할게. 공사비가 마련되고, 그래서 위층과 아래층을 연결하기만 하면 우리 둘이 살기에 충분히 큰 아파트가 될 거야."

"내가 보기에 당신은 나보다 이 아파트에 더 정이 있는 것 같아. 그걸 알면서도 여기 계속 살도록 두는 이유는 내가 당신을 너무 사랑하기 때문이야. 하지만 당신이 원한다면, 지금이라도 당장 여기서 우리 둘이 살 수 있어."

"무슨 소리를 하고 싶은 거야? 우리 아빠 재산 때문에 그러

는 거라면 잘 알아둬. 난 아빠가 살아 있을 때도 재산 따위에
는 관심 없었어. 그러니 아빠가 죽었다고 해서 마음이 바뀌는
일도 없어. 이제 그만 자야겠어. 신혼여행 대신에 너무 피곤한
하루를 보냈거든."

"그래. 눈을 좀 붙이는 게 좋겠어. 그리고 방금 들은 얘기는
당신이 피곤하고 짜증이 나서 한 말이라고 생각할게."

아담은 어깨를 한번 으쓱하더니 줄리아의 아파트를 나섰다.
잘 가라고 손 흔드는 줄리아를 보기 위해 뒤를 돌아보지도 않
았다. 줄리아의 아파트 문도 이내 닫혀버렸다.

*

"네 덕분에 난 쥐가 되어버렸더구나. 다 들었어!"

아파트 안으로 다시 들어오며 안토니 왈슈가 호들갑을 떨었다.

"그럼 제가 아담한테 아빠를 쏙 빼닮은 신상품 안드로이드
가 위층에서 왔다갔다하고 있는 소리라고 얘기하길 바랐던 거
예요? 그 말을 듣고 아담이 즉시 구급차를 부른 뒤 그길로 곧
장 제가 정신병원으로 옮겨지는 그런 걸?"

"왜, 스릴 있고 좋잖니!"

안토니 왈슈는 재미있다는 듯 대답했다.

"이런 식으로 계속 나오시겠다 이거죠? 좋아요. 그럼 저도
예의상 한마디 하죠. 결혼식을 제대로 망쳐주셔서 정말 감사
해요!"

82

줄리아도 질세라 말대답을 했다.

"죽어서 미안하구나!"

"아래층 가게 주인하고 문제가 생기도록 각별히 신경 써주신 점도 감사드려요! 덕분에 한동안은 지무어 씨의 꽁한 모습을 견뎌야 돼요!"

"신발장사 말이니? 신발장사 따위가 무슨 상관이냐?"

"지금 신고 있는 건 신발이 아니었던가요? 그리고 유일한 제 휴일을 망쳐버린 데 대해서도 진심으로 감사드려요!"

"내가 네 나이 때는 말이다, 추수감사절 저녁을 빼고는 단한 번도 쉬어본 적이 없어."

"알아요! 어쨌든 이번 일은 좀 지나쳤어요. 전 아빠 덕분에약혼자한테 함부로 대하는 못된 여자가 됐어요."

"나 때문에 너희들이 싸운 거니? 네 성격을 탓하렴. 난 아무잘못 없다."

"아무 잘못이 없다고요?"

줄리아가 고래고래 소리를 쳤다.

"조금은 있을지도? 뭐, 어쨌든…… 이제 그만 화해할까?"

"오늘 저녁 있었던 일로? 아니면 어제 있었던 일? 항상 아빠가 있어야 할 자리에 없었던 지난 과거의 일? 아니면 여태우리가 해왔던 말 없는 전쟁에 대한 화해?"

"너를 상대로 전쟁을 했던 일은 한 번도 없다, 줄리아. 항상부재하는 아빠였지만, 단 한 번도 너에게 적대적이었던 적은없었어."

"지금 농담하시는 거죠? 멀리 있었지만 늘 저를 통제하려고 했었잖아요. 그럴 자격도 없으면서! 도대체 지금 내가 뭘 하고 있는 거지? 죽은 사람과 대화를 하고 있다니!"

"그럼 이 기계를 꺼버려. 네가 원한다면 말이다."

"그렇게 했어야 했나봐요. 아빠를 다시 상자에 넣고, 이름도 알 수 없는 모 첨단기술회사로 다시 돌려보내는……."

"1-800-3000001, 코드번호 654."

줄리아는 멍하니 안토니 왈슈를 바라보았다.

"문제의 그 회사에 연락하는 방법이다. 이 번호를 누르고, 코드번호를 말해주면 돼. 기계를 끌 용기가 없다면, 그쪽에서 너 대신 일을 처리해줄 수도 있어. 그럼 24시간 내에 나를 처분해줄 거야. 하지만 잘 생각해라. 저세상으로 간 어머니나 아버지와 며칠이라도 더 시간을 갖고 싶어하는 사람들이 얼마나 많을지. 기회가 두 번 있는 것은 아니란다. 딱 엿새야. 더 이상은 없어."

"그런데 왜 꼭 엿새예요?"

"윤리적인 문제가 생길 수 있기 때문에 우리가 그렇게 결정을 한 것이지."

"그건 또 무슨 말이에요?"

"생각해봐라. 이런 획기적인 발명품이 윤리적인 부분에 끼칠 영향을 말이야. 혹시라도 고객들이 너무 완벽하게 닮았다는 이유만으로 안드로이드에 집착을 하는 불상사가 생기면 안된다고 생각을 한 거란다. 사후에도 고인을 가까이 할 수 있는 방법은 이미 존재하고 있지. 이를테면 유서라든가, 고인이 남긴 책, 육성녹음, 그것도 아니면 생전에 남긴 비디오 같은 것 말이다. 하지만 이번 방법은 너무나 획기적이야. 게다가 결정적으로 고인과 살아 있는 사람과의 직접적인 소통이 가능해졌잖아."

고객에게 상품설명을 하듯 흥이 난 안토니 월슈가 덧붙였다.

"죽음을 앞둔 사람들에게 유서나 비디오보다 더 나은 방법으로 자신의 마지막 소원을 전할 기회를 제공하는 것이란다. 그리고 더 나아가, 그토록 아끼고 사랑했던 사람들과 사후에도 며칠을 더 함께할 수 있도록 해주는 거지. 하지만 인간이 만들어낸 기계에 애정을 갖게 하는 것은 정도에 어긋난다고 생각했어. 안드로이드 사업 전에 이미 시판된 케이스를 조사해봤지. 너도 기억할지 모르겠다만, 젖먹이 아기를 쏙 빼닮은 인형이 대성공을 거둔 사례가 있었어. 그런데 몇몇 고객들이 그 인형을 진짜 아기라고 생각하는 부작용을 낳고 말았지. 우린 이런 식의 비윤리적인 사태가 벌어지는 걸 원하지 않아. 돌아가신 어머니나 아버지의 복제인간을 계속해서 곁에 두는 건 상상도 할 수 없는 일이야. 물론 솔깃할 수밖에 없는 방법인 건 인정한다만⋯⋯."

의심스러워하는 줄리아의 표정을 읽은 안토니 월슈가 계속해서 말을 이었다.

"우리에겐 해당사항이 아닌 것 같구나⋯⋯. 어쨌든 이런 이유로 엿새가 지나면 배터리가 명을 다하도록 해놓았어. 그

배터리는 다시 바꿀 수가 없지. 안드로이드에 내장되어 있던 모든 기억은 사라지고, 그야말로 영원한 죽음으로 돌아가는 거란다."

"안드로이드가 계속해서 삶을 영위하게 만드는 다른 방법은 없는 건가요?"

"없단다. 모든 경우를 다 고려해서 조치를 취해놓았거든. 배터리를 만지기만 해도, 모든 기억이 리포멧되어버리도록 프로그램화시켰단다. 내가 이런 말을 하는 게 좀 속상하긴 하지만, 어쨌든 난 일회용 손전등과 다를 바가 없어. 엿새 동안만 빛을 비출 수 있고, 그 후에는 영원한 어둠의 세계로 빠져들어가버리는…… 엿새야, 줄리아. 잃어버린 시간을 되찾을 수 있는 단 엿새. 이제 네가 결정해라."

"이런 삐딱한 생각을 할 수 있는 사람은 아빠밖에는 없었을 거예요. 그 회사에서 아빠는 그냥 평범한 주주가 아니었다는 것만은 제가 보장해요!"

"계속 이렇게 나올 생각이냐? 어쨌든 버튼을 눌러 나를 멈추게 하기 전까지는 웬만하면 현재형 문장을 써줬으면 하는데. 나한테 주는 특혜다 생각하고 말이다."

"엿새? 하다못해 나 자신에게도 할애해본 적이 없는 엿새나 되는 시간을 말인가요?"

"이런 걸 부전여전이라고 하던가?"

이 말을 듣고 줄리아가 안토니 월슈를 쏘아보았다.

"그냥 한번 해본 말이다. 그렇게 민감하게 받아들일 것까진 없잖니."

안토니 왈슈가 얼른 대답했다.

"그럼 아담한테는 뭐라고 말을 하죠?"

"방금 전에 거짓말을 하는 걸 보니 꽤 능숙하던걸?"

"거짓말을 한 게 아니에요. 숨겼을 뿐이지. 이건 분명 다른 얘기예요!"

"그렇게 오묘한 차이가 있었다니! 몰라봐서 미안하구나. 그럼 계속해서 아담에게 숨기면 되겠네."

"그럼 스탠리는요? 스탠리한테는 뭐라고 하죠?"

"그 호모 친구 말이냐?"

"제일 친한 친구예요!"

"그래, 내가 지금 그 친구 얘기를 하는 거야. 제일 친한 친구라면 더 조심스러워야 하지 않을까?"

"그럼 제가 일하러 간 동안은 계속해서 여기 계실 건가요?"

"신혼여행 때문에 며칠간 휴가를 낼 생각 아니었니? 그러니 회사는 안 나가도 되잖아."

"여행 가기로 한 건 또 어떻게 알았어요?"

"네 아파트 마루, 아니 천장…… 뭐 어쨌거나, 전혀 방음이 되질 않더구나. 오래된 집이 그렇지, 뭐."

"안토니!"

줄리아가 으르렁대며 소리쳤다.

"내 비록 기계로 다시 나타났다고는 하지만, 그래도 아빠라고 불러주렴. 난 네가 내 이름을 부를 때가 정말 싫더라."

"이십 년 동안을 써보지 못한 단어예요!"

"남은 엿새를 잘 보내야 할 이유가 또 하나 생긴 셈이구나!"

안토니 왈슈는 얼굴에 미소를 가득 머금으며 말했다.

"지금 내가 뭘 어떻게 해야 할지 정말 모르겠어요."

줄리아는 창문 쪽으로 걸어가며 조용히 말했다.

"우선 잠을 좀 자두렴. 밤이 다 해결해줄 거야. 네가 바로 우리가 만든 안드로이드의 혜택을 보는 첫 번째 고객이다. 그런 만큼 이 문제에 대해서 차분하게 생각해볼 가치가 있지 않겠니? 그리고 내일 아침 결정을 내리렴. 그 어떤 결정이라 해도 그것이 현명한 생각임에는 틀림이 없을 거야. 네가 이 기계를 꺼버리는 최악의 경우를 생각해보자. 회사에 조금 지각하는 것밖에 더 되겠니? 네가 만일 결혼을 했다면, 적어도 일주일은 회사에 나가지 못했을 거야. 아버지가 죽은 이 마당에, 회사에 지각하는 게 그리 중요한 일은 아니지 않겠니?"

줄리아는 자신을 응시하고 있는 안토니 왈슈를 가만히 살펴보았다. 그가 바로 그녀가 항상 가까워지려고 노력했던 그 아버지가 맞는다면, 줄리아를 바라보는 그의 시선에서 딸을 향한 부드러움이 조금은 녹아 있다고 믿을 정도였다. 그러나 그녀 앞에 있는 이 안드로이드는 아버지를 닮은 복제품일 뿐이었다. 그럼에도 불구하고 줄리아는 하마터면 안녕히 주무시라는 말을 할 뻔했다. 그녀는 방으로 들어와 침대에 누웠다.

몇 분이 흐르고, 몇 시간이 흘렀다. 열려 있던 창문의 커튼 틈으로 들어온 달빛이 책장 선반을 비췄다. 밖으로 보이는 보름달이지만 마치 줄리아의 방바닥에 떠서 일렁이는 것 같았다. 침대에 누운 줄리아는 어린 시절의 추억 속으로 빠져들어 갔다. 지금은 벽 하나를 사이에 두고 거실에 있는 그 아버지가 출장에서 돌아오기만을 바랐던 수많은 밤들이 오늘 줄리아가 맞는 밤과 얼마나 닮았던가. 불어오는 바람에 아버지가 다녀갔던 아름다운 나라들을 상상하며 잠 못 이뤘던 사춘기 시절의 수많은 밤들. 이렇게 줄리아는 꿈을 만들어가며 많은 밤을 보냈었다. 시간이 흘러 성인이 되었지만 상상하는 버릇은 그녀에게 고스란히 남아 있었다. 그녀가 만들어낸 캐릭터가 하나하나 살아 움직이도록 하기 위해서, 또 서로 만나고 부족한 사랑을 채워나갈 수 있도록 하기 위해서 얼마나 많이 그려내고 또 얼마나 많이 지워야 했는가. 줄리아는 오래전부터 알고 있었다. 무언가를 상상할 때 우리는 헛되이 현실의 빛을 찾는다는 사실을 말이다. 우리의 꿈이 너무나도 강렬한 현실의 빛에 부딪혔을 때는 그저 잠시 그 꿈을 포기하면 된다는 것을. 그러면 잠시 그 꿈도 사라진다는 것을. 과연 어린 시절의 끝은 어디서 찾을 수 있을까?

작은 멕시코 인형은 제일 처음 만들어낸 수달 석고주형 옆에 놓여 있었다. 바로 불가능할 줄만 알았던 작은 희망이 현실이 된 틸리의 석고상이었다. 줄리아는 가만히 손을 뻗어 멕시코 인형을 잡아보았다. 줄리아는 항상 직감대로 움직였고, 거기에 시간이 더해져 그녀의 상상력은 늘 커져만 갔다. 그러니 이번 일도 한번 믿어봄이 어떨까?

줄리아는 곧 인형을 제자리에 내려놓았다. 그러고는 가운을 대강 걸쳐입고 방문을 열었다. 안토니 왈슈는 거실 소파에 앉아 NBC 방송의 드라마를 보고 있었다.

"전선은 내가 다시 연결했다. 제대로 플러그에 꽂아놓지도 않다니, 원! 내가 좋아하는 드라마야."

줄리아가 안토니 왈슈 옆에 앉았다.

"내가 못 본 회분을 방송해주는구나. 이미 봤던가? 그랬을지도 모르지만, 어쨌든 내 기억 속에는 없어."

줄리아가 리모컨을 집어들어 소리를 줄여버리자 안토니 왈슈는 이내 못마땅한 표정을 지었다.

"대화를 나누고 싶다면서요? 대화를 나누죠, 지금."

줄리아가 말했다. 그리고 두 사람은 십오 분이나 넘게 침묵 속에 있었다.

"다행이야. 내가 못 본 회분을 방송해주는구나. 이미 봤던가? 그랬을지도 모르지만, 어쨌든 내 기억 속에는 없어."

안토니 왈슈는 볼륨을 높이며 방금 했던 말을 반복했다. 그러자 줄리아가 아예 텔레비전을 꺼버리며 말했다.

"프로그램에 오류라도 난 건가요? 아까 했던 말을 또 하고 있잖아요!"

안토니 왈슈가 꺼진 텔레비전 화면을 가만히 응시하는 가운데, 침묵 속에 십오 분가량이 또 지났다.

"네 생일날 저녁이었어. 아홉 살 생일이었던 것 같구나. 네가 좋아했던 중국식당에서 너와 나 단둘이서 식사를 했지. 그리고 돌아와서는 텔레비전을 보면서 저녁시간을 보냈어. 이렇게 단둘이서 말이다. 내 침대에 누워서 텔레비전을 봤지. 넌 방송이 다 끝난 후에도 지지직거리는 화면을 끊임없이 쳐다봤어. 아마 넌 기억을 못 할 거야. 너무 어렸으니까. 새벽 두 시정도 되었을까, 결국 너는 잠이 들어버렸지. 너를 네 방으로 옮기려고 했지만, 침대맡에 고정된 쿠션을 어찌나 꽉 움켜쥐고 자던지…… 결국 그냥 둘 수밖에 없었다. 네가 침대를 가로질러 눕는 바람에, 난 누울 자리가 없었어. 그래서 침대 옆에 있는 안락의자에 앉았지. 밤을 새우면서 너를 지켜보았어. 너는 아마 기억을 못 할 거야. 아홉 살밖에 되지 않았으니까."

줄리아는 아무 말이 없었다. 이윽고 안토니는 텔레비전을 다시 켰다.

"대체 저런 이야기는 어떻게 만들어내는 걸까? 상상력이 정말 끝내준다니까! 정말 놀라워. 재미있는 사실은, 드라마를 보다 보면 결국 등장인물의 이야기에 푹 빠져버린다는 거지."

줄리아와 안토니는 아무 말도 하지 않고 그렇게 나란히 앉아 있었다. 두 사람의 손 역시 나란히 놓인 채로. 단 한순간도 두 사람의 손이 닿지 않았고, 단 한순간도 이 특별한 밤의 정적을 깨는 말이 들려오지 않았다. 새벽빛이 어슴푸레 거실을 비추자, 줄리아는 자리에서 일어났다. 아무 말 없이 거실을 가로질러 방문 앞으로 갔다. 그리고 돌아보며 말했다.

"안녕히 주무세요."

6

　침대맡에 놓인 탁상 위 시계가 벌써 아홉 시를 알렸고, 눈을
뜬 줄리아가 벌떡 일어났다.

　"망했어, 망했어!"

　서둘러 욕실로 가려던 줄리아는 아니나 다를까 문턱에 발을
찧고 말았다.

　"벌써 월요일이야? 정말 짜증나는 밤을 보냈는데!"

　불만에 가득 찬 줄리아가 혼잣말을 했다. 욕조 커튼을 젖히
고 안으로 들어간 그녀는 오랫동안 뜨거운 물을 맞고만 있었
다. 조금 후, 세면대 위에 걸린 거울을 들여다보며 양치질을
하고 있던 그녀가 갑자기 폭소를 터뜨렸다. 그러고는 허리에
하나, 머리에 하나 수건을 둘렀다. 밖으로 나가 차 한 잔을 준

비할 생각이었던 것이다. 방을 가로질러 가던 줄리아는 차를 마시자마자 스탠리에게 전화를 해야겠다고 생각했다. 지난밤 있었던 어이없는 일을 그에게 전하는 것은 그리 쉽지만은 않을 터였다. 분명 스탠리는 억지로라도 줄리아에게 정신과 상담을 받아보라고 할 테니 말이다. 하지만 어쩔 수 없었다. 줄리아는 스탠리에게 전화를 하거나, 아예 그를 직접 찾아가지 않고는 단 하루도 버틸 수 없었다. 끝내 믿을 수 없는 꿈같은 이야기는 가장 친한 친구에게 털어놓아야 하는 법이다.

이런 생각에 웃음기를 띤 채 거실 쪽 방 문을 열려고 하는 순간, 줄리아는 포크며 나이프가 부딪히는 소리에 깜짝 놀라고 말았다.

심장이 다시 쿵쾅거리며 뛰기 시작했다. 줄리아는 두르고 있던 수건을 얼른 내던지고, 대충 되는대로 청바지와 티셔츠를 입었다. 머리를 대강 손질하고서 그녀는 다시 욕실로 들어갔다. 그리고 거울에 비친 자신을 보며 블러쉬를 좀 발라볼까 생각했다. 마침내 준비를 끝낸 그녀가 살며시 열린 방문 사이로 얼굴을 내밀고 소곤거렸다.

"아담? 아니면 스탠리?"

"아침에 커피를 마시는지 차를 마시는지 몰라 그냥 커피를 준비했다."

부엌에서 안토니 왈슈가 김이 모락모락 나는 커피메이커를 흔들어 보이며 대답했다. 그러고는 혼자 들떠 덧붙였다.

"좀 진하게 탔어. 내가 진한 커피를 좋아하잖니!"

줄리아는 그녀의 오래된 식탁을 바라보았다. 이미 포크며 스푼, 나이프가 놓여 있었다. 꿀통과 쨈병 두 개가 대각선으로 나란히 정렬되어 있었고, 조금 멀리로는 버터접시와 시리얼통이 완벽한 직각을 그리며 정리되어 있었다. 그리고 우유병이 설탕통 앞에 반듯하게 놓여 있었다.

"뭐하는 거예요?"

"뭘? 내가 뭘 또 잘못했니?"

"다정하고 모범적인 아버지 행세를 하는 이유가 뭐예요? 단 한 번도 제 아침식사 준비를 해주신 적이 없잖아요. 이제 와서 그러시겠다는 건가요? 지금 죽은 마당에······."

"과거형은 쓰지 말라고 부탁했잖니! 우리가 만든 규칙이야. 모든 이야기는 현재형으로····· 물론 미래형은 나에겐 사치니 없는 것으로 하고······."

"아빠가 정한 규칙이죠! 그리고 전 아침에 차를 마셔요!"

안토니는 줄리아의 찻잔에 커피를 따르며 물었다.

"크림을 넣을까?"

줄리아는 수돗물을 틀고 전기포트에 물을 채웠다.

"그래 결정은 내렸니?"

안토니는 토스트기에서 빵 두 조각을 빼내며 물었다.

"서로 대화를 나누는 게 목적이었다면, 어젯밤은 목적달성을 못 한 밤이었던 것 같아요."

줄리아는 한층 부드러워진 목소리로 대답했다.

"난 너와 함께 보냈던 그때가 참 좋았는데. 넌 안 그랬니?"

"아홉 번째 생일이 아니었어요. 제 열 번째 생일날이었죠. 엄마 없이 보낸 첫 번째 주말이기도 했고요. 그날은 일요일이었어요. 엄마는 목요일에 입원을 하셨죠. 그 중국식당 이름은 '왕'이었어요. 작년에 문을 닫았죠. 월요일 아침이 되자, 아빠는 자고 있던 저에게 인사조차 하지 않고 비행기를 타러 떠나 버렸어요."

"그날 오후에 시애틀에서 중요한 약속이 있었어! 아니, 보스턴이었던 것 같다. 어디였지? 기억이 안 나네……. 그리고 목요일에 다시 돌아왔지……. 금요일이었던가?"

"이런 얘기를 해봤자 무슨 소용이에요?"

줄리아가 식탁에 앉으며 물었다.

"단 몇마디만으로 벌써 많은 얘기를 나눴잖니. 넌 그렇게 생각하지 않아? 그리고 전기포트에 전원을 켜야 물이 끓지!"

줄리아는 앞에 놓인 커피의 냄새를 맡았다.

"여태까지 단 한 번도 커피를 마셔본 적이 없는 것 같아요."

그리고 그녀는 커피에 조심히 입술을 갖다 대었다.

"마셔보지도 않고 어떻게 커피가 싫다고 할 수 있겠어?"

안토니 왈슈가 단숨에 커피를 들이마시는 줄리아를 보며 말했다.

"왜냐하면!"

이번에는 줄리아가 잔뜩 인상을 찌푸린 채 커피 잔을 내려놓으며 말했다.

"우선 쓴 맛에 길들여지지……. 그리고 커피가 발산해내는 관능적인 면을 좋아하게 되는 거야."

안토니가 이렇게 대답했다.

"스튜디오에 나가봐야 해요."

줄리아가 꿀통 뚜껑을 열며 말했다.

"결정을 내린 거야, 안 내린 거야? 정말 스트레스 쌓이는 상황이구나. 적어도 나는 네가 내린 결정이 어떤 건지 알 권리가 있지 않니?"

"뭐라고 말해야 할지 모르겠어요. 그러니까 더 이상 부담주지 마세요. 내가 보기에는 아빠나 회사 사람들이 잊은 게 있어요. 또 다른 윤리의 문제예요."

"말해보렴. 의견수렴은 중요해."

"아무것도 원하지 않은 누군가의 인생을 망칠 수도 있다는 거죠."

"누군가?"

조금은 차가운 톤으로 안토니가 물었다.

"말꼬리 잡고 늘어지지 마세요. 그리고 전 잘 모르겠으니까, 아빠가 알아서 하세요. 회사에 전화를 걸어서 코드번호를 말하고, 그 사람들이 알아서 끄도록 하시든가."

"단 엿새야, 줄리아. 모르는 사람도 아니고, 네 아빠잖아. 그런 아빠를 완전히 잊는 데 엿새면 돼. 네 스스로 결정을 내리지 않겠다는 거냐? 정말 확실해?"

"아빠를 위한 엿새겠지요! "

"난 더 이상 이 세상 사람이 아니다. 내가 여기서 얻을 게 뭐가 있겠니. 나도 내가 이런 말을 할 줄 몰랐다. 그렇지만 이게 현실이야. 그렇게 생각하니 참 이상하기도 하구나……."

안토니 월슈는 재미있다는 듯 말을 이어갔다.

"이런 상황까지는 상상하지 못했는데 말이야. 정말 엉뚱하기 짝이 없군, 그래! 너도 인정할 건 인정해야 해. 이런 획기적인 발명품이 있기 전에는, 그 누구도 자신의 딸에게 직접 '나 죽었다'라고 말을 할 수 있었겠어? 게다가 바로 눈앞에서 그 말을 듣는 딸의 반응을 지켜보면서 말이야. 안 그래? 너한테는 별로 재미있는 얘기가 아닌가보구나. 그리 웃긴 얘기가 아니긴 하지."

"하나도 안 웃겨요!"

"아쉽게도 나쁜 소식이 하나 있다. 내가 직접 회사에 전화를 걸 수는 없어. 불가능한 일이야. 안드로이드 프로그램을 멈출 수 있는 유일한 사람은 바로 다름 아닌 고객이야. 그리고 난 벌써 코드번호도 잊어버렸는걸? 금방 기억에서 지워져버리거든. 네가 코드번호를 적어뒀어야 했는데…… 혹시 모르니 말이야."

"1-800-3000001, 코드번호 654!"

"그래, 다행히 외웠구나!"

줄리아는 식탁에서 일어나 개수대에 커피 잔을 갖다놓았다. 그러고는 한참 동안 안토니를 쳐다보더니, 결국 벽에 걸린 전화기를 들었다.

"나야, 줄리아."

스튜디오로 전화를 건 줄리아가 말했다.

"결국 네 조언을 따르기로 했어. 오늘 하루 쉬려고 해. 내일도 마찬가지야. 어쩌면 더 쉴 수도 있어. 아직은 확실하지 않지만, 결정되는 대로 알려줄게. 프로젝트 진행상황을 저녁마다 메일로 보고해줘. 그리고 문제가 생기면 언제든지 연락주고. 마지막으로 하나 더! 신입 있잖아, 찰스. 찰스한테 신경을 많이 써줬으면 해. 이번 일로 큰 은혜를 입은 거나 다름없잖아. 괜히 다른 직원들과 멀어지지 않았으면 해. 그러니까 팀에잘 적응할 수 있도록 네가 도와줘. 너만 믿는다, 드레이."

안토니에게서 시선을 떼지 않던 줄리아가 전화를 끊었다.

"동료를 챙기는 일은 아주 중요하지! 난 항상 이렇게 말해왔어. 회사를 지탱하는 세 개의 기둥이 있다. 그 하나는 팀워크, 또 다른 하나는 팀워크, 나머지 다른 하나도 팀워크!"

"이틀이에요. 우리에게 할애하는 시간이 딱 이틀이라고요. 제 말 듣고 계세요? 그러니 그 이틀을 잘 보낼 건지 말 건지는 아빠가 결정하세요. 48시간 후에 전 제 자리로 돌아가요. 그리고 아빠는……."

"엿새!"

"이틀!"

"엿새!"

안토니 왈슈는 고집을 꺾지 않았다. 바로 그때, 전화벨이 울리는 바람에 두 사람 사이의 협상은 결렬되고 말았다. 안토니가 수화기를 들어올리자 줄리아가 황급히 빼앗았다. 그녀는 수화기를 손에 꽉 쥐어 상대방이 아무 소리도 듣지 못하도록 한 후, 안토니에게 잠자코 가만히 있으라는 신호를 보냈다. 전화를 건 사람은 아담이었다. 스튜디오로 걸었으나 자리에 없는 줄리아가 걱정되었던 것이다. 지난 밤 너무 예민하게 군데다가 또 줄리아를 괜히 의심한 데 대해 후회하고 있다고 말했다. 줄리아 역시 아무것도 아닌 일에 화를 내서 미안하다며 자신이 남긴 메시지를 듣고 집까지 와줘서 정말 고맙다는 말을 했다. 그리고 완벽하지는 않았지만, 생각지도 않게 찾아와 창문 아래서 기다려준 것은 정말 로맨틱했다는 말을 잊지 않았다.

아담은 줄리아가 일을 마칠 무렵에 맞춰 데리러 가면 어떻겠느냐고 물었다. 때마침 최대한 소란스럽게 설거지를 해대는 안토니 왈슈를 뒤로 하고 줄리아는 변명거리를 만들어야 했다. 결국 인정하고 싶지는 않지만 생각보다 아버지의 죽음 때문에 충격이 컸다고 말했다. 밤새 악몽에 시달려서 지금은 녹초가 되었다고. 그리고 어젯밤과 같은 일이 다시 생기지는 않았으면 좋겠다고 했다. 그러니 그냥 오늘은 조용히 오후를 보내고 일찍 잠자리에 들겠노라고 말했다. 그럼 내일은 만날 수 있을 거라고, 내일이 아니면 모레는 만날 수 있을 거라고, 그리고 그때가 되면, 아담이 결혼하고 싶어했던 그 줄리아로 다시 돌아와 있을 테니 안심하라고 했다.

"내가 뭐라고 했니? 부전여전이라고 했지?"

줄리아가 전화를 끊자 안토니 왈슈가 말했다. 그러자 그녀는 매서운 눈초리를 하고 안토니를 쏘아보았다.

"또 왜 그러니?"

"접시 하나 닦아본 적도 없으면서 무슨!"

"네가 그걸 어떻게 알아? 그리고 설거지하는 방법이 프로그램에 저장되어 있어."

안토니 왈슈가 사뭇 즐거워하며 대답했다.

줄리아는 안토니를 혼자 놔두고 못에 걸려 있던 열쇠꾸러미를 꺼내들었다.

"어디 가려고?"

안토니가 물었다.

"위층에 가서 아빠가 머물 방을 정리하려고요. 밤에 또 거실에 남아 부스럭거리면서 소음을 내시려고요? 전 못 잔 잠을 자야 해요. 무슨 말인지 아시겠죠?"

"텔레비전 소리 때문에 그런 거라면, 소리를 좀 줄이고 보면 되는데?"

"오늘밤은 위층에서 보내세요. 아셨어요?"

"날 다락방에서 지내게 할 생각은 아니지?"

"그러지 말아야 하는 이유라도 있으면 어디 한번 얘기해보세요!"

"쥐가 있다면서…… 네가 그랬잖아."

안토니는 마치 벌받는 아이처럼 대답했다. 그리고 줄리아가 집을 나서려 하자, 이번에는 꽤나 진지한 목소리로 말했다.

"여기서는 될 일도 안 되겠다!"

밖으로 나온 줄리아는 문을 닫고 계단을 올라갔다. 오븐에 달려 있는 시계를 본 안토니는 잠시 망설이더니 줄리아가 싱크대 위에 아무렇게나 올려놓은 하얀색 리모컨을 집어들었다.

위층에서 줄리아가 걸어다니는 소리가 들려왔다. 가구 옮기는 소리며 창문 여닫는 소리도 들렸다. 그리고 줄리아가 돌아왔을 때, 안토니는 리모컨을 들고 다시 상자 속으로 들어가 있었다.

"뭐 하시는 거예요?"

줄리아가 물었다.

"꺼버리려고. 이러는 게 우리 둘한테 더 낫지 않나 싶어. 특히 너를 위해서 말이야. 내가 너에게 방해가 되는 것 같아."

"스스로는 할 수 없다고 했잖아요."

안토니에게서 리모컨을 빼앗아들며 줄리아가 말했다.

"회사로 전화를 걸어 코드번호를 전하는 일은 너만이 할 수 있다고 그랬지. 리모컨 버튼 하나 누르는 게 뭐 어렵다고, 내가 이걸 못 할 것 같으냐?"

상자에서 다시 나오며 안토니가 혼자 구시렁댔다.

"그럼 마음대로 하세요! 왜 이렇게 사람을 피곤하게 만들어요?"

이번에는 줄리아가 안토니에게 다시 리모컨을 내밀며 화를 냈다. 안토니는 탁자 위에 리모컨을 올려놓으며 줄리아 앞으로 다가와서 말했다.

"신혼여행으로는 어디를 가려고 했니?"

"몬트리올. 그건 왜요?"

"참 건성이다, 네 약혼자도."

"퀘벡에 원수 진 일이라도 있어요?"

"전혀! 몬트리올은 정말 매력적인 도시지. 그곳에서 정말 좋은 시간을 보냈었어! 아니, 지금 문제는 그게 아니지……."

"문제가 뭔데요?"

"그러니까 말이다……."

"뭔데 그래요?"

"신혼여행인데 한 시간 만에 도착하는 곳이라니…… 더 이상 이국적인 곳도 없겠구나! 호텔비도 아낄 겸 차라리 캠핑카를 끌고 가지 그래?"

"몬트리올에 가자고 한 사람이 저라면요? 그곳이 바로 아담과 저에게 있어서 소중한 추억의 장소라면요? 알지도 못하면서 왜 그래요?"

"만일 신혼여행 장소로 집에서 한 시간도 걸리지 않는 그런 곳을 정한 사람이 너라면, 넌 내 딸도 아니야! 단풍시럽을 좋아할 수는 있지만, 그렇다고 신혼여행까지 그곳으로 갈 필요는……."

안토니는 약간 비꼬듯이 말했다.

"대강 넘겨짚고 철석같이 믿어버리는 그 버릇은 대체 언제 고치실 건가요?"

"고치기에는 너무 늦은 감이 없지 않지? 어쨌든 요는 인생에 있어서 가장 기억에 남을 밤을 네가 이미 알고 있는 도시에서 보내겠다는 거잖니. 새로움 따위는 전혀 없겠구나, 로맨틱

하지도 않고! 단골 호텔 지배인에게 이렇게 말하겠지? '저번 에 묵었던 방으로 주세요. 신혼여행이라고 다를 게 뭐 있나요, 밤이 다 똑같죠. 그리고 우리가 늘 먹는 음식으로 준비해주세 요. 제 남편은 늘 하던 대로 해야지, 갑자기 바뀌는 걸 싫어하 거든요!'"

안토니 왈슈는 참지 못하고 웃음을 터뜨렸다.

"다 끝났어요?"

"그래, 끝났어. 죽어서 좋은 게 있긴 하구나. 하고 싶은 말을 마음대로 다 할 수 있으니 말이야. 보통 신나는 일이 아닌걸, 이거?"

"아빠 말이 맞아요. 여기선 될 일도 안 될 것 같아요!"

줄리아의 말에 한참을 낄낄거리던 안토니도 웃음을 그쳤다.

"어쨌든 여긴 아니야. 뭔가 중립적인 장소가 필요해."

이 말에 줄리아가 당황한 듯 안토니를 쳐다보았다.

"이제 그만 이 작은 아파트 안에서의 숨바꼭질 놀이는 그만 두자. 네가 원하는 대로 위층을 정리한다고 해도 우리 두 사람 이 쓰기에는 여전히 작아. 그리고 우리가 어린 아이들처럼 낭 비해버리는 이 소중한 시간이 충분하게 남아 있는 것도 아니 잖니. 한 번 가버린 시간은 두 번 다시 돌아오지 않아."

"제안을 해보세요, 그럼."

"여행을 떠나자. 회사에서 전화가 오지도 않고, 말도 없이 갑작스럽게 아담이 찾아올 수도 없고, 인형처럼 멍하니 앉아 서 텔레비전을 보며 저녁시간을 다 때우지 않을 곳. 대신 산책을 하면서 우리 둘이 얘기 나눌 수 있는 곳으로 말이야. 바로 그런 시간을 갖기 위해서 내가 여기까지 온 게 아니겠니. 우리 둘만의 시간, 우리 둘만의 며칠!"

"아빠는 한 번도 저에게 그런 시간을 할애해주지 않았으면 서, 지금 절더러 아빠에게 그런 시간을 선사하란 말이에요?"

"나랑 계속 전쟁을 하겠다는 거니, 줄리아? 안 그래도 며칠 만 지나면 평생을 그렇게 살 수 있을 거야. 그저 네 기억 속에 남아 있는 나하고 말이다. 딱 엿새야. 우리한테 남은 시간이 단 엿새란다. 이것이 내가 너에게 하는 제안이야."

"여행은 어디로 떠나나요?"

"몬트리올!"

얼굴이 갑자기 환해지며 피어나는 미소를 줄리아도 감출 수 가 없었다.

"몬트리올이라고요?"

"환불이 안 되는 비행기표라며…… 그럼 탑승객 이름이라 도 바꿔볼 수 있지 않겠니?"

이미 머리를 묶고, 어깨에 겉옷을 걸치고 있는 줄리아가 안 토니의 제안에 한마디 대꾸도 없이 밖으로 나가버릴 것이 분 명했기 때문에 안토니는 문을 가로막고 나섰다.

"그런 표정 짓지 마라. 아담이 그랬잖아, 비행기표는 버려버 려도 괜찮다고!"

"남의 말이나 주워듣는 아빠의 그 두 귀가 혹시라도 놓쳤을 까봐 말씀드리는 건데요, 아담은 비행기표를 추억으로 간직하면 어떻겠느냐고도 했어요! 어쨌든 아담은 제가 다른 사람하고 여행을 가도 좋다고는 하지 않았어요."

"다른 사람이 아니야, 네 아빠다!"

"비켜주시죠!"

"어딜 가는 거야?"

가로막고 있던 문에서 비켜서며 안토니 왈슈가 물었다.

"바람 좀 쐬려고요."

"화났니?"

안토니는 질문에 대한 대답 대신 계단을 내려가는 딸의 발소리를 들어야 했다.

*

그린위치 거리로 택시 한 대가 속도를 줄이며 다가왔다. 줄리아는 별 생각 없이 얼른 그 택시를 잡아탔다. 집 쪽을 볼 필요도 없었다. 지금쯤이면 안토니 왈슈가 창문을 통해 9번가를 향해 멀어져가는, 줄리아가 탄 노란 택시를 내려다보고 있을 것이 틀림없었기 때문이다. 아니나 다를까, 안토니는 줄리아의 택시가 사거리에서 사라지자마자 곧장 부엌 쪽으로 걸어가 두 통의 전화를 걸었다.

소호에 다다르자 줄리아가 택시에서 내렸다. 이곳의 골목골목을 잘 알고 있었던 그녀는 원래 걸어다니곤 했었다. 십오 분 정도만 걸으면 되는 거리였다. 하지만 오늘은 달랐다. 되도록 빨리 집에서 벗어나기 위해서라면, 줄리아는 길모퉁이에 자물쇠 없이 세워져 있는 자전거라도 도둑질해 타고 달렸을 것이다. 그녀는 작은 앤티크 가게의 문을 열었다. 문에 달려 있던 종이 짤랑 하고 소리를 냈다. 바로크식 의자에 앉아 독서를 하고 있던 스탠리가 책을 얼른 내려놓으며 말했다.

"영화 〈크리스티나 여왕〉에 나온 그레타 가르보도 이만큼은 못 했을 거야!"

"무슨 소리야?"

"네가 들어오는 모습 말이야. 위엄 있으면서도 뭔가 두려움을 주는 등장!"

"오늘은 놀림당할 기분이 아니야."

"안 놀리고 지나칠 수 있는 날은 없지! 일은 어쩌고 왔어?"

줄리아는 오래된 책장 가까이로 다가갔다. 그리고 책장의 제일 마지막 선반에 놓여 있는 금장식의 추시계를 찬찬히 쳐다보았다.

"18세기에는 몇 시였나 확인해보려고 회사도 땡땡이치고 우리 가게에 온 거야?"

스탠리는 콧등에 걸쳤던 안경을 올리며 줄리아에게 물었다.

"이 시계 정말 예쁘다."

"응. 난 안 예쁘냐? 도대체 무슨 일이 있었던 거야?"

"아무 일도 없어. 그냥 너 보려고 온 거야."

"잘도 그렇겠다. 나도 이 앤티크 가게 관두고 팝아트로 전향

할 생각이야!"

스탠리가 들고 있던 책을 떨어뜨리며 자리에서 일어나 마호가니 나무로 된 책상 모서리에 가서 다시 앉으며 말했다.

"뭔가 폭발할 일이라도 생긴 거야?"

"그렇지, 뭐."

줄리아는 스탠리의 어깨에 머리를 기대었다.

"머리가 너무 복잡해서 무거워졌네!"

줄리아를 품에 안은 스탠리가 말했다.

"베트남에서 친구가 보내온 차를 한 잔 준비해줄게. 몸의 독소를 없애주는 그런 차야. 마셔보면 알 거야, 효과가 얼마나 좋은지! 그 친구만 봐도 알 수 있어. 건강상에 어떤 문제도 없는 친구거든."

스탠리는 선반 위에 놓여 있던 찻주전자를 내려놓고 앤티크 가게의 계산대이자 집무용으로 쓰이는 탁자 위에 있던 전기포트에 전원을 넣었다. 그리고 몇 분간 차를 우려낸 뒤 오래된 찬장에서 꺼낸, 자기로 된 찻잔에 곱게 담아내었다. 줄리아는 차에서 우러나는 자스민 향을 맡아보고 한 모금 들이마셨다.

"그래, 이제 말해봐. 숨기려고 할 필요도 없어. 신이 내린 이 명약의 차는 굳어버린 혀까지도 다 풀어버리거든."

"너 나랑 같이 신혼여행 갈래?"

"내가 너랑 결혼했으면 또 모를까! 그런데 나랑 결혼하려면 네 이름이 줄리아가 아니라 줄리앙이어야 해. 그렇지 않으면 신혼여행이 별 재미가 없잖아."

"한 일주일 정도 가게문 닫고, 내가 가자는 데로 가면……."

"너무 로맨틱한걸? 어디로 가는데?"

"몬트리올."

"절대 안 돼!"

"너도 퀘벡이랑 원수졌니?"

"3킬로를 빼기 위해서 지옥의 6개월을 보낸 사람이야, 내가! 거기 가서 며칠 만에 다시 찔 일 있니? 몬트리올에 얼마나 먹거리가 많은데! 게다가 종업원들도 끝내줘. 그리고 일단은 내가 차선책이라는 게 마음에 안 들어!"

"왜 그런 말을 해?"

"나한테 말하기 전에 누가 거절했니?"

"그게 뭐가 그리 중요해! 내가 말을 한다고 해도 믿지 않을 거야."

"널 괴롭히고 있는 그 문제에 대해서 차근차근 설명을 하면 안 믿을 이유가 없지!"

"처음부터 다 설명을 해도, 아마 넌 믿지 않을 거야."

"그래, 그건 그렇다고 치자. 대체 주중에 이렇게 휴가를 내는 게 얼마만이야?"

아무 대답이 없는 줄리아를 보며 스탠리가 말을 이었다.

"월요일 아침에 갑작스럽게 내 가게로 찾아와서, 게다가 커피는 절대 마시지 않는 애가 입에서는 커피 냄새를 폴폴 풍기면서, 아무렇게나 대강 바른 브러쉬로 잠 못 잔 얼굴을 겨우 가리고, 다짜고짜 네 약혼자 대신 너랑 함께 신혼여행을 가자고? 도대체 무슨 일이 생긴 거야? 아담이 아닌 다른 남자와 밤을 보낸 거야?"

"아니야!"

줄리아가 소리쳤다.

"그럼 질문을 다시 할게. 누구 때문에 혹은 무엇 때문에 두려운 거야?"

"그런 거 없어."

"나도 바쁜 사람이야, 줄리아. 고민을 털어놓을 정도로 나를 믿는 게 아니라면, 이만 물품 확인이나 하러 가야겠어."

스탠리는 가게 안쪽 창고로 다가가며 말했다.

"내가 들어왔을 땐 책 읽으면서 하품하고 있었잖아! 거짓말을 하려면 좀 그럴듯하게 하든가!"

줄리아가 웃으면서 말했다.

"제발 그 우울한 표정 좀 짓지 마. 나가서 좀 걸을까? 조금 있으면 다른 가게도 문을 열 거야. 새 구두 사는 거, 어때?"

"신지도 않으면서 신발장에 가득 쌓이기만 한 구두들을 네가 봤어야 해!"

"이게 지금 발한테 좋으라고 구두를 사자는 얘기야? 네 기분전환을 위해서 그런 거지!"

줄리아는 추시계를 들어올렸다. 시계 안을 보호하는 유리는 이미 깨지고 없는 모양이었다. 그녀는 손가락으로 시계의 테두리를 만지작거리기만 했다.

"정말 예쁘다, 이 시계."

그러더니 줄리아는 분침을 반대 방향으로 돌려보았다. 그 손놀림 덕분에 시계가 다시 움직이기 시작했다.

　　"시간을 되돌릴 수만 있다면 얼마나 좋을까?"

　　이번에는 스탠리가 줄리아를 가만히 쳐다보았다.

　　"시간을 되돌린다고? 그렇다고 해서 이 앤티크 제품들을 제 시대로 돌려놓을 수 있을 것 같아? 사물을 다른 시각으로 한번 바라봐. 앤티크이기 때문에 아름답다는 거 몰라?"

　　시계를 선반 위로 갖다놓으며 스탠리가 말을 이었다.

　　"이제 그만 뭐가 문제인지 말해보시지!"

　　"만약 너한테 여행을 떠나라고 한다면 말이야, 그것도 너희 아버지의 과거를 돌아보는 그런 여행을 제안한다면 갈 거야?"

　　"못 갈 것도 없지! 세상 끝까지라도 말이야. 게다가 우리 엄마 인생의 딱 한 부분을 되찾기 위해서라면, 난 이미 비행기 안에서 스튜어디스들이랑 노닥거리고 있었을 거야. 어떤 정신 나간 여자랑 시간 낭비를 하는 대신에 말이야. 비록 그 정신 나간 여자가 나와 가장 친한 친구이긴 하지만…… 그런 기회가 주어진 거라면, 망설이지 말고 떠나."

　　"너무 늦어버렸다면?"

　　"너무 늦어버렸다…… 그런 말은 모든 게 돌이킬 수 없이 다 정해졌을 때나 하는 말이야. 비록 돌아가시긴 했지만, 네 아버지는 항상 네 곁에 계셔."

　　"너는 아마 상상도 못 할 거야."

　　"무슨 얘기를 하려는 건지는 잘 모르겠지만, 어쨌든 너도 아빠가 그리운 건 사실이잖아."

"아빠의 부재에 익숙해졌어. 아빠 없이 사는 법을 배웠거든."

"진짜 부모를 단 한 번도 보지 못했던 애들도 언젠가는 제 뿌리를 찾아가게 되어 있어. 물론 그 아이들을 키우고 사랑해 준 양부모한테는 좀 안쓰러운 일이긴 하지만, 사람이 그렇게 태어난 걸 어떡해? 어디서 왔는지를 모르면 어디로 갈지도 모르는 게 인간이야. 네 아빠가 어떤 사람이었는지 알 수 있는 여행이라면, 그리고 너의 과거와 아빠의 과거에 대한 화해를 도와줄 수 있는 여행이라면 떠나."

"아빠랑 나랑은 추억이 별로 없어. 너도 잘 알잖아."

"네가 생각하는 것보다는 많을 수도 있어. 너의 그 강한 자존심을 높이 산다만, 이번만큼은 그 자존심을 버리고 여행을 떠나. 너를 위해서가 아니라면, 내 친구 하나를 위해서라도 이번 여행은 꼭 하도록 해. 언젠가 그 친구를 너한테도 소개시켜 줄게. 그 친구는 정말 다정하고 멋진 엄마야."

"그게 누군데 그래?"

질문을 던진 줄리아의 목소리에서 약간의 질투가 느껴졌다.

"바로 너. 몇 년 후의 너 말이야."

"넌 정말 좋은 친구야, 스탠리."

스탠리의 이마에 입맞춤을 하며 줄리아가 말했다.

"난 아무것도 한 일이 없는걸? 이게 다 이 마법 같은 차 덕분이야!"

"베트남에 있는 네 친구한테 고맙다고 전해줘. 차 효과가 정말 좋다고!"

가게를 나서며 줄리아가 말했다.

"이 차가 그렇게 좋아? 그럼 몇 상자 사놓을게. 여행에서 돌아오면 그때 가져가. 요 옆 골목길 가게에서 사면 되거든!"

7

경중경중 계단을 뛰어올라간 줄리아는 어느새 아파트 안으로 들어갔다. 거실에는 아무도 없었다. 몇 번이고 불러보았지만 안토니 월슈는 대답하지 않았다. 줄리아는 부엌, 방, 욕실, 게다가 위층까지 올라가본 후에야 그가 집에 없다는 것을 깨달았다. 그런데 이게 웬걸, 안토니 월슈의 사진이 들어 있는 은 테두리 액자가 벽난로 위에 떡하니 놓여 있었다.

"어디 갔다 왔니?"

갑작스러운 안토니의 말소리에 줄리아가 깜짝 놀랐다.

"간 떨어질 뻔했잖아요! 그러는 아빠는 어디 계셨어요?"

"내 걱정을 한 게냐? 정말 감동이구나. 잠깐 산책하러 나갔어. 여기 혼자 있으려니 영 심심해서 말이야."

"그리고 이건 또 뭐예요?"

줄리아가 벽난로 위의 액자를 가리키며 물었다.

"오늘밤은 위층에서 지내야 한다고 하기에 가서 방을 좀 정리했다. 그러다 우연히 이 액자를 발견했지…… 뿌옇게 먼지가 쌓였더구나. 내 사진을 옆에 두고 잠을 자는 게 좀 이상해서 말이야. 그래서 여기 갖다놓았다만 원한다면 다른 데 둬도 상관없어."

"아직도 여행 가고 싶으세요?"

줄리아가 물었다.

"마침 동네 여행사에 들렀다 오는 길이야. 역시 사람은 직접 만나서 얘기를 해봐야 해. 참 친절한 젊은 아가씨가 말이야, 그러고 보니 너랑도 좀 닮은 것 같구나, 네 얼굴에 미소만 좀 더하면…… 어디까지 말했지?"

"어떤 친절한 아가씨가……."

"그래, 맞다! 규칙에는 어긋나지만 어떻게 해결을 해주더구나. 삼십 분 정도 자판을 열심히 두드리더니, 난 헤밍웨이 전집을 타이핑하는 줄 알았지 뭐냐, 어쨌든 탑승자를 바꿔서 내 이름으로 표 하나를 만들어줬어. 간 김에 비즈니스석으로 표를 바꿨다."

"정말 놀랍네요! 제가 여행 가자는 제안을 받아들일 거라는 걸 어떻게 알고……."

"나도 몰랐어. 어차피 기념으로 간직할 티켓인데, 이왕이면 일등석 티켓이 더 나을 듯해서 그런 것뿐이지. 우리의 수준이라는 게 있잖니, 줄리아."

줄리아가 방으로 들어가버리자 안토니 왈슈는 또 어딜 가냐고 물었다.

"짐을 싸야죠! 이틀간 여행을 가자면서요!"

줄리아는 '이틀'이라는 단어를 제법 강조하며 대꾸했다.

"엿새 동안의 여행이야. 날짜는 바꿀 수가 없다는구나. 엘로디한테 간곡히 부탁을 해봤는데, 내가 말한 여행사 아가씨 이름이 엘로디야. 날짜까지는 바꿀 수 없다고 버티더라."

"이틀이에요!"

줄리아가 욕실에서 소리쳤다.

"네 마음대로 해라, 그럼. 최악의 경우, 거기 가서 바지 한 벌 사면 되지, 뭐. 혹시 모르고 있나 해서 하는 말인데, 네 청바지가 찢어졌더구나. 무릎이 다 보여!"

"아빠는요? 그냥 빈손으로 가시게요?"

줄리아가 열려 있는 문틈으로 고개를 들이밀며 물었다. 대답을 대신하여 안토니 왈슈는 거실 한가운데 놓인 나무상자 쪽으로 걸어갔다. 상자 안에 있는 뚜껑을 열자 작은 공간이 드러났다. 그리고 그 안에는 검은 가죽으로 된 여행 가방이 놓여 있었다.

"필수품 정도는 이미 생각해뒀지. 배터리가 다 되려면 엿새 인데, 그때까지는 그래도 우아하게 지내야 하지 않겠니!"

만족스런 표정으로 안토니 왈슈가 말을 이었다.

"참, 그리고 네가 없는 동안 내 신분증을 찾았어. 공항에서 너한테 넘긴 신분증 말이다. 그리고 시계도 내가 다시 찼다."

그는 자랑스러운 듯 손목을 흔들어 보이며 말했다.

"얼마간 이 시계를 차도 되겠지? 때가 되면 다시 네 것이 될 거야. 무슨 말인지 알겠지……."

"제 아파트를 뒤지지 않았으면 좋겠네요!"

"네 아파트를 헤집고 다니는 일은 마치 동굴학자들의 답사를 방불케 하더구나! 내 소지품이 담긴 두꺼운 봉투도 네 물건으로 난장판이 된 다락방에서 찾았어."

짐을 다 챙긴 줄리아는 아파트 입구에 가방을 갖다놓았다. 그리고 안토니에게 잠깐 나가야 할 일이 있어 외출은 하되, 일이 끝나는 대로 바로 들어오겠다고 했다. 아담에게 가서 여행을 떠나는 이유에 대해 설명할 생각이었던 것이다.

"뭐라고 말할 거냐?"

안토니가 물었다.

"이 일은 아담과 저의 일이에요."

줄리아가 대답했다.

"아담 일은 신경 안 쓴다. 난 그저 네가 어떻게 할지 궁금할 뿐이지."

"그래요? 이것도 그 안드로이드 프로그램 중 하나인가요?"

"어떤 이유를 댈지는 모르겠다만, 적어도 어디로 가는지는 말하지 마라."

"일급비밀에 관련된 일이라면 전문인 아빠의 조언을 따라야 하는 거겠죠?"

"그냥 인간 대 인간의 조언이라고 생각하면 안 되겠니? 어서 가렴. 적어도 두 시간 후에는 맨해튼을 떠나야 하니까."

*

줄리아가 잡아탄 택시는 아메리카 거리 1350번지 앞에 와서 멈췄다. 온통 유리로 되어 있는 그 건물 안에 뉴욕에서 내로라하는 한 출판사의 아동문학부가 자리하고 있었다. 줄리아는 서둘러 건물 안으로 들어갔다. 홀에 도착해보니 휴대폰이 터지지 않았다. 할 수 없이 그녀는 안내데스크로 가서 자기소개를 한 후, 커버맨 씨와 연결을 해달라고 부탁했다.

"웬일이야?"

줄리아의 목소리를 단번에 알아들은 아담이 물었다.

"회의중이었어?"

"초본작업을 하고 있었어. 십오 분 정도면 끝나는데, 왜? 오늘 저녁에 우리가 잘 가던 이탈리아 식당에 예약해둘까?"

그러다 아담은 우연히 전화기에 뜬 발신번호를 보았다.

"회사에 와 있어?"

"응. 안내데스크……."

"이걸 어쩌지? 신간 때문에 회의에 들어가야 하는데……."

"얘기를 좀 해야겠어."

아담의 말을 중간에서 자르며 줄리아가 말했다.

"오늘 저녁에 하면 안 되는 얘기야?"

"저녁식사는 같이 못 할 것 같아, 아담."

"알았어, 금방 갈게."

아담은 이렇게 대답을 하며 전화를 끊었다. 홀에 도착해서 줄리아를 만난 그는 그녀의 얼굴에서 뭔가 안 좋은 소식을 예감할 수 있었다.

"지하에 카페가 하나 있어. 거기로 가자."

아담이 말했다.

"그러지 말고 공원에 가서 잠깐 걷는 게 어떨까? 바깥바람도 좀 쐴 겸."

"그렇게 심각한 얘기야?"

건물을 나서며 아담이 물었다. 그러나 줄리아는 아무 대답이 없었다. 그들은 6번가를 걸어올라 세 블록을 더 가서 센트럴 파크에 도착했다.

온통 초록으로 물든 공원길은 아직 한적했다. 드문드문 조깅하는 사람들이 이어폰을 꼽고 일정한 리듬을 유지하려 애쓰며 적당한 속도로 달리고 있을 뿐이었다. 그저 여유롭게 산책이나 하려는 사람들에게는 이해가 안 가는 일일 수밖에……. 이때, 오렌지빛이 도는 갈색 털의 다람쥐 하나가 아담과 줄리아 곁으로 다가왔다. 두 앞발을 들고 앉아 있는 모습이 먹을 것을 달라는 듯했다. 줄리아는 코트 주머니에 손을 넣고 무릎을 꿇고 앉아서는 개암열매 한 주먹을 꺼내 쥐더니 다람쥐에게 내밀었다.

요 맹랑한 다람쥐 녀석이 줄리아의 곁으로 바싹 다가와 잠

시 망설이는가 싶더니, 탐스럽기만 한 개암열매를 가만히 쳐
다보았다. 식욕 앞에서는 사람에 대한 두려움쯤 아무것도 아
니었다. 다람쥐는 재빠르게 개암열매를 낚아채더니 몇 미터
도망을 간 뒤, 귀여운 듯 자신을 쳐다보는 줄리아 앞에서 야금
야금 먹어댔다.

"뭐야, 개암열매를 주머니에 넣고 다녀?"

상황이 우스운지 아담이 물었다.

"여기에 올 줄 알고 택시 타기 전에 한 봉지 사뒀어."

어느덧 그들 주위로 다람쥐들이 모여들었고, 그중 한 녀석
에게 개암열매 하나를 건네며 줄리아가 대답했다.

"당신이 동물사육자로서 자질이 있다는 걸 보여주려고 날
회의에서 끌어낸 거야?"

줄리아는 남아 있는 개암열매를 잔디밭에 뿌리고서 다시 걷
던 길을 가기 시작했다. 아담이 얼른 쫓아가 그녀와 발걸음을
나란히 했다.

"떠날 거야."

슬픈 목소리로 줄리아가 말했다.

"날 떠난다고?"

걱정스러운 듯 아담이 물었다.

"당연히 아니지, 이 바보! 그냥 며칠 어디 간다는 말이야."

"며칠?"

"이틀. 아니면 엿새."

"이틀이야 엿새야?"

"잘 모르겠어."

"줄리아! 연락도 없이 회사로 찾아와놓고는, 마치 세상이 끝나기라도 한 듯 절망스런 표정으로 날 여기까지 불러냈어. 그러니 내가 억지로 말해달라고 하기 전에 당신이 알아서 설명을 해주면 안 되겠어?"

"시간이 그렇게 아까워?"

"화났구나. 그럴 수도 있지. 하지만 나 때문에 화가 난 건 아니잖아. 난 당신의 적이 아니야. 당신을 사랑하는 한 남자로서 그것만으로도 만족하지만 그게 또 그리 쉬운 일은 아니야. 난 아무 잘못 없는데 괜히 나한테 화풀이하는 건 피해줘."

"오늘 아침에 아빠 비서한테서 연락이 왔어. 뉴욕을 떠나서 처리해야 할 일이 좀 있대."

"어딘데?"

"버몬트 북쪽. 캐나다 국경이야."

"그러지 말고 이번 주말에 나랑 같이 가는 건 어때?"

"급한 일이야. 그때까지 기다릴 수 없어."

"여행사에서 전화가 왔던데, 이 일하고 관련이 있는 건가?"

"여행사에서 뭐라고 했는데?"

줄리아는 걱정되는 목소리로 물었다.

"누군가가 찾아왔었대. 이유는 잘 모르겠지만, 어쨌든 내 표를 환불해줬어. 당신 표는 말고, 내 것만. 어떻게 된 일인지 설명을 안 해주더라. 나도 회의중이라서 왜 그러느냐 따질 시간이 없기도 했고 말이야."

"아빠 비서가 한 일일 거야. 그런 일에 아주 능숙하거든. 하긴, 누구한테 배운 솜씬데."

"그래서 캐나다에 가는 거야?"

"국경이라고 했잖아."

"정말 가고 싶어?"

"그런 것 같아."

어두운 표정의 줄리아가 대답했다. 그러자 아담이 줄리아를 품에 꼭 안으며 말했다.

"가야 된다면 가야지. 더 이상은 묻지 않을게. 널 의심하는 사람이 두 번은 되고 싶지 않아. 그리고 이제 그만 회사에 들어가봐야 해. 회사까지 같이 갈래?"

"난 여기 좀더 있을게."

"다람쥐들이랑 같이?"

아담이 약간은 빈정거리듯 물었다.

"응, 다람쥐들이랑 같이."

줄리아의 이마에 입맞춤을 하고 아담은 뒤로 몇 발짝 물러서며 손을 흔들었다. 그리고 공원 입구 쪽으로 걸어갔다.

"아담!"

"왜?"

"왜 하필 지금 회의가 있는 거야? 자기한테 정말 하고 싶은……."

"그러게 말이야. 요즘 우리 사이에 되는 일이 없네."

아담은 줄리아를 향해 허공에 입맞춤을 날려주었다.

"이젠 진짜 가야 해! 버몬트에 도착하면 나한테 전화해줘!"

줄리아는 그렇게 멀어져가는 아담을 바라보았다.

*

"얘기는 잘 했니?"

줄리아가 집으로 들어가자 안토니 왈슈가 물었다. 그는 제법 기분이 좋은 모양이었다.

"물론이죠!"

"그런데 왜 얼굴 표정이 그래? 아예 안 하는 것보다는 늦었지만 하는 것이……."

"그러게 말이에요! 아마도 내가 사랑하는 남자한테 처음으로 거짓말을 했기 때문에 기분이 이런 게 아닐까 싶어요."

"처음은 아니지. 이번이 두 번째야. 어제 일은 벌써 잊은 게냐? 원한다면 어제는 연습이라고 해두지. 그럼 오늘이 첫 번째가 되는 셈이니까."

"점입가경이라더니! 이틀 만에 아담한테 두 번이나 거짓말을 했어요. 그리고 아담은 얼마나 착한지, 나한테 아무것도 묻지 않고 그냥 여행을 떠나게 두었고요. 집으로 돌아오는 택시 안에서 제가 어떤 기분이었는지 아세요? 절대 되지 말아야지 싶었던 그런 여자가 된 기분이었어요."

"네가 좀 오버하는 것 아니야?"

"오버라니요! 다른 질문을 하지 않을 정도로 자신을 철석같이 믿고 있는 사람을 배신하는 것만큼 비열한 일이 또 어디 있겠어요?"

"자기 일에 너무 빠져서 다른 사람은 신경조차 못 쓰는 일이 있지!"

"아빠가 그런 말을 해요? 정말 뻔뻔스러운 생각이네요!"

"어쨌든 그런 쪽에선 전문인 사람에게서 나온 생각 아니냐! 밑에 차가 와서 기다리고 있어. 이러고 있을 시간이 없다. 안전이니 뭐니 하면서 비행기를 타는 시간보다 공항에서 보내야 하는 시간이 더 길어졌으니⋯⋯."

안토니 왈슈가 짐가방 두 개를 운반하는 동안, 줄리아는 아파트 안을 한번 쭉 둘러보았다. 벽난로 위의 액자를 본 줄리아는 곧 사진을 벽 쪽으로 돌려버렸다. 그러고는 집을 나섰다.

*

차를 타고 달린 지 한 시간이 지났다. 드디어 두 사람이 탄 리무진이 존 피츠제럴드 케네디 공항 여객 터미널로 향하는 길로 들어섰다.

"택시를 타도 됐었는데."

창밖으로 비행기를 바라보며 줄리아가 한마디 했다.

"그렇긴 하지. 그래도 리무진이 편하잖니, 안 그래? 내 카드를 다시 찾았고, 또 너는 내 재산을 그리 원하는 것 같지 않으니 나라도 내 돈을 쓰도록 그냥 놔두렴. 나처럼 죽은 후에 쓸 것을 생각하면서 평생을 돈 모으는 데 충혈이 되었던 사람들이 얼마나 많을까! 생각해보면 그럴 수 있다는 자체가 굉장한 사치야! 줄리아, 그 우울한 표정 좀 버릴 수 없겠니? 며칠 후면 다시 아담을 만나게 될 거야. 그리고 네가 다시 돌아갈 때쯤이면, 전보다 더 너를 사랑해줄 거야. 그러니 네 아버지와 보내는 이 시간을 만끽하렴. 마지막으로 우리가 함께 여행을 떠난 게 언제였지?"

"제가 일곱 살 때요. 엄마가 아직 살아 계시던 때. 휴가 내내 엄마랑 저는 수영장에만 있었어요. 아빠는 또 휴가 내내 호텔 전화 부스 속에서 일을 하며 보냈고요."

줄리아가 막 주차된 리무진에서 내리며 대답했다.

"그 당시에 휴대폰이 없었던 게 어디 내 잘못이니?"

차 문을 열며 안토니 왈슈가 말했다.

*

국제선 여객 터미널은 인산인해를 이루고 있었다. 성에 차지 않았으나 안토니 왈슈도 탑승수속 창구까지 꼬불꼬불 이어져 있는 줄 틈에 서서 기다려야 했다. 한참을 기다려 겨우 얻어낸 탑승권, 그러나 이번에는 안전검사를 위해 또다시 줄을 서야 했다.

"사람들이 얼마나 짜증을 내고 있는지 한번 보렴. 이런 불편함 때문에 여행의 즐거움이 다 사라지는 거야. 그러니 어떻게 사람들을 탓하겠어. 애들을 안고 있는 사람도 있고, 나이가 들어 서 있기가 불편한 사람도 있는데…… 이 사람들한테 몇 시간 동안을 서서 기다리라고 해봐, 당연히 짜증이 나지. 우리 앞에 있는 저 젊은 여자분을 봐라. 넌 저 사람이 아기 이유식 통에 폭탄을 숨겼을 거라고 생각하니? 다이너마이트가 들어 있는 살구나 사과 이유식이라니, 말이 되냐?"

"모든 게 가능한걸요, 뭐!"

"아니, 상식적으로 생각을 좀 해봐! 맹공 속에서도 유유히 차를 마셨던 영국신사들은 다 어딜 간 거야?"

"폭탄 속에서요?"

너무 큰 소리로 얘기하는 아버지 때문에 조금은 당황한 줄리아가 소곤거리며 말을 이어갔다.

"그 투덜대는 성격은 여전하시군요. 만일 제가 공항 직원한테 지금 나와 함께 있는 사람은 진짜 내 아빠가 아니라고 말하면 어떨 것 같아요? 우리의 상황을 자세하게 설명한다면요? 그럼 그 공항 직원은 소위 상식이라는 걸 잠시 잊을 수 있는 자격이 있는 건가요? 전 그 상식이라는 걸 집 안 거실에 놓인 상자 속에 두고 왔는걸요?"

안토니 왈슈는 어깨를 한번 으쓱하더니 앞으로 걸어갔다. 검사대를 지날 차례가 되었다. 자신이 마지막으로 내뱉은 말에 대해 생각해보다가 줄리아는 급하게 안토니를 불렀다. 그녀의 목소리에는 극도의 위급함이 그대로 배어났다. 패닉상태에 빠졌다고 해도 과언이 아니었다.

"가요. 비행기를 탄다는 건 정말 바보 같은 생각이었어요.

차라리 차를 한 대 빌려서 타고 가요. 제가 운전할게요. 여섯 시간만 가면 몬트리올에 도착할 거예요. 가는 길에 얘기를 나눌 수도 있잖아요. 차 안에 있으면 얘기하기도 더 쉽고, 안 그래요?"

"왜 그러니, 줄리아? 뭣 때문에 이렇게 잔뜩 겁을 먹었어?"

"모르시겠어요? 금방 탄로가 날 거라고요. 몸속에 있는 전자부속품들을 생각해보세요. 아빠가 지나가기만 하면 금속탐지기가 난리가 날 거예요. 그럼 경찰이 들이닥쳐 아빠를 체포하겠죠. 몸수색을 하고, 머리부터 발끝까지 엑스레이를 찍을 거예요. 그러고 난 후에는 어떻게 이런 첨단기술이 가능했나 알아보기 위해서 아빠를 분해해버릴 거라고요."

안토니 왈슈는 줄리아에게 미소를 지어 보이고 공항 안전요원에게 다가갔다. 그리고 여권 덮개 속에 넣어두었던 편지 한 장을 펴서 요원에게 내밀었다.

편지를 읽어본 요원은 안토니 왈슈에게 잠깐 옆에서 기다려달라고 부탁을 하더니 팀장을 불렀다. 팀장은 편지를 읽고 나서 최대한 공손하게 안토니를 대했다. 요원이 탐지대로부터 조금 떨어진 곳에서 조심스럽게 안토니의 몸을 검사했고, 그는 곧 자유의 몸이 되었다.

줄리아는 다른 탑승객과 마찬가지로 안전규칙에 따른 모든 검사를 받아야 했다. 신발을 벗고, 허리띠도 풀었다. 안전요원은 너무 길고 너무 뾰족하다는 이유로 줄리아의 머리핀을 압수했다. 이어서 깜빡 잊고 파우치에 넣어두었던 손톱깎이, 그리고 손톱깎이에 달려 있던 2센티미터 정도의 손톱 줄도 역시 압수당했다. 줄리아는 요원에게서 부주의하다는 지적을 당해야만 했다.

분명 비행기 안에 가지고 들어가면 안 되는 물건 리스트가 큼지막하게 씌어 있는데 어찌된 일이냐고 나무랐다. 그러자 줄리아도 질세라 차라리 갖고 들어가도 되는 물건을 써놓는 쪽이 더 나을 거라고 말했다. 안전요원이 무서운 교관 같은 말투로 엄격히 지켜야 하는 규칙에 대해 문제 삼느냐고 묻자 줄리아는 그렇지 않다고 대답하여 요원을 안심시켰다. 사십오 분 후면 비행기가 이륙할 예정이었다. 줄리아는 상대방의 반응은 볼 것도 없이 서둘러 가방을 챙겨들고서는 지금까지의 장면을 하나도 놓치지 않고 한심한 듯 바라보던 안토니에게로 달려갔다.

"왜 아빠만 특혜를 받은 거죠?"

안토니는 들고 있던 편지를 흔들어 보이더니 줄리아에게 넘겨주었다.

"심장전기자극기? 이런 걸 달고 다녀요?"

"십 년이 넘었지."

"왜요?"

"심근경색을 일으켰거든. 그러니 심장박동을 도와줄 기계가 필요하지."

"그게 언제였는데요?"

"그날이 네 엄마 제삿날이었다고 한다면, 또 연극한다고 나무라겠지?"

"나는 왜 그런 사실을 몰랐던 거죠?"

"네 일이 너무 바빴나보지, 뭐."

"아무도 나한테 그런 얘길 해주지 않았어요."

"네가 어디 있는지 몰랐으니까……. 이런 얘기는 해서 뭣하겠니! 처음에는 기계를 달고 다닌다고 얼마나 짜증을 부렸나 몰라. 그런데 지금은 내 몸이 온통 기계 투성이구나! 이제 그만 갈까? 이러다 비행기 놓치겠다."

안토니는 화면을 통해 비행기 출발시간을 확인했다.

"아, 이런! 한 시간이나 연착이란다. 제 시간에 가는 법이 없으니, 원."

줄리아는 남은 시간을 이용해 신문이며 잡지를 파는 곳으로 갔다. 그리고 진열대 뒤에 몸을 숨겨 아무도 모르게 안토니를 지켜봤다. 탑승대기실에 앉아 있던 그는 멍하니 활주로를 바라보고 있었다. 그렇게 먼 곳을 응시하고 있는 안토니를 바라보며, 그때 처음으로 줄리아는 자기가 아버지를 그리워하고 있었음을 깨달았다. 그녀는 스탠리에게 전화를 걸었다.

"나 지금 공항이야."

최대한 목소리를 낮추고 줄리아가 말했다.

"지금 떠나는 거야?"

스탠리도 들릴 듯 말 듯 조용히 물었다.

"가게에 손님이 많아? 내가 방해되는 모양이구나."

"그건 내가 묻고 싶었던 건데?"

"방해는 무슨! 내가 너한테 전화를 걸었잖아."

줄리아가 대답했다.

"그럼 왜 그렇게 속삭여?"

"그래? 난 모르고 있었네."

"네가 우리 가게에 좀더 자주 들러야겠어. 네가 행운을 가져다주나봐. 네가 가고 나서 한 시간도 채 되지 않아 18세기 시계를 하나 팔았거든. 이 년이나 갖고 있던 물건인데 말이야."

"그 시계가 정말 18세기 때 만들어진 거라면, 이 년이 아니라 더 있다가 팔려도 달라질 게 없는 거 아니야?"

"누가 알아? 뭐, 어쨌든. 네가 지금 누구랑 있는지도 모르고, 또 알고 싶지도 않아. 하지만 날 바보 취급하지는 말아줘. 정말 싫으니까."

"네가 믿고 있는 그런 게 아니야."

"믿긴 뭘 믿어. 종교냐, 믿게?"

"보고 싶을 거야, 스탠리."

"여행 잘 해. 여행을 하면 젊어진대!"

스탠리는 줄리아가 뭐라고 말하기도 전에 전화를 끊어버리고는 물끄러미 전화기를 바라보며 혼잣말을 했다.

"네가 원하는 사람이랑 떠나. 그렇다고 캐나다 남자한테 반해서 그곳에 눌러앉지는 말고! 너 없이는 하루가 너무 길어. 벌써부터 지겨워지는걸!"

8

　오후 다섯 시 삼십 분, 아메리칸 에어라인 4742기가 몬트리올 피에르-트뤼도 공항에 도착했다. 별 문제 없이 세관을 통과한 안토니와 줄리아는 이미 대기하고 있던 차에 올라탔다. 고속도로 역시 시원하게 뻥 뚫려 있었다. 삼십 분쯤 지났을까, 경제중심가를 지나던 길에 안토니가 온통 유리로 된 건물 하나를 가리키며 말했다.

　"저 건물은 지을 때부터 봤어. 너랑 나이가 같단다."

　"지금 그 얘기를 왜 하시는 거죠?"

　"네가 이 도시를 좋아한다니까, 너한테 추억거리 하나를 주려는 거야. 언젠가 이곳에 다시 왔을 때는, 네 아버지가 이 건물에서 몇 달간 일했었다는 걸 알고 있지 않겠니. 그러면 더 이상 이 거리는 너에게 낯선 거리가 아니라는 말이지."

"기억할게요."

줄리아가 대답했다.

"내가 저 건물 안에서 무슨 일을 했었는지 물어보지 않니?"

"사업을 하셨겠죠, 안 그래요?"

"아니! 그 당시 나는 신문가판대를 하나 갖고 있었을 뿐이야. 네가 태어났을 때부터 부자였는 줄 알아? 돈이 생긴 건 한참 뒤의 일이지."

"오랫동안 신문을 파셨나요?"

적잖이 놀란 줄리아가 물었다.

"어느 날 갑자기 뜨거운 음료를 팔아보면 어떨까 하는 생각을 했지. 이때부터 진짜 사업이라는 게 시작된 거야!"

안토니는 두 눈을 반짝거리며 이야기를 이어갔다.

"찬바람에 꽁꽁 언 사람들이 건물 안으로 밀려들어왔지. 초가을부터 시작되는 추위는 봄이 되어야 겨우 가시니까 말이다. 내가 팔던 커피, 핫초콜릿, 뜨거운 차를 마시기 위해 몰려들던 사람들을 네가 봤어야 하는데…… 시중보다 두 배는 더 받고 팔았는데도 말이야."

"그리고 어떻게 됐나요?"

"그다음에는 샌드위치를 추가해서 팔았지. 새벽부터 네 엄마가 샌드위치를 만들었어. 그때는 우리집 부엌이 정말 볼 만했다."

"그럼 엄마랑 아빠랑 몬트리올에 살았던 건가요?"

"상추니 햄이니 은박지에 둘러싸여 살았었지. 그러고는 이 건물과 바로 옆에 새로 세워진 건물로 샌드위치 배달도 시작했단다. 그리고 그때 처음으로 직원을 한 명 고용했지."

"누구였어요?"

"네 엄마! 내가 샌드위치며 음료를 배달하는 동안 네 엄마가 가게를 봤어. 얼마나 예뻤던지, 네 엄마를 볼 생각으로 하루에 네 번이나 주문을 하는 고객들도 있었단다. 그때가 정말 재미있었지. 네 엄마는 손님 하나하나 얼굴을 다 기억했고, 사람들마다 서비스도 달랐어. 1407호에서 회계를 보던 어떤 사람은 네 엄마를 짝사랑 했었단다. 그래서 항상 속이 가득 찬 샌드위치를 주곤 했지. 또 11층의 인사부장은 네 엄마가 싫어하는 사람이었어. 그래서 겨자를 넣어줄 때에도 다 쓴 겨자통에 남아 있는 찌꺼기를 줬지. 상추는 또 어떻고, 항상 시든 상추를 샌드위치에 넣어줬단다."

어느덧 부녀는 호텔 앞에 도착했다. 도어맨은 그들을 데스크로 안내했다.

"예약을 안 했는데요."

줄리아가 호텔 직원에게 여권을 내밀며 말했다. 직원은 곧 컴퓨터로 예약 상황을 확인하고서 줄리아의 이름을 입력했다.

"이미 예약을 하셨군요, 손님. 그것도 보통 방이 아닌데요!"

놀란 줄리아는 호텔 직원을 빤히 쳐다보았고, 안토니는 두어 걸음 뒤로 물러섰다.

"왈슈…… 커버맨! 저희 호텔에 일주일 동안 예약이 되어 있습니다."

호텔 직원이 말했다.

"정말 이렇게까지 해야 했어요?"

아무 일 없다는 듯 딴청을 부리는 안토니에게 줄리아가 포기한 듯 말했다. 이때 호텔 직원이 두 사람 사이에 끼어들며 말했다.

"스위트룸이네요⋯⋯."

직원은 안토니와 줄리아의 나이차를 가늠하며 갑자기 톤을 낮춰 말을 이었다.

"신혼부부를 위한⋯⋯."

"다른 호텔로 갈 수도 있었잖아요!"

줄리아가 안토니의 귀에 대고 말했다.

"패키지여행인 걸 어떡해! 아담이 준비한 게 패키지여행이라고. 비행기, 숙박 할 것 없이 다 포함된 여행 말이다. 그런데 식사 옵션은 선택을 안 했나봐. 그래도 걱정은 마라. 식사비용은 내 카드로 결제할 테니. 아니지, 네가 밥을 사는 것이 되는구나. 내 상속자가 너 아니니!"

안토니는 재밌다는 듯 웃으며 말했다.

"지금 제가 걱정하는 게 식사비용이에요?"

화를 버럭 내며 줄리아가 소리쳤다.

"아니야? 그럼 뭐가 걱정인데?"

"신혼부부를 위한 스위트룸!"

"그게 무슨 걱정이냐. 여행사에 물어봤더니, 그 스위트룸에는 방이 두 개나 있대. 작은 거실을 사이에 두고 말이다. 참, 제일 마지막 층이라는데 혹시 고소공포증 같은 게 있는 것은 아니겠지?"

줄리아가 안토니를 데리고 왈가왈부하는 사이, 직원은 그들에게 스위트룸의 열쇠를 내밀며 말했다.

"좋은 시간 되십시오……."

다른 직원이 나와 그들의 짐을 엘리베이터 쪽으로 가져가려던 찰나 줄리아가 갑자기 발걸음을 돌려 다시 안내데스크로 향했다.

"그쪽이 생각하는 그런 거 절대 아니에요! 저분은 제 아버지라고요!"

"별다른 생각은 하지 않습니다, 저도."

호텔 직원이 조금 당황한 듯 대답했다.

"아니, 이상하게 생각하고 계시잖아요! 그런데 그런 게 아니라고요!"

"제가 이 일을 하면서 별 상황을 다 봤답니다."

직원은 그들의 대화를 아무도 듣지 못하도록 데스크 위로 몸을 슬쩍 빼더니 자기가 믿을 만한 사람임을 강조하는 톤으로 말했다.

"절대 비밀은 보장할 테니 걱정 마세요."

줄리아가 앙칼지게 뭐라고 대답을 하려는 순간, 안토니가 나타나 그녀의 팔을 잡고 데스크에서 멀리 떨어진 곳으로 데려갔다.

"다른 사람들의 시선을 너무 신경 쓰는 거 아니냐?"

"아빠가 무슨 상관이에요?"

"사람들을 너무 신경 쓰다 보면 너의 자유는 물론이고 유머까지 잃게 된단다. 자, 이제 가자. 아까부터 직원이 엘리베이터 문을 막아놓고 있잖니. 이 호텔에서 엘리베이터를 타려는 사람이 어디 우리뿐이겠어?"

*

스위트룸은 안토니가 설명을 한 그대로였다. 작은 거실을 사이에 두고 방 두 개가 있었고, 각 방 창문으로는 시내가 한눈에 내려다보였다. 줄리아가 침대 위에 가방을 올려놓음과 동시에 누군가가 벨을 울렸다. 룸서비스였다. 바퀴달린 작은 테이블 위에는 얼음에 담긴 샴페인 한 병, 두 개의 샴페인 잔, 그리고 초콜릿 한 상자가 놓여 있었다.

"이게 뭐죠?"

줄리아가 물었다.

"환영하는 의미에서 저희 호텔에서 준비한 신혼부부를 위한 선물입니다."

줄리아는 룸서비스 직원을 한번 노려보더니 테이블 위에 놓인 카드를 읽어보았다. 왈슈-커버맨 부부가 신혼여행을 위해 이 호텔을 선택한 데 대해 무한한 감사를 보내며, 잊을 수 없는 여행이 될 수 있도록 호텔 직원 모두가 최선을 다하겠다는 내용이었다. 줄리아는 카드를 찢어 테이블 위로 곱게 올려놓은 다음 쾅 하고 문을 닫아버렸다.

"숙박비에 이미 포함되어 있는 선물인데요!"

밖에서 직원의 목소리가 들려왔지만 줄리아는 아무런 대답도 하지 않았다. 이윽고 엘리베이터 쪽으로 테이블을 밀고 가는 소리가 들려오자 줄리아는 다시 밖으로 나가 성큼성큼 테이블 쪽으로 다가갔다. 그리고 얼른 초콜릿 상자를 집어들어 다시 방으로 돌아왔다. 결국 애꿎은 룸서비스 직원은 쾅 하고 닫히는 스위트룸 702호의 문소리에 두 번이나 놀라고 말았다.

"뭔데 그러니?"

방에서 나오던 안토니 왈슈가 물었다.

"아무것도 아니에요!"

작은 거실의 창틀에 걸터앉으며 줄리아가 대답했다.

"정말 장관이지 않니? 날씨도 좋은데 잠깐 나가서 산책이나 할까?"

저 멀리로 보이는 생–로랑 강의 운치에 시선을 뗄 줄 모르고 안토니가 물었다.

"호텔에 멍하니 있는 것만 아니라면 아무거나 다 좋아요."

"내가 고른 장소가 아니다, 잊지 마라."

딸의 어깨에 스웨터를 걸쳐주며 안토니가 말했다.

들쑥날쑥한 돌멩이로 포장이 된 몬트리올의 오래된 길은 마치 유럽의 예쁜 도시에 난 길과 같았다. 안토니와 줄리아가 제일 처음으로 간 곳은 '다름' 광장이었다. 안토니는 광장의 작은 분수 가운데 떡하니 자리를 잡은 동상의 주인공, 즉 메종뇌브의 일생에 대해 줄리아에게 설명했다. 줄리아는 하품으로 아버지의 말허리를 자르더니, 이내 몇 미터 떨어진 사탕가게로 발길을 옮겼다. 덕분에 안토니는 몬트리올 도시를 세운 메종뇌브 상 앞에 우두커니 홀로 남게 되었다.

잠시 후, 줄리아가 돌아와 사탕이 가득 든 봉지를 안토니에게 내밀었지만 그는 이를 사양했다. 퀘벡사람들의 표현을 빌리자면 '닭똥구멍 모양 입'을 만들 수 있는 절호의 기회를 거절한 셈이었다. 줄리아는 받침돌 위에 세워져 있는 메종뇌브의 상과 안토니를 번갈아 쳐다보았다. 안토니 한 번, 동상 한 번, 안토니 한 번, 동상 한 번. 그러더니 그녀는 결국 고개를 끄덕였다.

"왜 그래?"

안토니가 물었다.

"아빠랑 너무 닮아서요. 죽이 잘 맞았을 것 같아요, 둘이."

줄리아는 노트르담 거리를 향해 안토니를 이끌고 갔다. 가는 도중 안토니는 130번지 앞에 멈춰 서서 그 건물이 바로 이 도시에서 가장 오래된 건물이며, 아직도 건물 안에는 한때 섬을 지배했던 쉴피스 회의 수사들이 살고 있다고 설명해주었다.

줄리아는 또 한 번 하품을 하고서 성당 앞을 지날 때는 혹시라도 안토니가 안으로 들어가보자고 할까 두려워 발걸음을 서둘렀다.

"이 안에 들어가보지 않으면 큰 손해야! 성당 안의 둥근 천장은 별이 떠 있는 하늘을 표현하고 있다고!"

서둘러 길을 가는 줄리아를 향해 안토니가 소리쳤다.

"아, 그래요? 이젠 알았으니까 됐어요."

멀리서 줄리아가 대답했다.

"네 엄마와 내가 너를 이 성당에서 영세시켰어!"

안토니는 할 수 없이 크게 소리쳐야 했다. 그러자 줄리아가 이내 걸음을 멈추고, 못마땅해하고 있던 안토니 쪽으로 돌아섰다.

"어디 그럼 별이 떠 있는 천장이나 보러 가죠!"

줄리아도 궁금했던지 선뜻 고집을 꺾으며 말하고는 몬트리올 노트르담 성당 계단을 성큼성큼 올랐다.

성당 안은 그야말로 장관이었다. 화려한 장식판으로 둘러싸인 둥근 지붕하며 제대로 이어지는 중앙통로는 마치 청금석이 촘촘히 박혀 있는 듯했다. 성당의 아름다움에 넋이 나간 줄리아는 그대로 제대까지 걸어갔다.

"이렇게까지 멋질 줄은 몰랐어요."

줄리아가 낮은 목소리로 말했다.

"네가 좋아하니 정말 다행이구나."

줄리아의 반응에 의기양양해진 안토니가 대답했다. 이어 그는 줄리아를 '사크레-쾨르〔성심(聖心)〕'에 봉헌된 제단으로 안내했다.

"제가 정말 여기서 세례를 받았어요?"

줄리아가 물었다.

"아니! 네 엄마는 무신론자였어. 그러니 내가 원했어도 영세를 시키도록 가만 두지 않았을걸?"

"그럼 왜 그렇다고 말했어요?"

"이 멋진 곳을 그냥 지나칠까봐 그랬지!"

안토니는 나무로 된 육중하고 위엄 있는 성당 문 쪽으로 발걸음을 돌리며 대답했다.

생-자크 거리를 걷던 줄리아는 마치 맨해튼 남쪽에라도 와 있는 기분이 들었다. 높은 기둥을 일렬로 세워 만든 그곳의 하얀 건물들 정면이 '월 스트리트'의 건물들과 많이 닮아 있었기 때문이다. 생트-엘렌가의 가로등에 불이 켜졌다. 거기서 멀리 떨어지지 않은 곳에 광장이 하나 있었는데, 그 광장으로 이어지는 작은 길들은 온통 신선한 풀로 덮여 있었다. 두 사람이 광장으로 들어선 순간 갑자기 안토니가 옆에 있던 벤치의 등받이에 몸을 기댔다. 하마터면 쓰러질 뻔한 것이었다. 그는 놀라서 달려오는 줄리아에게 괜찮다는 표시로 손을 몇 번 저었다.

"별것 아니다. 또 프로그램에 오류가 생겼나봐. 이번에는 무릎 관절이구나."

안토니는 줄리아의 도움으로 벤치에 앉을 수 있었다.

"많이 아파요?"

"아픔이라는 걸 못 느낀 지 며칠 되었지. 죽어서 좋은 점도 있어야 할 거 아니냐."

안토니가 표정을 일그러뜨리며 대답했다.

"무슨 소리예요? 아프지도 않은데 인상은 왜 써요? 진짜 아픈 사람 같잖아요!"

"그렇게 프로그램을 만들어놨으니 그렇지! 어딘가 다쳤는데 전혀 아픈 티를 내지 않으면 신빙성이 떨어지잖니!"

"됐어요! 더 이상 자세한 사항은 듣고 싶지 않아요. 그나저나 제가 도와드릴 일이 있으면 말씀하세요."

줄리아의 말에 안토니가 주머니에서 검은색 수첩을 하나 꺼내더니 볼펜과 수첩을 건네며 말했다.

"이틀째, 오른쪽 무릎에 이상이 옴, 이렇게 적어줄 수 있겠지? 그리고 다음주 일요일 회사에 이 수첩을 꼭 전해줘. 다음 모델을 만드는 데 큰 도움이 될 거야."

줄리아는 아무 말도 하지 않았다. 그리고 아버지가 말한 대로 수첩에 옮겨 쓰려 하는 순간, 그녀의 손이 심하게 떨리기 시작했다.

그 모습을 보고 있던 안토니가 결국 줄리아에게서 볼펜을 뺏으며 말했다.

"신경 쓰지 마라. 이것 봐, 잘 걸을 수 있잖아. 프로그램상의 큰 오류가 아닌 이상 저절로 문제가 해결되겠지. 굳이 보고할 필요는 없을 것 같구나."

유빌 광장으로 사륜마차 한 대가 들어왔다. 줄리아는 마차를 타고 산책하는 게 소원이었다고 말했다. 센트럴 파크를 수없이 배회했건만, 단 한 번도 마차를 탈 용기는 없었다고⋯⋯ 그러니 이번이 절호의 기회라면서 줄리아는 결국 지나가던 마차를 세웠다. 아연실색한 채 줄리아를 바라보던 안토니는 자신이 보챈다고 해서 일이 달라지지는 않을 것임을 짐작했다. 끝내 내키지 않는다는 표정을 지으며 안토니도 마차 위에 올라탔다.

"정말 황당하구나! 우리 꼴이 이게 뭐니?"

안토니가 한숨을 지으며 말했다.

"다른 사람들의 시선을 의식하지 말라면서요?"

"그래. 하지만 정도라는 게 있지!"

"같이 여행하자고 하셨잖아요. 이게 바로 여행을 하고 있는 거라고요."

줄리아가 대답했다.

아직도 안정감을 찾지 못한 안토니는 끊임없이 엉덩이를 흔들어대는 말의 뒷모습을 보더니 한마디 했다.

"내 경고하는데, 이 코끼리 같은 물건의 꼬리가 보이기만 해도 바로 내린다!"

"이건 말이죠, 코끼리가 아니에요!"

줄리아가 대답했다.

"엉덩이가 엄청나게 크잖아! 코끼리랑 다를 바가 없어!"

*

    항구로 들어온 마차는 카페 앞에 멈춰 섰다. 그곳에는 엄청나게 큰 곡물창고들이 들어서 있었는데, 그 창고 덕분에 반대쪽 강둑이 보이지 않았다. 크기가 얼마나 대단한지 꼭 물에서 솟아나온 것만 같았다.

    "빨리 다른 데로 가자. 지평선까지 가로막는 이 콘크리트 덩어리가 영 눈에 거슬리는구나. 이 창고는 왜 여태 그냥 두나 몰라."

    기분이 상한 듯 안토니가 말했다.

    "이 도시의 기념물 중 하나이니까요. 그리고 언젠가는 사람들이 곡물창고가 갖고 있는 매력을 발견해낼 수도 있잖아요."

    "그런 날이 왔을 때 이미 나는 이 세상 사람이 아닐 거야. 내가 생각하기엔 너도 마찬가지일 것 같은데!"

    안토니는 항구의 산책로로 줄리아를 인도했다. 그리고 그들은 계속해서 생-로랑 강의 둔치 공원을 가로질러 걸어갔다. 줄리아는 안토니보다 몇 발짝 앞서서 걷고 있다가 갈매기 한 마리가 날아가는 소리에 고개를 들어보았다. 그녀의 머리카락이 휙 하고 밤바람에 휘날렸다.

    "뭘 그렇게 보고 계세요?"

    줄리아가 안토니에게 물었다.

    "너를 보고 있었지."

    "절 보면서 무슨 생각을 하셨는데요?"

"예쁘다고 생각했다. 넌 네 엄마를 쏙 빼닮았어."

안토니가 엷은 미소를 지으며 대답했다.

"배고파요!"

갑자기 줄리아가 소리쳤다.

"좀더 가서 네가 먹고 싶은 걸 먹자꾸나. 여기도 식당이 많기는 한데…… 하나같이 다 맛도 없고 엉망이거든."

"아빠가 보기에는 어느 식당이 제일 그런데요?"

"우리 둘이 함께 찾아보면 어디 식당 하나 못 찾겠니? 나는 우리의 능력을 믿는다, 믿고말고!"

에베느망 강둑 교차로까지 올라온 두 사람은 이곳저곳 가게를 둘러보기도 했다. 옛 부두 자리가 생-로랑 강을 길게 거슬러올라 자리하고 있었다.

"아, 저 사람!"

줄리아가 갑자기 군중 속으로 섞여들어가는 한 남자를 가리키며 소리쳤다.

"누구 말이냐?"

"아이스크림 가게 옆쪽이요! 검은색 옷을 입은 남자!"

줄리아가 설명했다.

"누군지 모르겠는데?"

줄리아는 안토니의 걸음을 재촉하며 아예 그의 팔을 잡고 끌고 가기 시작했다.

"도대체 이게 웬 난리냐, 그래?"

"서둘러요. 이러다가 놓치겠어요!"

줄리아는 방파제 쪽으로 밀려드는 군중 속에 뛰어들었다.

"무슨 일인데 그래?"

줄리아의 발걸음을 따라잡기 힘든 안토니가 짜증을 내며 말했다.

"빨리 오세요!"

줄리아는 안토니를 기다릴 생각도 하지 않고 소리쳤다. 안토니는 이내 발걸음을 멈추고서 옆에 있던 벤치 위에 걸터앉아버렸다. 줄리아는 안토니를 그 자리에 남겨두고, 거의 뛰다시피 하며 의심쩍은 남자를 추격하기 시작했다. 그녀의 모든 관심은 그 남자에게 쏠린 듯했다. 그리고 얼마가 지났을까, 다소 실망스러운 표정을 지으며 줄리아가 다시 나타났다.

"못 잡았어요."

"대체 무슨 일인지 말해줄 수 있겠니?"

"저쪽이요! 저기 좌판을 벌여놓고 장사하는 사람들 쪽……
분명 아빠의 비서였어요!"

"내 비서? 특별한 구석이라고는 찾아볼 수 없는 친군데. 내 비서를 닮은 사람도 많고, 또 내 비서가 닮은 사람도 많아. 그러니 네가 잘못 본 게 틀림없어."

"그럼 왜 갑자기 절 따라오다가 말았죠?"

"무릎관절……."

안토니가 불만스러운 듯 대답했다.

"아프지 않다면서요!"

"프로그램이 문제야! 그리고 좀 너그럽게 봐줄 수는 없겠니? 내 마음대로 모든 걸 조절할 수는 없단다. 난 아주 복잡하고 정교하게 만들어지긴 했지만 어쩔 수 없는 기계일 뿐이야. 그리고 왈라스가 여기에 오면 또 어떠냐, 그 사람 자유잖니! 어차피 은퇴도 했겠다, 시간이 많을 거야."

"그럴 수도 있죠. 하지만 우연이라고 하기에는 너무나 기막힌 우연 아닌가요?"

"세상 좁다는 말이 있잖아! 단언하건대, 네가 사람을 잘못 본 게 틀림없다. 배가 고파서 헛것을 본 건 아니냐?"

줄리아는 안토니가 일어설 수 있도록 도와주었다. 그러자 다리를 한두 번 움직여보고는 안토니가 말했다.

"다시 정상으로 돌아온 것 같구나. 이젠 문제없이 걸을 수 있겠어. 그러니 밥 먹기 전에 좀더 걷자꾸나."

*

봄이 되면 이곳에는 선원이나 선객을 위한 필수품, 기념품, 여행객들을 위한 각종 장신구 등을 파는 장사꾼들이 산책로를 따라 노점을 열곤 했다.

"저쪽으로 가보자."

안토니가 줄리아를 데리고 방파제 쪽으로 가며 말했다.

"저녁식사 하는 거 아니었어요?"

안토니는 10달러짜리 목탄 초상화 크로키를 해주고 있는 한 젊고 아름다운 아가씨를 발견했던 것이다.

"정말 잘 그린다!"

젊은 여인의 작품을 감상하며 안토니가 말했다.

여인의 뒤로 걸린 몇 점의 작품들이 그녀의 재능을 그대로 보여주고 있었다. 그리고 마침 크로키 중이던 한 행인의 초상화는 다시 한 번 그 재능을 확인하는 기회를 제공해주었다. 하지만 줄리아는 초상화 크로키에 어떤 관심도 기울이지 않았다. 일단 배가 고프면 아무것도 눈에 들어오지 않기 때문이었다. 남들에게는 '조금 출출한 정도'가 줄리아에게는 굶주리는 고통으로 느껴진다면 설명이 될까? 줄리아와 함께 식사를 한 남자라면 그녀의 식성에 놀라지 않는 사람이 없었다. 동료든, 연인이든…… 일례로 아담이 팬케이크를 놓고 줄리아와 내기를 한 적이 있었다. 줄리아가 가뿐하게 일곱 번째 팬케이크를 들어올렸을 때, 겨우 다섯 개를 먹은 아담은 두 손을 들고 말았다. 그리고 그날 아담은 난생 처음으로 무척 고통스러운 소화불량에 시달려야 했다. 정말 불공평한 것은, 놀랄 만한 식성에도 불구하고 그녀가 항상 날씬한 몸매를 유지한다는 사실이었다.

"밥 먹으러 가요."

줄리아가 고집을 부렸다.

"잠깐만!"

안토니는 크로키 모델이 되었던 행인이 떠나자마자 얼른 그 자리를 차지하고 앉으며 말했다. 이 모습을 보고 줄리아는 물론 화가 난 표정을 지었다.

"뭘 하려는 거예요?"

더 이상 참지 못하겠다는 듯 줄리아가 소리쳤다.

"초상화 한 점 하려고!"

한껏 들뜬 안토니가 대답했다. 그리고 목탄을 다듬는 초상화 아가씨를 보며 그가 물었다.

"앞모습? 아니면 옆모습?"

"그 중간은 어떨까요?"

초상화 아가씨가 안토니에게 제안했다.

"그럼 왼쪽? 아니면 오른쪽?"

안토니는 앉아 있던 의자를 좌우로 돌리며 물었다.

"사람들은 이쪽 옆모습이 더 낫다고 하던데. 어떻게 생각하시오, 아가씨? 줄리아, 네 생각은 어떠니?"

"글쎄요! 별 생각 없는데요!"

줄리아가 결국 등을 돌리며 대답했다.

"방금 전에 그 고무짝 같던 젤리를 다 먹어치웠잖아. 좀더 기다릴 수 있지 않아? 그렇게 단것을 먹고도 아직도 배가 고프다니, 나는 영 이해가 되질 않는구나."

이때 초상화 아가씨는 뭔가를 이해한다는 표정으로 줄리아에게 미소를 지어 보였다.

"우리 아빠예요. 몇 년 동안 보지도 못했었죠. 당신 일이 너무 바쁘셔서요. 마지막으로 둘이서 걸어본 게 언제였더라? 절 유치원에 데려다주는 길이었을 거예요. 그리고 오늘에야 드디어 부녀관계 회복에 나섰어요. 내가 벌써 서른이 넘었는데! 제

나이는 모른 척하세요. 우리 아빠한테는 큰 충격일 수 있으니까요!"

초상화 아가씨가 목탄을 내려놓더니 줄리아에게 말했다.

"계속해서 이렇게 웃기시면 초상화를 망칠 수도 있어요."

그러자 안토니도 곧 한마디 했다.

"그것 봐라. 너 때문에 아가씨가 작업을 못하잖니. 가서 다른 그림을 보고 있어. 금방 끝날 거야."

그러더니 안토니는 뭔가 비밀 얘기라도 할 것처럼 줄리아에게 와보라는 신호를 보냈다. 이에 못 이기는 척 줄리아가 안토니를 향해 몸을 숙이자 그가 딸의 귀에 대고 속삭였다.

"죽은 지 사흘이 넘은 아빠가 다시 살아나 그림의 모델이 되는 것을 보고 싶어하는 세상의 모든 딸들을 생각해보렴. 얼마나 많을까, 그래!"

안토니는 자세 하나 바꾸지 않고 줄리아를 응시했다. 그녀는 초상화 아가씨가 재미로 그린 그림, 혹은 연습용으로 그린 그림들을 지켜보고 있었다.

그러다가 줄리아의 표정이 갑자기 굳어졌다. 두 눈은 휘둥그레지고, 마치 산소가 모자란 듯 입술이 벌어졌다. 목탄화 한 점이 잊고 있던 기억을 되살리는 마법을 쓴다는 것이 가능하기나 한 일일까? 그림으로 걸려 있는 이 얼굴, 가운데가 벌어진 턱하며 조금은 발달된 광대뼈, 지금 줄리아가 바라보고 있는 그림 속 남자의 시선, 줄리아를 향하는 듯하기만 한 그 시선! 거만해 보일 정도로 당당한 그 사람의 이마…… 이제 줄리아는 몇 년 전으로, 지난 감동의 추억 속으로 빠져들었다.

"토마스?"

줄리아가 더듬거리며 입속에서 그 이름을 내뱉었다.

9

1989년 9월 1일, 줄리아의 나이 만 열여덟 살 때였다. 생일을 자축하기 위해 그녀는 안토니 왈슈가 직접 골라 등록시킨 대학을 떠나 교환학생 프로그램에 참여하기로 결정했다. 그것은 아버지의 계획과는 전혀 상관이 없는 전혀 다른 분야의 프로그램이었다. 그동안 줄리아는 예술대학에서 데생 모델이 되기도 했고, 과외를 하기도 했고, 친구들과 카드게임을 해서 딴 돈을 악착같이 모으기도 했다. 그리고 결국 교환학생 장학금을 따내는 데도 성공했다. 물론 안토니 왈슈의 엄청난 재산에도 불구하고 대학으로부터 장학금을 받아내는 데에는 비서의 도움이 절대적으로 필요했다. 비서 왈라슈는 "아가씨가 이러는 걸 사장님이 아시기라도 하는 날에는……" 하고 거듭 말하면서도 어쩔 수 없이 줄리아의 제안을 받아들였다. 그 제안이란 바로 오래전부터 안토니 왈슈가 딸의 학비를 대지 않고 있다는 증명서에 사인을 하는 것이었다. 이렇게 해서 결국 줄리아는 학교 회계과를 설득하여 장학금 수혜자가 되었다.

줄리아는 여권을 가지러 뉴욕의 중심가인 파크 에비뉴의 아버지 집으로 찾아가야 했다. 아주 짧은 시간 동안 이루어졌으나 소란스럽기 그지없는 방문이었다. 결국 있는 힘을 다해 현관문을 박차고 나온 줄리아는 그길로 JFK공항으로 향했고, 1989년 10월 6일 파리에 도착했다.

줄리아는 파리 유학시절 머물렀던 기숙사를 떠올려보았다. 창문 밑에 붙어 있는 나무탁자, 늘 파리관측소가 내려다보였던 방, 하얀색 철제로 된 의자, 백 년은 족히 넘어 보이는 낡은 전등, 까칠까칠하지만 향기 좋은 담요가 깔려 있던 침대, 같은 복도에서 지냈던 두 명의 친구들…… 시간이 너무 많이 지난 탓일까, 그들의 이름은 기억나지 않았다. 에꼴 드 보자르(미술학교)에 가기 위해 아침마다 걸어다녔던 생-미셸 거리, 아라고 길 코너에 있던 바 주인, 그리고 아침마다 그 집 테라스에 나와 코냑이 들어간 커피를 마시며 담배를 피우던 사람들…… 그렇게 독립을 한 줄리아는 공부에 방해가 될 만남은 전혀 갖지 않았다. 그녀는 그저 그림만 그렸다. 룩상부르 공원에서 안 앉아본 벤치가 없을 정도였다. 공원의 작은 길 하나하나를 다 꿰뚫고 있었고, 불안정하게 뒤뚱거리며 걷는 새를 관찰하기 위해 출입금지된 잔디밭에 누워본 적도 있었다. 그렇게 10월이 지났고, 11월의 회색빛 속으로 파리에서의 가을이 사라져 갔다.

다를 것 하나 없던 어느 날 밤의 아라고 카페, 그날은 소르본 대학의 학생들이 독일에서 일어나고 있는 일에 대해 열띤 토론을 벌이고 있었다. 아닌게 아니라, 9월 초부터 동독 사람들이 서독으로 넘어가기 위해 헝가리 국경을 넘는 일이 빈번했던 것이다. 전날 밤에는 백만 명이 넘는 사람들이 베를린 거리에 나와 시위를 했다고 했다.

"이건 정말 역사적인 사건이야!"

학생들 중 하나가 소리쳤다.

이름이 앙투안이었지, 아마.

갑자기 지난 추억들이 줄리아의 머릿속으로 물밀 듯 몰려들었다.

"우리도 그곳에 가야 해."

한 학생이 이렇게 제안했다.

제안을 한 사람은 마티아스였어. 아직도 기억이 나네. 늘 입에는 담배를 물고 있었고, 아무것도 아닌 일에 괜히 흥분하곤 하던 친구였는데. 말은 또 얼마나 많은지. 정말 할 말이 없을 때는 콧노래를 흥얼거리곤 했지. 그 친구만큼 침묵을 두려워하는 애는 여태 한 번도 만나본 적이 없어.

팀이 구성되었다. 바로 그날 밤 자동차를 타고 독일로 갈 생각이었던 것이다. 서로 교대하면서 운전을 하면 점심때가 조금 지나 베를린에 도착할 수 있을 거라 믿었다.

도대체 왜 줄리아는 그날 밤 아라고 카페에서 조직된 독일 원정팀에 합류하겠다고 손을 든 것일까? 무엇이 그녀로 하여금 소르본 학생들의 틈에 끼도록 만든 것인가?

　"나도 갈 수 있을까?"

　학생들 틈으로 다가가며 줄리아가 물었다.

　그때 내가 무슨 말을 했었는지 단어 하나하나까지 다 기억이 나.

　"난 얼마든지 오랫동안 운전을 할 수 있어."

　앙투안이 친구들의 의견을 물었다. 아니, 그 친구가 앙투안이 맞던가? 마티아스 아니었나? 이제 와서 따져봤자 뭐 그리 중요할 건 없었다. 학생 다수가 그들이 준비하던 영웅적 대서사시에 줄리아를 끼워주겠다고 동의했기 때문이었다.

　"미국 사람! 그래, 여기에 미국 사람이 끼는 것이 어쩌면 당연해!"

　마티아스가 소리쳤다. 반면 앙투안은 계속해서 머뭇거리고 있었다. 결국 마티아스가 손을 들어 연설했고, 곧 줄리아의 여행 참여 여부는 일단락이 났다.

　"줄리아가 다시 미국으로 돌아가면 현재 벌어지는 모든 혁명에 대해 프랑스 사람들이 얼마나 교감하고 참여하는지 증명해주겠지!"

　학생들 서로서로가 조금씩 자리를 양보해서 이제 줄리아는 새로운 친구들 사이에 합석할 수 있게 되었다. 시간이 흘러 드디어 원정대가 떠날 때가 되었다. 아라고 거리에 나온 학생들은 서로 진한 포옹을 나누면서 줄리아에게도 잘 가라며 뺨에 뽀뽀를 해주었다. 그 학생들이 누구인지 잘은 몰랐지만, 어쨌든 줄리아도 원정팀의 일원으로서 파리에 남아 있는 학생들과 작별 인사를 나눠야 했다. 천 킬로미터가 넘는 여정이니, 더 이상 꾸물거릴 시간이 없었다. 11월 7일 밤, 베르시를 통해 센느 강을 거슬러 올라갔던 줄리아는 이것이 파리와의 마지막이라는 것도, 다시는 방 창문으로 보이는 파리 관측소를 내려다보지 못할 거라는 사실도 까맣게 모르고 있었다.

센리스, 콩피에뉴, 아미앙, 캉브레…… 지나가는 길로 보이는 표지판에 씌어진 알 수 없는 이름들, 알 수 없는 도시들.

자정이 가까워지자 원정팀은 벨기에에 가까워졌다. 발랑시엔쯤 왔을 때 줄리아가 운전대를 잡았다.

벨기에 국경의 세관은 줄리아가 내민 미국 여권이 영 걸리는 모양이었다. 그러나 다행히 에꼴 데 보자르의 학생증이 통행증 구실을 해주어 줄리아는 무사히 국경을 넘을 수 있었다. 그리고 그들의 여정은 계속되었다.

마티아스는 노래를 멈추지 않았지. 그래서 앙투안은 짜증을 냈어. 하지만 나는 다 이해할 수 없는 노래의 가사를 외우려고 노력했지. 그래서 졸음을 이겨낼 수 있었어.

이런 생각이 나자 줄리아는 미소를 지었다. 그리고 이어지는 기억의 파편들…… 그들은 어느 고속도로 휴게소에 처음으로 차를 세웠다. 우리가 갖고 있는 돈을 세어보았지. 그러고는 바게트 빵과 햄을 샀어. 줄리아를 위한답시고 코카콜라를 샀지만, 결국 그녀는 한 모금밖에 마시지 못했다.

앙투안과 마티아스가 말을 너무 빨리 하는 바람에, 줄리아는 그들이 하는 말을 전부 이해할 수가 없었다. 육 년 동안 학교에서 배운 실력으로 완벽하게 불어를 소화할 수 있을 거라 믿었는데 말이다. 아빠는 왜 내가 불어를 배우길 원하셨을까? 몬트리올에서 살았던 기억 때문에? 그렇게 그들은 다시 길을 떠났다.

몽스를 지나 라 루비에르로 가는 분기점에서 그만 길을 잘못 들고 말았다. 브뤼셀을 통과하는 여정은 그들에게는 일종의 모험과도 같았다. 그곳에서도 불어를 썼는데, 프랑스와는 전혀 다른 억양의 불어였다. 뜻 모르는 관용구가 많았지만 특이한 억양 덕분에 오히려 줄리아에게는 더 쉽게 느껴졌다. 리에쥬로 가는 길을 친절하게 설명해주었던 한 행인의 말투에 마티아스는 왜 그렇게 웃어댔을까? 앙투안이 뭔가를 계산하고 나서 길을 잘못 든 이유로 한 시간이나 늦어질 것이라고 하자 마티아스가 줄리아에게 좀더 빨리 달리라고 했다. 혁명은 그들을 기다리지 않는다고. 조금 후 다시 한 번 지도를 확인한 그들은 북쪽으로 돌아가는 길이 더 멀 수 있다는 결론을 내리고 곧바로 유턴을 하여 남쪽으로 가는 길을 택했다. 뒤셀도르프를 통해서 갈 생각이었다.

우선 플랑드르 지방인 브라반트를 지나야 했다. 그곳에서는 불어가 통할 리가 없었다. 몇 킬로미터를 사이에 두고 세 가지 다른 언어를 쓰는 놀라운 나라가 어디 있는가라는 질문에 "만

화와 유머의 나라, 벨기에!" 하고 마티아스가 대답했다. 그는 줄리아에게 더 빨리 달리라는 부탁을 잊지 않았다. 리에쥐에 다다른 줄리아는 더 이상 졸음을 참을 수가 없었다. 운전을 하다가 이윽고 그녀가 깜빡 조는 바람에 원정팀의 차가 옆길로 미끄러졌다.

그들은 갓길에 차를 세워 놀란 가슴을 진정시켰다. 앙투안이 졸음운전을 한 줄리아를 나무라고 그녀는 결국 뒷좌석으로 밀려났다.

혼이 나거나 말거나, 속상해할 겨를도 없이 곯아떨어진 줄리아는 서독의 국경을 어떻게 넘었는지 영영 기억하지 못할 것이다. 외교관 아버지를 둔 덕분에 특별 통행권을 가지고 있던 마티아스가 경찰을 잘 구슬린 덕분에 줄리아는 여권 검사를 면할 수 있었다. 마티아스는 경찰한테 이처럼 늦은 시각에 미국에서 막 도착한 여동생을 깨우기가 미안하다며 너스레를 떨었던 것이다.

그들의 상황을 이해해준 너그러운 경찰은 조수석 사물함 속에 있던 신분증과 물건만 검사하고 그들을 통과시켰다.

잠에서 깬 줄리아가 눈을 떴을 때, 그들은 이미 도르트문트에 도착한 후였다. 줄리아를 제외하고 만장일치로(자고 있는 줄리아에게 의견을 물어보진 않았으므로) 진짜 카페에서 진짜 아침식사를 하자는 결론이 내려진 모양이었다. 11월 8일 아침이었다. 그날 줄리아는 난생 처음으로 독일에서 아침을 맞았다. 내일이면 그녀가 지금까지 알아온 세계와 정 반대되는 세상을 만날 것이다. 그리고 그녀는 상상조차 하지 못했던 삶을 살게 될 터였다.

빌레펠트를 지나 하노버에 가까워지자 줄리아가 다시 운전대를 잡았다. 앙투안은 어떻게 해서든지 줄리아가 운전하는 것을 막아보려 했다. 하지만 마티아스도 그도 운전을 하기에는 너무 지쳐 있었고, 베를린까지는 아직도 갈 길이 멀었다. 두 남자는 곧 잠이 들었고, 줄리아는 모처럼 맞는 정적의 시간을 한껏 즐길 수 있었다. 그리고 도착한 헬름스테트. 이곳을 통과하는 일이 녹록치만은 않을 듯싶었다. 원정팀 앞으로 동독의 국경을 알리는 철조망이 놓여 있었기 때문이었다. 잠에서 깬 마티아스는 당장 차를 옆으로 대라고 줄리아에게 명령했다.

원정팀은 각자 역할분담을 했다. 마티아스가 운전을 하고, 앙투안은 조수석에 타고, 줄리아는 뒷좌석에 자리를 잡았다. 마티아스에게는 외교상의 이유로 주어진 특별 통행권이 있었다. 그러니 이를 잘 이용하여 무사히 검문소를 통과하는 것이 목적이었다. 마티아스가 '최종리허설'을 제안했다. 원정팀이 이곳에 온 진짜 이유가 밝혀지면 큰일이었다. 왜 동독에 왔냐고 묻는다면, 마티아스는 동독에 근무중인 외교관 아버지를 만나러 왔다고 할 참이었다. 줄리아도 국적을 십분 이용하기로 했다. 그녀의 아버지 역시 동독에서 근무를 한다고 거짓말을 할 생각이었다. "그럼 나는?" 앙투안이 물었다. "넌 그냥 입만 닥치고 있어!" 마티아스가 시동을 걸며 대답했다.

길 오른편으로는 전나무 숲이 우거져 있었다. 그리고 숲 가
장자리로 검문초소들이 보였다. 규모가 얼마나 큰지 마치 환
승역을 보는 듯했다. 원정팀의 자동차가 두 대의 트럭 사이로
미끄러져 들어갔다. 그러자 경찰이 그들에게 차선을 바꾸라고
요구했다. 마티아스의 얼굴이 굳어졌다.

멀어져가는 전나무 꼭대기보다 훨씬 높아 보이는 두 개의
망루가 서치라이트를 비쳐대며 하나씩 그 모습을 드러냈다.
그 앞으로는 망루보다는 조금 낮은 네 개의 또 다른 감시초소
가 자리하고 있었다. 차가 한 대씩 지날 때마다 철문이 닫혔
고, 그 위로 '마리엔보른 검문소'라는 팻말이 붙어 있었다.

첫 번째 검문에서 원정팀은 자동차 트렁크 검사를 받았다.
그리고 마티아스와 앙투안의 가방을 검사했다. 그제야 줄리아
는 짐을 하나도 챙겨오지 않았다는 것을 알았다. 그렇게 검사
를 마친 원정팀에게 이제 가도 좋다는 허가가 떨어졌다. 조금
더 차를 몰고 가다 보니, 이번에는 하얀 철판으로 된 막사 사
이로 난 길을 지나야 했다. 바로 그곳에서 여권 검사를 하는
모양이었다. 그때 경찰 한 명이 다가오더니 마티아스에게 차
를 세우고 따라오라고 명령했다. 그러자 앙투안은 자신이 애
초에 누누이 얘기했듯, 이 여행은 정말 미친짓이었다고 불평
을 늘어놓기 시작했다. 이에 아랑곳 않고 마티아스는 앙투안
에게 조금 전 연습했던 것을 상기시켰다. 줄리아는 마티아스
에게 어떻게 해야 하느냐는 눈빛을 보냈다.

그때 마티아스가 앙투안과 나의 여권을 가져갔지. 마치

어제 있었던 일처럼 다 기억이 나. 그리고는 검문소 직원을 따라갔어. 앙투안과 나는 그렇게 마티아스를 기다렸어. 우울한 철판 구조물 아래 우리 둘밖에 없었지만, 앙투안과 나는 단 한 마디도 나누지 않았어. 연습한 대로 그 어떤 말도 하지 않은 거야. 그리고 마티아스가 나타났어. 그의 뒤로는 군인 한 명이 따라붙었지. 앙투안도 나도 어떤 일이 벌어질지 몰랐어. 젊은 군인은 나와 앙투안을 한 명씩 뚫어지게 쳐다보더니, 곧 마티아스에게 우리의 여권을 넘겼어. 그리고 가도 좋다고 했지. 엄습하는 두려움, 뼛속까지 파고드는 그날의 공포는 난생 처음이었어. 우리는 다시 차를 타고 다음 검문소까지 천천히 움직였지. 이번에는 엄청나게 큰 건물이었어. 그리고 다시 시작된 검문. 마티아스는 어딘가 다른 초소로 들어갔지. 그가 돌아왔을 때, 그의 얼굴에 핀 미소를 보고 알았어. 이제 우리에게 베를린으로 가는 길이 열리는구나! 그 이후, 목적지까지 단 한 번도 고속도로를 벗어나면 안 됐었지.

*

줄리아는 몬트리올 항구로 불어오는 바람에 몸을 부르르 떨었다. 하지만 그녀의 눈은 여전히 목탄화 주인공의 모습에 고정되어 있었다. 이젠 독일이라는 이름으로 불리는 그 나라의 국경 검문소, 그 검문소의 새하얀 철판보다 더 하얀 캔버스 속의 남자. 다른 세상에서 불쑥 찾아든 남자의 모습에…….

*

토마스, 바로 너에게로 가고 있었던 거야. 그때 우린 걱정이 없었지. 그리고 너도 살아 있었어.

한 시간쯤 달리자 마티아스가 다시 노래를 부르기 시작했다. 몇 대의 트럭을 제외하면 차라고 보이는 것은 트라반트뿐이었다. 마치 이웃의 차와 경쟁에 붙지 않기 위해 동독 국민들이 모두 이 차를 산 것처럼 보였다. 그러니 동독의 고속도로를 위풍당당 달리는 원정팀의 푸조 504는 유난히 돋보일 수밖에. 그럼에도 불구하고, 자신의 차를 추월해 달려가는 원정팀의 차에 눈길을 주는 이가 아무도 없었다.

원정팀은 셔맨, 테센, 쾨퍼니츠, 마그데부르크를 지나 포츠담에 도착했다. 이제 베를린까지는 50킬로 정도밖에 남지 않았다. 앙투안은 베를린으로 들어갈 때는 꼭 자기가 운전을 해야 한다고 고집을 부렸다. 그러자 줄리아는 45년 전 미국이 이 도시를 해방시킨 것이 아니냐며 한바탕 웃음을 터뜨렸다.

"하지만 아직도 미국군이 주둔하고 있잖아!"

앙투안이 가차 없이 대답했다.

"프랑스도 마찬가지야!"

줄리아 역시 매몰차게 말했다.

"너희들 때문에 더 피곤해!"

마티아스의 말에 두 사람의 설전은 막을 내렸다.

원정팀은 온통 폐쇄된 동독의 베를린 국경에 도착할 때까지 침묵을 지켰다. 그 어떤 말도 나누지 않았던 그들이 드디어 목적지에 도착하자 마티아스는 감격에 찬 목소리로 외쳤다.

"이히 빈 아인 베를리너!(나는 베를린 시민이다)" 바로 베를린 방문시 케네디 대통령이 외쳤다 하여 유명해진 문구다.

10

　원정팀이 계산했던 여행시간은 그야말로 엉망이었다. 11월 8일 저녁이 되어서야 목적지인 베를린에 도착한 것이다. 그러나 그 누구도 길에서 시간을 버렸다고 걱정하는 이 없었다. 몸은 녹초가 되었을지언정, 아무도 피로를 느끼지 않았다. 도시 전체에서 느껴지는 흥분, 기어코 무슨 일이 벌어질 것 같은 예감. 앙투안의 말이 맞았다. 지금으로부터 나흘 전, 철망의 저편에서는 백만 명이 넘는 동독인들이 자유를 갈망하는 시위를 했다. 수천 명의 군인과 경찰견이 밤낮을 가리지 않고 지키고 있는 장벽, 이 장벽이 사랑하는 사람들과 함께했던 이들을 갈라놓고 있었다. 반신반의해가며 언젠가는 서로 만날 날이 올 것이라 기다렸던 바로 그 사람들을 갈라놓고 있었다. 냉전이

선포되었던 어느 우울한 여름 이곳에는 4킬로미터가 넘는 철조망 우거진 장벽과 초소가 갑작스레 들어섰다. 그리고 이십팔 년 동안이나 함께 지냈던 가족, 친구, 이웃을 서로 떼어놓았다.

어느 카페에 자리한 세 사람은 주위에서 하는 말을 귀 기울여 들었다. 마티아스는 온 힘을 다해 집중을 했고, 고등학교 시절 배운 언어 실력으로 베를린 사람들이 주고받는 얘기를 두 친구에게 통역해주었다. 공산주의는 더 이상 지속될 수 없다는 말이 들렸다. 그리고 몇몇 사람은 동독과 서독을 연결하는 길이 곧 열릴 것이라고도 했다. 지난 10월 고르바초프의 동독 방문 이후 많은 변화가 있었던 것이다. 때마침 우연히 맥주 한 잔을 하러 왔던 〈타게스슈피겔〉지의 기자는 지금 신문사 편집부가 초긴장 상태라고 말했다.

아직도 일면을 장식할 기사가 결정되지 않았다고 했다. 뭔가 중요한 일이 벌어질 것이라는데…… 그러나 기자는 더 이상 자세한 사항은 모르겠다고 했다.

밤이 되었다. 원정팀도 더 이상 몰려드는 피로를 견뎌낼 재간이 없었다. 줄리아는 계속해서 하품을 하는가 하면, 심하게 딸꾹질까지 해댔다. 그러자 마티아스가 나서서 갑자기 놀라게 하는 방법부터 시작하여 딸꾹질을 멈추는 데 좋다는 방법이란 방법은 다 시도해보았다. 그러나 시도하는 족족 웃음보만 터질 뿐, 줄리아의 딸꾹질은 더욱 심해져만 갔다. 이젠 앙투안까지 합세했다. 결국 줄리아는 체조선수처럼 고도의 기술을 선보이며 두 팔은 양쪽으로 벌리고, 또 머리는 숙여 물 한 잔을 마셔야 했다. 높은 성공률을 보이는 방법이기에 딸꾹질이 멎는가 싶었다. 그러나 웬걸, 한층 강도가 높아진 줄리아의 딸꾹질은 멈출 줄을 몰랐다. 이번에는 카페에 있던 몇몇 사람들이 다른 방법을 들고 나섰다. 맥주 한 잔 원샷하기, 코를 막고 버틸 수 있을 때까지 숨 참기, 바닥에 누워 두 발을 배 쪽으로 가져다 대기 등등. 각자가 자신의 의견을 피력하느라 정신이 없었다. 그러던 와중에 한 친절한 의사가 나서더니 완벽한 영어를 구사하며 줄리아에게 그만 가서 쉬라고 말했다. 하긴 피곤으로 검게 변한 줄리아의 눈밑을 보니, 지금 그녀는 기진맥진한 상태라는 것쯤은 금방 알아차릴 수 있었다. 그러니 눈을 좀 붙이는 게 딸꾹질을 해결하는 가장 좋은 방법일 듯했다. 이렇게 해서 원정팀은 밤을 지낼 장소 물색에 나서기로 했다.

앙투안이 바텐더에게 어디 묵을 곳이 없겠느냐고 물었다. 그러나 피곤이라는 놈이 앙투안만 비켜갈 리가 없었다. 바텐더는 앙투안의 말을 전혀 알아듣지 못했다. 결국 원정팀은 작은 호텔에 방 두 개를 얻었다. 하나는 앙투안과 마티아스, 나머지 하나는 줄리아가 쓸 방이었다. 그들은 힘겹게 계단을 올라 각자의 방으로 들어가자마자 침대 위로 쓰러졌다. 그러나 앙투안만은 예외였다. 마티아스가 침대를 가로지르고 잠드는 바람에, 앙투안은 바닥에 이불을 깔고 자야 했기 때문이었다.

*

　초상화 아가씨는 제대로 작업을 할 수가 없었다. 몇 번이나 안토니에게 움직이지 말라고 부탁을 했건만, 그는 아가씨의 부탁을 한 귀로 듣고 한 귀로 흘려버리는 모양이었다. 초상화 아가씨는 안토니의 얼굴 표정을 잡아내려고 애를 썼고, 그는 딸의 얼굴을 보느라 자꾸 몸을 돌리곤 했다. 그리고 그곳으로 로부터 조금 떨어진 장소에서 줄리아는 아가씨가 그려놓은 그림에 넋을 놓고 있었다. 초점 없는 눈빛의 줄리아는 마치 다른 세상에라도 가 있는 듯한 모습이었다. 안토니가 초상화 아가씨의 앞에 앉은 이후, 줄리아는 단 한 번도 그 그림에서 눈을 떼지 않았다. 그는 몇 번이고 딸의 이름을 불렀지만, 대답이 없었다.

*

　잠에서 깬 원정팀이 호텔 로비로 내려왔을 때는 이미 11월 9일 정오가 훨씬 넘은 시각이었다. 그들은 오후 시간을 이용해 도시 관광에 나서기로 했다. 몇 시간, 몇 시간 후면 너를 만나는 거야, 토마스.
　그들이 처음으로 도착한 장소는 전승기념탑 앞이었다. 마티아스는 파리 방돔 광장의 기념탑보다 이 탑이 훨씬 웅장해 보인다고 말했다. 그러자 앙투안은 그런 식의 비교는 하등 쓸모

없는 것이라 대답했다. 줄리아는 두 사람에게 항상 이런 식으로 말다툼을 하느냐고 물었고, 줄리아의 지적을 이해하지 못한 두 친구는 그저 놀란 표정을 지을 뿐이었다. 그다음으로 간 곳은 쿠담 거리였다. 그곳에서 원정팀은 길 하나하나를 전부 둘러보았다. 줄리아에게 더 이상 걸을 힘이 없어지자 그들은 전차를 타고 관광을 계속했다. 오후 시간이 무르익었을 때, 그들은 카이저 빌헬름 교회에 들어가 잠시 묵상하는 시간을 갖기도 했다. 전쟁시 폭격으로 교회 정면이 무너져내려 특이한 모양을 하고 있다 하여 베를린 사람들은 이 교회에 '썩은 이'라는 별명을 붙여줬다고 했다. 재건되지 않은 교회는 폭격 당시의 모습을 그대로 하고 있었다.

여섯 시 삼십 분경이 되자 원정팀은 어느 공원 입구에 다다라 산책을 하기로 결정했다.

산책을 시작하고 조금 시간이 흘렀다. 그때 당국 대변인이 세상을 바꿀 만한, 아니 적어도 20세기 말에 큰 변화를 가져다줄 만한 중대한 선언을 했다. 이제 동독인들은 어떤 규제도 받지 않고 자유롭게 서독으로 들어갈 수 있다는 것이었다. 경찰견의 공격을 받거나 군인들의 총 세례를 받지 않고도 동서독을 넘나들 수 있다는 말이었다. 냉전이 계속됐던 지난 세월 동안, 얼마나 많은 사람들이 이 부끄러운 장벽을 넘다가 목숨을 잃었는가! 몇백 명도 넘는 사람들이 열정을 떠나 악에 받친 군인들의 총에 맞아 명을 달리해야 했다.

이제 베를린 사람들은 자유롭게 떠날 수가 있었다. 한 기자가 나서서 언제쯤 시행이 될 예정이냐고 물었다. 그러자 질문을 잘못 이해한 대변인이 대답했다. "지금 당장!"

여덟 시가 되자, 라디오며 텔레비전을 통해 동서독 각지에 이 소식이 알려졌다. 그리고 소문은 금세 퍼져나갔다.

수많은 서독인들이 검문소로 몰려들었다. 동독 사람들도 예외는 아니었다. 자유를 찾아 물결치듯 몰려드는 사람들 사이에 선 두 프랑스인과 한 미국인, 이들 역시 사람들의 물결에 몸을 내맡겼다.

밤 열 시 삼십 분, 동쪽 서쪽 할 것 없이 시민들은 각 검문초소를 점령했다. 자유에 열광하는 사람들과 지금 벌어지는 사태를 더 이상 제지할 수 없었던 군인들은 장벽 밑으로 몰려나 버렸다. 드디어 보른하이머 거리의 바리케이드가 올라감과 동시에 이제 독일은 통일의 길로 한 발자국 내딛었다.

너는 도시 곳곳을 돌아다녔지. 거리 하나하나 빠짐없이 헤매었어. 자유를 찾아서, 그리고 나를 찾아서…… 나 역시 알 수 없는 힘에 이끌려 그렇게 앞으로 나아갔지. 너를 향해 가고 있었던 거야. 내가 이뤄낸 승리도 아니었고, 내 조국도 아니었어. 도시는 나에게 낯선 곳이기만 했지. 이곳에서 나는 이방인이었어. 이번에는 내가 달렸지. 몰려들며 나를 짓누르는 군중 속으로부터 벗어나기 위해서 말이야. 앙투안과 마티아스가 나를 보호해주었지. 화가들이 희망을 담아 단 한 번도 붓을 놓지 않고 열심히 그려냈던 벽화가 가득한 그 장벽을 따라 우리는 걷고 또 걸었어. 검문소에서 기다리는 몇 시간도 길었던 듯, 동독 사람들 몇몇은 이미 벽을 넘으려 하고 있었지. 장벽의 이편에 있던 우리들은 동독 사람들을 지켜봤어. 내 오른쪽에 있던 사람들은 넘어오는 동독인들을 받아주기 위해 두 팔을 활짝 벌리고 있었지. 내 왼편에서는 장벽 너머를 보기 위해 덩치 좋은 사람들의 어깨를 짚고 올라서는 이들이 있었어. 이편의 함성은 장벽 저편의 함성과 어우러졌지. 너희 동독 사람들을 응원하기 위해, 두려움을 없애기 위해, 우리가 바로 여기 있다고 알리기 위해 그렇게 소리쳤어. 네 나라를 점령했던 미국인인 나는, 그리고 뉴욕을 피해 도망왔던 나는…… 되찾은 휴머니즘에 빠져 나 역시 독일인이 된 것처럼 느꼈어. 젊고 순수한 마음에서 그랬을까, 나는 조용히 속삭였지. '이히 빈 아인 베를리너'. 그리고 울었어. 울음을 그칠 수가 없었어, 토마스…….

*

그날 밤, 항구 이곳저곳을 돌아다니는 관광객들 사이에 홀로 남겨진 줄리아는 흐느끼고 있었다. 목탄화에서 시선을 떼지 못하는 그녀의 두 뺨 위로 눈물이 흘러내렸다.

안토니 왈슈는 줄리아를 계속해서 응시하고 있었다. 그리고 다시 한 번 그녀의 이름을 불렀다.

"줄리아! 줄리아! 괜찮은 거니?"

안토니의 목소리를 듣기에 줄리아는 너무 먼 곳에 있었다. 마치 이십 년이라는 세월이 그들 사이를 갈라놓은 듯.

*

군중들은 더욱 더 흥분하기 시작했어. 동서독을 갈라놓는 벽을 향해 인파가 몰려들었지. 몇몇 사람들이 드라이버, 피켈, 나이프 등 거대한 장벽 앞에서는 웃음거리밖에 안 되는 도구들로 벽을 허물기 시작했어. 어쨌든 그 벽은 없어져야 했으니까. 그리고 그때, 몇 미터 떨어진 곳에서 놀라운 일이 벌어졌어. 세계에서 가장 유명한 첼리스트 중 한 사람이 베를린에 있었던 거지. 소식을 듣고 달려온 그는 악기를 꺼내더니 연주하기 시작했어. 그날 밤이었나, 아니면 벌써 이튿날이 밝았었나? 기억은 나지 않지만, 그게 뭐 그리 중요한 일은 아니지. 첼로의 선율 역시 벽을 허무는 데 동조했어. 파, 라, 시…… 네가 있는 동독을 향해 전해지는 멜로디, 자유의 공기가 떠다니는 멜로디였어. 그때 눈물을 흘렸던 사람이 어디 나 한 사람뿐이었을까. 그날 밤 나는 수많은 사람들의 눈물을 보았어. 꼭 껴안고 떨어지지 않았던 모녀의 눈물. 이십팔 년 동안이나 서로 볼 수도, 만질 수도, 함께 숨 쉴 수도 없었던 모녀의 눈물. 그 많은 사람들 틈에서 아들을 찾아보겠다고 나선 흰머리 아버지들의 눈물. 지금껏 겪어야 했던 모든 고통을 씻어줄 것이 눈물밖에는 없었던 바로 그 베를린 사람들을 본 거야. 그때 갑자기 벽 너머로 불쑥 나타난 너의 얼굴. 먼지로 뿌옇게 된 너의 그 얼굴, 너의 눈. 그렇게 너는 내가 본 첫 번째 동독 사람이 되었지. 그리고 난 네가 처음으로 본 서독 여자가 된 거야.

*

"줄리아!"

안토니 왈슈가 큰 소리로 외치자 줄리아는 천천히 그를 향해 몸을 돌렸다. 그녀는 아무 말도 하지 않았다. 그리고 다시 또 그림 속으로 빠져들었다.

*

너는 오랫동안 벽 위에 앉아 있었어. 그리고 서로를 바라보던 우리의 몽롱한 시선, 단 한 번도 서로의 시선을 놓치지 않았어. 네 앞에는 새로운 세상이 펼쳐졌었지. 넌 나를 뚫어지게 쳐다보았어. 마치 우리의 시선은 팽팽하게 당겨진, 보이지 않는 실로 연결된 것 같았어. 난 바보처럼 울기만 했고, 그런 나를 보며 너는 미소를 지었지. 그리고 너는 벽을 넘어 성큼 뛰어내리려 했어. 나도 다른 사람들처럼 두 팔을 펴서 널 받을 준비를 했지. 넌 내 품으로 떨어져내렸고, 그 충격으로 우리는 네가 여태껏 한 번도 밟아보지 않은 서독 땅 위를 굴렀지. 넌 나에게 독일어로 미안하다고 했어. 그리고 난 영어로 안녕이라고 대답했지. 몸을 일으킨 너는 내 어깨 위를 털어줬어. 마치 늘 그랬던 것처럼 말이야. 넌 내가 이해할 수 없는 말들을 늘어놨어. 그리고 가끔 고개를 젓기도 했지. 난 그만 웃음을 터뜨리고 말았어. 네가 얼마나 웃겨 보였는지 몰라. 난 더 그랬겠지. 넌 나에게 손을 내밀었지. 그리고 천천히 네 이름을 발음했어. 내가 수없이 부르게 될 그 이름을. 그리고 그토록 오랫동안 한 번도 입밖에 내지 않았던 그 이름을. 토마스…….

*

한 여자가 지나가다가 그만 줄리아를 떠밀고 말았다. 하지만 그 여자는 미안하다는 말도 없이 가던 길을 계속 가버렸다. 그러나 줄리아는 신경조차 쓰지 않았다. 이때 액세서리를 팔던 불법 노점상 하나가 옅은색 나무로 된 목걸이를 줄리아에게 선보였다. 상인은 마치 기도문을 외우듯 물건을 팔기 위한 감언이설을 늘어놓았지만, 줄리아에게는 단 한마디도 들리지 않았다. 그녀는 결국 싫다는 표시로 고개를 저었다. 안토니는 초상화 아가씨에게 10달러를 건네고 자리에서 일어났다. 드디어 안토니의 초상화가 공개되었다. 영락없이 그를 빼닮은 그림이었다. 만족스러운 안토니는 주머니에 손을 찌르더니 10달러를 또 꺼내 아가씨에게 주었다. 그리고 줄리아를 향해 걸어왔다.

"아니 아까부터 뭘 그리 뚫어지게 보는 게냐?"

*

토마스, 토마스, 토마스. 네 이름을 부르는 것이 얼마나 기분 좋은 일인지 잊고 있었어. 너를 꼭 닮은 초상화를 보고 네 생각을 다시 하기 전까지는 너의 목소리, 너의 보조개, 너의 미소를 잊고 살았던 거야. 네가 그 사건의 취재를 맡지 않았다면 얼마나 좋았을까? 일이 이렇게 될 줄 알았다면, 네가 기자가 된다고 했을 때 말렸을 거야. 바보 같은 생각이라며 말렸을 거야.

그럼 너는 이렇게 말했겠지. 세상의 진실을 보도하는 사람은 좋은 일을 하는 사람이라고 말이야. 설령 사진이 가혹한 것이 될지라도…… 특히 그 사진으로 하여금 문제가 생겼을 때 말이지. 심각해진 목소리로 넌 이렇게 소리쳤을 거야. 장벽 너머에서 일어나는 일을 기자들이 알고 있었다면, 내가 살고 있는 나라를 지배하는 정치인들이 당장 달려와 그 벽을 이미 없애버렸을 거라고. 하지만 토마스, 기자들은 이미 알고 있었어. 알고 있었고말고. 너희가 어떻게 사는지 너무나도 잘 알고 있었다고. 너희 나라를 늘 염탐하며 시간을 보냈던 사람들인데 오죽하겠니? 하지만 정치인들은 뭔가를 할 용기가 없었어. 그럼 너는 이렇게 말했겠지. 내가 자란 환경에서 그렇게 자랐어야 했다고. 자유롭게 생각하고, 위험에 처할까 걱정하는 일 없이 자유롭게 말할 수 있는 그런 나라에서 자라야 했다고. 우리는 밤을 새우면서 설전을 벌였겠지. 논쟁은 아침까지 계속되었을 거야. 아니 그다음 날까지도…… 그런 말싸움조차 얼마나 그리운지 너는 알까? 토마스…….

더 이상 내세울 의견이 없어진 나는 너와 그만 타협했겠지. 내가 떠났던 그날처럼 말이야. 그렇게 자유를 갈망했던 너를 어떻게 막을 수 있었겠니? 네 말이 맞았어, 토마스. 너는 세상에서 가장 중요하고 아름다운 일 중의 하나를 직업으로 택한 거야. 결국 마수드를 만났니? 하늘나라에서 만난 그 사람의 인터뷰를 따낸 거니? 생각했던 대로 그럴 만한 가치가 있는 일이었니? 네가 떠나고 몇 년 후 그 사람도 죽었어. 당시 판시르 계곡으로 그를 따라나선 사람만 해도 천여 명이 넘었었대. 그런데 그 누구도 너의 시체를 찾아내지 못했다니! 그때 그 광산에서 네가 탔던 차가 폭발하지 않았더라면, 지금 나는 어떤 삶을 살고 있을까? 내가 더 용감했다면, 그리고 그 사건이 일어나기 얼마 전에 그렇게 너를 포기하지 않았다면 어떻게 되었을까?

*

안토니는 딸의 어깨 위에 손을 가져다 댔다.

"누구한테 말하는 거니?"

"아무도 아니에요."

줄리아는 깜짝 놀라며 대답했다.

"이 그림에 넋이 나가버린 것 같구나. 네 입술은 또 파르르 떨리고……."

"혼자 있고 싶어요."

줄리아가 조용히 말했다.

*

곤란스럽고 불편했던 그런 순간도 있었지. 나는 '친구'라 는 말을 강조하며 너에게 앙투안과 마티아스를 소개시켜주 었지. 아마 그 단어를 여섯 번 정도는 반복했던 것 같아. 네가 이해할 수 있도록 말이야. 당시 너는 영어에 참 약했 지. 단어의 뜻을 이해한 걸까, 너는 앙투안과 마티아스에게 미소를 보냈고, 그들을 안아주려고 했어. 마티아스도 덩달 아 너를 껴안았지. 반면 앙투안은 가벼운 악수를 청하고 끝 냈어. 행동은 그랬지만 앙투안도 마티아스만큼이나 감격했 던 게 분명해. 그리고 우리 넷은 거리를 돌아다녔어. 너는 어린 시절 친구를 찾아야 한다고 말했지. 난 그 친구가 여자라고 생각했었어. 그 친구는 가족과 함께 십 년 전 서독으로 피난을 갔다고 했지. 서로 얼싸안고, 노래하고, 술을 마시고, 춤을 추는 그 많은 사람들 가운데 그 친구를 어떻게 찾을 수 있었을까? 너는 그때 말했지. "세상은 넓고, 우정은 위대하다"라고 말이야. 어설픈 너의 영어 탓인지, 아니면 네가 말한 문장이 너무 이상적이라 그랬는지…… 앙투안이 너를 놀려댔어. 하지만 난 그런 너의 생각이 정말 멋있다고 느꼈지. 어쩌면 네가 겪어야 했던 고통 덕분에 어린 시절의 꿈을 그대로 간직하고 있었는지 몰라. 우린 우리에게 주어진 자유 때문에 그 꿈을 잃어버렸지만 말이야. 우린 너를 도와 그 친구를 찾아보자 했고, 그렇게 서베를린의 골목골목을 돌기 시작했지. 넌 마치 오래전부터 그 친구와 어딘가에서 만나기로 약속이나 한 듯이 그렇게 단호하게 걸어갔어. 길을 걸으며 지나가는 사람들의 얼굴을 살피고, 행인들을 떠밀기도 하고, 계속해서 뒤를 돌아보기도 했지. 아직 해도 뜨지 않은 시각, 어느 광장에 멈춰 선 앙투안이 소리쳤어. "몇 시간 전부터 무작정 찾고 있는 그 사람의 이름이라도 알아야 하는 거 아니야?" 넌 앙투안의 말을 알아듣지 못했어. 그래서 앙투안은 더 큰 소리로 말했지. "이름! 네임! 포르나메!" 너도 화를 내며 큰 소리로 대답했어. "크나프!" 네가 찾던 친구의 이름이었던 거야. 그러자 앙투안은 너 때문에 화가 난 것이 아니라고 말하면서 그 친구의 이름을 부르기 시작했어. "크나프! 크나프!"

갑자기 웃음이 터진 마티아스도 덩달아 친구의 이름을 불렀어. 그리고 나도 합세했지. "크나프! 크나프!" 마치 우리가 미친 사람이라도 된 듯 너는 우리를 쳐다보며 웃었어. 그리고 너도 그 이름을 불러댔어. "크나프! 크나프!" 우린 춤을 추며 목청이 터져라 외쳐댔어. 네가 십 년 동안이나 애타게 찾아온 그 이름을.

그렇게 많은 사람들 속에서 누군가 뒤를 돌아보았지. 난 그 사람과 너의 눈빛이 오가는 모습을 봤어. 네 나이 또래의 그 남자는 너를 뚫어지게 쳐다봤지. 내가 질투를 느낄 정도였어.

무리를 떠났다가 어느 숲 모퉁이에서 다시 만난 두 마리의 늑대처럼, 너와 그 사람은 한참 동안 서로를 관찰했어. 그리고 크나프가 네 이름을 불렀지. "토마스?" 서베를린의 보도블록 위에 선 너와 크나프의 실루엣은 너무나 아름다워 보였어. 넌 크나프를 꼭 껴안았지. 너와 크나프의 얼굴에 하나 가득 피어오른 기쁨의 흔적은 너무나 고귀해 보였어. 앙투안이 눈물을 터뜨리자 마티아스가 위로했어. 그리고 마티아스가 말했어. "우리도 이렇게 오랫동안 떨어져 있다가 만났다면 이런 행복을 느꼈을 거야"라고. 그랬더니 앙투안이 훌쩍거리며 대답했어. 그런 일은 일어나지 않을 거라고 말이야. 왜냐하면 앙투안과 마티아스가 서로 알고 지낸 지 그리 오래되지 않았기 때문이라고 했어. 넌 크나프의 어깨에 네 머리를 살포시 댔어. 내가 너를 보고 있다는 걸

느끼자마자 얼른 고개를 들며 말했지. "세상은 넓어. 하지만 우정은 더 거대해." 그 말을 듣고 앙투안은 더 이상 우리가 위로할 수 없을 정도로 엉엉 울었어.

이렇게 해서 우리 다섯 사람은 어느 바의 테라스에 자리를 잡게 되었지. 살을 에는 차가운 바람에도 우린 아랑곳하지 않았어. 너와 크나프는 데면데면 대했어. 십 년이라는 세월, 많은 말이 필요하고, 또 가끔은 침묵도 필요하지. 그렇게 밤을 보낸 뒤 그다음 날이 되어서도 우리는 여전히 함께했지. 그리고 또 그다음 날 아침, 너는 이제 그만 떠나야 한다고 크나프에게 말했어. 더 이상은 함께 있을 수 없다고 말이야. 네 할머니가 장벽의 저편에서 널 기다리기 때문이었어. 유일한 핏줄인 너는 할머니를 혼자 내버려둘 수가 없었던 거야. 그해 겨울 백 번째 생신을 맞으신 할머니, 지금 그분도 네가 있는 그곳에 계시겠지? 내가 얼마나 그분을 좋아했었는지 몰라. 하얗고 긴 머리카락을 정갈하게 땋으시고 우리를 깨우러 오셨던 그 모습, 너무 아름다우셨어. 통일을 없었던 일로 하지 않는 한, 금방 다시 돌아오겠다고 너는 크나프에게 약속했지. 열린 문이 다시 닫히지는 않을 것이라며 크나프는 너를 안심시켰어. 그러자 네가 대답했지. "아마도. 하지만 너를 다시 만나기 위해 또다시 십 년이란 시간을 보내야 한다면, 매일매일 너를 생각할게."

넌 그렇게 자리에서 일어났어. 그리고 우리가 너를 위해 해준 일에 대해 정말 고맙게 생각한다고 말했지. 우린 아무것도 하지 않았는데 말이야. 하지만 마티아스가 대답했어. "천만에…… 우리가 너에게 도움이 되었다니 정말 다행이야." 이때 앙투안은 검문소까지 너를 바래다주면 어떻겠느냐는 제안을 했어.

이렇게 우리 다섯 사람은 다시 길을 떠났지. 너처럼 집으로 돌아가는 사람들을 따라서 말이야. 혁명이 일어나든 안 일어나든, 가족과 집이 있는 곳은 장벽의 저편이었으니까.

돌아가는 길에 너는 내 손을 살며시 잡았어. 나도 뿌리치지 않고 그대로 놔두었지. 그렇게 우리는 몇 킬로미터를 걸었어.

*

"줄리아! 온 몸을 덜덜 떨고 있구나. 그러다 감기 걸리겠어. 이제 그만 들어가자. 네가 원한다면 이 그림을 사도록 하자꾸나. 그럼 따뜻한 곳에서 보고 싶은 만큼 그림을 감상할 수 있잖니."

"아니에요. 파는 그림도 아니고, 여기에 걸려 있는 편이 낫겠어요. 몇 분만 더 볼게요. 그리고 들어가요."

*

몇몇 사람들은 각기 장벽의 양편에서 벽을 허물려고 발

버둥치고 있었어. 우린 거기서 작별 인사를 나눠야 했지. 너는 우선 크나프에게 이별을 고했어. "연락해줘. 가능한 빨리." 크나프가 너에게 명함을 내밀며 한 말이었지. 크나프가 기자여서 그랬던 걸까? 네가 그렇게 되고 싶어했던 직업인 기자. 아니면 너희들이 어렸을 때 나눴던 약속 때문이었을까? 백 번이 넘게 너에게 물었지. 하지만 그럴 때마다 너는 대답을 회피했어. 널 짜증나게 할 때마다 네가 나에게 지어 보이던 보일 듯 말 듯한 그 미소를 지으면서 말이야. 그다음으로 너는 앙투안, 그리고 마티아스와 진한 악수를 나눴어. 그리고 내 쪽을 향해 돌아섰지.

네 입술을 절대로 느껴보지 못할까봐 얼마나 겁을 먹었는지 너는 아니? 너는 여름이 찾아오듯 그렇게 내게로 왔어. 아무런 예고도 없이 아침에 깨어 느낄 수 있는 찬란한 빛의 파편을 몰고 그렇게. 네 손이 내 뺨에 닿았지. 너의 손가락은 내 얼굴을 어루만졌어. 그리고 넌 내 눈에 입을 맞췄지. "고마워." 멀어져가면서 네가 했던 말이야. 난 크나프가 우리를 가만히 지켜보고 있었다는 걸 알고 있었어. 마치 내가 무슨 말이라도 해주길 바랐나봐. 너희들을 갈라놓았던 그 오랜 시간을 단번에 지우기 위해 그 자신이 찾아내길 바랐던 몇마디…… 세월은 전혀 다른 두 인생을 살게 만들어버렸지. 넌 동독으로, 그는 다시 신문사로.

나는 소리쳤어. "나도 데려가! 네가 떠나는 이유인 너희 할머니를 나도 보고 싶어!" 난 네 대답을 기다리지도 않았어. 바로 달려가서 네 손을 잡았지. 그 누구도 너에게서 나를 떼어놓을 수 없을 정도로 그렇게 꼭 잡았어. 크나프는 어깨를 한번 으쓱하더니 놀란 토끼눈을 하고 있는 너에게 말했어. "이젠 길이 뚫렸잖아. 언제든지 와, 둘이 함께!"

앙투안은 나를 말리려 했어. 한마디로 미친짓이라고 했지. 그의 말이 맞았을지도 몰라. 하지만 그렇게 뭔가에 취한 기분은 처음이었어. 마티아스는 앙투안을 팔꿈치로 툭 치면서 말했어. "네가 끼어들 문제가 아니야." 그리고 마티아스가 달려와 나를 꼭 껴안아주었어. 쪽지에 전화번호를 적으며 나에게 말했지. "파리로 돌아오면 꼭 연락해." 나도 마티아스와 앙투안을 차례로 껴안았어. 그리고 너와 나는 길을 떠났지. 그 후 난 다시는 파리로 돌아가지 않았어, 토마스.

너를 그렇게 따라간 거야. 11월 11일 새벽, 혼란한 틈을 타서 우리는 또다시 국경을 넘었지. 아마도 내가 동베를린으로 들어간 첫 번째 미국 학생이었을 거야. 그게 아니라면, 어쨌든 동베를린으로 넘어간 가장 행복한 여자였음에는 틀림없어.

그거 아니? 난 약속을 지켰어. 그 어두침침했던 카페 기억나? 그 카페에서 나에게 약속 하나 하라고 했었지. 언젠가 운명이 우리를 갈라놓는 날이 오면, 무슨 대가를 치르고서라도 난 꼭 행복해야 한다고. 내가 너를 사랑하는 방법이 가끔은 너를 답답하게 했던 걸 알아. 그래서 나에게 이런 부탁을 했겠지. 자유에 목말라 그렇게 힘들었던 너에게는 내 모든 인생을 너에게 거는 모습이 받아들이기 힘든 것이었을 수도 있어. 나의 행복을 불행으로 얼룩지게 만든 너를 정말 미워했지만, 어쨌든 약속은 지켰어.

나 결혼해, 토마스. 아니, 지난 토요일에 이미 결혼을 했어야 했는데, 연기됐어. 말하자면 긴 얘긴데, 그 덕분에 여기까지 오게 된 거야. 마지막으로 너의 얼굴을 다시 한 번 봤어야 했기에 일이 이렇게 된 걸까? 하늘에 계신 너희 할머니께 안부 전해줘.

*

"정말 어이가 없는 상황이구나, 줄리아! 이런 너의 모습을 네가 볼 수만 있다면! 마치 배터리 나간 네 아빠를 보는 듯해! 십오 분 전부터 이 자리에 서서 꼼짝도 안 하고 있어. 게다가 뭘 또 그렇게 웅얼거리는지……."

안토니의 말에 대한 대답으로 줄리아가 걷기 시작하자 안토니 역시 딸을 따라잡기 위해 바쁘게 움직였다.

"도대체 무슨 일인지 말해줄 수 있겠니?"

줄리아에게 다가가며 안토니가 물었다. 하지만 줄리아는 아무 말이 없었다.

"이것 좀 봐라. 정말 잘 그렸지? 자, 가져."

안토니는 줄리아에게 초상화를 보여주며 즐거운 듯 말을 이었다. 하지만 줄리아는 또 한 번 안토니를 무시한 채 호텔을 향해 계속해서 발걸음을 옮겼다.

"나중에 줘도 되지, 뭐! 지금은 적절한 시기가 아닌 것 같구나."

줄리아가 또 아무 말이 없자, 안토니가 대화를 이어나갔다.

"네가 뚫어지게 봤던 그림 있잖니, 어디선가 많이 본 듯한 느낌이 드는 이유가 뭘까? 네가 이런 이상한 행동을 보이는 이유와도 관계가 있는 것 같은데 말이야. 아직 잘 모르겠는데, 분명 어디선가 본 듯한 얼굴이야."

"그 어디선가 본 듯한 얼굴에 강타를 한 번 날리셨잖아요. 저를 찾으러 베를린에 오셨던 그날! 제가 열여덟 살에 사랑했던 남자예요. 그 사람한테서 떼놓기 위해 아빠가 절 뉴욕으로 데려갔잖아요!"

11

식당은 만원을 이루고 있었다. 그러자 한 친절한 웨이터가 줄리아와 안토니에게 샴페인 한 잔씩을 대접했다. 안토니는 술을 입에 대지 않았다. 반면 줄리아는 단숨에 한 잔을 비우고 안토니의 잔까지 끝을 낸 후, 웨이터에게 한 잔 더 달라는 신호를 보냈다. 메뉴판을 가져오기도 전에 줄리아는 이미 살짝 취한 상태였다.

"그만 마셔라."

줄리아가 네 번째 잔을 주문하자 안토니가 말했다.

"왜요? 기포가 가득한 게 아주 맛이 좋아요!"

"취했어."

"아직 안 취했어요."

줄리아가 히죽거리며 대답했다.

"오버는 하지 말았으면 좋겠는데. 우리의 첫 저녁식사를 이렇게 망치고 싶으냐? 괜히 술 먹고 몸을 축낼 필요가 뭐 있니, 들어가고 싶으면 그러자고 하면 되는데!"

"아니요! 배가 고파요."

"원한다면 룸서비스를 시킬 수도 있어."

"제가 그런 얘기를 듣기에는 나이가 좀 들었다고 생각하지 않으세요?"

"네가 어렸을 때도 나한테 반항을 할 때면 이러곤 했지. 그래, 네 말이 맞다. 너도 나도, 더 이상 이럴 나이가 아니야."

"가만 생각해보니까, 아빠가 절 대신해서 결정하지 않은 유일한 일인 것 같아요!"

"무슨 말이냐?"

"토마스!"

"아니, 토마스 건이 처음이었지. 그 이후로도 네 맘대로 결정한 일은 많아. 기억이 안 나는 모양이지?"

"아빠는 제 인생을 늘 아빠 마음대로 하려고 했죠."

"대부분의 아빠들이 그렇지. 내가 아빠 역할을 제대로 못 한데 대해 그렇게 나무라는 너한테서 나오는 말 치고는 좀 모순되는 말인 것 같지 않니?"

"아빠가 없었으면 했어요. 없는 대로 그렇게 만족했으면 했다고요!"

"많이 취했다, 줄리아. 목소리가 너무 커. 무척 당황스러워지는구나."

"당황스럽다고? 아무런 말도 없이 베를린의 아파트로 쳐들어온 건 당황스러운 일이 아닌가요? 고래고래 소리를 질러서 제가 그토록 사랑했던 사람의 할머니를 공포에 떨게 한 것은요? 그래서 결국 우리가 어디에 있는지 말하도록 한 건 당황스러운 일이 아닌가요? 우리가 한참 자고 있던 방의 문을 부순 일은요? 그리고 턱뼈가 문드러지도록 토마스를 때린 것도 당황스러운 일이 아닌가요?"

"내가 너무했지. 그건 나도 인정한다."

"인정한다고요? 길가에 세워져 있던 차가 있는 곳까지 제 머리채를 잡고 끌어내린 것은 당황스러운 일이 아니었나요? 어찌나 팔을 꽉 잡고 흔들어대던지, 제가 탈골된 인형과도 같은 꼴을 하고 공항 안을 걷게 만든 것은요? 당황스러운 일이 아니에요? 혹시라도 제가 도망칠까봐 아빠가 직접 제 안전벨트를 채운 일은요? 이건 당황스러운 일이 아닌가요? 뉴욕에 도착했을 때, 무슨 죄인이나 되는 듯이 절 방에 가두고 열쇠로 잠근 일은 또 어떻고요?"

"지난주에 죽은 게 어쩌면 잘한 일이라는 생각이 드는구나."

"또 그 얘기를 하시려는 거예요? 그만 두시죠!"

"아니, 지금 네가 하고 있는 말과는 아무 상관이 없는 얘기야. 다른 생각을 하고 있었어."

"어떤 다른 생각이요?"

"토마스와 닮은 그림을 보고 네가 보였던 행동 말이다."

줄리아가 눈을 똥그랗게 떴다.

"그게 지금 아빠가 죽은 일과 무슨 상관이 있다는 거예요?"

"내가 죽은 일이라…… 참 재미있는 문장이구나, 그렇지 않니? 어쨌든 정리를 하자면, 일부러 그러려고 해서 그런 건 아니지만, 결과는 네가 지난 토요일에 결혼을 못 하도록 한 장본인이 나라는 말이지!"

안토니 왈슈가 얼굴 가득 미소를 지으며 말했다.

"그래서 지금 이렇게 좋아하시는 거예요?"

"네 결혼이 연기되어서? 조금 전까지만 해도 정말 너에게 미안한 마음이 들었어. 하지만 지금은 좀 달라……."

큰 소리로 떠들어대는 안토니와 줄리아 때문에 당황한 웨이터가 다가와 그들에게 주문을 받겠다고 말했다. 줄리아는 고기요리를 시켰다.

"어떻게 익혀드릴까요?"

웨이터가 물었다.

"분위기로 보건대 피가 흥건한 레어가 좋겠군요."

안토니 왈슈가 대답했다.

"신사분께서는 어떤 요리를 시키시겠습니까?"

"혹시 건전지 있으신가요?"

줄리아가 물었다. 질문을 받은 웨이터가 아무 말도 하지 못하자 안토니가 자신은 식사를 하지 않을 것이라고 말했다.

"결혼을 한다는 게 보통 일은 아니지. 하지만 이것만은 꼭 알아두렴. 인생의 모든 것을 누군가와 함께 나눈다는 것은 또

186

다른 일이야. 사랑도 많이 필요하고, 공간도 필요하단다. 두 사람이 뭔가를 만들어나갈 수 있는 공간, 그리고 서로가 좁다는 생각을 하지 않을 만한 공간 말이야."

"무슨 권리로 아담에 대한 제 감정을 판단하는 거예요? 아담에 대해서는 아무것도 모르시잖아요."

"아담에 대해서 말을 하는 게 아니야. 이건 너에 대한 얘기요, 또 네가 아담에게 허락할 수 있는 공간에 대한 얘기야. 다른 누군가에 대한 추억으로 너희들이 함께 바라봐야 할 수평선이 가려진다면, 과연 그 결혼이 성공할 수 있을까?"

"뭔가 알고 있는 거죠?"

"네 엄마는 죽었다, 줄리아. 하지만 그건 내 잘못이 아니야. 물론 넌 계속해서 나를 탓한다만."

"토마스도 죽었어요. 그것 역시 아빠 잘못은 아니에요. 하지만 전 계속해서 아빠를 탓할 거예요. 그러니까 이제 아시겠어요? 아담과 저, 둘 사이에는 넓고 자유로운 공간이 있는 거라고요."

안토니 왈슈가 몇 번 기침을 하자 이내 그의 이마에 땀이 송골송골 맺혔다.

"땀도 흘려요?"

깜짝 놀란 줄리아가 물었다.

"별로 신경 쓸 필요 없는 기술상의 작은 오류야."

안토니는 땀을 닦느라 냅킨으로 얼굴을 톡톡 두드리며 말을 이어갔다.

"그때 네 나이는 열여덟이었어. 그런데 알게 된 지 몇 주밖에 안 되는 공산당과 함께 살겠다니!"

"넉 달이에요!"

"16주가 되겠구나, 그럼!"

"그리고 동독 사람일 뿐이었어요. 공산당이 아니라고요!"

"더 잘 됐네!"

"제 평생 잊지 않을 그 무엇이 있다면, 그건 다름 아닌, 제가 아빠를 그토록 증오했던 바로 그 이유예요!"

"과거형은 쓰지 않기로 약속했잖니. 기억나지? 나와 현재형으로 이야기하는 데 대해 그리 겁먹을 필요는 없다. 죽었어도, 난 네 아빠니까……."

줄리아가 시킨 음식이 나왔다. 그녀가 웨이터에게 샴페인 한 잔을 더 달라고 하자 안토니는 샴페인 잔을 손으로 막으며 말했다.

"아직 할 얘기가 더 남아서요. 조금 있다가……."

말이 떨어지기 무섭게 웨이터가 자리를 떴다.

"넌 동독에 머물고 있었고, 난 몇 달 동안이나 네 소식을 알 수가 없었어. 그다음 목적지는 어디였니? 모스크바?"

"절 어떻게 찾으셨어요?"

"서독의 한 신문에 낸 너의 기사. 고맙게도 누군가가 복사를 해서 나에게 주더구나."

"누군데요?"

"왈라스였지. 그건 나 몰래 네가 미국을 떠나도록 도와준 데 대한 그만의 보속이었을지도 몰라."

"그걸 아셨어요?"

"아니면 그 사람 역시 네가 걱정이 되었던 것일 수도 있어. 정말 큰 위험에 처하기 전에 네가 저지른 돌발 사건들에 대해 끝을 내어야 할 때라고 생각했을지도 모르고."

"위험에 처했던 적 없어요. 전 정말 토마스를 사랑하고 있었다고요."

"어느 정도 나이가 차기 전에는 그래. 사랑 때문에 누군가에게 모든 걸 바치지. 하지만 그건 자기 자신에 대한 사랑 때문이야. 넌 뉴욕에서 법을 공부했어야 했다. 그런데 다 그만두고 파리로 미술을 공부하러 가버렸지. 그리고 그다음은? 파리에서 얼마간 있었는지는 잘 모르겠다만, 이번에는 베를린으로 떠났어. 거기서 처음 만난 사람과 사랑에 빠지고, 뭔가에 홀린 듯이 미술도 그만뒀어. 그리고 그다음에는 기자가 되고 싶어 했지. 내 기억이 맞는다면, 토마스 역시 기자가 되려고 했을 거야. 무슨 우연인지!"

"그래서 뭐가 잘못되었다는 거예요?"

"내가 왈라스에게 시켰다. 언젠가 네가 여권을 달라고 하면 그냥 주라고. 내 서랍에서 여권을 찾아갔던 그날, 난 바로 그 옆방에 있었어."

"왜 그렇게 빙빙 돌려서 일을 처리해요? 그냥 저한테 직접 주실 수도 있었잖아요."

"우리 관계가 그렇게 좋지 않았기 때문이야. 기억하니? 그리고 만일 내가 직접 너에게 여권을 줬다면, 아마 너의 모험은 그 진정한 맛을 잃었을지 몰라. 나한테 반항을 하고 떠나는 여행이었으니 스릴이 있지 않았니?"

"이 모든 걸 다 생각하신 거예요?"

"너에게 필요한 서류가 어디 있는지 왈라스에게 다 일러놓았었다. 그리고 분명히 나는 그날 거실에 있었어. 나머지 일은······ 내 자존심에 큰 상처가 되었지."

"상처? 아빠가요?"

"그럼 아담은 어떻게 되는 거니?"

안토니가 물었다.

"아담은 이 일과 전혀 상관이 없어요!"

"내가 이런 말을 한다는 게 영 이상하다만, 한마디만 하마. 만일 내가 죽지 않았다면 지금쯤 너는 그의 아내가 되어 있었을 거야. 그러니 이번에는 다른 식으로 질문을 하도록 하지. 우선 눈을 한번 감아보겠니?"

안토니의 의도를 이해하지 못한 줄리아는 잠시 머뭇거렸다. 하지만 안토니가 고집을 부리는 바람에, 그녀는 결국 눈을 감았다.

"더 꼭 감아라. 아무 생각도 하지 말고 깊은 암흑 속으로 빠져드는 거야."

"이건 또 무슨 장난이에요?"

"내가 하라는 대로 해라. 시간이 걸리는 일도 아닌데!"

줄리아는 두 눈을 꼭 감았다. 그러자 어둠이 밀려왔다.

"이제 포크를 잡고 식사를 해."

줄리아는 재미있다는 듯, 안토니가 시키는 대로 해보기로 했다. 그녀는 테이블보를 더듬어보았다. 그러고는 포크를 집어들었다. 이번에는 어색한 몸짓으로 접시에 놓인 고기 한 점을 찍어보려 했다. 그리고 그녀는 입속으로 무엇이 들어가는지도 모르는 상태에서 일단 입을 열었다.

"눈에 보이지 않으니 맛도 다르게 느껴지니?"

"그런 것도 같고……."

눈을 감은 채 줄리아가 대답했다.

"이젠 내 부탁을 하나 들어주렴. 눈은 계속 감고 있어야 해."

"말씀하세요."

줄리아는 조심스러운 목소리로 말했다.

"행복했던 순간을 떠올려보렴."

딸의 얼굴을 가만히 바라보며 안토니는 침묵을 지켰다.

*

박물관섬. 그래, 기억나. 우린 그곳에서 산책을 했었지. 네가 나를 할머니께 소개시켰을 때, 할머니의 첫 번째 질문은 내 직업이 뭐냐는 거였어. 서로 대화하는 것이 쉽지는 않았지. 너는 할머니가 하시는 말씀을 어수룩한 영어로 통역해주었어. 난 독어를 할 줄 몰랐으니까. 나는 보자르의 학생이라고 얘기했지. 그랬더니 할머니가 나를 보며 미소를 지으셨어. 그리고 서랍에서 카드 한 장을 꺼내셨지. 할머니가 좋아하셨던 러시아 화가인 블라디미르 라드스킨의 그림이 그려진 카드였어. 할머니는 날씨가 이렇게 좋으니 밖에 나가서 바람 좀 쐬고 오라고 하셨어. 너는 서독에서 보낸 잊을 수 없는 여행 얘기를 할머니께 하지 않았어. 우리가 어떻게 만났는지도 말하지 않았지. 우리가 아파트 문을 막 나서려 하자, 바로 그때 할머니가 너에게 물었어. 크나프를 만났느냐고 말이야. 너는 한참 동안 망설였지. 하지만 네 얼굴에 이미 크나프를 만났다고 씌어 있었어. 할머니는 조용히 미소를 지으셨어. 그리고 네가 크나프를 다시 만나게 되어 정말 기쁘다고 말씀하셨지.

바깥으로 나오자마자 너는 내 손을 잡았어. 그리고 이렇게 달려가는 곳이 도대체 어디냐고 내가 물을 때마다 너는 대답했지. "따라와, 따라와!" 우리가 도착한 곳은 스프리 강의 어느 다리 위였어.

박물관섬. 예술을 위한 건물이 그렇게 많이 모여 있는 곳은 처음이었어. 난 너희 나라가 온통 회색빛일 줄만 알았는데, 그곳은 온갖 색으로 가득했지. 너는 나를 데리고 알테 박물관 앞으로 갔어. 그냥 네모반듯한 건물처럼 보였는데, 들어가보니 지붕이 둥근 모양이었어. 그런 건축물을 본 적이 없었어. 이상하기도 하고 믿을 수가 없었지. 너는 둥근 지붕의 밑으로 내 손을 이끌었어. 거기서 한번 돌아보라고 했지. 한 번 더, 한 번 더…… 그러더니 점점 더 빨리, 머리가 핑 돌 때까지 그처럼 돌게 만들었지. 그리고 갑자기 넌 나를 네 품에 안았어. 그렇게 내 왈츠는 끝이 났지. 그때 네가 그랬어. 사각형 안의 원, 그게 바로 독일의 로맨티시즘이라고. 서로 다른 것도 얼마든지 잘 어울릴 수 있음을 보여주는…… 그다음으로 데려간 곳은 페르가몬 박물관이었지.

*

"어때? 행복했던 순간을 다시 경험해볼 수 있었니?"

안토니가 물었다.

"네."

눈을 감은 채 줄리아가 대답했다.

"그곳에서 누구를 봤니?"

줄리아가 눈을 떴다.

"누굴 봤다고 굳이 대답할 필요는 없어, 줄리아. 너만이 간직할 수 있는 대답이니까. 이제 다시는 너 대신 네 인생을 살지 않겠다."

"저한테 왜 이런 걸 시키신 거죠?"

"눈을 감을 때마다 난 네 엄마를 볼 수 있거든."

"자신을 쏙 빼닮은 그림 속에서 토마스는 그렇게 나타났어요. 더 이상 그를 생각하지 말고 더 이상 후회도 하지 말고 이제 그만 결혼해도 된다고…… 그러니 편해지라고 말을 하는 유령처럼, 그림자처럼 그렇게."

안토니는 잦은 기침을 하더니 말했다.

"그건 그냥 목탄화일 뿐이야! 내가 여기서 던진 냅킨이 저 우산통 안에 정확히 들어간다고 한들 달라질 게 뭐가 있니? 또, 우리 옆에 앉은 저 여자를 봐. 여자의 잔 속으로 포도주의 마지막 방울이 떨어지든 안 떨어지든, 같이 식사를 하고 있는 저 바보 같은 남자와 결혼을 할 리가 없다고! 외계인 쳐다보듯 그렇게 날 쳐다보지 마라. 저 바보가 여자친구 감동시킨답시고 큰 소리로 떠들어대지만 않았어도, 저들의 대화를 처음부터 다 듣게 되지는 않았을 거야!"

"계시라는 걸 한 번도 믿어본 적이 없어서 그런 말을 하는 거예요! 아빠는 모든 걸 다 통제하려고 들었으니까!"

"계시 같은 건 없어, 줄리아. 넌 내가 휴지통을 향해 몇 번이나 종이 뭉치를 던져봤는지 알기나 하니? 종이 뭉치가 휴지통 안에 들어가면, 내 소원이 반드시 이루어질 거라고 굳게 믿었었어. 하지만 내가 그토록 기다리던 전화는 오지 않았지. 그래서 무슨 생각을 했는지 알아? 종이 뭉치 세 개 혹은 네 개가 연이어서 들어가야 소원이 이루어진다고 생각했어. 그렇게 이 년을 죽어라 연습했지. 나중에는 10미터가 넘게 떨어져 있는 휴지통 속에도 종이를 던지는 족족 들어가더라. 하지만 달라지는 게 하나도 없었어. 그러던 어느 날, 중요한 바이어 세 명과 저녁식사를 했지. 내 직원이 우리 지사가 나가 있는 나라 이름을 나열하느라 애를 쓰는 가운데, 나는 무엇을 했는지 아니? 내가 그토록 기다리는 여자가 사는 나라는 어딜까에 대해 생각했어. 아침마다 그녀가 걷는 길들을 상상해봤지. 식사를 마치고 식당을 나서는데, 중국 바이어 하나가 정말 아름다운 전설을 들려주더구나. 그 사람의 이름이 뭐였는지는 묻지 마라. 보름달이 비치는 물웅덩이에서 점프를 하는 즉시 우리가 그리워하는 사람 곁으로 보름달 영혼이 데려가준다는 거야, 글쎄. 그래서 난 물이 고여 있는 곳으로 가 점프를 했지. 그런 내 모습을 보며 바이어가 어떤 표정을 지었는지 너도 봤어야 하는데! 덕분에 그는 나로 인해 튄 물에 흠뻑 젖었지. 모자에서도 물이 줄줄 떨어지고 말이야. 난 그에게 미안하다고 하는 대신에 그랬지. 전설이 왜 통하지 않느냐고 말이야! 내가 만나보고 싶어하는 여자는 나타나지 않았어. 그러니 그 바보 같은 계시니 뭐니 하는 말은 하지 마라. 사람들은 하느님을 믿어야 할 이유를 잃어버렸을 때 그런 계시에 의존하는 거야!"

"그렇게 말하지 말아요! 제가 만약 어렸다면, 아빠가 저녁에 돌아오길 바라면서 물웅덩이가 아니라 시냇물에서도 몇백 번이고 뛰었을 거예요! 저한테 그런 얘기를 하기엔 너무 늦었어요. 어린 시절은 이미 지났는걸요!"

안토니는 슬픈 표정을 하고 줄리아를 바라보았다. 줄리아는 영 분이 풀리지 않는 모양이었다. 그녀는 자리를 박차고 일어나 그대로 식당을 나가버렸다.

"이해해주세요. 기포가 특히 많은 이 식당 샴페인 때문에 그런 거니까!"

195

안토니가 테이블 위로 지폐 몇 장을 올려놓으며 웨이터에게
말했다.

*

안토니와 줄리아는 호텔로 들어가기로 했다. 두 사람이 아
무 말도 하지 않는 가운데 밤의 침묵은 깊어만 갔다. 그들은
구도시의 작은 골목을 거슬러 올라가고 있었다. 똑바로 걸을
수조차 없었던 줄리아는 가끔 툭 튀어나온 돌 때문에 다리를
삐끗하곤 했다. 그럴 때마다 안토니는 줄리아를 부축하기 위
해 얼른 앞으로 달려나갔다. 하지만 줄리아는 곧 균형을 찾고
안토니의 도움을 마다하며 그녀를 건드리지도 못하게 했다.
 "난 행복한 여자예요, 알아요?"
 줄리아는 몸을 제대로 가누지 못하고 흔들거리며 소리쳤다.
 "너무나 행복해! 더 이상 행복할 수는 없어요! 내가 좋아하
는 일을 하고, 내가 좋아하는 곳에서 살고, 내가 좋아하는 친
구가 있고, 내가 좋아하는 남자와 결혼을 할 거예요! 만족하는
삶을 산다고요!"
 줄리아는 술이 제법 취해 발음이 정확하지도 않은 말을 계
속해서 반복했다.
 결국 발목을 접질린 줄리아는 때마침 옆에 있던 가로등을
잡았지만 이내 몸을 추스르지 못해 주르륵 아래로 미끄러지고
말았다.

"짜증나, 정말!"

인도에 주저앉아 줄리아는 혼자 못마땅하다는 듯 중얼거렸다.

안토니가 줄리아를 일으켜세우기 위해 그녀에게 손을 내밀었지만 줄리아는 그 도움의 손길을 무시했다. 결국 안토니도 줄리아 옆으로 앉았다. 골목은 텅 비어 있었다. 안토니와 줄리아만이 가로등에 기댄 채 그렇게 앉아 있었다. 십 분쯤 지났을까, 안토니는 코트 안에서 봉투를 하나 꺼냈다.

"그게 뭐예요?"

줄리아가 물었다.

"사탕."

줄리아는 어깨를 한번 으쓱하더니 고개를 돌려버렸다,

"안쪽에는 곰돌이 초콜릿도 있을걸? 감초맛 뱀 사탕하고 같이 놀고 있다는 소식을 들었는데 말야."

줄리아가 아무런 반응이 없자, 안토니는 사탕봉지를 다시 코트 안으로 넣으려 했다. 그랬더니 줄리아가 봉지를 냉큼 빼앗아갔다.

"네가 어렸을 때 도둑고양이 한 마리를 집으로 데리고 와서 길렀지."

줄리아는 벌써 세 번째 초콜릿을 입으로 가져갔고, 안토니는 말을 이어갔다.

"그 고양이를 그렇게 예뻐하더구나. 그 고양이도 너를 무척 잘 따랐지. 일주일째 되던 날 집을 나가버렸지만 말이야. 이제 그만 들어갈까?"

"아니요."

줄리아는 초콜릿을 씹으며 대답했다.

적갈색 빛깔의 말이 끄는 마차 한 대가 그들 앞을 지났다. 안토니는 마부에게 손을 들어 인사를 건넸다.

*

한 시간이 지나 안토니와 줄리아는 호텔에 도착했다. 홀을 가로질러 걸어간 줄리아는 오른편에 있는 엘리베이터에 올랐고, 안토니는 왼편 엘리베이터에 탔다. 마지막 층에서 다시 만난 두 사람이 스위트룸까지 이어지는 복도를 나란히 걸어 방문 앞에 다다르자 안토니는 줄리아가 먼저 들어가도록 길을 내주었다. 줄리아는 그녀의 방으로 들어갔고, 안토니도 자신의 방으로 들어갔다.

침대 위로 몸을 던진 줄리아는 가방을 뒤져 휴대폰을 꺼내 들었다. 그리고 손목시계로 시간을 확인한 뒤 아담에게 전화를 걸었지만 바로 음성사서함으로 연결이 되었다. 안내방송이 끝날 때까지 기다리다가 줄리아는 운명의 '삐' 소리가 나기 직전에 전화를 끊어버렸다. 이윽고 줄리아는 스탠리의 번호를 눌렀다.

"잘 지내고는 있나보구나?"

"그거 아니? 네가 너무 보고 싶어."

"그래? 몰랐는걸? 그나저나 여행은 어때?"

"내일쯤 돌아갈 것 같아."

"벌써? 네가 찾으려고 했던 건 찾았어?"

"중요한 건 찾았어."

"아담이 방금 우리 가게에서 나갔는데……."

스탠리는 괜히 점잔을 빼며 말했다.

"너희 가게에 왔었어?"

"그렇다고 말했잖아. 술 마셨니?"

"조금."

"그렇게 좋아? 술을 마실 정도로?"

"좋다, 좋아! 왜 내가 우울하길 바라는 거야, 다들?"

"뭐, 나로 말할 것 같으면…… 난 혼자잖아."

"아담이 뭐래?"

"네 얘기지, 뭐겠어? 아니면 성적 취향을 바꾸셨나? 만일 그런 거라면 괜한 헛걸음이지. 아담은 전혀 내 취향이 아니거든."

"아담이 내 얘기를 하려고 너희 가게에 갔다고?"

"아니. 내가 네 얘기를 해주길 바라고 우리 가게에 온 거야. 대부분의 사람들이 그렇잖아. 자기가 사랑하는 사람이 너무 그리울 때는 다른 사람이 그 사람 얘기하는 걸 듣고 싶어해."

스탠리는 수화기를 통해 길게 전해오는 줄리아의 한숨소리를 들었다.

"아담이 슬퍼하는 것 같더라. 너도 잘 알다시피, 내가 아담을 이해한다거나 그런 건 아니야. 난 그저 누군가가 슬퍼하는 모습을 보는 게 싫을 뿐이야."

"아담이 왜 슬플까?"

줄리아는 진심으로 걱정되는 목소리로 물었다.

"바보가 된 거야, 아니면 너무 취한 거야? 아담은 절망 속에 빠진 거야! 결혼이 취소되고, 게다가 바로 그 이튿날 자기 약혼녀…… 난 아담이 너를 약혼녀라고 부르는 게 너무 싫더라! 촌스럽지 않아? 하여간, 어디로 간다 하는 주소도 남기지 않고 약혼녀가 떠났잖니. 무슨 일로 간다는 말도 없이 말이야. 이 정도면 이해가 가? 아니면, 지금이라도 아스피린 한 통 택배로 보내줘?"

"어디로 간단 말 없이 떠나온 건 아니야. 떠나기 전에 아담을 만났어……."

"버몬트? 어쩜 버몬트에 간다고 말을 할 수가 있어? 너한테는 버몬트가 주소야?"

"버몬트가 뭐가 어때서?"

줄리아는 조금 화가 난 듯 되물었다.

"아니. 내가 실수하기 전까지는 그게 문제될 것이 없었지."

"무슨 실수를 했는데?"

줄리아는 가까스로 숨을 참으며 물었다.

"네가 몬트리올에 있다고 말해버렸어. 네가 그런 거짓말을 할 거라고 어떻게 상상이나 할 수 있었겠어? 다음에 또 거짓말할 일이 있으면 일단 나한테 먼저 말을 해. 우리 둘이라도 입을 맞춰야지!"

"이 일을 어쩌면 좋아!"

"어쩌면 좋긴……."

"저녁식사 같이 했어?"

"둘이 대강 때웠지, 뭐. 있는 걸로 그냥."

"스탠리!"

"왜! 안 그래도 우울한 사람을 굶기기까지 하란 말이야? 네가 도대체 몬트리올에서 뭘 하는지도 모르겠고, 또 누구랑 있는지도 몰라. 그리고 그건 내가 상관할 바가 아니라는 것쯤은 나도 알아. 하지만, 아담한테 전화 한 번만 해줘. 기본이잖아, 줄리아."

"네가 생각하는 그런 거 아니야, 스탠리."

"내가 무슨 생각을 하는지 네가 어떻게 알아? 혹시라도 걱정할까봐서 말해주는데, 네가 떠난 이유가 아담하고는 아무런 상관이 없는 거라고 말했어. 네 아버지의 발자취를 찾아나선 거라고 말이야. 봤어? 거짓말을 하는 것도 재주야, 재주!"

"거짓말을 한 게 아니야!"

"아버지가 갑자기 돌아가셔서 네가 큰 충격을 받았고, 또 두 사람의 결혼 생활을 위해서라도 아직까지 조금은 열려 있는 네 어두운 과거의 문을 제대로 닫는 시간이 필요할 거라고도 했어. 사랑하는 사람과 함께 살면서 다른 데 신경 쓸 일이 생기면 안 되잖아!"

줄리아는 다시 한 번 입을 다물었다.

"그래, 아버지 발자취를 찾는 일은 어떻게 진행되고 있어?"

줄리아의 침묵에 스탠리가 다시 말문을 열었다.

"내가 아빠를 증오하게 만들었던 것들 있잖아…… 근데 그런 점을 또 발견했어."

"잘 됐네! 그리고 또 뭐?"

"그리고 아빠를 사랑할 수밖에 없는 이유도 좀……."

"그래서, 내일 돌아오겠다는 거야?"

"아직 잘 모르겠어. 일단은 아담을 다시 만나야 할 텐데……."

"일단은? 무슨 다른 일이 있다는 말이야?"

"실은, 좀 전에 산책을 나갔었거든. 길가에 초상화를 그려주는 화가가……."

줄리아는 몬트리올 구항구에서 있었던 일을 스탠리에게 들려주었다. 그녀의 말을 듣던 스탠리는 그 특유의 신경 긁는 말대답을 단 한마디도 하지 않았다.

"다시 돌아가야 할 때가 온 거겠지? 괜히 뉴욕을 떠났나봐. 그리고, 내가 다시 돌아가지 않으면 누가 너희 가게에 행운을 가져다주겠어?"

"진정한 조언이 듣고 싶어? 일단 종이에 생각나는 모든 것을 적어봐. 그리고 그 반대로 움직이는 거야! 잘 자, 친구!"

스탠리가 전화를 끊자 줄리아는 침대에서 일어나 욕실로 들어갔다. 그때문에 조심히 자기 방으로 들어가는 안토니의 발소리를 듣지 못했다.

12

몬트리올의 아침 하늘이 불그스레 물들었다. 두 방 사이에 놓인 작은 거실로 부드러운 빛이 스며들고 있었다. 누군가 노크를 하자 안토니가 문을 열었다. 룸서비스였다. 거실 가운데까지 룸서비스 카트를 밀고 들어온 직원이 아침식사 테이블을 차리려고 하자 안토니는 그에게 달러 몇 장을 건네고는 자신이 카트를 대신 잡았다. 그러고 나서 직원이 스위트룸을 나갈 때 문이 닫히며 큰 소리가 나지나 않을까 조심히 살폈다. 거실의 테이블로 할까, 아니면 전망 좋은 창가 곁의 작은 원탁으로 할까 잠시 망설이다가 결국 전망을 택한 안토니는 갖은 정성을 다 기울여 테이블보를 깔고, 접시를 놓고, 포크와 나이프를 정리하고, 오렌지 주스 병이며 시리얼 볼, 빵이 담긴 바구니를 원탁 위로 올려놓았다. 그리고 마지막으로 작은 꽃병에 예쁘게 꽂은 장미 한 송이를 곁들였다. 한 발짝 뒤로 물러선 안토니는 중심에서 조금 엇나가 보이던 장미를 다시 정리했다. 빵바구니 옆으로 우유를 두는 편이 나을 것 같아 우유병의 위치도 바꿔놓았다. 이윽고 안토니는 줄리아의 접시 위에 붉은 리본으로 묶인 종이 두루마리를 얹어놓은 뒤 그것을 가리려는 듯, 두루마리 위로 냅킨을 올렸다. 일을 마친 안토니는 몇 미터 뒤로 물러나 자신이 정리한 테이블이 과연 조화롭게 보이는지 확인했다. 넥타이를 고쳐 맨 다음 그는 줄리아의 방으로 가서 조심히 노크를 하며 아침식사가 준비되었다고 말했다. 줄리아는 잠에서 덜 깬 목소리로 몇 시냐고 물었다.

"일어날 시간이야. 십오 분 뒤에 스쿨버스가 올 거야. 지금 안 일어나면 또 놓쳐!"

코까지 올려 덮은 이불 속에서 눈을 뜬 줄리아는 크게 한번 기지개를 폈다. 이렇게 푹 자본 것이 언제였던가. 머리를 한번 헝클어뜨리고 난 그녀는 눈부신 아침 햇살에 익숙해질 때까지 눈을 찌푸리고 있었다. 그러더니 갑자기 자리에서 일어났다가 현기증 때문에 잠시 침대맡에 앉았다. 탁상에 놓인 시계가 여덟 시를 가리키고 있었다.

"왜 벌써 깨우지?"

줄리아는 짜증이 난 듯 구시렁거리며 욕실로 들어갔다.

안토리 왈슈는 줄리아가 샤워를 하는 동안 거실의 안락의자에 앉아 접시 밖으로 삐죽 나온 붉은 리본을 보며 한숨을 내쉬었다.

*

    일곱 시 십 분. 에어캐나다 비행기가 뉴어크 공항을 떠났다. 몬트리올 착륙 시작을 알리는 기장의 목소리가 스피커를 타고 지지직거리며 들려왔다. 비행기는 제시간에 도착할 모양이었다. 기장에 이어 이번에는 승무원이 착륙시 주의사항을 알렸다. 아담은 최대한 크게 기지개를 펴고 나서 테이블을 접으며 창밖으로 시선을 돌렸다. 비행기는 생-로랑 강 위를 날고 있었다. 멀리로 몬트리올의 실루엣과 몽 르와얄 산이 어렴풋이 보였다. MD-80기가 앞쪽으로 쏠리자 아담은 안전벨트를 다시금 조여맸다. 조종석의 앞쪽으로는 이미 활주로가 펼쳐지고 있었다.

*

    목욕가운의 벨트를 졸라매고서 줄리아는 거실로 들어갔다. 그녀는 테이블을 한번 살펴보다가 의자를 빼주는 안토니에게 미소를 던졌다. 안토니가 줄리아의 잔을 채우며 말했다.

    "얼 그레이를 주문했어. 홍차, 흑차, 황차, 백차, 녹차, 훈제차, 중국차, 시슈안차, 태국차, 한국차, 실론티, 인도차, 네팔차 그리고 마흔 가지나 더 되는 차 종류를 룸서비스에서 제공하던데, 그만 이름을 다 잊어버렸구나. 차 이름 대는 걸 그만두지 않으면 확 죽어버리겠다고 했더니 잠잠해지더라."

    "딱 좋아요, 얼 그레이."

줄리아가 냅킨을 펼치며 말한 뒤 리본으로 싸인 두루마리를 가만히 보더니, 궁금한 표정으로 안토니를 보았다.

그러자 안토니가 줄리아의 손에 들린 두루마리를 얼른 뺏으며 말했다.

"우선 아침식사부터 하고, 이건 나중에 보도록 해라."

"뭔데요?"

줄리아가 묻자, 안토니는 테이블 위의 빵을 가리키며 대답했다.

"길게 꼬여 있는 모양을 한 빵은 크루아상이야. 두 개의 밤색 꼬리가 나와 있는 네모난 빵은 초콜릿 빵이고. 달팽이 모양에 건포도가 올려진 건 건포도 빵!"

"지금 등뒤에 숨기신 걸 묻는 거예요. 빨간 리본으로 묶인 두루마리요."

"나중에 얘기하자고 했잖니."

"그럴 거면서 왜 접시 위에 두셨어요?"

"마음을 바꿨을 뿐이다. 나중에 보는 게 더 나아."

줄리아는 안토니가 잠시 등을 돌린 틈을 타서 그의 손에 들려 있던 두루마리를 재빨리 낚아챘다. 그리고 리본을 풀어 두루마리를 열어보았다.

"언제 샀어요?"

줄리아가 물었다.

"어제, 부두 떠나면서. 넌 나한테는 시선 한 번 주지 않고 멀리 앞서서 걸었잖아. 그 화가한테 돈도 많이 줬어. 그 그림을 그냥 가져도 된다고 하더구나. 어차피 주인 되는 사람이 원하지 않았다면서. 그 초상화를 가지고 있어봤자 달라질 것이 없다고 했어."

"왜 이 그림을 사셨죠?"

"네가 좋아할 것 같아서 그랬지. 그 초상화를 쳐다보면서 들인 시간이 얼마냐?"

"이 그림을 산 진짜 이유가 뭐냐고 물었어요!"

줄리아가 계속 고집을 부리자 안토니는 소파 위에 앉더니 그녀를 가만히 쳐다보며 말했다.

"어떤 얘기를 하나 해야 하니까…… 솔직히 이 얘기를 다시는 꺼내지 않기를 바랐다. 그리고 어떻게 말을 꺼내야 할지 정말 망설였어. 도망치듯 떠난 여행이 결국 이 얘기를 하도록 만들었으니 예상컨대 남은 여행은 망칠 게 틀림없어. 네가 어떤 반응을 보일지 짐작이 가기 때문이야. 하지만 네가 그렇게 강조하던 그 계시라는 것이 말이다. 나에게 가야 할 길을 보여줬어. 그러니 이제 너에게 한 가지 고백을 해야 할 때가 온 것 같구나."

"연막작전 그만 펴시고 본론으로 들어가시죠!"

줄리아가 톡 쏘며 말했다.

"줄리아. 토마스가 죽지 않은 것 같아."

*

    아담은 화가 났다. 공항에서 빨리 빠져나오기 위해 일부러 짐도 없이 비행기를 탔건만, 일본에서 출발한 보잉 747기의 승객들이 이미 입국심사 홀을 가득 메우고 있었기 때문이었다. 아담은 시계를 봤다. 그가 선 줄을 보니, 공항을 나가서 택시를 타기까지는 적어도 이십 분이 넘게 걸릴 것 같았다.

    "스미마셍!"

    적절한 순간에 이 단어가 튀어나왔다. 아담이 담당하는 일본 출판사 직원이 이 말을 어찌나 남발하던지, 결국 그는 미안하다고 말하는 것이 일본의 전통이라는 결론을 내렸던 적이 있었다.

    "스미마셍! 죄송합니다!"

    아담은 일본 승객들 사이로 슬쩍 끼어들어가며 이 말을 반복했다. 열 번 정도 스미마셍을 외친 후, 결국 그는 캐나다 입국 수속을 밟을 수가 있었다. 세관직원은 도장 하나를 찍더니 곧 아담을 보내주었다. 짐을 찾는 곳까지는 휴대폰을 쓸 수 없다는 규칙도 무시하고 아담은 얼른 전화기를 꺼내 줄리아에게 전화를 걸었다.

                               *

    "네 전화벨 소리 아니냐? 방에다 전화기를 두고 나온 모양이로구나."

안토니가 당황스러운 듯 말했다.

"말 돌리지 마세요. 죽은 것 같지가 않다니 무슨 말이죠?"

"살아 있다는 말도 맞는 것 같은……."

"토마스가 살아 있어요?"

줄리아의 목소리가 떨렸다. 안토니는 고개를 한 번 끄덕여 대답을 대신했다.

"어떻게 알아요?"

"토마스가 보낸 편지를 보고 알았지. 죽은 사람은 편지를 보내지 못하잖니. 물론 나는 예외지……. 그러고 보니 이것도 괜찮은 아이디언데?"

"무슨 편지요?"

줄리아가 물었다.

"그 끔찍한 사건이 있고 나서 6개월쯤 지나 너에게 편지가 왔어. 베를린에서 부친 편지더구나. 보낸 이의 이름이 토마스였어."

"전 토마스의 편지를 받은 적이 없어요! 지금 하는 말이 진실이 아니라고 어서 말씀해주세요!"

"네가 집을 나가는 바람에 그 편지를 받을 수가 없었지. 어디로 간다 하는 주소 한 줄 남겨주지 않아서 너에게 다시 부쳐 줄 수도 없었다. 이 정도면 네 리스트에 추가할 만하지?"

"무슨 리스트요?"

"나를 싫어할 수밖에 없었던 이유에 꼽히는 리스트."

줄리아는 자리에서 일어나 아침식사 테이블을 밀어냈다.

"과거형은 쓰지 않기로 하지 않았던가요? 그러니 마지막 말은 현재형으로 바꾸시죠!"

줄리아는 소리를 지르며 거실을 나섰다. 그녀의 방문이 쾅하고 닫히는 소리와 함께 우두커니 홀로 남겨진 안토니는 줄리아가 머물던 자리로 가서 앉았다.

"이게 웬 낭비야!"

빵 바구니를 물끄러미 바라보며 안토니가 중얼거렸다.

*

"전화를 끄든가 아니면 받든가! 그것 참 짜증나는구나."

줄리아의 방으로 들어가며 안토니가 말했다.

"나가세요!"

"줄리아! 벌써 이십 년 전 일이야!"

"거의 이십 년이라는 시간이 지나는 동안 단 한 번도 그 얘기를 할 기회를 찾지 못하신 건가요?"

"이십 년 동안 둘이 만나 얘기를 할 기회가 별로 없었어. 설령 있었다고 해도 이 말을 했을까 싶구나."

엄격한 목소리로 안토니가 덧붙였다.

"말을 해서 달라지는 게 뭘까? 네가 맡은 일을 그만두게 만들 또 다른 변명거리를 주는 것밖에 더 되겠니? 너는 뉴욕에서 첫 번째 직장을 찾았지. 42번가에 있는 어느 스튜디오였어. 연극을 공부하는 남자친구도 생겼지. 내 기억이 맞는다면, 퀸스에서 자기가 그린 그 끔찍하고 말도 안 되는 그림을 전시하기도 했었지. 그리고 너는 직장과 헤어스타일을 바꾸면서 그 친구와 헤어졌어. 헤어지고 난 후에 바꿨나? 하여간……."

"어떻게 그걸 다 아시는 거예요?"

"네가 내 인생에 관심이 없다고 해서, 나까지 그래야 했을까?"

안토니는 오랫동안 딸의 얼굴을 쳐다보다가 방을 나가려 했다. 이때 줄리아가 문턱쯤에 서 있던 안토니에게 물었다.

"편지를 열어봤나요?"

"난 한 번도 너에게 온 편지를 열어본 적이 없다."

안토니는 뒤를 돌아보지도 않고 대답했다.

"그럼 그 편지는 계속 가지고 계신가요?"

"네 방에 두었다. 네가 집을 나가기 전에 쓰던 그 방 말이다. 네가 항상 공부를 했던 책상 서랍에 정리해두었어. 거기가 바로 그 편지가 있어야 할 장소라고 생각했거든."

"제가 다시 뉴욕으로 돌아왔을 때 왜 말하지 않았어요?"

"너는 왜 뉴욕으로 돌아오고 6개월이 지나서야 나에게 연락을 했니? 소호의 어느 가게에 있는 널 내가 봤다고 생각했기 때문이었니? 아니면 연락도 없이 그렇게 몇 년을 지내다 보니 슬슬 내가 보고 싶어져서? 너와 나 사이에서 내가 늘 승자였다고 생각한다면 그건 오산이다."

"아빠한테는 그게 하나의 놀이였나요?"

"아니, 그럼 안 되지. 어려서 장난감을 그렇게 망가뜨렸던 너와 놀이라니."

안토니는 줄리아의 침대 위에 봉투 하나를 올려놓았다.

"자, 이거 받아라. 너에게 더 일찍 말을 했어야 하는데…… 그렇게 하질 못했구나."

"이게 뭐죠?"

줄리아가 물었다.

"뉴욕으로 가는 비행기표다. 아침에 예약했다. 네가 자고 있는 동안 말이야. 말하지 않았니. 네 반응이 어떨지 상상하고 있었다고. 우리의 여행은 여기서 끝을 내야 하는가보구나. 옷 갈아입고, 가방까지 다 정리하면 로비로 내려와라. 나는 지금 가서 계산을 해야겠다."

안토니는 줄리아의 방을 나가며 조심히 문을 닫았다.

*

고속도로가 꽉 막혀 있는 바람에 택시 기사는 생-파트릭 가를 이용하기로 했다. 하지만 그곳도 별다를 바가 없었다. 기사는 720번 도로를 탔다가 곧 르네-레벡 가로 빠지면 어떻겠느냐고 아담에게 제안했다. 그저 빨리 가주기만 한다면, 아담은 어떤 도로를 타든 아무런 상관이 없었다. 택시 기사는 긴 한숨을 내쉬었다. 마음이 급해 어쩔 줄 몰라하는 아담에게 해줄 수 있는 게 없었다. 삼십 분 후면 도착할 것이었다. 아니, 몬트리올 입구를 지나 교통상황이 나아지면 더 빨리 도착할 수도 있는 문제였다. 택시 기사들이 불친절하다고 말하는 사람들이 있다지만…… 기사는 아담과의 대화를 마치는 의미에서 라디오 볼륨을 올렸다.

몬트리올 경제중심가에 서 있는 한 빌딩의 지붕이 보이기 시작했다. 줄리아가 묵고 있는 호텔에 가까워지고 있었다.

*

어깨에 가방을 걸치고서 줄리아는 단호한 발걸음으로 호텔 로비를 지나 안내데스크 앞으로 갔다. 직원이 데스크를 빠져 나와 줄리아를 맞았다.

"미시즈 왈슈!"

직원은 줄리아에게 두 팔을 벌려 반갑게 인사하고는 말을 이었다.

"미스터 왈슈는 밖에서 기다리고 계십니다. 저희가 리무진을 불렀는데 좀 늦어지는군요. 오늘따라 길이 왜 이리 막히는지요."

"고마워요."

줄리아가 대답했다.

"계획보다 일찍 떠나시게 되어서 얼마나 유감인지 몰라요. 저희 서비스가 마음에 안 들어서 일찍 떠나시는 건 아니죠?"

직원이 조금은 섭섭해하는 눈치로 묻자 말이 떨어지기 무섭게 줄리아가 대답했다.

"크루아상이 정말 최고던데요! 그리고 정말 마지막으로 말하는데, 미시즈가 아니고 미스예요!"

그 한마디를 남기고 줄리아는 호텔을 나섰다. 안토니가 인도 위에서 차를 기다리고 있었다.

"차가 곧 도착할 거야. 아, 마침 오는구나!"

안토니가 말했다.

링컨 리무진이 줄리아와 안토니 앞에 와서 섰다. 차에서 내려 손님을 맞이하기 전에 리무진 기사가 트렁크의 문을 열었다. 줄리아는 얼른 차에 올라 자리를 잡았다. 기사가 트렁크에 짐을 싣는 동안, 안토니는 차 주위를 한 바퀴 돌았다. 이때 멀리 떨어지지 않은 곳에서 택시 한 대가 경적을 울렸고, 하마터면 안토니를 칠 뻔했다.

*

"웬 사람들이 조심할 줄을 모른담!"

기사는 씩씩거리며 생-폴 호텔 앞으로 차를 댔다.

아담은 기사에게 달러 뭉치를 건네고서 잔돈을 받을 겨를도 없이 뛰쳐나가 호텔 회전문을 향해 달려갔다. 안내데스크에 도착한 아담은 자신을 소개하며 미스 왈슈의 방이 몇 호냐고 물었다.

밖에서는 검은색 리무진이 바로 앞에 주차된 택시가 떠나기

214

만을 기다리고 있었다. 택시 기사는 방금 받은 요금을 세느라 차를 움직일 생각도 하지 않고 있었다.

"왈슈 씨 내외분이 이미 체크아웃을 하셨습니다."

안내데스크의 여직원은 미안한 듯 아담에게 대답했다.

"왈슈 씨 내외요?"

아담은 '내외' 라는 말을 강조하며 직원이 한 말을 되풀이하였다.

이때 담당직원이 당황한 표정으로 아담에게 다가왔다.

"제가 도와드릴 일이라도……."

조금은 짜증이 난 듯 직원이 물었다.

"제 약혼녀가 이 호텔에 묵었던 것이 맞습니까?"

"약혼녀요?"

직원은 아담의 어깨 너머로 밖을 힐끔 보더니 물었다. 아직도 리무진은 그 자리에 그대로 있었다.

"미스 왈슈요!"

"네, 지난밤에 이 호텔에서 주무셨습니다. 그리고 아침에 떠났어요."

"혼자요?"

"누가 같이 있었던 것 같지는 않은데요."

점점 더 당황해하며 직원이 대답했다. 이때, 밖에서 들려오는 요란한 경적 소리에 아담이 뒤를 돌아보려 했다.

"손님!"

직원이 아담의 주의를 끌기 위해 갑자기 소리쳤다.

"뭐 마실 것이라도 한 잔 준비해드릴까요?"

"방금 다른 직원분이 저에게 왈슈 씨 내외가 체크아웃을 했다고 말했어요! 내외라고 하면 두 사람이었다는 말이잖아요! 제 약혼녀가 혼자였습니까, 누구와 함께 있었습니까?"

아담이 버티고 서서 물었다.

"저희 직원이 실수를 했나봅니다. 저희 호텔에 워낙 손님이 많다 보니…… 커피 아니면 차 한 잔 하시겠습니까?"

직원은 안내데스크의 여직원에게 날카로운 시선을 보내며 말했다.

"체크아웃한 지 오래 됐습니까?"

직원은 또 한 번 몰래 호텔 밖을 쳐다보았다. 리무진이 드디어 움직이기 시작했다. 차가 멀어지는 것을 본 후에야 안정을 찾은 직원이 말했다.

"조금 됐죠. 저희 호텔에서는 신선한 과일주스를 제공하고 있습니다. 식당으로 함께 가실까요? 제가 아침식사를 대접하겠습니다."

13

　차 안에서 안토니와 줄리아는 단 한마디도 주고받지 않았
다. 줄리아는 내내 차창 밖을 바라보고 있었다.

*

　비행기를 탈 때마다 밖으로 보이는 구름 속에서 네 얼굴
을 그려봤어. 하늘 위로 펼쳐지는 너의 모습을 상상하면서
말이야. 난 너에게 백 통의 편지를 썼고, 또 너에게서 백
통의 편지를 받았어. 일주일에 두 번씩. 나에게 여행경비가
마련되는 대로 다시 만나기를 약속했었지. 난 수업이 없는
날에는 일을 했어. 너에게로 가기 위해서 말이야. 식당에서

음식을 날랐고, 영화관에서 자리안내를 했고, 전단지를 돌리기도 했어. 일을 할 때마다 내가 무슨 생각을 했는지 아니? 네가 나를 기다리고 있을 베를린 공항에 도착할 어느 날 아침을 상상했어.

얼마나 많은 밤을 너의 시선 속에 잠들었을까? 또 얼마나 많은 밤을 회색빛 도시 구석구석에서 터뜨렸던 너와 나의 웃음소리를 기억하며 잠들었을까? 네가 나가고 할머니랑 나랑 둘이만 남겨졌을 때, 할머니는 가끔 이런 말씀을 하셨어. 우리의 사랑을 너무 믿지는 말라고. 그 사랑이 그리 오래 가진 않을 거라고. 우리는 너무나 다르다고 말씀하셨어. 나는 서쪽 여자, 너는 동쪽 남자. 하지만 네가 집으로 돌아와 나를 품에 안으면, 나는 네 어깨 뒤편으로 보이는 할머니에게 미소를 지었지. '할머니 말이 틀렸어요'라는 표정을 지으며 말이야. 우리 아빠가 너희 집 앞에 대기하고 있던 차에 나를 억지로 밀어넣었을 때, 난 큰 소리로 네 이름을 외쳤어. 내가 부르는 소리를 네가 들어줬으면 했어. 어느 날 뉴스에서 카불의 사고 소식이 전해지면서 네 명의 기자가 죽었다고 했을 때, 그리고 그중 한 명은 독일인이라는 말을 들었을 때, 그게 너라는 걸 단번에 알 수 있었어. 피가 몸밖으로 솟구치는 느낌이었지. 그리고 나는 술잔을 닦고 있던 식당의 바 뒤에서 그대로 기절했어. 뉴스 앵커가 말했지. 기자들이 탄 차는 소련 정부가 내버려둔 어느 광산에서 폭발했다고. 마치 운명이 너를 잡아가려는 듯, 운명이 너에게 자유를 허락하지 않는 듯…… 신문에서조차 자세한 사항은 보도되지 않았지. 그저 네 명의 사망자가 있다는 말밖에는. 그것으로 충분하다는 듯이 말이야. 죽은 사람이 누군지, 암흑 속에 잊힐 그들의 삶과 이름이 어땠는지는 안중에도 없는 듯했어. 하지만 그들이 말하는 독일 기자가 너라는 걸 나는 알 수 있었어. 그리고 크나프와 연락이 되는데 이틀이라는 시간이 걸렸지. 그 이틀이라는 시간 동안 난물 한 모금도 넘길 수가 없었어.

결국 크나프에게서 전화가 왔어. 그의 목소리를 듣는 순간, 난 깨달았어. 크나프는 친구를 잃었고, 나는 사랑하는 사람을 잃었다는 것을. 그가 늘 말했던 가장 친한 친구 말이야. 크나프는 네가 기자가 되도록 도운 것에 대해 깊은 죄책감을 느꼈어. 그리고 난 찢어지는 가슴을 안고 그를 위로했지. 네가 그토록 되고 싶어했던 일을 할 수 있게 해준 사람이 바로 그였으니까. 그에게 고맙다는 말 한마디 전하지 못해 네가 얼마나 후회를 했는지 말해주었어. 그렇게 크나프와 나는 네 얘기를 나눴지. 네가 정말 우리 곁을 떠나지 못하게 하려는 마음에서 그랬어. 사망자 시신 확인이 불가능하다는 얘기를 크나프로부터 들었어. 목격자의 진술에 따르면, 광산이 폭파되었을 때 기자들이 타고 있던 차는 산산조각이 되었다고 했지. 산산조각이 난 철판더미들이 몇 미터 떨어진 곳에 쌓였고, 너를 비롯한 기자들이 숨을 거둔 바로 그 자리에는 분화구처럼 펑 뚫린 구멍과 앙상하게 남은 차의 뼈대만이 남았다고…… 인간의 부조리함과 그들의 잔인함을 보여주는 모습이었다고 했어. 너를 아프가니스탄으로 보낸 크나프는 자신을 용서하지 못하겠다고 했지. 결국 눈물을 터뜨리며 말했어. 마지막 순간에 다른 기자와 대체하기 위해서 너를 보냈다고 말이야. 누구든지 빨리 그곳으로 투입하지 않으면 안 되었을 그 상황에 네가 크나프의 곁에 없었더라면…… 하지만 난 깨달았지. 크나프는 네가 원했던 가장 소중한 선물을 한 거야. '미안해, 미안해.' 크나프는 울면서 이 말만을 반복했어. 너무 절망한 나는 눈물 한 방울도 흘릴 수가 없었어. 눈물을 흘린다는 것은 내 안에 있는 너를 더 잃어버리는 것이었으니까. 난 전화를 끊을 수가 없었어. 그래서 수화기를 그대로 내려놓았어. 그러고는 앞치마를 벗고 밖으로 나왔어. 어디로 가는지도 모르는 채 무작정 걸었지. 마치 아무 일도 없었다는 듯이 세상은 잘 돌아가고 있었어.

길거리의 사람들 중 과연 누가 그날 아침 카불 인근 지역에서 토마스라 불리는 삼십대의 남자가 광산폭발로 생을 달리했다는 사실을 알았을까? 과연 누가 걱정이나 했을까? 내가 다시는 너를 볼 수 없고, 이제 세상도 예전과는 다르다는 사실을 과연 누가 이해할 수 있었을까?

난 이틀이 넘게 아무것도 먹지 않았어. 이 얘기는 벌써 했던가? 했든 하지 않았든 그게 뭐 중요하겠니? 너에게 내 얘기를 할 수 있다면, 네 얘기를 들려주는 너의 목소리를 들을 수만 있다면 두 번이 아니라 몇 번이라도 같은 말을 반복할 수 있어. 그렇게 걷다가 길모퉁이에 다다랐을 즈음, 난 기절을 하고 말았어.

스탠리가 나에게 있어 가장 절친한 친구가 된 것이 네 덕분인 줄은 알고 있니? 스탠리와 나는 만나는 순간 바로 친해졌지. 그는 내가 입원해 있던 복도의 어느 입원실에서 나오는 중이었어. 스탠리는 멍하니 병원 복도를 걷고 있었지. 내 방문이 열려 있는 걸 보고, 그는 발걸음을 멈췄어. 그는 침대에 누워 있는 나를 보더니 미소를 지었어. 세상의 그 누가 그날의 그 미소를 흉내 낼 수 있을까? 그토록 슬퍼 보였던 그의 미소를 말이야. 그의 입술마저 떨리고 있었어. 그리고 갑자기 그는 내 스스로에게 차마 허락할 수 없었던 두마디 말을 속삭였어. 스탠리를 잘 모르던 그 당시에는 나도 솔직하게 말할 수 있었을까? 모르는 사람에게 고백을 한다는 것은 내가 알고 있는 사람에게 하는 것과는 다르잖아. 미지의 누군가에게 고백을 하는 건, 진실을 돌이킬 수 없는 것으로 만드는 게 아니거든. 그건 포기나 다름없어. 무지라는 지우개로 말끔히 지워버릴 수 있는 그런 포기. 어쨌든 '그가 죽었어요'라고 스탠리가 말했지. 그리고 나는 그에게 대답했어. '그래요, 그는 죽었어요.' 스탠리는 그의 친구를 얘기하는 것이었고, 나는 너에 대한 얘기를 하는 것이었어. 그렇게 우리 둘은 알게 되었지. 우리가 사랑했던 사람을 잃은 바로 그날. 에드워드는 에이즈로 생을 달리했고, 너는 끊임없이 인간사에 피해를 주는 또 다른 무서운 유행병처럼 그렇게 떠나갔어. 스탠리는 내 침대가에 앉더니 나에게 물었어. 눈물이 나오더냐고. 난 솔직하게 아니라고 대답했지. 그랬더니 스탠리도 마찬가지였다고 말했어. 그는 나에게 손을 내밀었고, 나는 그의 손을 잡았어. 손을 맞잡은 우리는 그렇게 첫 눈물을 떨구었지. 나에게서 너를 멀어지게 한 그 눈물, 에드워드에게서 스탠리를 멀어지게 한 눈물을……

*

안토니 왈슈는 승무원이 권하는 음료수를 거절했다. 그는 뒤쪽을 힐끔 쳐다보았다. 비행기 안은 거의 비어 있었다. 줄리아는 안토니로부터 열 줄이나 떨어진 곳의 창가 자리에 앉아 하늘을 향해 멍한 시선을 보내고 있었다.

*

퇴원을 하고 집을 떠났어. 너에게서 받은 백 통의 편지는 붉은색 리본으로 묶어 내 방 책상 서랍에 넣어두었지. 추억을 더듬기 위해서 그 편지들을 다시 읽을 필요가 없었어. 가방을 싸고 그냥 나왔어. 아빠한테는 온다간다 인사도 하지 않았지. 우리를 헤어지게 한 그를 용서할 수 없었어. 언젠가 너를 만나기 위해 모아둔 돈은 아빠에게서 가능한 한 멀리 떨어진 곳으로 가는 데 쓰게 되었지. 몇 달이라는 시간이 흘렀고, 나는 애니메이터로의 첫발을 내딛었지. 네가 없는 삶의 시작이기도 했어.

남은 시간은 스탠리와 함께 보냈어. 그렇게 우리의 우정이 싹트기 시작했지. 그 당시 스탠리는 브루클린의 벼룩시장에서 일을 하고 있었어. 우린 저녁이면 브루클린교의 중간에서 만나곤 했어. 어떤 때는 강을 거슬러 오르내리는 배들을 바라보며 다리에 몸을 기댄 채로 몇 시간을 함께 있곤 했어. 또 어떤 때는 둑길을 함께 걷기도 했지. 스탠리는 에드워드에 대한 얘기를 해주었고, 나는 네 얘기를 들려주었어. 그렇게 시간을 보내고 각자 집으로 돌아갈 때면, 우리는 너와 에드워드의 추억을 함께 가져가곤 했었지.

출근길에 나는 가로수의 그림자 속에서 네 그림자를 찾아보려 했었어. 허드슨 강으로 비치는 그림자에서도 네 모습을 찾아보려 했었지. 도시를 가르는 바람 속에서 너의 목소리, 너의 말들을 찾아내려 애썼지만 헛수고였어. 이 년이라는 시간 동안, 나는 이런 식으로 베를린에 있는 너와 나만의 장소를 다시 가보곤 했어. 가끔 우리의 모습을 기억하며 웃기도 했지. 하지만 난 너를 잊을 수가 없었어.

네가 살아 있다는 소식을 전해주었을 그 편지를 받지 못했어, 토마스. 네가 그 편지에 무슨 얘기를 썼는지도 몰라.

벌써 이십 년 전의 일인데, 마치 어제 부친 편지 같은 기분이 드는 이유는 뭘까? 소식을 알 수 없어 보냈던 몇 달. 그리고 그 몇 달이 지나자 더 이상 공항에서 나를 기다리는 일은 없을 것이라고 네가 다짐을 한 걸까? 그 얘기를 썼을까? 내가 베를린을 떠나고 보내야 했던 그 시간이 너무 길었다고 썼을까? 이제 더 이상 서로에게 별다른 감정이 없는 때가 된 것이라는 얘기를 썼을까? 멀리 떨어져 있어 서로를 잊어가는 사람들의 사랑에는 우울한 가을이 찾아온다는 것이었을까? 넌 더 이상 사랑을 믿을 수가 없다고⋯⋯ 그것도 아니면 난 다른 방식으로 너를 잃은 것이었을지도 몰라. 거의 이십 년이란 세월, 한 장의 편지로는 너무 긴 시간이지.

너와 나는 더 이상 예전의 우리가 아닌걸. 파리에서 베를린까지 다시 차를 몰고 갈 수 있을까? 벽을 사이에 두고 너와 나의 시선이 마주친다면 과연 무슨 일이 벌어질까? 1989년 11월의 어느 밤에 크나프를 보면서 그랬듯이, 그렇게 두 팔을 활짝 펴줄 수 있을까? 우린 나이가 들었고, 반대로 도시는 더 젊어졌어. 그 도시의 곳곳을 예전처럼 뛰어다닐 수 있을까? 네 입술도 예전처럼 부드러울까? 너의 마지막 편지는 서랍 속에 그냥 남겨져 있어야 했는지도 몰라. 그래, 그게 더 나은 걸지도 몰라.

*

　승무원이 줄리아의 어깨를 건드렸다. 안전벨트를 매야 할 시간이 된 것이었다. 비행기는 뉴욕을 향해 착륙하고 있었다.

*

　아담은 몬트리올에서 오후시간을 보내기로 했었다. 에어캐나다의 직원은 최대한 친절하게 아담을 대하려 노력했다. 하지만 뉴욕행 비행기의 남은 좌석은 딱 하나, 그것도 네 시에 출발해버린 비행기의 좌석이었다. 아담은 몇 번이고 줄리아에게 전화를 했지만, 번번이 음성사서함으로 넘어가고 말았다.

*

　또 다른 고속도로. 이번에는 차창 밖으로 맨해튼의 빌딩이 모습을 드러냈다. 안토니와 줄리아가 탄 링컨 리무진이 같은 이름의 터널로 들어갔다.
　"더 이상 내 딸의 집에서 환영을 받지 못할 것 같다는 이상한 기분이 드는구나. 솔직히 말해서 너희 집 2층의 창고 방과 내 집을 비교해본다면, 내 집에 가 있는 편이 백 번은 더 낫겠다는 생각이 들어. 그리고 토요일이 되면 네 아파트로 가서 조용히 상자 안으로 들어가도록 하마. 회사 직원들이 다시 상자를 회수하러 오기 전에 말이야. 왈라스에게 전화해봐라. 혹시 집에 있을지 모르니……."

안토니는 전화번호가 적힌 종이쪽지를 줄리아에게 내밀며 말했다.

"왈라스가 아직도 아빠 집에 살아요?"

"왈라스가 어디에서 뭘 하는지는 나도 잘 모른다. 내가 죽은 후에는 그 사람 스케줄이 어떻게 되는지 물어볼 기회가 없었 거든. 왈라스가 나를 보고 심장발작을 일으키는 불상사가 생 기는 걸 원치 않는다면, 적어도 우리가 집으로 들어갔을 때 그 친구가 없길 바라는 수밖에. 네가 어떤 말로 둘러대든 상관하 지 않겠다. 그저 이번 주말까지만 왈라스가 어디 먼 곳에 가 있으면 좋겠어."

이렇다 저렇다 대답을 하는 대신 줄리아는 왈라스의 전화번 호를 눌렀다. 왈라스의 전화에는 메시지가 남겨져 있었는데, 그것은 바로 고용인의 사망으로 한 달간 자리를 비운다는 내 용이었다. 따로 그에게 메시지를 남길 다른 방법도 없다고 했 다. 왈슈 씨와 관련된 급한 용무는 변호사에게 직접 연락하라 는 말도 빼놓지 않았다.

"별 문제 없겠는데요, 왈라스도 집에 없고!"

휴대폰을 주머니에 넣으며 줄리아가 말했다.

삼십 분이 지나자 리무진이 안토니 왈슈의 저택 앞에 멈춰 섰다. 줄리아는 저택의 정면을 물끄러미 바라보다가 3층의 어 느 방 창문에 시선을 고정했다. 학교에서 돌아오던 어느 날 오후의 끝자락, 줄리아의 어머니가 위태롭게 몸을 숙이고 있던 발코니가 있는 바로 그 창문이었다. 그날 줄리아가 '엄마, 엄마' 하고 큰 소리를 치지 않았다면 무슨 일이 벌어졌을까? 줄리아를 보자 그녀는 손을 흔들어 보였었다. 마치 그 손짓이 자신이 막 하려고 했던 행동의 흔적을 말끔히 지워주기라도 하는 양.

안토니는 가방을 열더니 열쇠꾸러미를 꺼내 줄리아에게 건넸다.

"그 회사에서 열쇠까지 주던가요?"

"너의 반대로 인해 내가 너희 집에 머물 수 없거나, 또 네가 예상날짜보다 앞서 전원 끄기를 거부했을 때에 대한 대비라고나 할까? 네가 문을 열어주겠니? 혹시라도 이웃 주민이 나를 보면 안 되잖니."

"이젠 이웃에 누가 사는지도 알아요? 이거 역시 큰 변화네요!"

"줄리아!"

"알았어요."

줄리아는 육중한 철문의 손잡이를 돌리며 한숨을 쉬었다. 줄리아가 문을 열자 집 안으로 빛이 스며들었다. 모든 것이 예전 그대로였다. 먼 기억 속에 남아 있던 모습 그대로. 검은색과 하얀색 타일로 된 입구의 바닥은 거대한 바둑판무늬를 만들고 있었고, 오른편으로는 우아한 곡선을 그리며 돌아 올라가는 나무 계단의 층계참이 보였다. 유명한 세공인이 조각한

옹두리로 된 난간도 그대로였다. 안토니 왈슈는 손님들에게 집 소개를 할 때 세공인의 이름을 대며 뿌듯해하곤 했었다. 복도 끝에는 부엌과 집안일을 돕는 사람들이 머무는 공간으로 연결되는 문이 있었다. 그 공간만 하더라도 줄리아가 집을 나가 여태 지내왔던 어떤 곳보다 훨씬 컸다. 그리고 왼편으로 보이는 서재. 아주 드문 일이긴 했지만, 안토니가 집에서 저녁시간을 보낼 때면 사업 장부를 정리하곤 했던 곳이었다. 집 안 곳곳에는 몬트리올 어느 빌딩에서 커피를 팔았던 때로부터 안토니 왈슈를 멀어지게 하는 부의 흔적들이 자리하고 있었다. 넓은 벽에는 줄리아의 초상화가 걸려 있었다. 다섯 살인 그녀에게서 화가가 잡아낸 총명한 눈빛, 오늘날 줄리아에게도 어릴 적 그 눈빛이 남아 있던가? 그녀는 판자장식을 해놓은 천장으로 고개를 돌렸다. 나무장식 구석구석에 거미줄이라도 있었다면 아마 유령의 집을 연상했겠지만, 안토니 왈슈의 집은 너무도 정갈하게 보전되어 있었다. 이때, 안토니가 서재로 들어서며 줄리아에게 말했다.

"네 방이 어딘지는 기억하고 있겠지? 혼자서도 잘 찾아갈 거라 믿겠다. 배가 고프면 부엌에 가봐. 찬장에 먹을 것이 있을 거야. 파스타 아니면 통조림 같은 것들 말이야. 내가 죽은 지 그렇게 오래된 일이 아니잖아?"

안토니는 계단을 올라가는 줄리아를 바라보았다. 그녀는 한 손으로 난간을 잡고, 한 번에 두 계단씩 오르고 있었다. 어렸을 때 계단을 오르던 그 모습 그대로였다. 첫 번째 층계참에 다다른 줄리아는 혹시라도 누가 따라오는지 슬쩍 뒤를 돌아보았다. 이 역시 어렸을 때와 똑같은 행동이었다.

"왜요?"

줄리아는 자신을 보고 있던 안토니를 향해 아래쪽을 내려다보며 물었다.

"아니, 아무것도 아니다."

안토니가 미소를 지으며 대답하고는 곧 서재로 들어갔다.

줄리아의 눈앞에 긴 복도가 펼쳐졌다. 첫 번째 문은 엄마의 방으로 통하는 문이었다. 그녀는 손잡이 위로 가만히 손을 가져가 조심스럽게 그것을 돌렸다. 하지만 곧 손잡이를 제자리로 돌려놓고 말았다. 들어가지 않기로 한 것이었다. 그녀는 두 번 다시 엄마의 방 쪽으로 발걸음을 돌리는 일 없이 복도 끝까지 걸어갔다.

*

몽롱한 젖빛의 햇살이 방 안을 비추고 있었다. 창문 양옆으로 젖힌 레이스 커튼의 끝이 바닥 위로 드리워져 있었다. 바닥은 색깔 하나 변하지 않은 상태였다. 줄리아는 침대 쪽으로 다가가 가장자리에 앉아서는 베개에 얼굴을 파묻고 그 향기를 맡아보았다. 그러자 갑자기 예전의 기억들이 밀려왔다. 손전등을 몰래 비추어 책을 읽던 밤, 열린 창문에 넘실거리던 커튼

229

위로 상상의 인물들이 흥을 돋우던 밤. 잠 못 이루는 밤을 함께해주었던 수많은 그림자들. 줄리아는 두 발을 쭉 펴고 주위를 둘러보았다. 모빌 모양을 한 전등, 그 전등의 검은색 날개는 의자 위로 올라간 어린 줄리아가 아무리 후후 불어보아도 팔랑거릴 기색을 보이지 않았었다. 옷장 옆에는 공책이며 사진들, 그리고 신비스런 세계 각 나라 모습이 담긴 카드를 보관해둔 상자가 놓여 있었다. 직접 문방구에서 산 카드도 있었고, 두 장이나 갖고 있던 똑같은 카드를 친구와 바꿔 모은 것도 있었다. 세상에는 보고 느껴야 할 것들이 얼마든지 많으니, 똑같은 장소에 두 번이나 갈 필요는 없지 않은가. 줄리아의 시선이 이번에는 책장으로 향했다. 책장에는 교과서가 일렬로 정리되어 있었고, 그 양옆으로 두 개의 인형이 놓여 있었다. 빨간색 강아지 인형과 파란색 고양이 인형이었다. 예전부터 사이가 좋지 않은 두 녀석. 중학교 이후로 잊고 있던 붉은색 지리 교과서가 눈에 띄었다. 그 교과서를 보니 책상을 한번 둘러볼까 하는 생각이 들었다. 줄리아는 침대에서 일어나 책상 쪽으로 다가갔다.

컴퍼스에 찍힌 자국이 남아 있는 나무 책상, 얼마나 많은 시간을 그 책상 위에서 빈둥거리며 보냈던가. 숙제를 잘 하고 있는지 왈라스가 감시하러 올 때면, 줄리아는 끝도 없이 펼쳐지는 불만들을 꼼꼼히 적어가며 그 책상 위에서 시간을 보냈었다. '지루해, 지루해, 지루해……' 그녀는 같은 말을 공책 몇 장에 반복해서 쓰기도 했었다. 책상 서랍의 손잡이는 별 모양의 자기로 되어 있었다. 아주 조금만 당겨도 쉽게 스르르 열리는 서랍이었다. 줄리아는 그 서랍을 조금 열어보았다. 그러자 빨간색 매직이 서랍 안쪽으로 데구루루 굴러갔다. 얼른 손을 넣어보았지만 열려 있는 틈이 그리 넓지 않아 굴러가는 매직을 잡을 수는 없었다. 그녀는 서랍 안을 더듬어가며 매직 찾기에 나섰다.

엄지손가락으로는 그림용 잣대를, 새끼손가락으로는 학교 행사에서 받은 목걸이가 느껴졌다. 하지만 약손가락은 아직 갈피를 잡지 못하고 있었다. 개구리 모양의 연필깎기던가? 아니면 두꺼비 모양의 테이프? 이번에는 검지 쪽에 종이로 된 무언가가 느껴졌다. 종이의 오른쪽 윗부분 모서리에 미세하게나마 뭔가 울퉁불퉁한 것이 붙어 있었다. 오랜 시간이 흘러 가장자리가 떠 있는 우표의 테두리였다. 어두운 서랍 안으로 느껴지는 편지 봉투. 줄리아는 만년필 잉크가 남겨놓은 선을 가만히 만져보았다. 사랑하는 사람의 살갗에 씌어진 글 자국을 손끝으로 만져 그 단어가 무엇인지 찾아내는 게임을 하듯이, 선 하나라도 놓치지 않으려고 줄리아는 최선을 다했다. 그녀는 곧 토마스의 글씨체를 느낄 수가 있었다.

줄리아는 얼른 봉투를 낚아챘다. 그리고 그 안에 들어 있는 편지를 꺼냈다.

줄리아!

　난…… 인간들의 광기 속에서 살아났어. 그 슬픈 모험의
유일한 생존자가 바로 나야. 너에게 보낸 마지막 편지에도
썼듯이, 우리는 마수드를 찾아 떠났었지. 아직도 내 귓가에
서 맴도는 엄청난 폭발굉음 때문에, 내가 왜 그토록 그 사
람을 만나고 싶어했는지를 잊고 말았어. 그의 진실을 찍어
내려는 나의 열정도 잊어버리고 말았어. 내가 본 것은 나를
앗아갈 뻔했던 증오, 그리고 나와 함께 했던 동반자들의 생
명을 빼앗아간 그 증오뿐이었어. 내가 생명을 잃을 뻔했던
그 처참한 장소로부터 20미터 정도 떨어진 곳에서 마을 사
람들이 나를 발견했대. 다른 동료들을 산산조각 낸 폭발이
왜 나는 그저 멀리 날려보내는 것으로 만족했던 걸까? 그
해답을 알 길은 없겠지. 마을 사람들은 내가 죽은 줄 알았
나봐. 그래서 나를 작은 수레에 올려놨었대. 한 소년이 위
험을 무릅쓰면서까지 내 손목시계를 탐내지 않았더라면, 그
리고 바로 그때 내가 팔을 움직이지 않았더라면, 그 소년이
소리를 지르지 않았더라면…… 사람들은 당연히 나를 묻
어버렸겠지. 하지만 내가 말했지? 난 인간들의 광기 속에서
살아났다고 말이야. 죽을 수도 있는 상황이 닥칠 때면, 여
태 살아온 삶이 파노라마처럼 펼쳐진다고들 하지? 하지만
정말 죽음 앞에 서면 아무것도 보이지 않아. 그리고 난 고
열에 시달리며 망상 속에 빠졌었지. 그때 나에게 보이던 유

일한 것은 너의 얼굴이었어. 나를 담당하는 간호사가 젊고 예쁘다고 거짓말을 해서 너에게 질투를 사고 싶었었지. 하지만 내 간호사는 남자였고, 그의 긴 수염에서 매력이라고는 찾아볼 수도 없었어. 그렇게 난 카불의 한 병원에서 넉 달을 보냈어. 온몸에 화상을 입었지만, 그런 불평 따위를 하려고 너에게 편지를 쓰는 것은 아니야.

일주일에 두 번씩 편지를 주고받았던 우리에게 단 한 장의 편지도 부칠 수 없었던 5개월은 너무 긴 시간이었어. 일 년의 거의 반이나 되는 그 침묵의 시간은 너무 길어. 특히 오랫동안 서로 볼 수도, 서로 만져볼 수도 없었던 우리에게는 말이야. 멀리 떨어진 채로 사랑한다는 건 정말 어려운 일인 것 같아. 이렇게 나를 괴롭히는 질문을 매일 하게 돼.

크나프는 내 소식을 듣자마자 카불로 왔어. 병실로 들어왔을 때 크나프가 얼마나 울었는지 네가 봤어야 하는데! 솔직히 말하면 나도 조금 울었어. 옆에 있던 환자가 잠들었기에 망정이지, 그렇지 않았다면 용감무쌍한 병사들 사이에서 우리가 무슨 꼴이 되었겠니? 크나프가 다시 돌아가서 내가 살아 있다는 소식을 너에게 알리지 않은 것은, 바로 내가 그렇게 해주길 부탁했기 때문이야. 내 죽음을 너에게 알린 것이 크나프라는 걸 알아. 그러니 내가 살아 있다는 소식을 전할 사람은 나 자신이어야 했어. 아니면 진짜 이유는 다른 데 있었는지도 모르지. 네가 이미 우리 사랑의 끝을 받아들였다면, 나는 이 편지를 통해 네가 그 선택을 끝까지 따라가도록 자유롭게 놔두고 싶은 것일지도 몰라.

줄리아…… 우리의 사랑은 너와 나의 차이점 속에서 생겨났지. 아침마다 눈을 뜨며 새로운 발견을 하게 되는 그 맛! 바로 거기서 우리의 사랑은 싹이 텄어. 아침 얘기가 나와서 하는 말인데…… 네가 자는 모습을 보며, 또 너의 미소를 보며 내가 얼마나 많은 시간을 보냈는지 넌 모를 거야. 넌 잘 모르겠지만, 잠을 잘 때 넌 미소를 지어. 내가 이해할 수 없는 언어로 잠꼬대를 하며 내 몸에 꼭 붙었던 적이 몇 번인지 셀 수나 있을까? 백 번, 그래 정확히 백 번이야.

함께 미래를 꿈꾸며 살아간다는 것은 또 다른 모험이라는 걸 잘 알아. 나는 네 아버지를 참 미워했었지. 그런 후에는 그를 이해해보려고 해봤어. 내가 같은 상황에 처한다면, 나도 네 아버지처럼 그렇게 행동했을까? 만일 우리에게 딸아이가 생기고, 그 딸아이와 나만 내버려둔 채 네가 떠나버린다면? 그리고 딸아이가 아무것도 없는 그런 세상, 혹은 내가 두려워하는 모든 것으로 만들어진 그런 세상에서 나타난 어느 외국인과 사랑에 빠진다면? 아마 나도 네 아버지처럼 행동했을지 몰라. 장벽 뒤에서 내가 어떤 삶을 살았는지 너에게 말하고 싶지 않았어. 너와 보내는 시간 속에서 단 한순간도 부조리하기만 했던 기억을 더듬으며 낭비할 수는 없었지. 인간들이 저지를 수 있는 끔찍한 것에 대한 슬픈 이야기를 듣기보다는, 더 나은 삶을 살아갈 자격이 있는 너였으니까. 그리고 그래야 했으니까…… 하지만 네 아버지는 달랐어. 그분은 분명 이 슬픈 이야기에 대해 잘 알고 계셨을 거야. 그리고 그런 삶을 사는 너를 원치 않았을 거야.

내 얼굴을 피로 물들이고, 너를 붙잡을 힘도 없게 만들어버린 네 아버지, 바로 널 데려가버린 그를 증오했어. 너의 목소리가 들려오는 것만 같은 벽을 힘껏 쳐보기도 했지. 하지만 그를 이해하고 싶었어. 노력해보지도 않고 어떻게 너를 사랑했다고 말할 수 있을까?

이런저런 힘에 이끌려 너는 다시 네 삶으로 돌아갔지. 네가 늘 말했던 삶 속에서 겪게 되는 운명, 계시…… 기억나니? 솔직히 난 그런 것을 믿지 않았어. 하지만 결국에는 너처럼 운명의 계시를 믿게 되었지. 비록 너에게 글을 쓰는 이 밤이 가장 슬픈 운명의 계시라고 할지라도 말이야.

있는 그대로의 너를 사랑했어. 네가 달라지는 것도 원하지 않아. 너의 모든 것을 다 이해할 수는 없었지만, 그래도 너를 사랑했어. 시간이 흐르면 다 이해할 수 있게 되리라는 믿음이 있었거든. 우리를 갈라놓는 모든 차이점에도 불구하고 나를 사랑하는지 너에게 묻지 않았어. 어쩌면 넌 나에게 그런 질문을 할 시간을 주지 않은 것일지도 몰라. 네가 너 스스로에게 질문할 시간을 주지 않았듯이 말이야. 하지만 이제 그 질문을 던질 시간이 온 것 같아. 비록 우리가 원하지는 않지만…….

내일이면 나는 다시 베를린으로 돌아갈 거야. 가자마자

제일 먼저 보이는 우체통에 이 편지를 넣으려고 해. 며칠이 지나면 이 편지가 너에게 도착하겠지? 내 계산이 맞는다면, 아마 16일 혹은 17일에 이 편지를 받게 될 거야.

아무도 모르게 준비한 걸 봉투에 함께 넣어놨어. 원래는 내 사진을 넣으려고 했는데, 지금 내 몰골이 말이 아니야. 그리고 사진을 보내는 게 거드름을 피우는 것 같아 좀 이상하기도 하고. 동봉하는 것은 그냥 단순한 비행기표 한 장이야. 그러니 이제, 나를 만나러 베를린으로 오기 위해 힘들게 일할 필요가 없어졌지? 물론 아직도 오고 싶어한다면 말이야. 나도 너를 만나기 위해서 돈을 모았어. 카불에 오면서 이 비행기표도 함께 가지고 왔지. 여기서 보내려고 했었거든. 확인해보면 알겠지만…… 아직도 날짜가 유효해.

매달 마지막 날에 베를린 공항에서 기다릴게.

만일 네가 온다면, 너에게 약속을 하나 하려고 해. 언젠가 우리 딸아이가 선택할 남자에게서 절대 그 아이를 빼앗지 않겠다고 말이야. 그 둘 사이에 어떤 다른점이 존재하든 상관하지 않아. 내 딸을 데리고 갈 그 녀석을 이해하도록 노력할 거야. 물론 그를 따라가는 딸아이도 이해하도록 노력할 거야. 왜냐하면 난 그 아이의 엄마를 사랑하니까.

절대 너를 원망하지 않을게, 줄리아. 너의 선택이 무엇이든, 난 그 선택을 존중할 거야. 만일 네가 오지 않는다면, 그래서 매달 마지막 날 나 혼자 집으로 돌아와야 하는 일이 생긴다면…… 그래도 널 이해할게. 바로 이 얘기를 하려고 편지를 쓰는 거야.

11월의 어느 날 저녁, 삶이 나에게 선물한 너의 아름다운 그 얼굴을 절대 잊지 않을 거야. 희망을 되찾았던 그날, 네 품에 안기기 위해 장벽을 넘었던 그날…… 나, 동쪽 남자. 그리고 너, 서쪽 여자.

넌 내가 받은 가장 아름다운 선물이야. 그리고 늘 그렇게 남아 있을 거야. 너에게 글을 쓰면서, 내가 얼마나 너를 사랑하고 있는지 또 한 번 깨달았어.

널 곧 볼 수 있을지도 모르지…… 어쨌든 넌 그 자리에, 늘 그렇게 있을 거야. 네가 어딘가에서 숨을 쉬며 살아가고 있다는 걸 알아. 그것만으로도 충분해.

사랑해.

1991년 9월, 토마스.

봉투 안에는 색깔이 누렇게 변한 또 다른 작은 봉투가 들어 있었다. 줄리아는 그 봉투를 열어보았다. 비행기표의 빨간 묶지에는 '프롤라인 줄리아 왈슈. 뉴욕-파리-베를린, 1991년 9월 29일'이라고 씌어 있었다. 줄리아는 봉투를 다시 서랍 안으로 넣었다. 그리고 창문을 조금 열어놓더니, 곧바로 침대로 가서 누웠다. 그녀는 깍지 긴 두 손을 베개 삼고 한참 동안 커튼을 바라보았다. 늘어진 커튼 자락 위로는 오래전 그녀의 고독을 달래주던 상상의 인물들이 하늘하늘 움직이고 있었다.

*

점심께가 조금 지나자 줄리아는 드디어 방을 나서 부엌으로 향했다. 그녀는 왈라스가 잼통을 늘 정리해놓던 찬장 문을 열어보았다. 그러고는 마른 빵 한 봉지와 꿀통을 꺼내 식탁에 자리를 잡고 앉았다. 끈적끈적하고 번드르르한 꿀덩이 위에 스푼으로 꿀을 떴던 자국이 남아 있었는데, 줄리아는 그 자국을 가만히 쳐다보았다. 마지막 식사를 하면서 안토니 왈슈가 남겼을 자국. 줄리아는 당시의 안토니를 상상해보았다. 지금 그녀가 앉아 있는 자리에 앉았을 것이다. 이 넓은 부엌에서 홀로 찻잔을 앞에 두고 신문을 읽으며 식사를 했을 것이다. 안토니의 마지막 날을 생각하는 게 무슨 소용일까? 완전히 막을 내려버린 과거를 증명해주는 알 수 없는 자국. 줄리아는 별것 아닌 꿀통의 자국 하나 때문에 아버지가 정말 죽었다는 사실을 깨달았다. 이런 생각을 한 것은 이번이 처음이었다. 가끔 별것도 아닌 일로, 우연히 찾은 물건 하나로, 혹은 냄새 하나로 이 세상 사람이 아닌 누군가를 떠올리곤 하지 않던가. 넓디넓은 부엌에 홀로 앉은 줄리아는 난생 처음으로 처참하기만 했던 어린 시절을 그리워했다. 이때 문 쪽에서 기침 소리가 들려와 이내 줄리아가 고개를 들었다. 안토니가 그녀를 보며 미소 짓고 있었다.

"들어가도 되겠니?"

허락을 구하고 안토니는 곧 줄리아의 앞에 와서 앉았다.

"내집이다 생각하시고 편하게 계세요!"

"프랑스에서 직접 주문했어. 라벤더 꿀이야. 아직도 꿀을 좋아하니?"

"보시다시피. 세상에는 변하지 않는 것도 있어요."

"편지에 무슨 말을 썼더냐?"

"아빠하고는 상관없는 일이 아닌가요?"

"결정을 내렸니?"

"무슨 말씀을 하시는 거예요?"

"잘 알면서 왜 그래. 답장을 할 생각인 거야?"

"이십 년이나 지나서요? 좀 늦었다는 생각 안 드세요?"

"나한테 물어보는 거냐, 아니면 너 자신에게 하는 소리냐?"

"지금쯤 토마스는 분명 애까지 딸린 유부남일 텐데, 제가 무슨 자격으로 갑자기 그의 인생에 불쑥 나타나겠어요?"

"남자아이? 여자아이? 아니면 쌍둥이?"

"뭐라고요?"

"너의 그 예시능력 덕분에 토마스의 가족이 어떻게 생겼나 하는 점까지 다 알 수 있을 것 같아 하는 말이야. 그래, 남자애냐 여자애냐?"

"지금 무슨 말씀을 하시는 거예요?"

"오늘 아침까지만 해도 너는 토마스가 죽은 줄로만 알고 있었어. 그러니 지금 그의 삶이 어떤지를 추측하기엔 좀 이르다는 생각이 들지 않니?"

"이십 년이에요, 이십 년! 고작 6개월이 지난 얘기가 아니라니까요!"

"십칠 년이다! 이혼을 했어도 벌써 몇 번은 하고도 남았을 시간이지. 토마스가 성적 취향을 바꾸지 않았다면 말이다, 네 친구처럼. 그 친구 이름이 뭐였지? 스탠리? 그래, 스탠리!"

"지금 그런 농담을 하다니, 배짱 한번 좋으시네요!"

"무겁고 힘든 현실을 완화시켜주는데 유머만큼 좋은 게 또 있을까! 누가 한 말인지는 모르겠다만, 확실히 맞는 말이야. 다시 질문을 하지. 결정을 내렸니?"

"하고 말고 할 결정이 어디 있어요? 어차피 너무 늦어버렸는데. 몇 번을 더 말해야 아시겠어요? 이젠 만족할 때도 되지 않았나요?"

"너무 늦었다는 건, 모든 것이 다 결정되어 다시 어떻게 할 수 없을 때에나 할 수 있는 말이야. 네 엄마가 날 떠나기 전에 그녀에게 내가 하고 싶어했던 모든 말을 하기엔 너무 늦었지. 네 엄마가 기억을 잃기 전에 내게 편지를 써줬다면 얼마나 좋았을까. 하지만 너무 늦었지. 너와 나의 경우에서 보자. 건전지가 다 닳아 작동을 할 수 없는 인형처럼 내 전원을 끄게 될 토요일. 그 토요일이 되어서야 모든 게 너무 늦은 것이 되는 거란다. 하지만 토마스는 아직 살아 있잖니. 네 말을 반박하게 되어 미안하다만, 아직 늦지 않았어. 어제 토마스의 초상화 때문에 보인 반응, 또 우리를 다시 이곳으로 돌아오게 만든 것을 생각해보렴. 그러니 너무 늦었다는 핑계를 둘러대며 숨을 생각은 하지 마라. 아니면 다른 핑계거리를 찾아보든가!"

"도대체 뭘 원하시는 거예요?"

"내가 원하는 건 하나도 없다. 하지만 너는 다르지. 아마도 토마스를 찾고 싶겠지. 행여……."

"행여, 뭐요?"

"아니, 아무것도 아니다. 내가 말을 너무 많이 한 것 같구나. 네 말이 옳아."

"아빠한테서 제가 옳다는 말을 들은 게 이번이 처음이에요. 그런데 어떤 점에서 제가 옳다는 것쯤은 알아야겠어요."

"별것 아니다. 지난 일에 후회하며 쓸쓸해하고, 눈물만 짓고 앉아 있는 게 훨씬 더 쉽지. 이게 다 운명이라는 둥, 운명이 그렇게 만들었다는 둥…… 그런 소리가 벌써부터 들리는 것 같구나. 너 역시 '모든 게 다 아빠 탓이야, 아빠가 내 인생을 망쳤어!'라고 말하겠지? 그런데 말이다. 괴롭고 엄청난 인생의 경험을 하는 것 역시 삶을 살아가는 또 다른 방법일 뿐이야."

"깜짝 놀랐잖아요! 혹시라도 아빠가 절 믿어주시는 줄 알았어요!"

"네 행동을 보아하니, 뭐 그리 위험한 시도는 아니었구나."

"토마스에게 편지를 쓰고 싶어서 미친다 해도, 그리고 십칠 년이 지난 지금에 와서 편지를 부칠 집 주소를 찾아낸다고 해도…… 전 그럴 수 없어요. 아담에게 그런 짓을 할 수는 없어요. 말도 안 되는 일이죠! 이미 아담은 충분히 거짓말을 들었다는 생각이 들지 않으세요?"

"그래, 맞는 말이다!"

안토니 왈슈는 약간 비꼬는 듯한 표정을 띠며 대답했다.

"또 뭣 때문에 그러세요?"

"네 말이 맞아. 부주의로 인한 거짓말은 훨씬 낫지. 훨씬 정직해! 어쨌든 이번 기회로 인해서 아담과 너 사이에 함께 나눌 수 있는 일 하나가 생겼다고 할 수 있겠구나. 아담은 적어도 네가 거짓말을 한 유일한 사람이 아니니 말이야."

"또 누굴 생각하고 하시는 말씀이세요?"

"너 자신! 밤마다 아담 곁에 누워서 조금이라도 토마스의 생각을 하지 않았니? 거짓말 하나! 지난 일에 대한 잠깐의 후회, 거짓말 둘! 확실한 정리를 위해서라도 베를린으로 갔어야 하지 않았을까 하고 네 스스로에게 던지는 질문, 거짓말 셋! 가만 있자, 계산을 한번 해볼까? 내가 셈에 있어서는 또 자신이 있잖니. 일주일에 세 번 정도 생각한다 치고, 짧게나마 지난 추억을 되새기는 것 두 번, 토마스와 아담을 비교해보는 것이 세 번…… 그럼 3 더하기 2 더하기 3, 총 여덟 번이네. 거기에 총 52주를 곱하고, 너와 아담이 함께 보내게 될 삼십 년이란 시간을 또 곱하면…… 내가 낙관주의자라는 건 나도 잘 안다. 어디 보자, 12,480번의 거짓말을 하는 셈이구나. 부부 사이에 이 정도 거짓말이면 보통이 아닌걸?"

"이제 만족스러우세요?"

줄리아는 빈정대듯 박수를 치며 안토니에게 물었다.

"자신의 감정에 확신도 없으면서 누군가와 함께 산다는 것은 하나의 거짓말일 수도 있다는 생각이 들지 않니? 그것이 바로 배신이라는 생각은 안 들어? 나와 함께 사는 사람이 마치 남 대하듯 그렇게 나를 대하면 인생이 어떻게 변할지 알고는 있니?"

"그러는 아빠는 아세요?"

"저세상으로 가기 전 삼 년간, 네 엄마는 나에게 아저씨라고 불렀다. 방으로 들어오는 나를 보고 네 엄마는 화장실은 저쪽이라며 안내했지. 수도를 고치러 온 사람이라고 생각했던 거야. 또 뭘 더 설명해야 알겠니?"

"정말 엄마가 아빠를 아저씨라고 불렀어요?"

"기분이 좋은 날은 그랬지. 기분이 안 좋은 날은 가택침입죄로 나를 경찰에 넘기기도 했단다."

"엄마가 아빠에게 편지를 썼으면 했어요? 엄마가 그렇게 되기 전에……."

"상황에 맞는 정확한 말을 하는 데 대해 두려워하지 마라. 네 엄마가 정신을 잃기 전을 말하는 게냐? 네 엄마가 광기 속으로 빨려들어가기 전? 물론이지. 하지만 지금 네 엄마 얘기를 하자고 우리가 여기에 있는 건 아니지 않니?"

안토니는 오랫동안 딸의 모습을 지켜보았다.

"꿀맛이 어떠냐?"

"맛있어요."

줄리아는 마른 빵 한 조각을 깨물며 대답했다.

"다른 때보다 꿀이 덜 무른 것 같지 않니?"

"네, 좀 그런 것 같아요."

"네가 집을 떠나니까 꿀벌들도 게을러졌어."

"그럴 수도 있겠죠. 꿀벌 얘기를 하고 싶으세요?"

줄리아가 웃으며 말했다.

"못할 것도 없지."

"많이 보고 싶으세요?"

"물론이지. 그런 질문이 또 어디 있니!"

"엄마를 다시 보려고 물웅덩이에서 점프를 하신 거예요?"

안토니는 안주머니를 뒤지더니 작은 봉투 하나를 꺼냈다. 그러고는 식탁 위로 봉투를 밀어 줄리아에게 건넸다.

"이게 뭐예요?"

"베를린으로 가는 비행기 티켓 두 장. 파리에서 갈아타야 해. 아직도 직행 비행기는 없다는구나. 오후 다섯 시 출발이다. 혼자 가든지, 아예 가지 말든지, 아니면 나와 함께 가든지 네가 결정해라. 이런 적이 없었지, 아마?"

"왜 이렇게까지 하시는 거예요?"

"그 쪽지는 어떻게 했니?"

"무슨 쪽지요?"

"몸에 늘 지니고 다니던 토마스가 준 쪽지 말이다. 이상하게도 주머니를 뒤질 때마다 꼭 튀어나와서는 내가 너에게 한 잘못을 다시금 일깨워줬던 그 구겨진 종이쪽지."

"잃어버렸어요."

"대체 무슨 말이 쓰여 있었지? 아니, 대답하지 마라. 사랑이라는 건 슬프도록 흔한 일 아니더냐. 그런데 정말 잃어버렸니?"

"그렇다고 했잖아요!"

"못 믿겠는걸? 그런 건 그렇게 쉽게 사라지지 않아. 언젠가 가슴속 어디선가 되살아나겠지. 자, 가서 짐을 챙겨라."

안토니는 자리에서 일어나더니 부엌을 나섰다. 그리고 문턱 언저리에서 줄리아를 보며 말했다.

"서둘러. 네 아파트로 다시 갈 필요는 없다. 혹시 필요한 게 있으면 베를린에서 사면 되니까. 시간이 별로 없어. 나는 밖에서 기다리마. 차를 이미 대기시켜놨거든. 너에게 이 말을 하는 지금 같은 상황을 이미 겪은 듯한 이 묘한 기분은 뭘까? 내 착각인가?"

안토니의 발소리가 복도를 울렸다.

줄리아는 두 손으로 얼굴을 감싸고 한숨을 쉬었다. 손가락 사이로 식탁에 놓여 있는 꿀통이 보였다. 토마스의 흔적을 찾기 위해서라기보다는, 아버지와의 여행을 계속하기 위해 베를린으로 떠나야 했다. 줄리아는 이렇게 떠나는 것이 핑계도 아니요, 또 변명도 아니라고 진심으로 또 진심으로 맹세했다. 아담도 분명 언젠가는 이해해줄 거라고 생각하면서.

줄리아는 다시 방으로 돌아왔다. 그리고 침대 아래쪽에 놓아두었던 가방을 들어올리는 순간, 그녀의 시선이 책장을 향했다. 붉은색을 띤 역사책이 나란히 정리된 다른 책들 사이로 삐져나와 있었다. 줄리아는 잠시 망설이다가 곧 그 책을 뽑아 들고는 안에 숨겨놓았던 푸른색 봉투를 꺼냈다. 봉투를 가방에 담은 그녀는 창문을 닫고 밖으로 나왔다.

*

    안토니와 줄리아는 탑승 수속이 끝나기 직전 겨우 공항에 도착했다. 직원은 그들에게 탑승권을 건네며 얼른 서두르라고 했다. 시간이 너무 지나 마지막 탑승 방송을 하기 전에 두 사람이 게이트에 도착할 수 있을지는 장담할 수 없다고도 했다.

    "이 다리로는 무리예요."

    안토니가 직원을 향해 안타까운 표정을 지으며 말했다.

    "무슨 문제라도 있으신지요, 손님?"

    직원은 걱정스러운 얼굴로 물었다.

    "불행히도 제 나이가 되면 흔히 있는 일이죠."

    그러자 안토니가 인공심박조율기를 소지하고 있다는 증명서를 자랑스럽게 보여주며 대답했다.

    "잠시만 기다려주시겠습니까, 손님?"

    직원이 전화기를 들며 말했다.

    조금 후, 안토니와 줄리아는 전동차에 몸을 싣고 탑승게이트로 향했다. 공항 직원이 동승한 터라, 이번에는 안전검사가 그리 큰 문제가 아니었다.

    "또 프로그램 오류예요?"

    전동차가 길고 긴 공항복도를 달리는 동안 줄리아가 물었다.

    "쉿! 들키려고 작정했니? 내 다리는 아무 이상이 없단다."

    안토니는 줄리아에게 속삭이며 말했다. 그리고 그는 곧 전동차를 몰던 직원과 대화를 계속했다. 마치 전동차 직원의 인생 애기가 안토니에게 큰 관심거리인 듯 말이다. 그렇게 십 분쯤 지났을까, 안토니와 줄리아는 제일 먼저 비행기에 탑승하는 특혜를 입게 되었다.

승무원 두 명이 나서 안토니가 편히 자리를 잡을 수 있도록 도왔다. 그중 한 명은 안토니의 등뒤로 쿠션을 대었고, 또 다른 한 명은 그에게 담요를 덮어주었다. 이 틈을 타 줄리아는 비행기의 입구로 갔다. 그녀는 스튜어드에게 마지막으로 전화를 한 통 할 곳이 있으며, 아버지가 이미 비행기에 타고 있으므로 자기도 곧 돌아올 것이라고 말했다. 게이트와 비행기를 연결하는 복도로 나온 그녀는 휴대폰을 꺼내들었다.

"캐나다 여행은 어떻게 진행되고 있어?"

전화를 받자마자 스탠리가 물었다.

"공항이야."

"벌써 돌아오는 거야?"

"아니, 또 떠나."

"이게 무슨 소리야?"

"실은 오늘 아침 뉴욕에 왔어. 너한테 들를 시간이 없었지. 그런데 믿어줘. 정말 너를 보러 가고 싶었어."

"이번에는 어디로 가는지 알 수 있을까? 오클라호마? 아니면 위스콘신?"

"혹시 에드워드가 마지막으로 직접 쓴 편지를 찾게 된다면 어떻게 할 거야? 그 누구도 읽어보지 않은 그런 에드워드의 편지를 찾게 된다면?"

"내가 이미 말했잖아, 줄리아. 에드워드의 마지막 말은 나를 사랑한다는 거였다고. 내가 그것 말고 더 뭘 바라겠니? 또 다른 변명들? 아니면 또 다른 후회들? 에드워드의 마지막 말은 우리가 서로에게 하지 못했던 말들, 또 서로에게 하기를 잊었던 그 어떤 말보다 더 값진 것이었어."

"그럼 그 편지는 뜯어보지 않고 그냥 두겠다는 거야?"

"응, 그럴 것 같아. 하지만 에드워드의 편지를 발견한 적이 없었어. 글쓰기를 즐기는 친구는 아니었거든. 하다못해 시장 볼 리스트를 적는 것도 늘 내 차지였어. 그 당시에는 정말 짜증나는 일이었지. 하지만 이십 년이 지난 지금도 시장에 갈 때마다, 에드워드가 제일 좋아하는 요구르트를 사곤 해. 시간이 이렇게 지났는데 그런 걸 기억하다니, 정말 우스운 얘기지?"

"아니……"

"토마스가 쓴 편지를 발견한 거야? 넌 토마스 생각을 할 때마다 꼭 에드워드 얘기를 하더라. 그러지 말고 한번 읽어봐……"

"왜? 너라면 그런 편지는 읽지 않을 것 같으니까?"

"우리가 알고 지낸 세월이 이십 년이야. 그런데 넌 아직도 내가 본받을 정도로 모범적인 사람이 아니라는 것만 빼고는 제법 괜찮은 남자라는 사실을 모른단 말이야? 이거 정말 실망인걸! 당장 그 편지를 열어봐. 원한다면 내일 읽어도 상관은 없어. 하지만 그 편지를 없애지만 말아줘. 방금 전에 한 말은 거짓말이었어. 만일 에드워드가 그런 편지를 남겼다면, 난 아마 백 번도 더 읽었을 거야. 글자 하나하나의 의미를 놓치지 않기 위해서 몇 시간 동안 편지를 붙들고 있었을 거야. 물론 에드워드가 편지 쓰는 데 심혈을 기울이거나, 시간을 많이 들이는 친구가 아니라는 걸 잘 알면서도 말이지. 이제 됐지? 그럼 이번에는 어디로 떠나는지를 말할 차례야. 오늘 저녁에 너한테 전화를 걸 때 필요한 지역번호가 뭔지 꼭 알아야겠어!"

"내일이 되어야 통화가 가능할 거야. 그리고 번호는 49."

"그럼 외국이네?"

"독일이야, 베를린."

잠시 침묵이 흘렀다. 스탠리는 다시 대화를 이어가기 전에 깊은 한숨을 몰아쉬었다.

"이미 편지를 열어본데다, 그 편지 속에서 무슨 단서를 찾았다는 얘기구나!"

"토마스가 살아 있대!"

"그렇겠지! 그리고 넌 그를 찾아서 떠나는 게 옳은 일인지를 묻기 위해 공항 대합실에 가서야 나에게 전화를 하는 거고?"

"비행기 입구에서 전화하는 거야……. 그리고 네 대답을 들은 것 같아."

"그럼 빨리 들어가. 비행기는 놓치지 말란 말이야!"

"스탠리!"

"또 왜?"

"화났어?"

"왜 화가 나겠어? 그냥 네가 멀리 떨어져 있다는 게 싫을 뿐이야. 또 다른 바보 같은 질문을 할 게 남았니?"

"어떻게 너는……."

"네가 질문을 던지기도 전에 그 질문들에 대해 대답을 할 수 있냐고? 남말 하기나 좋아하는 사람들은 내가 너보다 훨씬 여자 같다는 소리를 하지. 하지만 넌 내가 너의 가장 절친한 남자친구라고 생각할 권리를 갖고 있다 이거야! 자, 이제 전화 좀 끊자. 네가 보고 싶어 미칠 것 같다는 생각이 들기 전에 말이야."

"가서 전화할게. 약속해."

"그래, 그래, 그러시겠지!"

승무원이 줄리아에게 빨리 탑승하라는 신호를 보냈다. 비행기 문을 닫기 전에 줄리아가 들어오기만을 기다리고 있었기 때문이었다. 아담에게는 어떻게 말을 하면 좋겠냐고 스탠리가 물었을 때, 줄리아는 이미 전화를 끊은 뒤였다.

14

식사 서비스를 마친 승무원은 불빛의 강도를 낮췄고, 이내 승무원석 쪽은 어둑어둑해졌다. 줄리아가 본 안토니는 비행 중 어떤 음식도 먹지 않았고, 잠을 자지도 않았으며, 하물며 잠시 휴식을 취하지도 않았다. 기계일 뿐이니 어쩌면 당연한 일일지도 몰랐다. 하지만 그렇다고 그녀가 받아들이기에는 기분이 영 이상했다. 게다가 둘이서 떠난 이번 여행이 며칠밖에 가지 못한다는 사실을 말해주는 증거가 바로 거기 있었기 때문에 더욱 더 그러했다. 대부분의 승객들은 잠을 자고 있었다. 몇몇은 앞에 놓여 있는 화면을 통해 영화를 보기도 했다. 마지막 줄에 있던 한 승객은 희미한 전등 빛에 비춰 자료 하나를 열심히도 읽고 있었다. 안토니는 신문을 뒤적거렸고, 줄리아

는 창밖을 통해 달빛에 비친 비행기의 날개 위로 은빛 물결이
일렁이는 모습과 푸른 밤 속으로 출렁이는 바다를 보았다.

*

우리에게 봄이 왔어. 나는 보자르를 그만두고, 파리에도
다시 돌아가지 않기로 결정했지. 너는 어떻게 해서든지 이
런 결정을 되돌려보려 했어. 하지만 난 이미 마음을 굳혔는
걸. 나도 너처럼 기자가 되고 싶었고, 나도 너처럼 아침마
다 밖으로 나가 일자리를 찾았어. 물론 외국인인 나에게 그
리 쉬운 일은 아니었지만 말이야. 며칠 전부터 동독과 서독
을 잇는 전차가 다니기 시작했지. 우리를 둘러싼 모든 것이
흥분에 차 있었어. 사람들은 두 나라를 하나로 만들어줄 통
일에 대한 얘기를 했어. 삶의 모든 것이 냉전의 영향을 받
기 전에 그랬듯이 말이야. 비밀경찰 요원이었던 사람들은
그들의 모든 서류와 함께 마치 증발이라도 한 것 같았어.
바로 몇 달 전, 그들은 위험의 소지가 있는 모든 서류를 없
애기 시작했지. 너를 비롯한 수천 명의 시민에 대한 자료를
모조리 없애버리려 했어. 그리고 넌 그 작업을 방해하려 나
섰던 사람들 중 하나였어.

너도 그 서류들 안에 고유번호를 가지고 있었니? 길에서
몰래 찍은 너의 사진, 혹은 네가 일하는 모습을 몰래 찍은
사진과 함께 너에 대한 자료가 비밀서류 보관함 어딘가에

있을까? 네가 어울렸던 사람들의 명단, 네 친구들의 이름, 그리고 네 할머니의 이름까지 다 적혀 있는 그런 자료가 어딘가에 있을까? 너의 젊은 날이 당국의 눈에는 위험한 것으로 보였던 걸까? 전쟁의 역사를 배운 우리들이 어떻게 그런 일이 벌어지는 것을 가만 내버려둘 수 있었나 몰라. 그것이 바로 우리가 사는 세상이 복수할 수 있는 유일한 방법이었을까? 너와 나, 서로를 미워하기에 우리는 너무 늦게 태어났어. 우리에겐 새로 만들어낼 역사가 얼마든지 많았거든. 저녁이 되어 너희 동네를 산책할 때면, 네가 여전히 두려움에 떨고 있다는 걸 느낄 수 있었어. 제복을 입은 사람을 보거나, 네가 보기에 너무 천천히 움직이는 차를 볼 때마다 그 두려움은 너를 사로잡곤 했지. 그럴 때마다 넌 나에게 말했어. '이리 와. 다른 곳으로 가자.' 그리고 너는 나를 골목길이나 계단으로 데리고 갔지. 사람들의 눈을 피할 수 있는 곳, 도망갈 수 있는 곳, 보이지 않는 적을 따돌릴 수 있는 그런 곳으로 말이야. 난 그런 너를 놀렸었지. 그러면 너는 말했어. 나는 아무것도 모른다고, 그들이 어떤 짓을 했었는지 아무것도 모른다고. 내가 너에게 저녁을 사주기 위해 데려간 식당에서 이곳저곳을 살피는 너를 여러 번 봤어. 불안했던 과거를 떠올리게 만드는 식당 손님의 어두운 얼굴을 보고 식당을 나가자고 했던 때도 여러 번 있었지. 용서해줘, 토마스. 네 말이 맞았어. 두려움이 어떤 것인지 난 모르고 있었던 거야. 군인들이 강을 건넌다는 이유만으로 기둥 뒤로 숨으려 했던 너를 놀렸던 나를 용서해줘. 난 아무것도 몰랐어. 이해할 수도 없었어. 내 주변의 그 누구라도 그랬을 거야.

네가 전차 안에서 누군가를 가리킨 적이 있었지? 그 사람은 바로 비밀경찰 슈타지 중 한 사람이었고, 네가 그 사람을 알아본 거였어. 난 너의 눈빛만으로도 알 수 있었지.

이제 제복, 권력, 그리고 거만함을 벗은 옛 비밀경찰들은 네가 사는 도시 속에 묻혀 살았던 거야. 얼마 전까지만 해도 그들이 미행하고, 체포하려 애를 쓰고, 벌을 내리고, 고문까지 시켰던 사람들의 삶에 익숙해지고 있었던 거야. 장벽이 무너진 후, 아무도 자신들을 알아보지 못하도록 옛 비밀경찰들은 그들의 과거를 새로 만들어냈지. 또 어떤 이들은 늘 해왔던 일을 편안하게 계속했어. 시간이 지나자 후회도, 그들이 저질렀던 죄의 기억도, 모두 사라져버렸어.

크나프를 찾아갔던 어느 날 저녁이 기억나. 우리 셋은 공원을 산책했지. 크나프는 네가 살아왔던 삶에 대해 수많은 질문을 던졌어. 그에게 대답을 하는 것이 얼마나 고통스러운 일인지를 몰랐던 거야. 벽돌을 쌓아 가둬버렸던 곳이 네가 살았던 동독이라고 말했을 때, 크나프는 자기가 살던 서쪽까지 장벽의 그림자가 드리워졌었다고 주장했어. 장벽을 어떻게 견뎠느냐고, 그 너머의 삶을 어떻게 견뎠느냐고 크나프가 너에게 물었지. 그러자 너는 웃으며 그에게 물었어. 정말 예전 일을 기억하지 못하느냐고 말이야. 크나프는 계속해서 자신의 주장을 내세웠고, 결국 너는 그에게 양보하고 말았어. 그리고 그의 질문에 대답을 했지. 모든 것이 기계처럼 움직이고, 모든 것에 안전이 보장되었던 삶. 그 누구도 책임을 지지 않으려 했던 삶, 잘못이나 실수를 저지를 확률이 거의 없었던 그런 삶에 대한 얘기를 너는 차분하게 들려주었어. 너는 어깨를 한번 으쓱해 보이며 그에게 말했어. '누구나 다 직업을 갖고 있었지. 그리고 당국은 모든 것을 통제했어.' 그러자 크나프가 결론을 내렸어. '그게 바로 독재국가가 살아가는 방법이지.' 이 방법은 많은 사람들에게 통하는 그런 방법이었어. 자유라는 것은 그야말로 엄청난 문제니까 말이야.

대부분의 사람들이 자유를 갈망하지만, 그 자유를 어떻게 써야 하는지는 잘 모르지. 서독의 어느 카페에서 네가 했던 말이 아직도 귓가에 맴도는 것 같아. 너는 말했지. 동독에서는 작지만 포근한 각자의 아파트에서 자신들만의 새로운 삶을 꿈꾸며 그렇게 살았다고 말이야. 비밀경찰에 동조한 사람들의 숫자가 얼마나 될 것 같으냐고 크나프가 너에게 물었고, 이로써 너희들의 언성은 점점 더 높아졌어. 그 수가 얼마나 될까라는 문제에 대해 너희 둘의 의견은 각자 달랐지. 크나프는 크게 잡아 인구의 30퍼센트 정도가 될 것이라고 했지. 넌 절대 모른다고 했어. 비밀경찰에 속하지도 않았던 네가 어떻게 알 수 있었겠니.

용서해줘, 토마스. 네 말이 맞았어. 너에게 가기 위해 길

255

을 나선 지금에야 비로소 나는 두려움이라는 걸 느끼게 되었으니 말이야.

*

"왜 네 결혼식에 나를 초대하지 않았지?"

안토니는 읽던 신문을 무릎 위로 올려놓으며 물었다. 갑작스럽게 꺼낸 말이라 줄리아는 깜짝 놀랐다.

"놀라게 할 생각은 없었는데, 미안하구나. 딴생각을 하고 있었니?"

"아니요. 그냥 밖을 쳐다보고 있었어요."

"밖은 온통 밤인걸?"

안토니가 밖을 쳐다보며 말했다.

"네. 그래도 보름달이 떴잖아요."

"너무 높이 떠서 물에 빠질 것 같진 않구나, 그렇지 않니?"

"아빠에게 청첩장을 보냈어요."

"이백 명이 넘는 다른 하객들에게 한 것처럼 말이냐? 아버지를 결혼식에 초대하는 방법은 좀 달라야 하지 않겠어? 결혼식장에 네 손을 잡고 걸어갈 사람이 나였는데! 이 점에 대해서는 한번 얘기를 해봐야겠구나."

"우리가 지난 이십 년 동안 나눴던 대화의 내용이 뭐였죠? 전 아빠의 전화를 기다렸어요. 신랑 될 사람을 한번 만나보고 싶다고 아빠가 말해줬으면 하고 바랐다고요."

"이미 만나본 것 같은데?"

"블루밍데일 백화점 에스컬레이터에서 우연히 봤죠. 그런 걸 가리켜 만난다라는 표현을 쓰나요? 그러니 아빠가 아담이나 저에게 관심을 가졌다고 할 수 없겠죠!"

"셋이서 함께 차를 마시러 갔잖아. 그러지 않았었니?"

"아담이 아빠에게 제안을 했죠. 그는 아빠를 알고 싶었으니까. 그렇게 있는 이십 분 동안 아빠는 혼자서만 떠들어댔어요."

"별로 말이 없는 친구이던걸, 뭐. 자폐아처럼 한마디도 하지 않기에, 벙어리인가 싶었다."

"아빠가 뭘 물어보시기나 했어요?"

"그러는 너는? 나에게 뭘 물어본 적이 있었니? 나에게 조언을 구해본 적이 있었느냔 말이다!"

"그래서 달라지는 게 뭔데요? 제 나이 때 아빠는 어땠는지에 관한 얘기를 들으라고요? 아니면 제가 꼭 해야 하는 일을 줄줄이 열거하는 아빠의 말을 들어야 하나요? 제가 아빠 같은 사람이 되고 싶어하지 않는다는 걸 아빠에게 이해시키기 위해서였다면, 아마 제 인생의 마지막 순간까지도 아무 말 없이 입을 다물 수 있었을 거예요."

"너도 잠을 좀 자두는 게 좋을 것 같구나. 내일은 힘들고 긴 하루가 될 거야. 베를린까지 가려면, 파리에 도착하자마자 다시 비행기를 갈아타야 해."

말을 마친 안토니는 줄리아의 어깨까지 담요를 덮어주고는 읽던 신문을 다시 집어들었다.

*

비행기가 막 샤를르 드 골 공항 활주로에 착륙했다. 안토니는 시계를 파리 시간에 맞췄다.

"다음 비행기로 갈아타기 전까지 두 시간이 남았구나. 아직 여유가 있어."

그때까지만 해도 안토니는 터미널 E에 도착했어야 하는 비행기가 터미널 F로 방향을 바꾼 것을 까맣게 모르고 있었다. 더군다나 안토니와 줄리아가 타고 있는 비행기는 터미널 F의 비행기 통로로 연결하는 것이 불가능한 모양이었다. 따라서 승객들을 터미널 B까지 데리고 갈 버스가 곧 도착할 것이라고 승무원이 설명했다.

이때 안토니가 손을 들더니 승무원에게 잠시 와달라고 부탁했다.

"터미널 E예요!"

안토니가 승무원에게 말했다.

"무슨 말씀인지……."

이번에는 승무원이 안토니에게 물었다.

"방금 전 방송에서 터미널 B라고 했어요. 우리가 가는 터미널이 E 아니던가요?"

"아, 그런가보네요. 저희도 그만 헷갈렸습니다."

"혹시 몰라서 하는 소린데, 우리가 도착한 곳이 샤를르 드 골 공항이 맞죠?"

"도착 게이트도 자꾸 바꾸라고 하고, 비행기 연결통로도 없고, 게다가 벌써 기다리고 있어야 할 버스가 오지 않은 걸 보니 샤를르 드 골 공항이 틀림없어요!"

승객들은 비행기 도착 후 사십오 분이 지나서야 모두 비행기에서 내릴 수 있었다. 이제 입국검사를 마치고, 베를린으로 가는 비행기의 게이트가 몇 번인지 알아보는 일만 남았다.

공항경찰 두 명이 나와 있었다. 그들은 막 도착한 세 편의 비행기에서 내린 승객들 중 몇몇 사람의 여권을 검사했다. 안토니는 전광판의 시계를 올려다보았다.

"우리 앞으로 이백 명이 넘는 승객이 기다리고 있어. 이러다가 베를린행 비행기를 놓칠까 걱정이구나."

"다음 비행기를 타면 되잖아요."

줄리아가 대답했다.

겨우 여권검사가 끝이 나자 이번에는 끝도 없이 펼쳐지는 공항 복도와 자동보도를 거쳐 가야 했다.

"차라리 뉴욕에서부터 걸어올걸 그랬나봐!"

안토니가 구시렁대나 싶더니, 말을 마치기도 전에 갑자기 바닥으로 고꾸라졌다. 줄리아가 얼른 부축하려 했으나, 너무 갑작스레 쓰러지는 바람에 어찌할 수가 없었다. 바닥으로 넘어져 있던 안토니는 계속해서 움직이는 자동보도에 실려가고 있었다.

"아빠, 아빠! 정신 좀 차려보세요!"

너무 놀란 줄리아는 안토니를 흔들며 소리쳤다.

자동보도가 끝나는 접합 부분에서 딸깍거리는 소리가 들려왔다. 이때, 한 신사가 안토니와 줄리아를 돕기 위해 달려왔다. 그는 얼른 겉옷을 벗어 여전히 꼼짝 않는 안토니의 머리 밑으로 받치더니 빨리 응급차를 불러야 한다고 했다.

"안 돼요! 심각한 게 아니라, 잠시 몸이 불편해서 이러시는 거예요. 저는 익숙해졌는걸요?"

줄리아가 계속해서 고집을 부렸다.

"정말 괜찮으시겠어요? 남편분이 많이 편찮으신 것 같은데……."

"남편이 아니라 아버지예요. 당뇨병 때문에 그래요."

줄리아는 거짓말을 했다.

"아빠, 일어나보세요!"

그리고 그녀는 또 한 번 안토니를 흔들어대며 말했다.

"맥박을 한번 재봅시다."

"건드리지 마세요!"

패닉상태에 빠진 줄리아가 소리쳤다. 그리고 이때, 안토니가 겨우 눈을 떴다.

"여기가 어디지?"

안토니는 일어나려 애쓰며 물었다. 그러자 함께 있던 신사가 그를 일으켜주었다. 안정을 찾기 위해 안토니는 잠시 벽에 등을 대고 앉아 있었다.

"몇 시죠?"

"정말 괜찮으신 건가요? 그냥 잠시 몸이 안 좋아서 이러시는 거예요? 아무래도 정신을 잃으신 것 같은데……."

"그 정도는 아니에요!"

드디어 정신을 차린 안토니가 신사에게 말했다. 이윽고 신사는 겉옷을 챙겨든 후 부녀에게서 멀어져갔다.

"그래도 고맙다는 말 한마디 정도는 하셨어야죠."

줄리아는 안토니를 나무랐다.

"왜? 날 도와준답시고 너한테 괜히 접근해서 고맙다고? 아니면 또 뭐?"

"정말 성격도 특이하시지! 그나저나 제가 얼마나 놀랐는지 알아요?"

"그럴 필요가 뭐가 있니? 나한테 무슨 일이 생기기라도 하겠어? 난 이미 죽었다."

안토니는 단 한마디로 결론을 내렸다.

"대체 무슨 일이 벌어진 거예요?"

"접촉 불량이 아닐까 싶구나. 회사에 알려야겠어. 혹시라도 누군가가 휴대폰 전원을 껐는데, 문제가 잘못되어서 내 전원이 꺼지는 상황이 벌어지면 어떻게 하겠니? 정말 당황스럽지 않겠어?"

"지금 내가 겪고 있는 상황을 그 누구에게도 말할 수 없을 거예요."

줄리아는 알 수 없다는 표정으로 말했다.

"아빠, 아빠 하고 간절하게 부르는 것 같던데…… 정말 그런 게냐, 아니면 내가 꿈을 꾼 게냐?"

"꿈이에요."

줄리아가 이렇게 대답했고, 안토니는 그녀를 데리고 탑승장소를 향해 나섰다. 십오 분 안에 안전검사를 다 마치고 탑승까지 해야 했다.

"이를 어쩌면 좋아!"

여권을 열어본 안토니가 말했다.

"또 무슨 일이에요?"

"인공심박조율기 증서! 그게 없어졌구나."

"주머니 안에 있을 거예요."

"다 찾아봤지. 어디에도 없어."

그러고서 그는 난처한 표정으로 앞쪽에 놓인 금속탐지대를 보며 덧붙였다.

"내가 저 아래를 지나면 공항경찰이 총출동을 하겠지?"

"그러니까 잘 찾아봐요!"

인내심을 조금씩 잃기 시작한 줄리아가 다그쳤다.

"보채지 좀 마라. 잃어버렸다고 분명 말했잖아. 승무원에게 양복저고리를 맡기면서 비행기 안에 떨어뜨렸나봐. 정말 미안하다. 하지만 다른 방법이 없구나."

"다시 뉴욕으로 돌아가려고 여기까지 왔단 말이에요? 이제 어떻게 해요?"

"일단 렌터카 한 대를 빌리자. 그리고 시내에 들어가면서 방법을 생각해보지, 뭐."

그리고 안토니는 오늘밤 묵을 호텔에 예약을 하라고 줄리아에게 전했다.

"두 시간 후면 뉴욕은 아침이야. 내 주치의에게 전화를 걸어
보렴. 그럼 증서를 팩스로 보내줄 거야."

"아빠 주치의는 아빠가 돌아가신 것도 모른단 말인가요?"

"아직 몰라. 좀 바보 같은 말이긴 하지만, 그 사람한테 내가
죽었다는 말을 못 전했거든."

"택시를 타고 가죠!"

줄리아가 말했다.

"파리에서 택시를 타겠다는 말이냐? 파리를 몰라서 하는 소
리야?"

"아빠는 정말 선입견으로 똘똘 뭉친 사람이에요."

"이런 말다툼을 할 때가 아니지 않니? 저기 렌터카 창구가
보이는구나. 소형차면 족해. 아니다, 그래도 좀 큰 차를 빌리
는 게 낫겠지? 우리의 수준이란 게 있잖니!"

줄리아는 할 수 없이 안토니의 고집에 양보할 수밖에 없었
다. 고속도로 A1으로 진입하는 도로를 탔을 때가 벌써 정오도
넘은 시간이었다. 안토니는 차 앞쪽으로 고개를 내밀어 표지
판을 꼼꼼히 들여다보았다.

"오른쪽으로 차선을 바꿔!"

안토니가 말했다.

"파리는 왼쪽이에요. 저렇게 크게 씌어 있잖아요!"

"나도 글은 읽을 줄 안다! 내가 시키는 대로 해!"

안토니는 짜증을 내며 핸들을 오른쪽으로 꺾었다.

"미쳤어요? 이게 뭐하는 짓이에요?"

두 사람이 타고 있던 차가 위험하게도 차선을 이탈하자 줄리아가 고래고래 소리를 질렀다.

더 이상 차선을 바꾸기에는 너무 늦었다. 줄리아는 다른 차들의 경적 퍼레이드를 들으며 할 수 없이 북쪽을 향해 달렸다.

"말도 안 돼! 지금 브뤼셀을 향해 가고 있어요. 파리는 우리 뒤쪽에 있다고요!"

"나도 안다! 운전하기에 너무 피곤한 것이 아니라면, 브뤼셀을 지나 600킬로미터 정도 더 가면 베를린에 도착해. 내 계산이 맞는다면 약 아홉 시간 후에 말이다. 너무 피곤하면 중간에 잠시 쉬지, 뭐. 거기서 눈을 붙이면 되지 않겠니? 고속도로에는 금속탐지대가 없어. 이것으로 일단 문제 하나는 해결이 되었구나. 우리에겐 남은 시간이 별로 없다. 다시 뉴욕으로 돌아가기까지 나흘밖에 남지 않았어. 물론 그 사이에 내가 고장이 나지 않는다는 조건 하에서……."

"차를 빌리기 전부터 이렇게 갈 생각을 하고 계셨던 거죠? 그래서 더 큰 차를 빌리자고 한 거 아니에요?"

"토마스를 다시 보고 싶은 거야, 그렇지 않은 거야? 그러니 달리기나 해라. 길은 가르쳐주지 않아도 잘 알겠지? 잘 기억하고 있을 테니까."

줄리아는 라디오를 켜더니 볼륨을 끝까지 올렸다. 그리고 액셀러레이터를 있는 힘껏 밟았다.

*

　이십 년이 지난 지금, 고속도로의 모습은 많이 바뀌어 있었다. 공항을 출발해 두 시간 정도 달렸을까, 안토니와 줄리아가 브뤼셀에 도착했다. 달리는 내내 안토니는 별말이 없었다. 가끔 창밖 풍경을 보며 혼자 중얼거릴 뿐이었다. 줄리아는 그가 다른 곳에 신경 쓰는 틈을 이용해 백미러의 위치를 안토니 쪽으로 향하게 했다. 이렇게 해서 그녀는 몰래 아버지의 모습을 볼 수 있었다. 조금 후, 안토니는 라디오의 볼륨을 줄였다.

　"예술학교에 다닐 때는 행복했니?"

　침묵을 깨며 안토니가 물었다.

　"오랫동안 다닌 것도 아닌데요, 뭘. 하지만 제가 살던 곳은 정말 좋았어요. 방 창문으로 보이는 경치가 굉장했거든요. 제 책상 쪽으로는 파리관측대 지붕이 보였어요."

　"나도 파리를 정말 좋아했지. 그곳에 추억도 참 많아. 죽어도 파리에서 죽었으면 하고 바랄 정도였으니까."

　안토니의 말에 줄리아가 잔기침을 했다.

　"왜 그러니? 갑자기 이상한 표정을 짓는구나. 내가 또 못 할 말이라도 한 게냐?"

　"아니에요, 절대 아니에요."

　"너 참 이상하구나."

　"그게 말이죠…… 이런 말을 하는 게 쉽지는 않네요. 정말 있을 법하지 않은 일이다 보니……."

"시간 끌지 말고 빨리 말을 하렴!"

"아빠는 파리에서 돌아가셨어요."

"그래? 그건 몰랐네."

안토니가 놀라며 말했다.

"아무 기억도 안 나세요?"

"내 기억 전송 프로그램은 유럽 여행을 떠나는 날로 끝이 나. 그다음 일은 기억하지 못하지. 차라리 이편이 나을지도 모르겠다. 자신의 죽음을 기억하는 게 그리 유쾌한 일은 아닐 것 같으니 말이다. 결국, 안드로이드에 제한시간을 준다는 것이 꼭 필요한 고통이 아닌가 하는 생각이 들어. 가족에게만 그런 게 아니고 말이야."

"이해해요."

조금은 불편한 듯 줄리아가 말했다.

"정말 그럴까? 지금 이 상황이 너에게만 이상하게 느껴지는 것이 아니란다. 내 말을 믿어줘. 시간이 지나면 지날수록 나도 당황스럽구나. 오늘이 무슨 요일이지?"

"수요일이요."

"사흘, 벌써 사흘이야! 믿을 수 있겠니? 머릿속에서 쉴 새 없이 째깍거리며 돌아가는 초침 소리는 정말…… 혹시 내가 어떻게 해서……."

"신호등에서 심장마비를 일으키셨어요."

"파란불이 아니었기에 망정이지! 만일 그랬으면 차에 깔릴 뻔했잖니!"

"파란불이었어요!"

"젠장!"

"혹시 위로가 될까 해서 드리는 말씀인데, 차에 치이거나 그러진 않았어요."

"솔직히 말하자면, 전혀 위로가 되지 않는구나. 죽기 전에 많이 고통스러워했을까?"

"아니요. 순간적인 죽음이라 고통은 없었대요."

"의사들은 가족들이 걱정할까봐 늘 즉사라고 말하지. 하긴, 즉사든 아니든 달라질 게 뭐 있겠니? 다 지난 일인걸. 사람들이 어떻게 죽었는지 누가 관심이나 갖겠어? 그저 생전에 그 사람들이 어떻게 살았는지나 기억해주면 다행이지."

"대화의 주제를 좀 바꾸죠?"

줄리아는 안토니에게 부탁하듯 말했다.

"네가 원한다면! 내 죽음에 관해서 누군가와 얘기할 수 있다는 것이 꽤 재미있다고 생각했는데, 할 수 없지!"

"그 누군가가 아빠 딸이에요. 그리고 솔직히 말해서 그리 재미있어하는 표정은 아닌걸요?"

"자꾸 맞는 소리만 할래?"

그렇게 또 한 시간이 흘렀고, 안토니 부녀는 네덜란드 근처에 도착했다. 이제 독일은 60여 킬로미터밖에 남지 않았다.

"이것 참 좋은 시스템일세! 더 이상 국경이니 검문이니 하는 것이 없으니 말이야. 마음대로 오갈 수 있다고 해도 과언이 아니잖아? 그나저나 파리에서는 나름대로 행복했다던데, 왜 그곳을 떠났지?"

"어느 날 밤에 이것저것 따질 것 없이 그냥 떠났어요. 처음
에는 며칠밖에 걸리지 않을 거라고 생각했거든요. 친구들끼리
함께 떠나는 여행 같은 거였으니까요."

"그 친구들은 오래전부터 알던 친구들이냐?"

"만난 지 십 분 정도 됐던 친구들이죠."

"왜 안 그렇겠니! 뭘 하는 친구들이었는데?"

"학생들이었어요, 저처럼요. 근데 그 친구들은 다들 소르본
대학에 다녔었죠."

"알겠다. 그런데 왜 하필 독일이었니? 스페인이나 이탈리아
가 더 재미있지 않았을까?"

"혁명을 향한 갈망이었다고나 할까? 앙투안과 마티아스는
장벽이 무너질 거라는 사실을 예감한 거예요. 그렇다고 꼭 확
신한 것은 아니었지만, 뭔가 중요한 일이 벌어질 거라는 예감
이요. 그래서 직접 그곳에 가보기로 한 거죠."

"혁명에 대한 갈망이라…… 내가 널 잘못 가르쳤니? 내가
뭘 잘못했을까?"

안토니가 무릎을 치며 말했다.

"너무 자책하지 마세요. 반대로 제 교육에 있어 아빠가 유일
하게 성공한 부분이 바로 거기에 있으니까요."

"보는 관점에 따라 다르겠지!"

안토니는 혼자 중얼거리며 다시 창밖으로 얼굴을 돌렸다.

"그런데 왜 이제 와서 그런 질문을 하시는 거죠?"

"네가 나한테 질문을 안 하니까 그렇지! 난 파리를 참 좋아했어. 바로 그곳이 네 엄마와 첫키스를 한 장소이기도 하지. 그리 쉽지는 않았다만……."

"별로 자세한 얘기는 듣고 싶지 않은데요?"

"네 엄마가 얼마나 예뻤는지 아니? 네 엄마와 내가 만났을 때, 우린 둘 다 스물다섯 살이었어."

"어떻게 파리까지 가셨어요? 아빠가 젊었을 때는 가난했다고 하셨잖아요."

"1959년이었지. 내가 군복무를 한 곳이 유럽이었어."

"어디요?"

"베를린! 별로 좋은 추억은 아니었다."

안토니는 또 한 번 창밖으로 시선을 돌렸다. 그러자 줄리아가 말했다.

"일부러 창문으로 비치는 제 얼굴을 볼 필요는 없어요. 바로 옆에 있는데 뭐 하러 괜히……."

"그러는 너는? 백미러나 제대로 돌려놓으렴. 그래야 다음번에 트럭을 추월할 때, 네 뒤로 따라오는 자동차를 잘 볼 수 있을 것 아니냐!"

"거기서 엄마를 만나셨어요?"

"아니. 프랑스에서 처음 만났어. 난 제대를 하고 파리로 갔지. 다시 미국으로 돌아가기 전에 에펠탑을 보고 싶었어."

"보자마자 마음에 들었나요?"

"나쁘지 않았지. 그런데 뉴욕에 있는 빌딩보다는 낮아."

"아니, 엄마 말이에요!"

"네 엄마는 무용수였어. 뿌리를 그리워하는 아일랜드 출신의 한 미국 장병과 아일랜드 무용수의 그렇고 그런 만남, 뭐 그런 거지."

"엄마가 무용수였다고요?"

"블루벨 걸이었어! 당시 샹젤리제 거리의 '리도'라는 곳에서 블루벨 걸 무용단이 특별공연을 했지. 친구 한 놈이 그곳에 자리를 마련해줬어. 네 엄마가 공연의 리더였어. 탭댄스 추는 걸 너도 봤어야 하는데! 정말 진저 로저스 저리 가라였어!"

"엄마는 왜 한 번도 그런 얘길 하지 않으셨을까요?"

"우리가 말이 많은 가족은 아니었잖니. 적어도 말 없는 조용한 성격은 물려받게 되겠구나, 너도."

"엄마의 마음을 어떻게 뺏으셨어요?"

"자세한 얘기는 듣고 싶지 않다고 하지 않았던가? 조금만 속도를 늦춘다면 얘기를 해줄 수도 있고……."

"빨리 달리는 것도 아닌데 왜 그러세요?"

그러면서 줄리아는 계기판을 보았다. 그녀는 시속 140킬로로 달리는 중이었다.

"습관의 문제지! 나는 창밖으로 펼쳐지는 풍경을 감상할 수 있을 정도의 속도로 달리는 미국 고속도로에 익숙해졌거든. 네가 계속해서 이 속도로 달린다면, 손잡이에 붙어버린 내 손을 떼는 데 스패너를 동원해야 할지도 모르겠구나!"

줄리아가 액셀러레이터에서 발을 떼자, 안토니는 그제야 안도의 한숨을 내쉬었다.

　"난 무대 바로 아래에 자리를 잡았었지. 무용단은 열흘 내내 공연을 했고, 난 단 하루도 빠지지 않고 공연을 관람했어. 오후에 공연이 있었던 일요일까지도 갔었다니까! 그곳 안내원에게 팁을 두둑이 줬지. 그래서 매일 같은 자리를 차지할 수 있었던 거야."

　이때, 줄리아가 라디오를 껐다.

　"내 마지막으로 말하겠는데, 백미러 제대로 돌려놓고 운전에 집중해라!"

　안토니가 명령조로 말하자 줄리아는 아무 말 없이 그에 따랐다.

　"엿새째 되던 날, 네 엄마가 드디어 내 계획을 눈치 챘지. 네 엄마는 나흘째 되던 날부터 알아챘다고 말했지만, 단언컨대 엿새째가 맞아. 어쨌든 공연을 하는 동안, 내 쪽으로 여러 번 시선을 던졌어. 과장이 아니고 말이다, 네 엄마는 나를 쳐다보다가 그만 실수를 할 뻔하기도 했어. 이 점에 대해서도 네 엄마 말은 달랐지. 자기가 실수할 뻔한 것은 나와 아무런 관계가 없었다는 거야. 나 때문에 그런 것이 아니라며 인정하지 않으려 했던 그 모습이 정말 귀여웠다. 이런 게 바로 여자의 애교 아니더냐! 공연이 끝나면 네 엄마가 받아볼 수 있도록 대기실로 늘 꽃을 배달시켰지. 누가 보낸다는 카드 한 장 없이, 그저 장미꽃만 보냈어."

　"왜요?"

"자꾸 내 말을 중간에 끊지만 않는다면 곧 알게 될 거다. 마지막 공연이 있던 날, 나는 무대 입구에서 네 엄마를 기다렸어. 겉옷 단춧구멍에 하얀 장미 한 송이를 달고 말이다."

"아빠가 그랬다니, 정말 믿어지지 않아요!"

줄리아가 웃음을 터뜨리며 말했다. 그러자 안토니는 창문을 향해 몸을 비틀더니, 이내 입을 꼭 다물었다.

"그다음에는요?"

줄리아가 물었다.

"이게 끝이다!"

"끝이라니, 무슨 말씀이세요?"

"날 놀리잖니. 나도 말 안 할래."

"놀리는 게 아니에요!"

"그럼 실실거리는 그 웃음은 뭐냐?"

"아빠 생각하고는 정 반대예요. 전 그저, 아빠가 그렇게 열정적이고 로맨틱했다는 사실이 믿어지지 않을 뿐이에요."

"다음 휴게소에 잠시 세워라. 난 그냥 걸어서 갈 테니까!"

안토니는 얼굴을 찌푸리고서 상당히 부아가 난 사람처럼 팔짱을 끼며 말했다.

"계속 얘기하지 않으면 속력을 더 내겠어요!"

"복도 끝에 서서 기다리는 팬들을 만나는 것이 네 엄마에게는 그리 특이할 만한 일도 아니었지. 때문에 보디가드 하나가 늘 붙어 서서 호텔로 데려갈 버스까지 무용수들을 데려가곤 했었어. 난 무용수들이 지나가야 하는 그 길에 서 있었지. 그랬더니 보디가드가 내가 듣기엔 너무나 권위적인 말투로 비키라고 하더구나. 그래서 그놈한테 펀치를 한 대 날렸다."

줄리아는 한 번 웃음이 터지자 더 이상 통제할 수가 없었다.

"나 참! 네가 계속 그렇게 나온다니 할 수 없구나. 이 얘기는 없었던 걸로 하자."

안토니는 짐짓 화가 난 척 말했다.

"부탁이에요, 아빠! 미안해요, 그런데 웃음을 참을 수가 없었어요."

"이번엔 꿈이 아니구나. 정말 네가 아빠, 아빠 간절하게 불렀어."

"아마도! 어쨌든 얘기를 계속 해보세요."

줄리아는 웃느라 촉촉이 젖은 눈가를 닦으며 대답했다.

"미리 말해두겠는데, 조금이라도 웃을 기미가 보이면 바로 그만 둔다! 알았니?"

"약속해요."

줄리아는 맹세를 하듯 오른손을 들어올리며 대답했다.

"그때 네 엄마가 끼어들었지. 일단 나를 무리에서 멀리 떨어진 곳에 데려가더니, 곧 버스기사에게 가서 조금만 기다려달라고 부탁했어. 네 엄마는 나한테 공연 때마다 같은 자리에 앉아서 뭘 했냐고 물어보더구나. 아직 내 옷에 달린 장미를 보지 못한 거였지. 난 네 엄마에게 그 장미를 건넸어. 공연 때마다 받았던 꽃다발의 주인공이 바로 나였다는 걸 깨달은 네 엄마는 무척 놀란 표정을 지었지. 그리고 나는 그 틈을 타서 네 엄마의 질문에 대답했어."

"뭐라고 대답했는데요?"

"매일같이 공연을 보러 온 이유는 청혼을 하기 위한 것이었다고 했지."

줄리아가 안토니를 향해 고개를 돌리자 그는 줄리아에게 운전에 집중하라고 말했다.

"네 엄마는 웃기 시작했어. 네가 나를 놀리면서 웃었던 바로 그 웃음소리를 닮았었지. 어쨌든, 네 엄마는 내가 정말 심각하게 대답을 기다리고 있다는 걸 깨달은 모양이었어. 그러더니 운전기사에게 먼저 떠나라는 신호를 보내더구나. 그리고 나한테 와서는 우선 저녁식사에 자기를 초대해달라고 했어. 그래서 우리는 샹젤리제 거리에 있는 어느 식당까지 걸어갔지. 세계에서 제일 아름답다는 그 거리를, 그것도 네 엄마와 함께 걸으며 내가 얼마나 으쓱했는 줄 아니? 지나가던 사람들이 네 엄마를 쳐다보곤 했지. 저녁식사를 하는 내내 많은 얘기를 나눴어. 하지만 식사가 끝나자, 나는 몹시 난처한 입장에 놓이게 됐지. 이렇게 모든 희망이 날아가버리는구나 싶었어."

"잘 알지도 못하면서 다짜고짜 청혼을 한 것보다는 덜 난처한 상황이었겠죠, 그래도."

"정말 당황스러운 일이었어. 식사를 계산할 돈이 없었던 거야. 네 엄마 몰래 주머니를 뒤져봤지만, 동전 한 푼 나오질 않더구나. 군대에 있는 동안 모아두었던 돈은 '리도'의 입장권이며 네 엄마에게 줄 꽃을 사면서 다 날려버렸지."

"그래서 어떻게 했어요?"

"난 일곱 번째 커피를 주문했고, 식당은 문을 닫으려 했어. 그때 네 엄마는 화장을 고치겠다며 잠시 자리를 비웠지. 난 계산할 돈이 없다고 솔직히 말하고, 제발 소란만은 피우지 말아 달라고 웨이터에게 부탁을 하기로 결심했어. 일단 내 시계와 신분증을 맡기고, 돈이 마련되는 대로 얼른 갚겠다고 할 생각 이었지. 주말까지는 무슨 일이 있어도 계산을 하겠다고 말이 야. 그래서 웨이터를 불렀는데! 웬걸, 계산서 대신 종이쪽지 하나를 나에게 건네더구나."

"무슨 쪽지였는데요?"

안토니는 지갑을 열더니 노랗게 색이 바랜 종이쪽지를 꺼냈 다. 그러고는 한결 침착해진 목소리로 읽었다.

"'전 작별 인사를 하는 데 익숙지가 않아요. 그쪽도 그럴 것 이라고 생각해봅니다. 좋은 저녁식사와 꽃다발을 선사해주셔 서 감사드려요. 제가 제일 좋아하는 꽃이에요. 2월 말에 맨체 스터에서 공연을 한답니다. 그곳에서 다시 만나면 좋겠어요. 만일 오신다면, 그때는 그쪽이 저녁을 사세요' 여기 보이지, 줄리아? 네 엄마 사인이 있잖아."

안토니는 줄리아에게 쪽지를 보여주며 말했다.

"정말이네요! 그런데 왜 엄마가 계산을 했을까요?"

"내 상황을 다 이해한 거였지."

"어떻게요?"

"새벽 두 시에 커피를 일곱 잔이나 마시는 사람이 또 어디 있겠니! 식당 불은 하나씩 꺼져가고, 난 아무 말도 못 하고 쩔쩔매고 있었으니······."

"그래서 맨체스터에 가셨나요?"

"우선 돈을 모으기 위해서 일을 했지. 쉬지 않고 닥치는 대로 일을 했어. 새벽 다섯 시에는 시장에 나가서 야채며 과일궤짝을 날랐어. 그 일이 끝나면 동네 카페로 가서 커피를 날랐지. 점심때가 되면 가게의 종업원으로 일을 하고 말이야. 그때 5킬로가 빠졌지, 아마. 하지만 영국으로 갈 차비와 네 엄마가 공연할 극장의 표를 마련할 수 있었어. 물론 네 엄마에게 어울리는 멋진 식당에서 저녁식사를 할 수 있는 돈도 준비했지. 극장의 맨 앞자리에 앉겠다는 불가능한 내기에서 난 결국 승리를 했단다. 무대의 커튼이 올라가자마자, 네 엄마는 나를 보고 미소를 지었어. 공연이 끝나고 네 엄마와 나는 어느 오래된 술집으로 갔지. 당시 나는 정말 초췌한 모습이었어. 다시 생각하면 창피한 일이지만, 공연을 보는 동안 잠이 들었지 뭐냐. 네 엄마도 그걸 아는 눈치였어. 그날 밤 우리는 거의 말을 하지 않았단다. 서로 침묵을 나눴지. 내가 계산서를 갖다달라고 웨이터에게 신호를 보냈을 때, 네 엄마는 나를 뚫어지게 보면서 한마디 했지. '좋아요'라고 말이야. 다른 어떤 말도 없이······ 무슨 소린가 궁금해진 나는 네 엄마를 쳐다봤지. 그랬더니 또 '좋아요'라고 하는 거야. 그 목소리가 얼마나 분명했던지 지금도 들리는 듯하구나. '좋아요, 결혼하겠어요.' 맨체스터 공연은 두 달 예정이었어. 네 엄마는 다른 무용수들에게 안녕을 고

했고, 우리는 미국으로 돌아오는 배에 올랐지. 그리고 도착하자마자 결혼식을 올렸어. 신부님 한 분을 모셨고, 성당 안에 있던 아무나 붙잡고 증인을 서달라고 했지. 두 사람 가족 중 누구도 결혼식에 참석하지 않았어. 아버지는 무용수와 결혼한 나를 끝내 용서하지 않으셨지."

안토니는 노랗게 변한 쪽지를 조심스럽게 다시 지갑 속으로 넣었다.

"아! 그 증서가 여기 있었구나! 이런 바보 같은 일이 또 어디 있담. 여권 사이에 넣는다는 것이 그만 지갑에 넣었나봐."

줄리아는 의심스럽다는 표정으로 고개를 끄덕였다.

"베를린으로 오게 된 것도 아빠가 정한 여행 일정의 하나가 아니었던가요?"

"그런 질문을 하다니! 아직도 나를 몰라서 하는 소리냐?"

"랜터카는요? 잃어버렸다는 그 증서는요? 베를린으로 차를 타고 오기 위해서 일부러 그러신 게 아닌가요?"

"내가 이 모든 걸 다 계획했다고 치자, 어쨌든 꽤 괜찮은 아이디어지 않니?"

표지판을 보고 두 사람은 이제 독일로 들어왔음을 알게 되었다. 줄리아는 어두워진 표정으로 백미러의 위치를 제자리로 돌려놓았다.

"왜 그러니? 왜 아무 말도 없지?"

안토니가 물었다.

"아빠가 집으로 쳐들어와서 토마스의 얼굴을 엉망으로 만들어놓기 바로 전날, 토마스와 전 결혼을 하기로 약속했어요. 하지만 약속처럼 되진 않았죠. 내 아빠라는 사람은 내가 전혀 다른 세상에서 살던 남자와 결혼하는 것을 원하지 않았으니까!"

안토니는 다시 차창으로 몸을 돌렸다.

15

독일 국경을 넘은 이후, 안토니와 줄리아는 단 한마디 말도 없었다. 그렇게 길을 가는 동안 줄리아가 라디오 볼륨을 높이자, 이내 안토니는 다시 볼륨을 낮췄다. 차창 밖으로는 전나무 숲이 우거져 있었다. 숲의 가장자리에는 더 이상 존재하지 않는 우행길을 막아놓기 위한 벽돌들이 쌓여 있었다. 저 멀리로 이제는 한낱 기념물일 뿐인 옛 마리엔보른 검문소의 음침한 모습이 드러났다.

"어떻게 검문소를 통과했지?"

오른편으로 보이는 칠이 다 벗겨진 초소를 향해 시선을 던지며 안토니가 물었다.

"배짱이죠, 뭐! 함께 있었던 친구의 아버지가 외교관이었어요. 그래서 우리는 서독에 근무하는 부모님을 만나러 간다고 거짓말을 했어요."

안토니가 웃음을 터뜨렸다.

"부모를 만나러 간다니…… 너한테는 좀 역설적인 핑계가 아니냐?"

그렇게 말하고서 안토니는 두 손을 무릎 위로 얹어놓으며 덧붙였다.

"좀더 일찍 그 편지를 전해주지 못해 미안하구나."

"진심이에요?"

"잘 모르겠다. 어쨌든 이렇게 말을 하고 나니 한결 마음이 가벼워. 휴게소가 나오면 들르자꾸나."

"왜요?"

"너도 좀 쉬어야지. 그리고 나도 두 발 좀 편하게 펴보자."

휴게소가 10킬로미터 남았다는 표지판이 보였다. 줄리아는 다음 휴게소에서 차를 세우겠노라고 안토니에게 약속했다.

"그런데 왜 몬트리올로 가셨어요?"

"돈이 많이 없었어. 특히 나한테 말이야. 네 엄마가 그동안 모아두었던 돈도 다 바닥이 났지. 그래서 뉴욕에 사는 게 점점 더 힘들어졌어. 네 엄마와 나는 몬트리올에서 행복한 시간을 보냈단다. 제일 아름다웠던 시절이라고 해도 과언이 아니지."

"자랑스러우시죠?"

줄리아는 부드러우면서도 왠지 씁쓸한 목소리로 물었다.

"뭐가 말이냐?"

"아무것도 없이 시작해서 성공하셨잖아요."

"너는 안 그러니? 너의 그 배짱과 용기가 자랑스럽지 않더냐? 네 상상 속에서 태어난 인형을 갖고 노는 어린 아이를 보면 만족스럽지 않니? 번화가를 돌아다니다가 어느 영화관 입구에 네가 지어낸 이야기로 만든 영화 포스터가 붙어 있을 때, 그때 너 자신이 자랑스럽지 않아?"

"그냥 저 스스로 행복해하는 걸로 만족해요. 그것만 해도 어디예요?"

줄리아는 휴게소 입구로 차를 돌려 잔디밭 가장자리 인도 옆으로 차를 세웠다. 차 문을 열고 막 내리려던 안토니가 못마땅한 시선으로 줄리아를 한번 훑어보았다.

"날 짜증나게 하려고 작정을 했구나!"

차에서 멀어져가며 안토니가 신경질을 부렸다. 줄리아는 시동을 끄고, 핸들 위로 머리를 기댔다.

"난 도대체 여기서 뭘 하고 있는 걸까?"

안토니는 놀이터를 가로질러 휴게실로 들어갔다. 그러더니 몇 분 뒤, 먹을 것을 잔뜩 담은 봉지를 들고 다시 나타나서는 그것을 벤치 위로 내려놓으며 말했다.

"가서 세수나 한번 하고 오렴. 정신이 바짝 날 거다. 너 힘내라고 먹을 것도 좀 사왔어. 난 그동안 차를 지키고 있으마."

줄리아는 순순히 안토니의 말을 따르기로 했다. 그녀는 아이들의 안전을 위해 만들어놓은 모래밭에 발을 들이지 않도록 조심하며 그네가 있는 곳 주위를 돌아 휴게소 안으로 들어갔다. 조금 후 줄리아가 밖으로 나와보니 안토니는 미끄럼틀 아래 앉아 멍하니 하늘을 쳐다보고 있었다.

"괜찮으세요?"

걱정이 된 줄리아가 물었다.

"나도 저 위에 있겠지?"

질문에 당황한 줄리아가 안토니 바로 옆자리 잔디 위로 앉더니 그녀도 똑같이 하늘을 향해 고개를 들어올리며 말했다.

"글쎄요, 잘 모르겠어요. 전 항상 구름 속에서 토마스를 찾아보려 했죠. 그리고 몇 번은 그렇게 해서 그의 모습을 봤어요. 하지만 토마스가 살아 있다잖아요."

"네 엄마는 하느님의 존재를 믿지 않았지. 하지만 난 늘 믿어왔어. 그러니 얘기 좀 해보렴. 내가 천국에 갔을 것 같니, 아닐 것 같니?"

"아빠 질문에 대답을 할 수가 없어요. 정말 미안한데, 그럴 수가 없어요."

"뭘? 하느님을 믿는 것?"

"바로 옆에서 지금 함께 얘기하고 있는데, 실제로는…… 하여간 그런 생각이요."

"실제로는 내가 죽었다고! 내가 이미 말했지? 자꾸 단어에 주눅 들지 말라고 말이다. 정확한 말을 할 줄 아는 것은 아주 중요해. 난 정말 나쁜 아빠이고, 인생이라는 것을 제대로 이해하지 못한 바보요, 내가 원하는 대로 네 인생을 바꾸려 했던 이기주의자이고, 다른 아빠들처럼 말로는 너를 위해서라며 결국 나 자신을 위해 괜히 너에게 못된 짓을 했다고…… 이런 모든 얘기를 나에게 진작 했더라면, 아마도 네 말을 들었을지 몰라. 그랬다면 많은 시간을 허비하지 않았어도 됐을 테고 말이다. 어쩌면 너와 나는 친구처럼 지냈을지도 모르지. 솔직히 말해보거라. 너와 내가 친구처럼 지냈다면, 너도 당연히 좋았겠지?"

줄리아는 침묵을 지켰다.

"그래, 정확한 말에 대한 좋은 예가 또 하나 있구나! 난 비록 좋은 아빠가 되지는 못했지만, 정말 네 친구로 남길 원했어."

"이제 그만 갈까요?"

줄리아가 조용히 말했다.

"조금만 더 있자. 안내서에 나온 대로라면 멀쩡해야 하는데, 난 벌써 힘이 달리는구나. 이렇게 계속해서 에너지를 써버리면, 우리가 생각했던 것보다 훨씬 일찍 이 여행을 접어야 할지도 몰라."

"서두를 필요 없어요. 조금만 가면 베를린인걸요. 이십 년이나 지난 이 마당에, 몇 시간 늦는 게 대수도 아니고……."

"십칠 년이다, 줄리아. 이십 년이 아니야."

"십칠 년이든 이십 년이든, 달라질 게 없잖아요."

"삼 년이야! 삼 년이면 달라질 것이 얼마든지 있지! 내 말을 믿어라. 다 경험에서 나온 소리니."

줄리아는 잔디 위로, 안토니는 미끄럼틀 위로, 이렇게 두 부녀는 각자 팔베개를 하고 누워 꼼짝도 않은 채 가만히 하늘만

처다볼 뿐이었다.

한 시간 정도가 흘렀고, 줄리아는 잠이 들었다. 안토니는 너무도 편안히 자고 있는 딸의 모습을 지켜보았다. 바람이 불어 머리카락이 얼굴에 닿자 줄리아가 얼굴을 찌푸렸다. 안토니는 머뭇머뭇하다가 용기를 내어 딸의 머리카락을 쓸어 넘겼다. 줄리아가 잠에서 깨었을 때, 하늘에는 이미 저녁 무렵의 어둠이 묻어나고 있었다. 그러나 안토니는 온데간데없었다. 줄리아는 아버지를 찾아 주위를 둘러보다가 결국 차 앞자리에 앉아 있는 그를 발견했다. 그녀는 벗어놓은 신발을 다시 신고(잠들기 전에 신발을 벗었던가?) 주차장으로 달려갔다.

"제가 얼마나 잤어요?"

차에 시동을 걸며 줄리아가 물었다.

"두 시간? 아니, 조금 더 잤나? 나도 잘 모르겠다."

"그동안 뭘 하셨어요?"

"기다렸지."

휴게소를 떠난 자동차는 곧 고속도로로 진입했다. 포츠담까지는 80킬로미터밖에 남지 않았다.

"밤이 되어야 도착하겠는데요? 그런데 어딜 가야 토마스를 찾을 수 있을지 전혀 모르겠어요. 아직도 베를린에 살고 있는지도 모르고…… 그러고 보니, 정말 그렇네! 아빠 때문에 생각할 겨를도 없이 일단 오긴 했지만, 아직도 토마스가 베를린에 산다는 보장은 없잖아요."

"네 말이 틀린 건 아니지. 부동산 가격이 좀 올랐니? 게다가 아내, 세쌍둥이, 처가 식구들까지 다 챙겨야 하니, 아마도 시골 어딘가의 아담한 집에 살고 있는지도 모르지!"

줄리아가 안토니를 흘겨보자 그는 다시 한 번 운전에 집중하라는 신호를 보냈다.

"두려움이 정신을 억제할 수 있다니, 정말 놀라운 일이야!"

안토니가 말했다.

"무슨 뜻이죠?"

"별것 아니다. 그냥 말이 그렇다고. 내 일도 아닌 일에 괜히 참견하고 싶은 생각은 없다만, 아담한테 연락을 한 번쯤 해야 옳은 게 아닐까? 네가 싫다면, 나를 위해서라도 전화 한 통 하렴. 글로리아 게이너의 노래를 듣는 것도 이젠 지겹구나. 네가 자고 있는 동안 어찌나 휴대폰 벨이 울려대던지!"

안토니는 곧 〈I Will Survive〉를 큰 소리로 불러대기 시작했다. 줄리아는 침착하려 노력했다. 하지만 안토니의 노랫소리가 커지면 커질수록, 줄리아도 더 이상 웃음을 참을 수 없었다. 그렇게 두 사람은 깔깔거리며 베를린 근교로 들어섰다.

안토니는 브란덴부르크 호프 호텔까지 길을 안내했다. 그곳에 도착하자, 호텔 보이가 차에서 내리는 안토니에게 정중하게 인사를 했다. 이어 도어맨이 달려나와 회전문을 돌리며 '어서오십시오, 왈슈 씨!' 라고 인사를 건넸다. 안토니는 호텔 로비를 지나 프런트로 향했다. 프런트 직원 역시 안토니의 이름을 대며 그에게 환영의 표시를 한 다음, 한창 바쁜 시즌에 예약도 하지 않은 상태였지만, 안토니를 위해서라면 두 개의 특실 정도는 얼마든지 준비할 수 있다고 전했다. 단, 방 두 개가 각각 다른 층에 위치하고 있어 정말 유감이라는 말도 잊지 않았다. 안토니는 방의 위치 정도야 전혀 문제가 되지 않는다고 대답하며 직원에게 감사의 말을 전했다. 이어 프런트 직원이 두 사람의 짐을 담당하는 이에게 열쇠를 건네며 호텔 레스토랑의 저녁식사를 예약하겠노라고 했다.

"여기서 식사를 할까?"

안토니는 뒤쪽에 서 있던 줄리아 쪽으로 몸을 돌리며 물었다.

"혹시 아빠가 이 호텔 주주예요?"

이번에는 줄리아가 물었다.

"아니면, 가까운 곳에 괜찮은 중국식당 하나가 있어. 여전히 중국음식을 좋아하니?"

줄리아가 아무런 대답을 하지 않자, 안토니는 프런트 직원에게 '차이나 가르텐'에 두 자리를 예약해달라고 부탁했다.

간단하게 씻고 준비를 마친 줄리아는 로비에서 기다리던 안토니와 함께 호텔을 나서 걷기 시작했다.

"기분이 어때? 좀 착잡하지?"

"이렇게까지 많이 바뀔 줄은 몰랐어요."

줄리아가 대답했다.

"아담한테 전화는 해봤니?"

"네. 방에서 했어요."

"뭐라고 하든?"

"많이 보고 싶대요. 왜 그렇게 떠났는지, 무엇 때문에 떠났는지는 아직도 이해할 수 없다고도 했어요. 몬트리올로 저를 찾으러 왔었는데, 서로 길이 엇갈렸나봐요."

"우리 둘이 같이 있는 걸 봤다면, 그 친구가 어떤 표정을 지었을까?"

"정말 나 혼자 있는 게 맞느냐고 네 번이나 물어봤어요."

"그래서 뭐라고 대답했니?"

"네 번이나 거짓말을 했죠, 뭐!"

안토니는 식당 문을 열고 줄리아가 먼저 들어갈 수 있도록 자리를 양보했다.

"그러다가 거짓말을 하는 데 취미 붙겠구나!"

안토니가 웃으며 말하자, 줄리아가 냉큼 치고 들어왔다.

"도대체 뭐가 재밌어서 웃으시는 거죠?"

"재미있고말고! 베를린까지 네 첫사랑을 찾아온 것이 재미있지. 그리고 네 아비와 함께 몬트리올에 있었다고 약혼자에게 솔직히 말하지 못해 안절부절하는 네 모습이 재미있지! 시쳇말로 좀 오버를 하는 것일 수도 있겠다만, 네 행동이 참 얄궂구나. 여자들이 다 그렇지만, 여우짓이고 얄궂은 행동이야."

안토니는 식사중에 앞으로 해야 할 일을 계획하느라 여념이 없었다. 내일 아침 일어나자마자 기자협회로 갈 것이며, 그곳에서 과연 토마스 메이어라는 기자가 있는지 확인을 한다는 것이었다. 식사를 마치고 돌아오는 길에 줄리아는 티어가르텐 공원으로 안토니를 데리고 갔다.

"저기서 잠을 자곤 했어요. 정말 엊그제 일 같은데……."

줄리아가 저 멀리로 보이는 큰 나무 하나를 가리키며 말했다. 그러자 안토니는 짓궂은 표정을 지어 보이더니, 곧 팔가마를 해 보였다.

"뭘 어쩌라고요?"

"타고 올라가렴. 아무도 보는 사람이 없을 때, 얼른!"

한참을 망설인 줄리아는 안토니의 팔가마에 발을 딛고 공원의 철창을 넘었다.

"아빠는요?"

철창 너머의 안토니를 향해 줄리아가 물었다. 그러자 그가 멀찍이 보이는 입구를 가리키며 대답했다.

"나는 저 문으로 들어가야지. 공원은 자정이 되어서야 문을 닫는단다. 그리고 내 나이에는 담을 넘는 것보다 문을 열고 들어가는 편이 훨씬 더 쉬워."

공원으로 들어간 안토니는 줄리아를 데리고 잔디밭으로 갔다. 그러고는 방금 전 줄리아가 가리켰던 큰 보리수 밑에 앉으며 말했다.

"참 재미있구나. 독일에서 군복무를 할 때, 나도 이 나무 밑에서 낮잠을 청하곤 했어. 내가 가장 좋아했던 장소가 여기란다. 외출허가를 받은 날이면 책 한 권을 들고 이곳으로 왔었지. 그리고 산책하는 아가씨들을 쳐다보곤 했어. 우리 둘은 거의 비슷한 나이에 같은 나무 아래에 앉았던 게로구나. 물론 몇십 년 차이는 나지만 말이다. 몬트리올 빌딩 다음으로 우리가 추억을 나눈 두 번째 장소인 셈이야. 아주 만족스럽구나."

"토마스와 항상 함께 왔던 곳이에요."

줄리아가 말했다.

"점점 괜찮은 친구라는 생각이 드는걸?"

저 멀리로 코끼리 울음소리가 들려왔다. 그들이 앉아 있는 공원 옆에 베를린 동물원이 있었기 때문이었다. 안토니가 자리를 털고 일어나 줄리아에게 따라오라는 신호를 보냈다.

"네가 어렸을 때는 동물원을 참 싫어했었지. 동물들이 갇혀 있는 것을 싫어했기 때문이었어. 당시 너는 수의사가 되고 싶어했었지. 넌 벌써 잊었겠지만, 네가 여섯 살이 되던 해 생일에 커다란 인형을 선물했지. 수달 인형이었지, 아마? 내가 인형을 잘못 골랐는지, 그 녀석은 쉴 새 없이 병에 걸리곤 했어. 그리고 넌 아픈 그 인형을 돌봐주었단다."

"제가 아빠 때문에 수달 캐릭터를 그렸다는 말씀을 하고 싶으신 거예요?"

"말도 안 되는 소리! 우리가 겪은 어린 시절이 성인으로서의 삶에 뭔가 큰 영향이라도 준다는 그런 식의 생각은…… 끊임없이 나를 나무라는 널 봐서도 그렇고, 어쨌든 내 상황에는 별로 도움이 되지 않는 이론이지."

안토니는 걱정이 될 정도로 피곤하다고 줄리아에게 말했다. 이제 들어가야 할 시간이 된 것이었다. 두 사람은 택시를 잡아 타고 호텔로 향했다.

호텔로 돌아온 그들은 엘리베이터에 올랐다. 줄리아의 방이 있는 층에 다다라 엘리베이터에서 내리는 딸을 보며 잘 자라는 인사를 건넨 후 안토니는 이어 자신의 방이 마련된 마지막 층까지 올라갔다.

침대에 누운 줄리아는 휴대폰에 저장된 전화번호를 하나씩 훑기 시작했다. 결국 아담에게 전화를 걸어보았으나 음성메시지로 넘어가고 말았다. 얼른 전화를 끊고서 줄리아는 스탠리의 번호를 눌렀다.

"찾아야 할 것을 찾은 거야?"

스탠리가 물었다.

"아직. 막 도착했는걸, 뭐."

"베를린까지 걸어갔니? 왜 이제야 도착해?"

"파리에서부터 차를 타고 왔어. 말하자면 길어."

"내가 보고 싶기는 한 거야?"

스탠리가 물었다.

"그럼, 내 소식 하나 전하자고 너한테 전화를 건 줄 알아?"

스탠리는 퇴근길에 줄리아의 집 앞에 갔었다고 말했다. 원래 다니는 길도 아닌데, 생각 없이 그의 발걸음이 호라치오 거리와 그린위치 거리 쪽으로 향했노라고.

"네가 없는 너희 동네는 쓸쓸하기만 하더라."

"나 듣기 좋으라고 하는 소리지?"

"참, 네 이웃도 만났어. 신발가게 주인 있잖아."

"언제부터 지무어 씨랑 얘기까지 나누는 사이가 된 거야?"

"너랑 나랑 그 사람한테 저주를 퍼부었던 그때부터…… 가

290

게 앞에 나와 있었거든. 나한테 인사를 하기에 나도 했지."

"널 혼자 놔두면 정말 안 되나봐. 내가 며칠 없는 사이에 벌써 이상한 사람들이랑 어울리는 걸 봐!"

"고약한 것! 그 사람, 네가 생각하는 만큼 그렇게 짜증나는 사람은 아닌 것 같아……."

"스탠리! 너 지금 무슨 소리를 하려는 거야?"

"왜, 또!"

"세상에서 나만큼 널 잘 아는 사람이 또 어디 있니? 네가 누군가를 만나고, 처음 본 그 사람이 싫지 않다고 하는 건 뭔가 의심해볼 만한 일이야! 게다가 지무어 씨를 '꽤 괜찮은 사람'이라고 생각한다니! 지금이라도 뉴욕으로 돌아가고 싶은 심정이야, 알아?"

"너무 앞서가지 마, 줄리아. 그냥 인사한 걸로 끝이야. 참, 아담도 만났어."

"항상 붙어서 떨어지질 않네, 두 사람!"

"아담에게서 떨어져나갈 것 같은 사람이 누군데! 바로 너야. 그리고 아담이 우리 가게 옆에 사는 게 어디 내 잘못이니? 혹시라도 관심이 있을까봐 하는 소린데, 아담 안색이 참 안 좋더라. 나를 보러 왔다는 자체가 바로 상황이 좋지 않다는 신호야. 네가 많이 보고 싶나봐. 네 걱정도 많이 하고. 내가 봐도, 아담이 그럴 만해!"

"약속해, 스탠리. 네가 생각하는 그런 게 아니야. 오히려 정반대지."

"그런 약속일랑 하지 마. 방금 한 말이 진심이라고 생각해?"

"물론이지!"

한 치의 망설임도 없이 줄리아가 대답했다.

"네가 그렇게 바보같이 구는 모습을 보면 내가 얼마나 속상한 줄 알아? 그 비밀스러운 여행의 끝이 어떤 것인지는 알고 있기나 한 거야?"

"아니."

줄리아가 우물거리며 대답했다.

"너도 모르는데 어떻게 아담이 알겠니? 그만 전화 끊어야겠다. 벌써 일곱 시가 넘었어. 저녁 약속이 있어서 나가야 해."

"누구랑?"

"그러는 너는? 누구랑 함께 저녁식사를 했는데?"

"혼자 먹었어."

"전화 끊을게. 네 거짓말 듣고 싶지 않아. 내일 다시 전화해, 알았지? 안녕!"

줄리아가 뭐라고 대답할 틈도 없이 딸깍 하고 전화가 끊겼다. 스탠리는 벌써 자리를 뜬 모양이었다. 틀림없이 저녁식사에 입고 갈 옷을 고르러 갔을 것이다.

*

줄리아는 울려대는 벨소리에 잠에서 깨었다. 크게 한번 기지개를 펴고 나서 전화를 받았다. 하지만 뚜뚜 하는 소리만 들릴 뿐이었다. 곧장 자리에서 일어나 거실 문 쪽으로 걸어가던 줄리아는 자신이 실오라기 하나 걸치고 있지 않다는 것을 깨닫고 침대 밑에 벗어두었던 가운을 대강 걸쳤다.

　문 밖에서는 룸서비스가 그녀를 기다리고 있었다. 줄리아가 방문을 열자, 룸서비스를 담당하는 직원은 두 개의 반숙계란이 곁들여진 유럽식 아침식사를 밀며 들어왔다.

　"룸서비스를 시킨 적이 없는데요?"

　줄리아는 포크와 나이프를 테이블 위에 올려놓고 있는 직원에게 말했다.

　"반숙은 정확히 삼 분 삼십 초 동안 익히는 것이 맞습니까, 손님?"

　"네, 그렇긴 한데……."

　줄리아는 머리를 헝클어뜨리며 대답했다.

　"왈슈 씨께서 꼭 그렇게 하라고 지시하셨습니다."

　"배도 고프지 않은데……."

　직원이 조심스럽게 계란껍질을 벗기는 동안 줄리아가 덧붙여 말했다.

　"분명 배가 고프지 않다고 말씀하실 거라고도 하셨습니다. 왈슈 씨가 여덟 시에 로비에서 기다리시겠다고 하던데요! 정확히 삼십칠 분 후입니다."

　시계를 보며 줄리아에게 말한 직원이 덧붙였다.

　"좋은 하루 되십시오! 날씨가 아주 좋습니다. 베를린에서 즐거운 시간을 가지실 수 있을 거예요."

놀란 줄리아를 뒤로 하고 직원이 사라졌다.

줄리아는 가만히 테이블을 쳐다보았다. 오렌지 주스, 시리얼, 갓 구운 빵, 모자랄 것이 없었다. 하지만 그녀는 차려진 아침식사는 무시하기로 하고 욕실로 들어갔다. 그러나 곧 다시 자리로 돌아와 소파 위에 앉았다. 손가락 하나를 반숙계란에 담가보더니 줄리아는 이내 눈앞에 보이는 모든 음식을 다 먹어치웠다.

식사 후 급히 샤워를 마치고서 줄리아는 머리를 말려가며 옷을 입었다. 그리고 한 발을 들어 깡충거리며 양말을 신고는 얼른 밖으로 나왔다. 여덟 시 정각!

안토니는 프런트 옆에서 줄리아를 기다리고 있었다.

"늦었구나!"

엘리베이터에서 나오는 줄리아를 보며 안토니가 말했다.

"삼 분 삼십 초?"

줄리아가 미심쩍은 듯 말했다.

"네가 좋아하는 반숙의 요리 시간이 아니더냐? 여기서 머뭇거릴 시간이 없다. 삼십 분 후에 약속이 있어. 차가 막히는 것까지 생각을 해야 하니, 시간이 정말 빠듯하구나!"

"어디서 누구랑 약속이 있는데요?"

"독일기자협회! 어디서든 조사를 시작해야 하지 않겠니?"

안토니는 회전문을 통해 밖으로 나가 곧 택시 한 대를 불렀다.

"어떻게 하셨어요?"

줄리아가 노란색 벤츠 안에 자리를 잡으며 안토니에게 물었다.

"아침 일찍 전화를 걸었지. 네가 자고 있는 동안 말이다!"

"독어도 할 줄 아세요?"

"이 안드로이드의 프로그램 덕분에 난 열다섯 가지 언어를 자유롭게 구사할 수 있단다. 네가 놀랄 수도 있고, 또 그렇지 않을 수도 있겠구나. 그리고 여기서 얼마간 머물렀던 적이 있었잖니. 벌써 잊었니? 그러니 독어는 좀 할 줄 안다고 생각하렴. 필요할 때 쓸 수 있는 독어 기본 정도는 알고 있지. 그러는 너는? 독일에서 살고 싶어했잖아. 그러니 괴테의 언어를 잘 쓸 수 있지 않겠어?"

"다 잊어버렸어요."

안토니와 줄리아가 탄 택시는 슈튈러스트라스로 들어갔다. 그리고 사거리에서 좌회전을 하여 공원을 가로질러 갔다. 공원의 초록빛 잔디 위로는 보리수 그림자가 드리워져 있었다.

택시는 스프리 강의 둔치를 끼고 달리고 있었다. 양옆으로 보이는 신축건물들은 온통 투명한 유리로 되어 있었고, 시간의 흐름을 말해주듯 각자 자유로운 건축 형태를 자랑하고 있었다. 안토니와 줄리아에게 새롭기만 한 이 동네는 예전에 장벽이 있었던 곳과 그리 멀지 않은 곳이었다. 하지만 오늘날 옛날의 어둡던 자취는 모두 사라지고 없었다. 두 사람의 눈앞에 펼쳐진 거대한 유리건물, 바로 그 안에 컨퍼런스 룸이 위치하고 있었다. 거기서 조금 떨어진 곳에는 강 옆으로 훨씬 더 큰 건물이 자리하고 있었고, 그곳으로 들어가기 위한 구름다리가 놓여 있었다. 문을 열고 안으로 들어간 안토니와 줄리아는 기자협회 사무실이 있는 곳으로 향했다. 이윽고 두 사람이 안내 데스크에 도착했다. 안토니는 제법 유창한 독어 실력으로 토마스 메이어라는 기자를 찾고 있다고 비서에게 설명했다.

"무슨 일이신데요?"

비서는 읽고 있던 서류에서 눈을 떼지 않으며 말했다.

"토마스 메이어 기자에게 긴밀히 전할 정보가 있습니다. 그 기자만이 받아볼 수 있는 정보지요."

안토니는 친절하게 대답했다. 비서가 그들의 방문 이유에 대해 드디어 관심을 갖는 듯이 보였다. 안토니가 이 기회를 놓칠 리 만무했다. 그는 토마스를 만날 수 있는 곳의 주소를 알려주기만 한다면 독일기자협회에 대단히 감사할 것이라고 덧붙였다. 개인 연락처를 달라는 건 아니었다. 토마스가 일을 하고 있는 신문사를 알려달라는 것일 뿐!

비서는 안토니와 줄리아에게 잠시 기다려달라고 부탁하더니 상사 직원 하나를 불러왔다.

협회의 부회장은 안토니와 줄리아를 자신의 집무실로 안내했다. 소파에 앉은 부회장의 머리 위로는 회장 정도로 보이는 인물이 대어를 잡고 찍은 사진이 걸려 있었다. 안토니는 기자협회로 찾아온 이유에 대해 사뭇 과장해가며 설명을 했다. 부회장은 집요한 눈길로 안토니를 쳐다보았다.

"토마스 메이어라는 기자를 찾는 이유가 그에게 중요한 정보를 전하기 위한 것이라는데, 그 중요한 정보라는 것이 어떤 겁니까?"

드디어 입을 뗀 부회장이 콧수염을 만지작거리며 물었다.

"제가 자세하게 설명을 할 수 없는 부분이지요. 하지만 이것만은 알아주십시오. 토마스 기자에게 있어서는 아주 중요한 정보랍니다."

안토니가 제법 진지하게 말했다.

"토마스 메이어라는 기자가 쓴 기사를 읽어본 기억이 없는데요."

뭔가 미심쩍은 듯 부회장이 말했다.

"제 말이 그 말이죠! 그러니 부회장님 덕분에 토마스 기자와 연락만 된다면 얼마나 좋겠습니까!"

"함께 오신 숙녀분도 이 일과 관련이 있으신 분인가요?"

부회장은 창문을 향해 의자를 돌리며 물었다. 그러자 안토니 역시 지금까지 한마디도 하지 않던 줄리아 쪽으로 몸을 돌리며 말했다.

"아니요. 줄리아 양은 제 비서랍니다."

"협회 기자에 대한 정보를 드릴 수는 없습니다."

부회장이 자리에서 일어나며 결론을 내렸다. 그러자 안토니도 함께 일어섰다. 그러고는 부회장에게 다가가 그의 어깨 위로 손을 얹으며 조금은 권위적인 목소리로 말했다.

"제가 토마스 메이어 기자에게 전할 정보라는 것은 말이죠, 그 사람의 인생을 바꿀 수도 있는 그런 정보입니다. 물론 좋은 쪽으로요. 그러니 부회장님 정도 되시는 분이 협회 회원의 경력에 누가 되는 일을 하실 리가 있겠습니까? 만약 그렇다면, 전 부회장님의 이런 부조리한 행동을 대대적으로 알릴 생각입니다."

부회장은 콧수염을 만지작거리다가 다시 자리에 앉았다. 그리고 자판으로 뭔가를 검색하는 듯하더니 곧 모니터를 안토니 쪽으로 돌리며 말했다.

"이것 보십시오. 협회 등록 회원 중에 토마스 메이어라는 기자는 없어요. 이것 참 유감입니다. 거의 있을 수 없는 일이긴 하지만, 행여 기자증을 소지하고 있지 않다고 가정해봅시다. 그래도 회원 리스트에는 있어야 하는데, 없지 않습니까? 화면을 직접 보시죠. 저도 바쁜 사람입니다. 그러니 그쪽이 갖고 계신 그 정보가 토마스 기자가 아니면 받을 수 없는 정보라면, 이제 그만 나가주시죠."

안토니는 자리에서 일어나 줄리아에게 따라오라는 신호를 보냈다. 그는 부회장에게 시간을 내줘서 정말 감사하다는 인사를 하고 협회를 나왔다.

"네 말이 맞는 것 같구나."

안토니는 인도를 따라 올라가며 구시렁댔다.

"비서라고요?"

이번에는 줄리아가 미간에 주름을 지어 보이며 물었다.

"별것도 아닌데 왜 그러니! 그런 표정은 짓지 마라. 뭐라도 지어냈어야 하는 상황이었잖아!"

"비서 줄리아! 그다음에는 또 무슨 변명을 했을런지……."

안토니는 길 반대편에 있던 택시를 불렀다.

"너의 그 토마스가 직업을 바꿨을지도 몰라."

"그럴 리가 없어요. 토마스에게 기자라는 건 단순한 직업만이 아니었어요. 그의 사명이었죠. 기자가 아닌 다른 일을 하고 있는 토마스는 상상조차 할 수 없어요."

"토마스의 입장은 다를 수도 있지! 그나저나 너희 둘이 함께 살았던 그 누추했던 길 이름이 뭐였지?"

안토니가 줄리아에게 물었다.

"코메니우스플라츠요. 칼-마르크스 길 뒤편에 있어요."

"그것 봐라!"

"무슨 소리예요?"

"아니, 아무것도 아니다. 좋은 추억만 있는 곳이 아니더냐?"

안토니는 기사에게 코메니우스플라츠로 가자고 부탁했다. 그들이 탄 택시는 시내를 가로질러 갔다. 더 이상 검문초소도 장벽도 없었다. 어디서부터 동독이고 어디서부터 서독이라는 방향을 표시해주는 이정표 같은 것은 찾아볼 수가 없었다. 두 사람은 삼각형 모양이 촘촘히 조각된 돔 위로 안테나가 높이 솟아 하늘을 찌를 것만 같은 베를린 방송국의 탑 앞을 지났다. 길을 가면 갈수록 바깥 풍경은 놀랍게 달라졌다. 드디어 두 사람은 목적지에 도착했다. 그러나 줄리아는 예전에 자신이 살았던 그 길을 알아볼 수가 없었다. 이제는 너무나도 달라져 줄리아의 기억은 마치 다른 생애의 기억인 것처럼 느껴졌다.

"네 인생에서 가장 아름다운 시절을 이토록 멋진 곳에서 보냈다는 말이지? 매력이 있는 곳임에는 틀림없구나!"

안토니가 조금은 비꼬듯 말했다.

"그만 하세요!"

줄리아가 소리쳤다. 안토니는 갑자기 화를 내는 줄리아의 반응에 놀랄 수밖에 없었다.

"내가 뭘 또 잘못했지?"

"제발 부탁할게요, 그 입 좀 다물어주세요."

길에는 예전에 있었던 오래된 건물과 집들 대신 새로 건축한 건물들이 늘어서 있었다. 공원을 제외하고는 줄리아의 기억 속에 있던 모든 것이 더 이상 존재하지 않았다.

줄리아는 2번지를 향해 걸어갔다. 초록색 문의 저 너머에 예전에는 허름해 보이기 짝이 없던 작은 건물이 있었다. 그리고 그 건물 안에는 2층으로 연결되는 나무계단이 놓여 있었다. 줄리아는 토마스의 할머니가 마지막 계단을 오를 수 있도록 도와드리곤 했었다. 그녀는 가만히 눈을 감고 추억을 되살렸다. 늘 서랍장 쪽에서 풍기던 왁스냄새, 다른 사람들의 시선은 피하면서 빛은 들어올 수 있도록 한결같이 드리워져 있던 레이스 커튼, 사시사철 테이블을 덮고 있던 멜턴 소재의 식탁보, 부엌에 있던 세 개의 의자, 그리고 조금 떨어진 곳에 놓여 있던 허름한 소파, 그 앞의 흑백 텔레비전…… 토마스의 할머니는 텔레비전에서 정부가 전하고자 하는 좋은 소식만을 방송하지 않자, 더 이상 텔레비전을 틀지 않았다. 그 뒤쪽으로는 거실과 방을 나눠주는 아주 얇은 합판이 대어져 있었다. 어색하게 줄리아를 보듬는 토마스 때문에 줄리아는 웃음을 터뜨렸고, 줄리아의 웃음소리가 밖으로 새어나가지 않게 하기 위해 토마스는 그녀의 입을 막아야만 했었다. 그와 같은 일들이 얼마나 빈번했던가.

"그때는 머리가 더 길었었지."

추억 속에 빠진 줄리아를 현실로 데려오려는 듯 안토니가 입을 열었다.

"뭐라고 하셨어요?"

줄리아가 안토니를 향하며 물었다.

"네가 열여덟 살 때 말이다. 그때는 머리가 더 길었었다고."

그리고 안토니는 저 멀리로 시선을 돌렸다.

"예전과 그대로인 것이 별로 없지?"

"예전과 그대로인 게 아무것도 없다는 말이 맞겠죠."

줄리아가 웅얼거리며 말했다.

"저 앞 벤치에 좀 앉자. 네 얼굴이 너무 창백하구나. 다시 혈색을 되찾아야지."

두 사람은 아이들이 지나다닌 발자국 때문에 노랗게 변해버린 잔디밭 구석에 자리를 잡았다.

줄리아는 아무런 말도 하지 않았다. 안토니는 팔을 들어 딸의 어깨를 감싸려는 듯했으나, 이내 벤치의 등받이 위로 팔을 내려놓고 말았다.

"이 길에는 다른 집들도 모여 있었어요. 칠이 다 벗겨진 집들이었는데…… 겉으로는 허름하기 짝이 없었지만, 안은 정말 포근했었죠……."

"추억은 현실보다 늘 아름다운 법이지. 기억이라는 것은 말이다, 정말 알쏭달쏭한 예술가와도 같아. 인생의 모습을 달라지게 하거든. 예쁜 모습, 감동적인 순간만을 남기기 위해서 초라한 모습은 당장 지워버리지."

안토니가 딸을 안심시키려는 듯 말했다.

"길의 끝에는 저 끔찍한 도서관 대신에 작은 카페가 하나 있었어요. 그토록 초라한 카페는 어디서도 본 적이 없었죠. 카페 안은 온통 회색빛이었어요. 천장에는 형광등이 달려 있었고, 포마이카를 칠한 테이블이 놓여 있었죠. 그것도 대부분은 잔뜩 휜 모양이었어요. 하지만 누추한 그 카페에서 우리가 얼마나 웃어댔는지 모르실 거예요. 그 카페에서 우리가 얼마나 행복했었는지 아빠는 절대 모르실 거예요. 그 카페는 보드카와 싸구려 맥주만 팔았어요. 카페에 손님이 많아지면, 전 얼른 앞치마를 두르고 사장님을 도왔어요. 바로 저기였는데……."

줄리아는 카페 대신 자리를 차지한 도서관을 가리키며 말했다. 그러자 안토니가 잔기침을 하며 대답했다.

"혹시 그 카페가 길의 다른 끝에 있었던 게 아니냐? 확실해? 저쪽 끝으로 네가 설명한 것과 비슷한 술집이 하나 있는데 말이야."

줄리아는 그곳을 향해 고개를 돌렸다. 그녀가 가리켰던 곳의 정 반대편 길 끝으로 허름하고 오래된 선술집 간판이 반짝이고 있었다.

줄리아가 벤치에서 일어나자, 안토니도 같이 따라 일어났다. 그녀는 곧 길의 반대편을 향해 걷기 시작했다. 점점 발걸음을 빨리하더니, 나중에는 거의 뛰다시피 서둘렀다. 선술집으로 가는 길은 멀게만 느껴졌다. 가쁜 숨을 몰아쉬며 목적지에 다다른 줄리아가 문을 열고 안으로 들어갔다.

새로 페인트칠을 한 실내, 형광등 대신 달려 있는 두 개의 샹들리에, 그러나 포마이카 테이블은 그대로였다. 하지만 시간이 지난 지금, 이 포마이카 테이블은 썩 세련된 빈티지 스타일을 내고 있었다. 예전과 그대로인 바 뒤쪽에 있던 사장이 곧 줄리아를 알아보았다.

손님은 한 명뿐이었다. 그는 카페의 안쪽 구석에 앉아 있었다. 뒷모습을 보아하니 신문을 읽는 모양이었다. 줄리아는 숨을 멈추고 그에게로 다가갔다.

"토마스?"

16

이탈리아 국무총리의 사직 소식이 로마로부터 전해졌다. 기자회견이 끝나자, 전 국무총리는 마지막으로 사진촬영에 협조를 했다. 여기저기 탁탁거리며 플래시가 터지면서 총리가 서 있던 단상을 빛냈다. 회견장의 구석으로 라디에이터에 팔꿈치를 기대어 카메라를 정리하고 있는 한 남자가 보였다.

"당신은 사진 안 찍어?"

옆에 있던 젊은 여기자가 물었다.

"응. 다른 기자들하고 똑같은 사진을 찍는 건 관심 없어, 마리나. 난 누구나 다 하는 그런 걸 취재라고 부르지 않아."

"참 성격하고는! 그나마 얼굴이 잘생겨서 그 못된 성격을 좀 가려주지……."

"어쨌든 내가 옳다는 걸 인정하는 거지? 이렇게 나를 세워 놓고 훈계를 하는 대신에 식사나 하러 가는 건 어떨까?"

"가고 싶은 식당이라도 있어?"

마리나가 물었다.

"아니. 너는 있지 않을까?"

RAI의 기자 하나가 그들 옆을 지나다가 마리아의 손에 입을 맞췄다.

"누구야?"

"짜증나는 인간!"

마리나가 대답했다.

"어쨌든 저 짜증나는 인간이 당신을 꽤 좋아하는 것 같은데?"

"응. 그런 것 같아. 이제 그만 갈까?"

"입구에서 여권만 얼른 찾고 나가자."

두 사람은 팔짱을 끼고 기자회견장에서 나와 건물 밖으로 이어지는 복도를 걸었다.

"뭘 하고 싶은 거야?"

여기자는 안전요원에게 기자증을 보이며 말했다.

"아직은 편집부 쪽 연락을 기다리고 있어. 벌써 삼 주 전부터 오늘처럼 관심도 없는 것만 취재하고 있으니! 빨리 소말리아로 갈 수 있는 허가가 떨어지기를 기다릴 뿐이지, 뭐."

"그럼 정말 좋을 텐데!"

이번에는 남자가 안전요원에게 기자증을 내밀었다. 들어오면서 맡긴 신분증을 찾기 위한 것이었다. '팔라초 몬테치토리오'로 들어오는 모든 방문객은 입구의 안전요원에게 신분증을 맡겼어야 했다.

"울만 씨?"

요원이 물었다.

"예, 알아요. 기자로 쓰는 이름과 여권 이름이 다르죠. 그러니 기자증에 있는 이 사진과 저를 비교해보세요. 그리고 성만 다르게 썼지, 이름은 똑같잖아요."

요원은 사진과 남자의 얼굴을 가만히 비교해보았다. 그러고는 이렇다 할 질문 없이 여권을 주인에게 돌려주었다.

"왜 기자로 일할 때는 가명을 쓰는 거야? 스타들이 예명을 쓰는 것과 같은 이치야?"

"그보다는 좀더 깊은 뜻이 있지."

남자는 마리나의 허리로 팔을 두르며 대답했다.

작렬하는 태양 아래, 두 사람은 피아차 콜로나를 지나게 되었다. 그곳의 관광객들은 아이스크림을 먹으며 더위를 잊어보려 하는 모양이었다.

"그래도 성만 바꾸고 이름은 바꾸지 않아서 다행이야."

"뭐가 다행인데?"

"난 토마스라는 이름이 좋거든. 정말이지 당신한테 딱 맞는 이름이야. 엉뚱한 생각이긴 하지만, 그 이름이 안성맞춤이야. 다른 이름은 상상할 수도 없어. 마시모, 알프레도, 하다못해 칼이라는 이름도 어울리지 않아. 토마스! 토마스가 당신에게 딱 맞는 이름이야."

"말도 안 되는 소리…… 그나저나 어디로 갈까?"

"날씨도 그렇고, 아이스크림 먹는 관광객들을 보니 그라니타가 먹고 싶어지는데? 타차 도로에 갈까? 팡테옹 광장에 있어. 여기서 별로 안 멀어."

토마스는 안토니나 기념비 앞에서 멈춰 섰다. 곧이어 가방을 열고 사진기를 꺼낸 그는 렌즈를 맞춘 다음 무릎을 꿇고 앉았다. 그러고는 마르크 오렐을 기리는 부조물을 가만히 바라보고 있는 마리나를 사진에 담았다.

"이거 역시 다른 사람들도 다 찍는 그런 사진 아니야?"

마리나가 웃으며 물었다.

"당신이 그렇게 인기가 많은 줄 몰랐는데?"

또 한 번 셔터를 누르며 토마스가 미소를 지었다. 이번에는 클로즈업한 사진을 찍기 위한 것이었다.

"난 기념비 얘기를 하고 있었어! 그나저나 지금 나를 찍은 거야?"

"이 기념비는 베를린에 있는 전승기념탑과 비슷해. 하지만 당신은 어디에도 없는 유일한 여자지."

"내가 아까 말했지? 당신의 그 잘생긴 얼굴 덕분에 가려지는 게 많다고! 여자를 유혹하는 방법이 정말 형편없는걸? 그런 식은 여기서 통하지 않아. 날씨가 너무 덥네. 빨리 가자."

마리나는 토마스의 손을 잡았다. 그리고 그들은 안토니나 기념비를 뒤로 하고 멀어져갔다.

*

줄리아는 베를린의 하늘로 높이 솟은 전승기념탑을 아래서 부터 위까지 찬찬히 훑어보았다. 탑의 아랫부분에 앉아 있던 안토니는 어깨를 한번 으쓱하더니 말을 꺼냈다.

"첫발에 명중을 하는 경우는 드물지 않겠니? 솔직히 말해서 그렇잖아. 카페에 있던 그 손님이 너의 토마스였다면, 우연 치고는 너무 대단한 우연이 아닐까? 너도 그건 인정하지?"

"저도 알아요. 그냥 잘못 본 것일 뿐이에요."

"그 사람이 토마스였으면 하고 바랐던 것일 수도 있지."

"뒷모습만 봤을 때는 영락없는 토마스였는데…… 머리 스타일도 같고, 뒷면부터 신문을 읽는 모습도 그렇고……."

"토마스를 기억하느냐고 물었을 때, 왜 카페 사장은 그런 이상한 표정을 지었을까? 예전의 좋은 추억들을 얘기할 때는 그런대로 상냥한 사람이었는데 말이야."

"저한테 하나도 변하지 않았다고 말해준 건 정말 고마운 일이에요. 몰라볼 줄 알았는데 말이죠."

"감히 누가 내 딸을 잊을 수 있겠니?"

줄리아는 '에이, 아빠도 참……' 하는 눈빛을 던지며 안토니를 팔꿈치로 툭 쳤다.

"내 장담컨대, 카페 사장이 우리한테 거짓말을 한 게 틀림없어. 분명 그 사람은 너의 그 토마스를 기억하고 있는 거야. 네가 토마스라는 이름을 입에 올린 순간, 사장의 얼굴이 갑자기 굳어졌거든."

"'너의 토마스'라는 말 좀 그만 하시면 안 될까요? 도대체
우리가 여기서 뭘 하는 건지 모르겠어요. 이러는 게 다 무슨
소용인가 싶기도 하고……."

"내가 지난주에 죽기를 정말 잘했다는 생각이 들도록 해주
는 것!"

"그만 하시죠! 자취도 모르는 유령 따윌 찾느라 아담을 떠날
거라고 생각한다면, 아빠가 크게 오해하시는 거예요!"

"내가 이런 말을 하면 또 화를 낼지 모르겠다만, 네 인생에
있어서 유일한 유령은 바로 나야. 네가 몇 번이고 그 사실을
나에게 일깨워줬잖니. 그러니 상황이 이렇다고 해서 내가 갖
고 있는 그 특전을 빼앗아가면 안 되지!"

"하나도 재미없는 거 아시죠?"

"재미가 없다고…… 넌 내가 무슨 말을 하려고 입만 열면
바로 끊어버리더라! 뭐, 어쨌든, 그래, 나는 재미있는 사람이
아니다. 그리고 너는 내가 너에게 하려는 말을 듣고 싶지 않은
거야. 하지만 카페의 손님을 토마스라고 생각하고 네가 보인
반응으로 미루어 보건대, 솔직히 아담의 입장에 서고 싶은 마
음은 없어. 내 말이 틀렸다고 반박할 생각이냐?"

"아빠 말이 틀렸어요! 착각하고 계신 거예요."

"이러다가는 착각하는 것이 버릇이 되겠구나!"

안토니는 팔짱을 끼며 말대꾸를 했다. 그러자 줄리아가 미
소를 지었다.

"내가 뭘 또 잘못했니?"

"아무것도 아니에요."

줄리아가 대답했다.

"말을 해라!"

"저도 몰랐는데, 아빠도 알고 보니 조금 구식인데요?"

"그렇게 상처를 주는 말이 또 어디 있니? 가서 점심식사나 하자꾸나. 벌써 세 시야. 아침식사 이후로는 아무것도 먹지 않았잖아."

안토니가 자리를 털고 일어서며 말했다.

*

회사로 향하던 아담은 어느 주류전문점 앞에서 멈췄다. 가게 직원은 적절한 타닌과 고운 빛깔, 그리고 조금은 맛이 강한 캘리포니아 와인을 추천했다. 아담은 그 와인에 관심이 갔다. 하지만 와인을 받게 될 사람을 생각하며, 캘리포니아 와인보다는 조금 더 세련된 것을 찾아보기로 했다. 아담이 원하는 것을 이해한 직원은 가게 뒤의 창고로 사라지더니 조금 후, 보르도 와인을 한 병 들고 나왔다. 생산 연도를 보건대, 가격이 녹록치만은 않았다. 하지만 지금 상황에 가격이 대수인가? 언젠가 줄리아가 말하길, 스탠리는 좋은 와인에 사족을 못 쓴다고 했었다. 그리고 그런 와인 앞이라면 한계에서 벗어나는 일까지 서슴지 않는다고…… 두 병 정도면 스탠리를 취하게 만들 수 있으리라. 그러면 그는 원하든 원하지 않든 줄리아가 어디에 있는지를 말하게 될 것이다.

*

어느 샌드위치 가게에 자리를 잡은 안토니가 말을 꺼냈다.

"다시 처음부터 생각해보자. 기자협회에 가봤지만 토마스라는 기자는 명단에 없었지. 하지만 너는 토마스가 기자 일을 하고 있을 것이라고 확신하고 있어. 일단 그렇다 치자. 네 직감을 믿어보는 거지. 비록 모든 상황이 너의 그 직감에 반대되는 것이긴 하지만 말이다. 토마스가 살았던 동네에 가보니, 그가 살던 집은 이미 사라지고 없었어. 과거는 다 잊고, 모든 걸 다시 시작하는 그런 게 아닐까 싶구나. 뭐랄까, 처음부터 예상되었던 결과라고나 할까…… 뭐 그런 생각이 들어."

"알았어요. 도대체 무슨 말씀을 하고 싶으신 거죠? 토마스는 우리를 이어주던 과거를 모조리 청산했어요. 이런 상황에 아빠와 전 뭘 찾고 있는 거죠? 아빠가 생각하는 대로라면, 차라리 그냥 뉴욕으로 돌아가요!"

줄리아가 버럭 화를 내며 웨이터가 들고온 카푸치노를 거절하자 안토니는 잔을 테이블 위에 내려놓으라고 웨이터에게 신호를 보냈다.

"네가 커피를 싫어하는 줄은 잘 알고 있다. 카푸치노로 만들어놓으면 정말 맛있단다."

"제가 커피 대신 차를 좋아하는 게 아빠한테 해가 되나요?"

"그렇지는 않지. 그저 네가 조금만 노력을 해주기를 바랄 뿐이야. 그리 어려운 일도 아니잖니!"

줄리아는 눈살을 찌푸리며 카푸치노를 한 모금 마셨다.

"꼭 그렇게 맛없다는 표정을 지어야 하겠니? 네가 커피를 정말 싫어한다는 건 잘 이해했다. 하지만 내가 저번에도 말했듯이, 언젠가는 너에게도 진정한 맛을 음미하는 데 방해가 되는 그 쓴맛의 느낌을 초월하게 될 때가 올 거야. 너와 함께한 시간에 토마스를 엮어주는 모든 끈을 그 친구가 끊었다고 하는데, 그건 네가 너무 앞서가는 거 아닌가 싶구나. 그저 자신의 과거를 잊기로 한 건 아닐까? 너와 있었던 일을 잊은 것이 아니고 말이다. 그 친구가 여태 겪어왔던 것과는 정 반대인 새로운 세상을 살아가는 데 있어서 그가 겪어야 했던 모든 어려움을 과연 네가 이해할 수 있었을까? 난 그렇게 생각하지 않는다. 지난날의 경험과 가치를 거부해야만 살 수 있는 그런 새로운 세상 말이다."

"이제는 아빠가 토마스의 편을 드시는 건가요?"

"꽁한 바보들이나 끝까지 자신의 생각을 바꾸지 않는 법이다. 여기서 삼십 분만 가면 공항이야. 얼른 호텔에 들러 짐을 챙기고, 마지막 비행기를 타면 돼. 그러면 오늘밤은 뉴욕에 있는 너의 그 매력적인 아파트에서 잠을 청할 수 있겠지. 방금 했던 말을 다시 한 번 하겠는데, 꽁한 바보들이나 끝까지 자신의 의견을 바꾸지 않는단다. 너무 늦기 전에 이 점을 잘 생각해봐! 뉴욕으로 돌아가고 싶으냐, 아니면 여기 계속 남아서 토마스를 찾아볼 생각이냐?"

줄리아는 자리를 박차고 일어났다. 눈썹 하나 까딱 않고 단숨에 커피를 마시더니, 손등으로 입을 한번 쓱 훔쳤다. 그리고 커피 잔을 테이블 위로 쾅하고 내려놓으며 말했다.

"셜록 홈즈! 달리 제안할 수사 방법이라도 생각하고 계신 건가요?"

커피값을 계산하기 위해 동전 몇 개를 올려놓고 안토니도 자리에서 일어났다.

"언젠가 토마스와 친한 친구 얘기를 하지 않았었니? 너희들하고 같이 시간을 보냈던 그 친구 말이다."

"크나프요? 토마스와 가장 친한 친구였어요. 그런데 아빠한테 그 얘기를 한 기억은 없는데요?"

"네 기억력보다는 내 쪽이 더 좋은 모양이지. 그 크나프라는 친구가 무슨 일을 하고 있었지? 기자 아니었던가?"

"맞아요!"

"기자 명단을 볼 수 있었을 때, 그 친구 이름을 대는 편이 좋을 뻔했다는 생각이 들지 않니?"

"그때는 미처 생각을 못 했어요."

"내가 방금 말했지? 넌 점점 꽁한 바보가 되어가고 있어! 자, 서두르자."

"기자협회로 또 가는 건가요?"

"그런 바보 같은 소리가 또 어디 있니? 그곳에서 우리를 반겨주기나 하겠어?"

안토니가 못마땅하다는 듯 하늘을 쳐다보며 말했다.

"그럼 어디로 가요?"

"이 늙은 아비가 하루 종일 컴퓨터 앞에 앉아 있는 딸한테 인터넷의 효율성에 대해 얘기를 해야 하겠어? 정말 알 수가 없구나! 우선 주변에서 인터넷을 쓸 수 있는 곳이 있는지 찾아보자. 그리고 그 머리 좀 묶어라. 바람에 날려 네 얼굴을 볼 수가 없잖니!"

*

꼭 자신이 계산을 하리라 마음먹었던 마리나는 그 약속을 지켰다. 우선 두 사람이 있는 곳이 마리나의 나라이기도 했고, 그녀가 토마스를 만나러 베를린에 갈 때마다 모든 것을 그가 계산했기 때문이었다. 아이스커피 두 잔 정도는 괜찮겠다 싶었는지, 토마스도 마리나가 계산을 하도록 놔두었다.

"오늘 할 일이 아직 남아 있는 거야?"

"지금이 몇 시인 줄 알아? 벌써 오후시간이 다 갔어. 그리고 당신이 내 일 그 자체잖아. 어쨌든 찍을 사진도 없고, 써야 할 기사도 없어."

"그럼 뭘 하고 싶어, 마리나?"

"저녁이 되기 전까지 산책을 하는 건 어떨까? 날씨도 좀 서늘해졌잖아. 오래된 도시 로마에 있는 동안은 즐겨야지!"

"난 우선 크나프에게 전화를 걸어야 해. 그가 퇴근하기 전에 말이야."

마리나는 토마스의 뺨을 어루만졌다.

"어떻게 해서든지 당신이 나에게서 빨리 떠나려고 한다는 건 나도 알아. 하지만 그렇게 걱정할 필요는 없어. 당신은 곧 소말리아로 가게 될 거야. 크나프도 당신이 그곳에서 일해주길 바라고 말이야. 당신이 백 번도 넘게 얘기했잖아. 내가 다 외울 지경이라니까! 크나프가 편집장이 되길 원한다고 했지? 당신은 그가 아는 가장 훌륭한 기자이고, 그 사람의 승진에는 당신의 역할이 아주 중요하다고 말이야. 그러니 크나프가 모든 준비를 철저히 할 수 있도록 그에게 시간을 좀 줘."

"벌써 삼 주째야. 삼 주!"

"소말리아로 가는 기자가 당신이기 때문에 더 신중히 준비를 하는 거야? 그래서 어쨌다고? 당신 친구라는 이유만으로 그 사람을 나무랄 수는 없잖아! 그러지 말고, 산책이나 하면서 로마 구경 좀 시켜줘."

"이거 뭔가 역할이 바뀐 것 같은데?"

"응, 맞아! 당신하고 이러는 게 너무 재밌어!"

"지금 날 놀리는 거야, 마리나?"

"어떻게 알았어?"

웃음을 터뜨리며 대답을 한 마리나는 토마스를 데리고 피아차 디 스파냐를 향했다. 그리고 트리니타 데 몬티 성당의 둥근 지붕을 가리키며 물었다.

"이렇게 아름다운 곳이 또 있을까?"

"베를린!"

토마스는 잠시도 머뭇거리지 않고 대답했다.

"말도 안 돼! 그 바보 같은 소리만 멈춰준다면, 조금 있다가 그레코 카페로 데려가줄게. 거기서 카푸치노 맛을 한번 봐봐. 그리고 베를린에서도 그런 맛을 찾을 수 있는지 얘기해줘!"

*

컴퓨터 화면에 시선을 고정시킨 안토니는 화면에 뜬 내용을 이해해보려고 노력했다.

"아빠는 독어를 잘 하시잖아요."

줄리아가 말했다.

"말은 잘 하지. 하지만 읽고 쓰는 면에서는 또 달라. 그리고 이건 언어의 문제가 아니야. 도대체 이 기계의 사용법을 모르겠구나."

"비켜보세요!"

줄리아는 안토니를 밀어내고 컴퓨터 앞에 앉았다. 그녀가 아주 빠른 속도로 자판을 두드리자 검색사이트가 화면에 나타났다. 줄리아는 검색창에 '크나프'라고 치더니 바로 동작을 멈췄다.

"왜 그러니?"

"성을 모르겠어요. 솔직히 말하면, 크나프가 성인지 이름인

316

지도 몰라요. 항상 '크나프'라고만 불렀거든요."

"저리 비켜봐라."

이번에는 안토니가 나서서 '크나프' 옆에 '기자'라고 쳤다.

이윽고 열한 개의 이름이 화면에 떴다. 크나프라는 이름을 가진 일곱 명의 남자와 네 명의 여자, 이들 모두가 기자였다.

"여기 있다! 쥐르겐 크나프!"

안토니는 세 번째 줄에 나와 있는 이름을 가리키며 말했다.

"어떻게 그 사람이란 걸 아세요?"

"Chefredakteur란 단어가 편집장이라는 말이니까!"

"정말요?"

"네가 그 크나프란 사람에 대해서 했던 말을 가만히 돌이켜 보건대, 나이 사십 정도면 뭐가 됐어도 되지 않았을까 하는 생각이 드는구나. 하던 일에서 성공을 못했다면, 그 친구는 아마 직업을 바꿨을 거야. 너의 토마스처럼 말이다. 내 실력을 인정하고 나에게 축하를 해줘야 하는 것 아니냐? 그렇게 화만 내지 말고……"

"대체 제가 언제 크나프에 대한 얘기를 했었는지 모르겠어요. 그리고 무슨 근거로 아빠가 그 친구의 심리상태까지 평가할 수 있는지도!"

놀란 줄리아가 말했다.

"지금 여기서 누구의 기억력이 더 좋은지 얘기해보자는 거냐? 그렇다면 네가 그토록 행복한 시간을 보냈던 그 카페가 왼쪽 끝에 있었는지, 아니면 오른쪽 끝에 있었는지 얘기해보렴!

어쨌든 크나프라는 친구는 〈타게스슈피겔〉지의 국제부에서 일하고 있구나. 크나프에게 가볼까, 아니면 그냥 여기 앉아서 수다나 떨까?"

*

퇴근시간이 되자, 교통체증이 심각해졌다. 덕분에 안토니와 줄리아는 베를린 시내를 지나는 데 많은 시간을 허비할 수밖에 없었다. 두 사람은 브란덴부르크에 도착하자 택시에서 내렸다. 교통체증을 벗어나자 이번에는 퇴근하는 사람들과 유명한 곳을 관광하려 몰려든 사람들의 무리를 헤치고 지나가야 했다. 언젠가 이곳에서 미국 대통령은 소련 대통령에게 세계의 평화를 위해 아치 기둥의 뒤쪽으로 세워져 있던 장벽 국경을 허물자고 제안했었다. 이로써 사상 처음으로 두 대통령은 동독과 서독의 통일을 위해 서로 의견을 교환하고 합의를 보았다.

줄리아는 발걸음을 재촉했다. 딸을 따라잡기에 안토니는 역부족이었다. 군중 속에서 딸을 잃을까 걱정이 된 안토니는 몇 번이고 줄리아의 이름을 외치기도 했다. 하지만 안토니는 어쨌든 파리저플라츠를 가득 메운 사람들 속에서 줄리아의 모습을 찾아낼 수 있었다.

줄리아는 어느 건물 앞에서 안토니를 기다리고 있다가 함께 건물 안으로 들어갔다. 우선 안내데스크로 가서 자신을 소개한 후, 안토니는 쥐르겐 크나프라는 사람을 찾고 있노라고 했다. 데스크의 직원은 통화중이었다. 잠시 통화 대기를 시켜놓은 채 직원은 혹시 약속이 있어서 왔느냐고 물었다.

"아닙니다. 약속은 하지 않았어요. 하지만 크나프 씨는 기꺼이 우리를 만나주실 겁니다."

안토니가 자신 있게 대답했다.

"누구라고 말씀드릴까요?"

직원은 데스크에 팔을 기대고 있던 줄리아가 머리를 묶느라 사용한 스카프를 부러운 눈으로 쳐다보며 물었다.

"줄리아 왈슈예요!"

줄리아가 대답했다.

2층 집무실 책상에 앉아 있던 쥐르겐 크나프는 안내데스크의 직원에게 지금 방금 말한 그 이름을 다시 한 번 반복해줄 수 있겠느냐고 물었다. 데스크 직원에게 전화를 끊지 말라고 부탁한 크나프는 수화기를 손바닥으로 꽉 막더니 아래쪽까지 이어지는 창문을 향해 걸어갔다.

크나프는 집무실 창을 통해서 1층 로비를 볼 수 있었다. 특히 안내데스크는 집무실에서 잘 보이는 위치에 자리잡고 있었다. 머리를 다시 손질하기 위해 스카프를 풀어내리는 그녀, 기억 속의 모습보다는 짧아진 머리, 하지만 거부할 수 없을 만큼 자연스러운 우아함을 풍기는 그녀, 그가 서 있는 창에서 불과 몇 발자국 떨어진 곳에 있는 그녀, 분명 십칠 년 전에 알았던 그녀임에 틀림없었다.

크나프는 다시 수화기를 들고 말했다.

"지금 사무실에 없다고 전해주세요. 이번주에 출장이 있다고 말하세요. 아니, 이번달 말이 되어야 다시 돌아온다고 하세요. 들키지 않게 조심해요! 믿을 수 있게 말을 잘 하세요!"

"잘 알겠습니다!"

안내데스크의 직원은 일부러 크나프의 이름을 입에 올리지 않으려 애쓰며 대답했다.

"저기! 지금 통화 대기중인 분이 계십니다. 바꿔드릴까요?"

"누군데요?"

"물어볼 시간이 없었습니다."

"연결해주세요."

통화 연결을 시킨 안내데스크 직원이 전화를 끊고 안토니와 줄리아에게 크나프가 자리에 없는 이유를 설명했다.

*

"쥐르겐?"

"누구세요?"

"나야, 토마스! 내 목소리도 잊은 거야?"

"아, 아니야. 잠시 다른 생각을 하느라고."

"오 분 동안이나 통화 대기였어. 날 그렇게 오래 기다리게 만들다니, 어느 장관님과 통화라도 한 모양이지?"

"아니, 아니야. 미안하게 됐구나. 그런데 별로 중요한 일은 아니었어. 참, 좋은 소식이 있어. 오늘 저녁에 알려주려고 했었는데…… 소말리아로 갈 수 있는 허가가 떨어졌어."

"다행이다! 그럼 일단 베를린에 들어갔다가, 바로 소말리아로 떠나야겠어."

토마스가 기뻐서 소리쳤다.

"아니, 그럴 필요 없어. 그냥 로마에 있도록 해. 그쪽에서 받을 수 있도록 표를 살게. 그리고 필요한 모든 서류도 곧 특급으로 보내도록 하지. 아침이면 받아볼 수 있을 거야."

"내가 회사로 가서 너를 만나보는 게 낫지 않겠어? 정말 여기에 그냥 남아 있어도 되는 거야?"

"당연하지. 나를 믿어! 소말리아로 가는 허가가 떨어지기를 얼마나 기다렸니? 하루라도 낭비할 시간이 없어. 퓨미치노에서 오후에 떠나는 아프리카행 비행기를 타면 돼. 다른 자세한 사항은 내일 아침 다시 전화로 알려줄게."

"무슨 일이 있는 건 아니지? 네 목소리가 이상해……."

토마스가 물었다.

"일은 무슨! 다 잘 되고 있어. 날 잘 알잖아. 난 그저 너의 소말리아행을 함께 축하하지 못해서 아쉬울 뿐이야."

"너에게 어떻게 감사를 해야 할지 모르겠어, 쥐르겐. 대신 퓰리처상을 받아올게. 나를 위해서도 그렇지만, 너의 국제부장 승진을 위해서 말이야!"

토마스는 전화를 끊었다. 크나프는 줄리아와, 그녀와 동반한 어떤 신사가 로비를 가로질러 건물 밖으로 나가는 모습을 바라보았다.

크나프는 다시 책상 앞으로 돌아가 전화기를 제자리에 올려
놓았다.

17

토마스는 피아차 디 스파냐 계단의 위쪽에서 자신을 기다리고 있던 마리나에게로 다가갔다. 그곳은 그야말로 인산인해를 이루고 있었다.

"전화 했어?"

마리나가 물었다.

"다른 데로 가자. 여기는 사람이 너무 많아서 숨이 막혀. 가서 쇼핑할까? 다니다가 오색 스카프를 찾으면 내가 사줄게."

마리나는 콧등 위로 선글라스를 걸치더니 아무런 말 없이 자리에서 일어났다.

"여긴 가게들이 있는 곳이 아니잖아!"

마리나가 분수대를 향해 걸음을 재촉하자 토마스가 소리쳤다.

"아니지, 물론. 여긴 정 반대편이니까! 그리고 스카프 따윈 관심도 없어!"

토마스는 마리나를 쫓아 달렸고, 계단이 끝나는 곳에서야 겨우 그녀를 잡을 수 있었다.

"어제는 그 스카프를 사고 싶어했잖아!"

"당신이 말한 그대로야. 어제는 어제지! 오늘은 스카프에 관심이 없어. 여자들은 그래, 변덕을 부리지. 그리고 남자들은 하나같이 다 바보야!"

"왜 그래?"

토마스가 물었다.

"정말 나에게 선물을 하고 싶었다면, 그 선물은 당신이 직접 골랐어야지. 또 그 선물을 예쁘게 포장하고, 나에게는 숨겼어야 해. 그래야 깜짝 선물이 될 테니까 말이야. 이게 바로 여자에게 신경을 쓴다는 거야. 여자들이 이런 걸 얼마나 좋아하는데! 물론 흔하진 않지만 말이야. 그래도 걱정은 마. 깜짝 선물을 한다고 해서 무조건 결혼을 결심하거나 그러진 않으니까!"

"미안해. 난 그저 당신을 즐겁게 해주려고 했을 뿐이야."

"정 반대야! 난 용서를 받기 위해 나에게 선물하는 것이 제일 싫어!"

"난 용서받을 짓을 하지 않았는걸?"

"정말 그럴까? 피노키오처럼 코가 길어지는데! 이렇게 말싸움만 할 게 아니라, 차라리 소말리아로 떠나게 된 일이나 축하하자. 크나프가 전화로 당신에게 전한 내용이 그거 아니었어?

오늘 저녁은 정말 근사한 곳에서 당신이 사."

마리나는 토마스를 기다리지 않고 홀로 멀어져갔다.

*

줄리아가 택시 문을 열었다. 그리고 안토니는 호텔의 회전
문을 향해 걸어갔다.

"무슨 방법이 있을 거야. 너의 토마스가 그렇게 사라질 리가
없어. 분명 어딘가에 있을 테고, 우리가 그를 찾으면 되는 거
지. 인내심을 가지고 찾으면 해결되는 문제야."

"24시간 안에 찾을 수 있겠어요? 내일 하루밖에 남지 않았
어요. 우린 토요일에 뉴욕으로 돌아간다고요. 설마 잊으신 건
아니죠?"

"내게는 시간이 제한되어 있지, 줄리아. 하지만 네 앞에는
얼마든지 많은 시간이 펼쳐져 있잖니. 정말 이 모험을 끝까지
하고 싶다면, 다시 이곳으로 오면 돼. 그때는 혼자겠지만, 어
쨌든 다시 오면 되는 일이야. 그저 이번 여행은 우리 두 사람
이 이 도시와 화해를 했다는 데 의미를 두자. 이것만 해도 어
디야!"

"그럼 그것 때문에 저를 여기까지 데리고 온 거예요? 마음
이 편하자고?"

"생각은 네 자유다. 너에게 날 용서하라고 강요할 수는 없
지. 또 같은 상황이 닥친다면 예전과 똑같이 행동할 수도 있고

말이다. 하지만 이제 다투지는 말자꾸나. 서로 노력을 해보는 건 어떨까? 하루 동안에도 많은 일들이 벌어질 수 있어. 내 말을 믿어다오."

줄리아는 안토니의 시선을 피했다. 순간 그녀의 손이 안토니의 손을 살짝 스쳤다. 안토니는 딸의 손을 잡을까 잠시 망설이다가 이내 포기해버리고는 호텔 로비를 가로질러 가서 엘리베이터 앞에 멈춰 섰다.

"오늘 저녁은 너와 함께하지 못할 것 같구나. 너무 피곤해서 그런 것이니 나무라지는 말아라. 내일을 위해서 재충전하는 편이 낫겠어. 참 재미있구나, 이렇게 일차적인 의미로 이 단어를 쓸 줄은 미처 상상도 못 했었는데 말이야!"

"가서 쉬세요. 저도 많이 피곤해요. 저녁은 룸서비스를 시켜서 먹어야겠어요. 내일 아침에 봐요. 그럼. 아침식사 같이 할까요?"

"그러자꾸나."

안토니는 미소를 지으며 대답했다.

두 사람은 엘리베이터를 타고 위층으로 올라갔다. 줄리아가 먼저 내렸고, 문이 닫히기 전에 잘 자라는 의미로 안토니에게 수줍게 손을 흔들었다. 복도에 남은 그녀는 엘리베이터가 올라가며 바뀌는 숫자를 가만히 쳐다보았다.

방에 들어오자마자 줄리아는 욕실로 가서 뜨거운 물을 받아 욕조 옆에 놓여 있던 오일 두 병을 물 위로 풀어놓았다. 그러고는 다시 욕실을 나와 룸서비스로 시리얼과 과일 한 접시를 시켰다. 침대 정면에 걸려 있는 평면 텔레비전을 켠 채 그녀는 침대 위로 소지품을 아무렇게나 던져놓고서 다시 욕실로 들어갔다.

*

크나프는 오랫동안 거울에 비친 자신의 모습을 바라보았다. 넥타이 매듭을 바로잡은 그는 마지막으로 거울을 한 번 더 보더니 화장실에서 나왔다. 여덟 시 정각이면 그가 중심이 되어 준비해온 전시회가 열릴 것이다. 사진전시관에서 열릴 이 행사에는 문화부 장관이 참석할 예정이었다. 이 전시회 때문에 크나프는 엄청난 노력을 기울여야 했다. 하지만 이 전시회는 그의 승진을 위해 절대적으로 필요한 것이었다. 오늘밤 행사가 성각리에 끝나고, 내일 신문에 크나프가 바친 노력의 열매에 대한 찬사가 이어진다면! 그는 곧 편집국 입구에 자리하고 있는 유리로 된 국장 사무실에 짐을 풀 수 있으리라. 크나프는 건물 로비에 있는 괘종시계를 쳐다봤다. 도보로 파리저플라츠를 지나, 붉은 카펫이 깔린 행사장의 계단 밑에서 문화부 장관과 카메라의 세례를 기다릴 시간이 충분했다.

*

아담은 샌드위치를 싸고 있던 셀로판 종이를 둥글게 뭉치더니 공원 가로등에 걸려 있는 휴지통을 겨냥했다. 첫 번째 시도는 실패로 돌아가고 말았다. 그는 바닥에 떨어진 셀로판 종이를 줍기 위해 일어섰다. 아담이 잔디밭 가까이로 다가가자, 다람쥐 한 마리가 뒷다리를 땅에 대고 앉아 고개를 쳐들었다.

"미안하게 됐는걸? 개암열매가 없단다. 줄리아도 여기에 없고 말이야. 너랑 나랑 둘 다 버림받았나봐."

아담이 말했다.

다람쥐는 아담을 가만히 쳐다보며, 그가 던지는 말 한마디 한마디마다 고개를 갸웃거렸다.

"다람쥐가 햄도 좋아하는지는 잘 모르겠는데……."

아담은 식빵 사이로 삐져나온 햄 조각을 다람쥐에게 던져주었다. 그러나 다람쥐는 그가 내민 햄을 무시하고 깡충거리며 나무 위로 올라가버렸다. 그때 조깅을 하던 한 여자가 아담 앞에 멈춰 서며 말했다.

"다람쥐하고 말을 하세요? 저도 그래요. 다람쥐가 부지런히 뛰어다니고, 또 작은 얼굴을 이리저리 흔들어대는 모습을 보면 너무 귀엽죠!"

"여자들은 다람쥐라면 껌뻑 죽죠. 하지만 다람쥐는 쥐과에 속하는 동물이에요!"

아담이 투덜거렸다. 먹다 만 샌드위치를 휴지통에 버리고서 그는 주머니에 손을 찌른 채 멀어져갔다.

누군가가 호텔 방문을 두드렸다. 줄리아는 수건을 잡아채더니 얼굴에 하고 있던 마스크를 얼른 닦아내었다. 욕조에서 나와 가운을 걸치고 거실로 나간 그녀는 문을 열어 룸서비스를 맞았다. 그리고 식사는 침대 위에 놓아달라고 부탁한 뒤 가방에서 지폐 한 장을 꺼냈다. 그녀는 룸서비스 확인 카드에 사인을 하고서 방금 꺼낸 지폐와 함께 직원에게 돌려주었다. 직원이 나가자, 줄리아는 곧 이불 속으로 들어가 시리얼을 하나씩 골라먹기 시작했다. 리모컨을 손에 들고 그녀는 독어로 되지 않은 방송을 찾아 이리저리 채널을 돌렸다.

세 개의 스페인 채널, 스위스 채널, 또 두 개의 프랑스 채널을 거쳐 CNN 채널을 찾을 수 있었다. 그러나 폭력적인 전쟁 장면을 담은 CNN 방송에는 관심이 없었다. 다음 채널은 블룸버그 채널의 주식시세였다. 역시 줄리아는 아무런 관심이 없었다. 셈에는 영 재능이 없었기 때문이었다. 그다음은 RAI 채널의 오락방송, 그러나 줄리아에게 여자 MC는 너무나 천해 보였다. 줄리아는 다시 첫 채널로 돌아가 하나씩 돌려보기 시작했다.

두 대의 경찰 오토바이를 선두로 한 장관 일행이 도착했다.

크나프는 발끝으로 서서 그 모습을 지켜보았다. 바로 그때, 옆에 있던 누군가 그의 앞으로 자리를 옮기려 하자 크나프는 팔꿈치로 툭 찔러 그 사람을 밀어내고 다시 자신의 자리에 섰다. 앞자리를 차지하려면 좀더 일찍 나왔어야지! 보디가드가 차문을 열자 카메라 세례를 받으며 문화부 장관이 차에서 내렸다. 크나프는 전시회장의 디렉터와 함께 한 발자국 앞으로 나가 장관에게 고개 숙여 인사했다. 그리고 장관을 호위하며 붉은 카펫이 깔린 계단을 올랐다.

*

줄리아는 메뉴판을 찬찬히 훑어보았다. 시리얼이 담겨 있던 접시에는 건포도 하나만 남았고, 과일 접시에는 씨 두 개만이 덩그러니 놓여 있었다. 줄리아는 초콜릿 케이크, 독일식 파이, 팬케이크, 그리고 샌드위치 중 어느 것을 고를지 몰라 망설였다. 하지만 자신의 배와 허벅지를 유심히 관찰하더니, 이내 메뉴판을 방구석으로 던져버리고 말았다. 저녁 뉴스에서는 마지막 꼭지로 너무나 매혹적인 사교계 파티의 한 장면을 방송해주었다. 남녀 저명인사들이 파티 차림을 하고 찰칵거리는 플래시 속에서 붉은 카펫이 깔린 계단을 오르내리고 있었다. 가수인지 영화배우인지, 어쨌든 독일인인 듯한 한 여자의 우아한 드레스가 줄리아의 눈길을 끌었다. 유명한 사람들이 제법 모인 것 같았으나, 줄리아는 아무도 알아볼 수가 없었다. 그러나 한 사람만은 예외였다. 그의 모습을 보자마자 줄리아는 벌떡 일어났다. 덕분에 식사쟁반까지 뒤엎은 그녀는 텔레비전 화면 앞으로 바싹 다가갔다. 클로즈업된 화면에서 웃고 있는 그 사람, 지금 막 연회장으로 들어선 그 남자의 얼굴을 줄리아는 확실히 알아보았다. 이윽고 텔레비전 화면을 통해 브란덴부르크 문의 기둥이 비쳤다.

*

호텔 프런트의 직원은 줄리아에게 텔레비전에서 방송된 그 행사가 스티프퉁 브란덴부르크에서 열린다고 알려주었다. 베를린에 새로 건축된 장소로, 그곳에서는 브란덴부르크 문의 도리스식 기둥이 잘 보인다고도 설명했다. 줄리아가 말한 행사는 다름 아닌 〈타게스슈피겔〉지에서 주관하는 행사이며, 굳이 서두를 필요는 없다고 말했다. 왜냐하면 보도사진 전시회는 베를린 장벽 붕괴 기념일까지 계속될 예정이기 때문이었다. 그러니 적어도 5개월 정도의 시간이 남았다는 얘기였다. 물론 줄리아가 원한다면 이튿날 점심 전까지 두 개의 초대장을 준비할 수 있다고도 덧붙였다. 그러나 그녀가 원하는 것은 당장 입고 갈 수 있는 드레스를 마련하는 일이었다.

"벌써 아홉 시예요, 미스 왈슈!"

줄리아는 가방을 열어 안에 있던 것을 모조리 데스크 위로 펼쳐놓았다. 그리고 달러, 유로, 동전, 하다못해 그녀가 늘 지

니고 다니던 옛 마르크까지 옆으로 분류해놓았다. 거기다 손
목시계까지 벗어놓았다. 줄리아는 마치 포커 게임에서 칩을
걸 듯, 두 손을 이용해 돈과 시계를 모두 직원 쪽으로 밀었다.

"빨간색이든, 보라색이든, 노란색이든 상관없어요. 그러니
제발 드레스 하나만 구해주세요."

당황한 직원은 줄리아를 빤히 쳐다보더니 곧 왼쪽 눈썹을
치켜올렸다. 어려움에 처한 왈슈 씨의 딸을 그냥 내버려둔다
는 것은 그의 직업 정신에 어긋나는 일이었다. 어쨌든 이 문제
를 해결해야 했다.

"자, 이 잡동사니들은 다시 가방에 담으시고 저를 따라오세
요."

그러고 나서 직원은 줄리아를 데리고 세탁실로 향했다.

장소가 어두웠음에도 불구하고, 직원이 줄리아에게 보여준
드레스가 얼마나 아름다운지는 금방 알 수 있었다. 그 드레스
의 주인은 1206호 스위트룸에 묵고 있던 백작부인이었다. 드
레스를 제작한 오트 쿠튀르 회사에서는 백작부인이 방해받지
않을 시간에 배달을 해달라고 부탁했다며 직원이 덧붙였다.
그러니 드레스를 더럽혀서도 안 되며, 신데렐라처럼 자정을
알리는 종이 울리기 전에 반납을 해야 한다고 말했다.

직원은 줄리아에게 옷걸이 하나를 건네며 입고 있는 옷과
소지품을 걸어놓으라 이르고는 그녀 홀로 세탁실에 남겨두고
자리를 피했다.

줄리아는 입고 있던 옷을 벗고, 최대한 조심스럽게 드레스

를 입었다. 세탁실에 거울이 없는 관계로, 그녀는 할 수 없이 철기둥에 자신의 모습을 비춰보았다. 하지만 온통 찌그러진 모습만이 기둥에 비춰질 뿐이었다. 어쩔 수가 없었다. 줄리아는 머리를 풀고, 어둠 속에서 대강 화장을 마쳤다. 그녀는 바지와 스웨터, 그리고 가방을 자리에 남겨두고 밖으로 나와 곧장 호텔 로비로 이어지는 어두운 복도를 걸어갔다.

직원이 줄리아에게 가까이 와보라는 신호를 보냈다. 그의 뒤쪽으로는 벽거울이 걸려 있었다. 줄리아가 거울 앞으로 다가가려 하자, 직원이 그녀를 가로막으며 섰다.

"안 됩니다! 제가 잠시……."

줄리아가 다시 거울 앞으로 다가가려 하자 또 한 번 말리며 직원이 말했다. 곧이어 그는 서랍에서 종이티슈 한 장을 꺼내더니 들쭉날쭉 삐져나온 입술화장을 고쳐주었다.

"자, 이제 거울을 보시죠!"

직원이 줄리아에게서 물러서며 말했다.

줄리아는 지금까지 이토록 아름다운 드레스를 본 적이 없었다. 명품점 쇼윈도를 보며 꿈꿔왔던 그 어떤 드레스도 지금 입고 있는 것만 하지는 못했다.

"어떻게 감사의 말씀을 드려야 할지……."

"디자이너에게 이런 영광이 또 어디 있겠어요! 이 드레스는 백작부인보다는 왈슈 양이 훨씬 잘 소화를 하시는 것 같아요."

작은 소리로 속삭이듯 말한 직원이 덧붙였다.

"차를 한 대 불렀습니다. 행사장에 계시는 동안 밖에서 기다리고 있다가, 일을 다 보시면 다시 이곳으로 모시고 올 거예요."

"택시를 타고 가도 되는데요."

"이런 드레스를 입고 택시라니요! 신데렐라 동화 속 마차라고 생각하세요. 그래야 저도 안심이 됩니다. 좋은 시간 보내십시오, 미스 왈슈!"

그러고 나서 직원은 리무진이 대기하고 있는 곳까지 줄리아를 배웅해주었다. 밖으로 나온 줄리아는 발끝을 들어 감사의 표시로 그의 뺨에 가벼운 입맞춤을 해주었다.

"마지막으로 부탁 하나 드려도 될까요?"

"물론이죠! 말씀하세요."

"다행히 드레스의 길이가 길어요. 많이 길죠! 정말 다행이에요. 그러니 제발 지금처럼 발을 들지 말아주세요. 지금 신고 계신 신발이 드레스와 전혀 어울리지 않으니 말이에요!"

*

식당 종업원은 전체요리 '안티파스티'를 식탁 위로 올려놓았다. 토마스는 구운 야채 몇 점을 마리나에게 건네며 말했다.

"도대체 왜 선글라스를 계속 끼고 있는 거야? 난 식당 조명이 너무 어두워서 메뉴판을 잘 읽지도 못하겠는데!"

"왜냐하면!"

마리나가 대답했다.

"조금은 더 정확한 설명이 필요한 대답인걸?"

토마스는 마리나를 놀리듯 말했다.

"당신이 내 눈빛을 읽는 게 싫어서 그래."

"눈빛? 무슨 눈빛?"

"눈빛 말이야, 눈빛!"

"정말 미안한데, 당신이 지금 무슨 소리를 하고 있는지 도무지 이해가 안 가."

"그 눈빛 말이야. 여자가 남자에게 정말 빠져 있다는 걸 알수 있는 눈빛. 남자들은 그런 눈빛을 잘 읽잖아."

"그런 눈빛이 따로 있는 줄은 나도 몰랐는걸?"

"당연히 알면서 왜 그래? 당신도 다른 남자들과 다를 바가 없어. 그런 눈빛은 금방 알아차리지!"

"알았어. 당신이 그렇다면 그런 거지. 그런데 내가 그런 눈빛을 보면 안 되는 이유라도 있는 거야? 당신이 나에게 빠져 있다는 걸 보여주는 그 눈빛?"

"만일 당신이 그런 눈빛을 본다면, 어떻게 해서든지 나한테서 달아날 궁리를 할 게 틀림없으니까!"

"말도 안 되는 소리!"

"잘 들어봐, 토마스. 외롭기 때문에 여자를 만나는 남자들, 하지만 그 여자와 어떤 미래도 약속하지 않는 남자들, 듣기 좋고 사랑스러운 말은 하지만 정말 사랑한다는 말은 하지 않는 남자들, 그런 남자들은 자신들이 만나는 여자에게서 그 눈빛을 보는 것을 두려워해!"

"도대체 무슨 눈빛을 말하는 거야?"

"여자가 사랑에 빠졌다는 걸 말해주는 눈빛! 더 많은 것을 원한다는 그런 눈빛! 정말 별것 아닐 수도 있지만, 이를테면 휴가를 같이 떠난다든가 하는…… 뭔가 함께 해보고 싶은 그런 것 있잖아! 하지만 남자가 있는 데서 유모차를 보며 미소를 짓는다거나 하는 불상사가 생기면, 모든 게 끝이 나는 거야!"

"그럼 당신의 선글라스 뒤에 그런 눈빛이 있을 수도 있다는 말인가?"

"잘난 척하기는! 눈이 아파서 안경을 쓴 것일 뿐이야. 도대체 무슨 상상을 하는 거야?"

"그런데 왜 그런 얘기를 한 거야, 마리나?"

"그러는 당신은? 소말리아로 떠나게 되었다고 언제 말할 생각이었어? 티라미수를 먹기 전에? 아니면 먹은 후에?"

"내가 티라미수를 먹을 거란 걸 어떻게 알지?"

"우리가 함께 일하고, 내가 당신을 알게 된 지가 벌써 이 년이야. 난 최소한 당신에게 관심을 갖지!"

마리나는 콧등으로 선글라스를 밀어내다가 그만 접시 위로 떨어뜨리고 말았다.

"그래, 말할게. 나, 내일 떠나. 하지만 나도 방금 알았어."

"벌써 내일 베를린으로 돌아간다고?"

"크나프는 여기서 바로 모가디슈로 가는 비행기를 타라고 하던데?"

"석 달이나 기다렸잖아! 석 달 동안 크나프가 이 여행에 대해서 언급하기를 기다려왔다고! 그런데 그 친구 말 한마디에 당신은 알았다고 바로 꼬리를 내려?"

"하루라도 더 벌자고 그러는 거야. 그동안 시간을 너무 낭비했으니까."

"크나프 때문에 시간을 버렸지! 당신은 그 사람을 위해서 일하는 거야. 그 사람의 승진을 위해서는 당신이 꼭 필요하지. 하지만 당신은 달라. 상을 받기 위해 크나프가 필요한 게 아니잖아. 당신 능력이면, 하다못해 가로등에 오줌을 싸는 강아지 사진으로도 큰 상을 받을 수 있을 거야!"

"도대체 하고 싶은 말이 뭐야?"

"입장을 뚜렷이 해, 토마스. 당신이 사랑하는 사람들을 떠나가게 놔두지 마. 당당히 맞서란 말이야! 지금도 그래, 솔직히 말해봐. 내가 이런 얘기를 해서 짜증이 난다고 솔직히 말해. 우리는 그냥 잠깐 연애를 하는 것일 뿐이기 때문에 내가 이런 얘기를 하는 게 주제넘은 일이라고 말하란 말이야. 크나프에게도 말해. 소말리아로 가기 전에 친구와 가족들에게 작별 인사를 해야 한다고! 더군다나 언제 다시 돌아올지도 모르는 이런 상황에서는 말이야."

"당신 말이 맞을 수도 있어."

토마스가 휴대폰을 꺼내들었다.

"뭘 하려는 거야?"

"크나프한테 문자를 보내려고. 토요일에 베를린에서 출발하는 것으로 비행기표를 바꾸라고 할 거야."

"전송 버튼을 누르지 않는 이상, 당신 말은 못 믿어!"

"진짜 문자를 보내면 그 눈빛을 볼 수 있는 거야?"

"아마도……."

*

　줄리아의 리무진이 붉은 카펫 계단 앞에 섰다. 그녀는 신발을 보이지 않게 하기 위해 몸을 비틀어 차에서 내려야 했다. 그녀가 계단을 오르기 시작하자, 위쪽에 있던 사진기자들이 그녀를 향해 플래시를 터뜨렸다.

　"전 중요한 사람이 아니에요!"

　줄리아가 한 사진기자에게 소리쳤지만, 그는 영어를 한마디도 못 알아들었다. 문을 지키고 있던 수위는 그녀의 드레스에 그만 넋을 잃고 말았다. 줄리아가 전시회장으로 들어가는 모습을 찍어대는 카메라 플래시 때문에 눈이 부신 그는 굳이 그녀의 초대장을 확인할 필요가 없지 않겠나 싶었다.

　줄리아의 눈앞에 넓은 전시회장이 펼쳐졌다. 그녀는 빠른 시선으로 사람들을 훑어보았다. 한손에는 술잔을 든 초대객들이 엄청난 크기의 사진들을 감상하며 전시장 이곳저곳을 누비고 있었다. 줄리아는 전혀 모르는 사람들의 인사에 억지 미소로 대답했다. 사교계의 예절이란! 조금 멀리 떨어진 단상 위에서는 하프 연주자가 모차르트 음악을 연주하고 있었다. 우스꽝스러운 무도회 같은 분위기 속에서 줄리아는 목표물을 찾아

걸음을 재촉했다.

3미터나 되는 높이의 사진 한 장이 그녀의 시선을 끌었다. 칸다하르, 타지키스탄, 혹은 파키스탄 국경 지역의 어느 산 위에서 찍은 사진이리라. 구덩이에 묻힌 한 장병의 군복, 그것만으로는 그 장병의 생사를 알 수가 없었다. 그리고 바로 옆에 서 있는 꼬마아이. 장병을 안심시키듯 서 있는 맨발의 아이는 세상 여느 아이들과 다를 바가 없었다.

그때 누군가가 줄리아의 어깨에 손을 얹는 바람에 그녀는 소스라치게 놀라고 말았다.

"하나도 안 변했구나. 여기서 뭘 하는 거지? 너도 이 자리에 초대가 됐는 줄은 몰랐는걸? 어쨌든 이렇게 만나니 반갑구나. 잠시 베를린에 들른 거야?"

크나프가 물었다.

"그러는 너는? 여기서 뭘 하는 거지? 이달 말까지 출장중인 걸로 알고 있었는데 말이야. 어쨌든 오늘 오후에 찾아간 네 회사에서 들은 정보야. 내 메시지 못 받았니?"

"예정보다 일찍 돌아오게 됐어. 지금 공항에서 바로 오는 길이지."

"좀더 연습을 해야겠다, 크나프. 네 거짓말은 너무 서툴러. 내 말 믿어. 난 요 며칠간 거짓말하는 법을 제대로 배웠거든!"

"그래, 네 말이 맞아. 하지만 메시지를 남긴 사람이 너였다는 걸 어떻게 상상이나 할 수 있었겠어? 넌 이십 년 동안이나 잠적해 있었잖아!"

"십팔 년이야! 나 말고 네가 아는 줄리아 왈슈라는 여자가
또 있나보지?"

"네 성을 잊어버렸어, 줄리아. 이름은 기억하지, 물론. 어쨌
든 너라고는 생각을 못 했어. 나도 이젠 제법 중요한 업무를
맡았고, 또 나한테 터무니없는 기사를 팔아대려는 사람이 어
찌나 많은지! 그래서 할 수 없이 찾아오는 사람들을 걸러내야
할 필요가 있지."

"정말 고마운 말이네!"

"베를린에는 왜 온 거야, 줄리아?"

줄리아는 벽에 걸려 있는 사진으로 시선을 돌렸다. 그 사진
을 찍은 작가의 이름은 T. 울만이었다.

"토마스도 이런 사진을 찍었을 텐데…… 토마스의 스타일
을 많이 닮은 사진이야."

줄리아가 구슬픈 목소리로 말했다.

"토마스가 기자 일을 그만둔 지가 벌써 몇 년인데! 그리고
독일에 살고 있지도 않아. 과거를 다 청산하고 떠났지."

줄리아는 적지 않은 충격을 받았으나 곧 아무런 내색을 하
지 않으려 안간힘을 썼다.

"이젠 외국에 살아."

"어디?"

"아내와 함께 이탈리아에 살지. 연락을 그리 자주 하는 편은
아니야. 일 년에 한 번 정도나 되나? 그렇다고 해마다 하는 것
도 아니고."

"다투기라도 한 거야?"

"아니, 전혀. 서로 사는 게 바쁘다 보니까 그렇게 된 거지, 뭐. 토마스가 꿈을 이룰 수 있도록 정말 애를 많이 썼는데…… 아프가니스탄에서 돌아온 이후, 토마스는 예전의 그 토마스가 아니었어. 네가 나보다 더 잘 알 텐데? 토마스는 다른 길을 선택한 거야."

"난 몰라, 아무것도 몰라!"

줄리아는 이를 꽉 깨물며 대답했다.

"마지막으로 들은 소식은 아내와 함께 로마에 식당을 차렸다는 거야. 미안하지만 난 그만 가봐야겠어. 접대해야 할 손님들이 계셔서 말이야. 만나서 반가웠다. 너무 짧은 시간이라 아쉽긴 하지만 말이야. 곧 떠나니?"

"내일 아침에 떠나!"

줄리아가 대답했다.

"참, 베를린에 왜 왔는지 말을 안 했지? 출장으로 온 거니?"

"잘 있어, 크나프."

줄리아는 뒤도 돌아보지 않고 자리를 떴다. 그녀는 걸음을 재촉하여 밖으로 나오자마자 달리기 시작했다. 붉은 카펫 계단을 지나 그녀를 기다리고 있던 차가 세워진 곳까지 그렇게 달렸다.

호텔에 도착한 줄리아는 서둘러 로비를 지나 세탁실로 연결되는 비밀문을 열었다. 드레스는 벗어 옷걸이에 걸어놓고, 청바지와 스웨터로 갈아입었다. 이때, 누군가 뒤에서 헛기침을 하는 소리가 들려왔다.

"눈을 떠도 되겠습니까?"

프런트의 직원이었다. 그는 한손으로 두 눈을 가리고, 또 한손으로는 줄리아에게 화장지를 건넸다.

"아, 아니요!"

줄리아가 딸꾹질을 하며 대답했다.

데스크의 직원은 화장지 한 장을 뽑아 어깨 너머로 줄리아에게 건네주었다.

"고마워요."

"방금 전에 지나가시는 걸 봤는데, 화장이 좀 번져 있더군요. 원하시던 대로 일이 잘 진행되지 않았나봅니다."

"이루 말할 수도 없어요!"

줄리아가 훌쩍이며 대답했다.

"애석하게도 그런 일은 종종 일어나죠……. 뜻밖의 일에는 항상 위험이 따르게 마련이에요."

"이 모든 게 전혀 생각지도 못했던 거예요! 이 여행도, 이 호텔도, 이 도시도, 이 모든 일이요! 내가 원하는 대로 잘 살고 있었는데, 왜……."

데스크 직원이 줄리아에게 한 발짝 다가갔다. 그의 어깨 위로 줄리아가 기댈 수 있을 만큼. 그리고 그는 최대한 줄리아를 위로하려 노력하며 그녀의 등을 토닥여주었다.

"무슨 일로 이렇게 슬퍼하시는지 잘 모르겠지만 제가 한말씀 드린다면…… 아버님께 다 털어놔보세요. 큰 위로가 되어주실 겁니다. 아직도 아버지와 함께 할 수 있다는 것은 큰 행운이에요. 게다가 두 분은 정말 다정해 보이시니…… 분명 모든 얘기를 차분히 들어주실 거예요."

"대단히 잘못 알고 계신 것 같네요! 아빠와 제가 다정하다고요? 우리 아빠가 다른 사람의 얘기를 들어주는 사람이라고요? 우리가 지금, 같은 사람을 두고 얘기하는 게 맞나요?"

"왈슈 씨를 접대할 일이 꽤 많았지요. 제 말을 믿어주세요. 그분은 진정한 신사이십니다."

"우리 아빠보다 더 이기적인 사람은 없어요!"

"왈슈 양 말대로 같은 사람을 두고 얘기하는 게 아닌가봅니다. 제가 아는 왈슈 씨는 항상 온정이 넘치시는 분이세요. 당신 인생의 유일한 성공은 바로 따님이라고 늘 말씀하셨죠."

줄리아는 할 말을 잃고 말았다.

"가서 아버님을 만나 뵈세요. 분명 아가씨 말씀에 귀를 기울여주실 거예요."

"도대체 뭐가 어떻게 돌아가는지 모르겠어요! 그리고 이 시간이면 아빠는 주무시고 계실걸요? 많이 피곤해하세요."

"휴식을 좀 취하셨나봅니다. 방금 전에 제가 직접 룸서비스를 해드렸는걸요?"

"아빠가 음식을 시켰어요?"

"방금 말씀드린 그대로입니다."

줄리아는 얼른 신발을 신더니 고맙다는 인사로 직원의 뺨에 입을 맞췄다.

"지금 우리가 나눈 얘기는 없었던 걸로 해주세요. 믿어도 되겠습니까?"

직원이 말했다.

"우린 만난 적도 없어요!"

줄리아가 약속했다.

"드레스에 어떤 얼룩도 묻지 않았으니 다시 포장을 해도 되는 거겠죠?"

줄리아는 맹세의 표시로 오른손을 들어 보이고는 이제 가도 좋다는 신호를 하는 직원에게 미소를 지었다.

다시 호텔 로비를 지나 줄리아는 엘리베이터에 올랐다. 6층에 다다라 문이 열리자 그녀는 잠시 멈칫하였다. 그리고 마지막 층으로 가는 버튼을 눌렀다.

복도에서부터 텔레비전 소리가 들려왔다. 줄리아가 노크를 하자 안토니가 문을 열어주었다.

"드레스가 참 잘 어울리더구나."

안토니가 침대에 누우며 말했다. 텔레비전에서는 전시회 소식이 재방송되고 있었다.

"정말 아름다웠으니 눈에 띄지 않을 리가 없지. 네가 그렇게 우아해 보이기는 처음이었다. 내 말이 맞았지, 뭐냐. 너도 이제 구멍 난 청바지를 입을 나이는 지났어. 네가 전시회장에 가는 걸 알았다면, 나도 같이 갈걸 그랬구나. 네 팔짱을 끼고 갔으면 정말 자랑스러웠을 거야."

"꼭 가야지 하고 마음먹었던 건 아니에요. 지금 아빠가 보고 계시던 방송을 저도 봤어요. 그런데 갑자기 크나프가 나타나잖아요. 그래서 갔어요."

"그것 참 재미있는 일이구나. 이달 말까지 출장이라는 사람이…… 우리에게 거짓말을 했거나, 아니면 동에 번쩍 서에 번쩍 하는 재주를 갖고 있거나 둘 중 하나겠지! 만나서 무슨 일이 있었는지는 물어볼 필요도 없겠지? 기분이 썩 좋지 못하다는 건 네 얼굴에도 쓰어 있으니 말이다."

"제 말이 맞았어요. 토마스는 결혼을 했대요. 그리고 아빠 말도 맞았어요. 더 이상 기자가 아니래요……."

줄리아가 안락의자에 몸을 맡기며 말했다. 그리고 응접실 테이블에 놓여 있는 음식을 보며 물었다.

"아빠가 드시려고 저녁식사를 시켰어요?"

"아니, 너 먹으라고. 그래서 시켰다."

"제가 이 방으로 올 줄 알았던 거예요?"

"네가 생각하는 것보다 난 더 많은 걸 알고 있단다. 사교계에 관심도 없는 네가 전시회장에 간 모습을 보고 뭔가 심상치 않은 일이 벌어지겠구나 생각했지. 이 밤중에 거기까지 간 건 토마스가 나타났기 때문이라고 생각했어. 리무진을 불러도 되

345

겠느냐고 프런트에서 전화가 왔더구나. 그래서 그런가보다 한 거야. 원하는 대로 일이 진행되지 않을 것을 대비해서 위로의 자리를 마련했단다. 뚜껑을 열어보렴. 별건 아니고, 팬케이크 야. 사랑을 대신할 수 있겠느냐만, 그 옆에 있는 단풍시럽을 곁들인 팬케이크는 서글픔을 달래는 데 제격이지 않겠니?"

*

옆 스위트룸에서는 백작부인이 같은 텔레비전 방송을 보고 있었다. 그녀는 남편에게 내일 아침 디자이너 친구인 칼에게 전화를 걸어 작품에 대해 축하의 말을 전하는 것을 잊지 않게 해달라고 부탁했다. 칼에게 할 말이 또 있었다. 다음부터는 자 신을 위해 만든 드레스는 유일하게 그녀만이 입을 수 있어야 한다는 것이었다. 특히 백작부인 자신보다 몸매가 더 좋은 젊 은 여자가 드레스를 입는 경우가 있어서는 안 된다고도 할 생 각이었다. 화려하기 그지없는 작품이긴 하나, 더 이상 백작부 인은 그 드레스에 관심이 없었다. 그러니 칼에게 드레스를 다 시 돌려보낸다 하더라도 그는 백 번 이해하리라.

*

줄리아는 오늘 저녁 있었던 일을 안토니에게 낱낱이 설명했 다. 생각지도 않게 저주받은 무도회장에 가게 된 일, 크나프와

의 대화, 처참한 기분으로 다시 호텔로 돌아온 일…… 줄리아
는 왜 그런 기분이 들었는지 이해할 수도, 인정할 수도 없었
다. 토마스가 결혼한 사실을 알게 되어서 그런 것은 아니었다.
이미 오래전부터 예상하고 있었던 일이었고, 어쩌면 너무나
당연한 일인지도 모르기 때문이었다. 정말 참을 수 없는 소식
은 토마스가 기자 일을 그만둔 것이었다. 물론 줄리아는 그 이
유를 알 수가 없었다. 안토니는 단 한 번도 말을 끊지 않았고,
어떤 다른 말도 하지 않았다. 그저 줄리아의 얘기를 듣고 있을
뿐이었다. 그녀는 마지막 팬케이크 조각을 입으로 가져가며
위로가 되는 대신에 오히려 더 살찌도록 만든, 안토니가 준비
한 깜짝 선물에 대해 감사를 표했다. 그녀는 더 이상 베를린에
머무를 필요가 없다고도 말했다. 삶의 계시든 아니든, 더 이상
찾을 게 없으니 이제 그만 모든 것을 정리해야겠다고…… 그
녀는 잠이 들기 전에 짐을 싸놓을 생각이며, 내일 아침에 뉴욕
으로 돌아가는 비행기를 타자고 말했다. 그리고 안토니의 방
을 나가기 전에 한마디 덧붙였다. 정확한 말로 표현하자면, 왠
지 이 상황을 이미 한 번 겪었던 것 같다고.

줄리아는 복도로 나오더니 신발을 벗었다. 그리고 계단을
통해 자신의 방으로 내려갔다.

딸이 방을 나가자 안토니는 전화기를 들어올렸다. 샌프란시
스코 시간으로 지금은 오후 네 시였다. 신호음이 떨어지기가
무섭게 상대방이 전화를 받았다.

"예, 필게즈입니다!"

"내가 방해하는 건 아닌가? 나야, 안토니."

"친구끼리 방해라니 무슨 소린가! 이렇게 목소리를 들으니 정말 반갑군. 정말 오랜만이지?"

"부탁할 일이 있어서 전화했네. 좀 조사할 게 있어서 말이야. 물론 아직도 자네에게 정보망이 있다는 조건 하에……."

"은퇴를 하고 나서 얼마나 몸이 근질거리는지 자네가 알아야 하는데! 잃어버린 열쇠를 찾아달라는 부탁이라도 들어줄 판이네!"

"국경경비대 쪽에 연락할 사람이 있나? 비자 담당 직원이 하나 나서서 일을 좀 도와주면 좋을 텐데."

"내 발이 좀 넓은가! 잘 알면서 왜 그래?"

"그럼 그 넓디넓은 발로 날 좀 도와줘. 자, 이제부터 내 말 잘 들어……."

두 친구의 대화는 삼십 분이 넘게 이어졌다. 필게즈 형사는 안토니가 원하는 정보를 입수하는 즉시 바로 전하겠노라 약속했다.

*

뉴욕 시간 저녁 여덟 시. 앤티크 가게 문에는 내일까지 휴업을 알리는 작은 게시판이 걸려 있었다. 가게 안에서 스탠리는 오늘 오후에 배달된 19세기 말의 책장 선반을 정리하고 있었다. 이때 아담이 가게 문을 두드렸다.

"저 찰거머리 같은 녀석!"

스탠리는 얼른 찬장 뒤로 숨으며 투덜거렸다.

"스탠리! 저예요, 아담! 안에 있는 거 다 알아요!"

스탠리는 숨까지 참아가며 더욱 더 웅크리고 앉았다.

"샤토-라피트 와인을 두 병이나 가지고 왔어요!"

스탠리가 천천히 고개를 들었다.

"1989년도 산이에요!"

밖에서 아담이 이렇게 소리치자 결국 스탠리는 가게 문을 열어주었다.

"미안해요. 가게 정리를 하느라 못 들었어요. 저녁식사는 했어요?"

아담을 안으로 들이며 스탠리가 말했다.

18

토마스는 기지개를 펴더니 옆에서 자고 있던 마리나를 깨우지 않도록 조심하며 침대를 떠났다. 그는 나선형으로 된 계단을 내려와 복식형 아파트의 밑층에 마련된 거실을 지났다. 부엌과 거실을 분리하는 작은 바의 뒤쪽으로 간 그는 소리가 새어나가지 않도록 에스프레소 기계 위로 수건을 덮고 전원을 켰다. 그런 다음 베란다로 통하는 유리문을 열고 밖으로 나가 로마의 지붕을 살포시 감싸고 있는 아침 햇살을 한껏 즐겼다. 토마스는 베란다 난간으로 몸을 숙여 아래쪽으로 보이는 길을 살폈다. 배달부 하나가 마리나가 살고 있는 건물 1층의 카페와 붙어 있는 작은 식료품 가게로 야채 궤짝을 나르고 있었다.

어디선가 빵 굽는 냄새가 풍겨왔고, 곧이어 이탈리아어로 투덜거리는 마리나의 목소리가 들려왔다. 가운 차림의 그녀는 기분이 영 안 좋아 보였다.

"딱 두 가지만 말하지! 첫째, 당신은 지금 알몸으로 있어. 이웃들이 아침부터 그런 당신의 모습을 보면서 즐거워할지 의문이야."

"두 번째는 뭔데?"

토마스는 뒤도 돌아보지 않고 물었다.

"아침식사는 밑에 내려가서 하자. 집에 먹을 게 하나도 없어."

"어제 저녁에 치아바타를 좀 사다놓지 않았었나?"

토마스가 놀리듯 물었다.

"얼른 옷이나 입어!"

마리나가 안으로 들어가며 말했다. 그러자 토마스가 구시렁대며 대꾸했다.

"잘 잤느냐는 인사도 안 하기야?"

꽃에 물을 주던 길 건너편 아파트의 할머니가 토마스를 향해 손을 흔들었다. 그 역시 할머니를 향해 인사를 하고 베란다를 나섰다.

아직 여덟 시도 되지 않았는데, 바깥 공기는 벌써 후덥지근했다. 주인은 식당 앞을 정리하고 있었다. 토마스는 그를 도와 바깥으로 파라솔을 함께 들어내주었다. 마리나는 테이블에 자리를 잡더니 빵 바구니에서 크루아상 하나를 꺼내들었다.

"오늘 하루 내내 그 표정을 할 생각이야? 내가 오늘 떠나서 화가 난 건가?"

토마스도 크루아상 하나를 집으며 물었다.

"당신의 어디가 좋았는지 이제야 알았어. 바로 그 임기응변 재주에 반한 거야."

식당주인은 두 사람 앞으로 김이 모락모락 나는 카푸치노 두 잔을 내려놓았다. 그러더니 문득 하늘을 올려다보고는 저녁이 되기 전에 비라도 한번 시원하게 내렸으면 하고 바랐다. 그리고 오늘 아침 마리나가 참 예쁘다는 칭찬도 덧붙였다. 이윽고 주인은 토마스에게 윙크를 해 보이고는 다시 식당으로 들어갔다.

"아침 시간을 이렇게 망치지 않으면 어떨까?"

"그것 참 좋은 생각이네! 얼른 먹고 방으로 올라가서 섹스나 할까? 그리고 당신이 내 욕실에서 시원하게 샤워를 하는 동안, 난 바보처럼 당신 짐이나 싸는 거지! 문 앞에서 나에게 가벼운 키스를 해준 다음, 당신은 두 달이고 석 달이고 떠나 있는 거야. 혹시 모르지, 영영 떠나는 것일 수도. 지금 당신이 그 어떤 말을 한다고 해도, 나한테는 어리석게 들릴 수밖에 없어!"

"그럼 나랑 함께 가면 되잖아!"

"난 주재원일 뿐이야. 당신 같은 기자가 아니라고!"

"같이 떠나 베를린에서 하루를 보내자. 그리고 내일 나는 모가디슈로 떠나고, 당신은 다시 로마로 돌아오면 되잖아."

마리나는 식당 쪽으로 몸을 돌려 주인에게 커피 한 잔을 더 갖다달라는 신호를 보냈다.

"그래, 당신 말이 맞아. 공항에서 헤어지는 편이 훨씬 나을지 모르지. 감동의 이별 장면을 연출하는 것도 나쁠 건 없잖아?"

"편집부를 한 번쯤 방문하는 일도 나쁘지 않을 거야."

토마스가 덧붙였다.

"식기 전에 얼른 커피나 마셔."

"그렇게 짜증을 내는 대신에 내 말을 따르겠다고 한다면, 당신 비행기표는 내가 사지!"

*

누군가가 방문 밑으로 봉투를 밀어넣었다. 안토니는 그 봉투를 줍느라 몸을 숙이며 얼굴을 찌푸렸다. 봉투를 열어본 안토니는 자기 앞으로 온 팩스를 읽어보았다.

'아직 찾지 못해서 미안하네. 하지만 포기한 건 아니야. 곧 좋은 소식이 있길 바라며……' 팩스 아래쪽에는 GP라는 사인이 있었다. 조지 필게즈의 약자였다.

안토니는 곧 책상 앞에 자리를 잡고 앉아 줄리아에게 줄 쪽지를 썼다. 그리고 안내데스크로 전화를 걸어 차 한 대를 준비해달라고 부탁했다. 스위트룸을 나선 그는 잠시 6층에 들렀다. 줄리아의 방까지 성큼성큼 걸어간 그는 쪽지를 방문 밑으로 밀어넣고 다시 길을 나섰다.

"칼리프크네히트스트라스 31번지로 가주세요."

안토니가 탄 검은색 승용차가 곧 출발했다.

*

　차 한 잔을 서둘러 들이켠 줄리아는 옷장 선반 위에 있던 가방을 꺼내 침대 위로 올려놓았다. 처음에는 짐을 차곡차곡 잘 정리하는가 싶더니, 곧 아무렇게나 가방 속으로 집어넣었다. 출발준비를 하다 만 그녀가 창문 쪽으로 걸어갔다. 베를린으로 가랑비가 내리고 있었다. 아래쪽 거리로는 검은 승용차 한 대가 멀어져가는 모습이 보였다.

*

　"당신 세면도구 가방 좀 가져와봐! 그것도 같이 넣어야지!"
　방에서 마리나가 소리쳤다. 그러자 토마스가 욕실 밖으로 고개를 내밀며 말했다.
　"내 짐은 내가 싸도 돼."
　"물론 당신이 할 수도 있지. 하지만 아무렇게나 쌀 게 뻔하잖아! 난 소말리아까지 가서 당신 옷을 다려줄 수가 없단 말이야."
　"당신이 언제 내 옷을 다려줬었어?"
　토마스는 긴가민가하며 물었다.
　"아니! 다려줄 수도 있었다, 이거지!"
　"결정은 했어?"
　"당신을 오늘 찰까, 아니면 내일 찰까 하는 것 말이야? 운이 좋은 줄 알아. 내 앞날을 위해서라도 곧 편집국장이 될 사람 정도는 만나보는 쪽이 좋을 듯하다는 결론을 내렸어. 당신한 테는 회소식이지? 하지만 당신이 베를린으로 간다고 해서 그 런 건 절대 아니야. 당신은 또 하룻밤을 나와 함께 지내야 하 겠네?"

"그래서 좋은걸?"

토마스가 말했다.

"정말이야? 어쨌든 열두 시 전에는 로마를 떠야 해. 그나저 나 언제까지 욕실을 혼자 차지하고 있을 거야?"

"그건 내가 늘 했던 말이 아닌가?"

"당신한테 배워서 그래! 내 잘못이 아니야."

마리나는 욕실로 들어가기 위해 토마스를 밀어내었다. 그러 고는 가운의 벨트를 풀고 샤워기 앞으로 다가갔다.

*

검은색 벤츠가 다른 길로 접어들었다가 이윽고 일렬로 늘어 서 있는 회색빛 건물들 앞 주차장에 멈춰 섰다. 안토니는 일이 끝나는 대로 돌아오겠다며, 자신이 올 때까지 기다려달라고 기사에게 부탁했다.

안토니는 차양이 드리워진 계단을 올라 옛 동독 비밀경찰 슈타지 문서보관청 안으로 들어갔다. 입구에서 자신을 소개한 뒤 그는 건물 안내를 부탁하였다.

안토니가 걷고 있는 복도는 그야말로 뼛속까지 오싹하게 할 정도였다. 복도 양쪽에는 각종 마이크, 비디오카메라, 사진기, 증기를 이용해 우편물을 열어볼 수 있도록 한 장치와 봉투를 붙일 수 있도록 만든 기계 및 각종 서류 등이 전시되어 있었다. 경찰국가의 감옥수와도 같은 국민들의 일거수일투족을 감시할 수 있는 장치의 총괄이라고 해야 하리라. 각종 전단, 전단에 관한 책자, 시간이 지날수록 점점 발전된 도청장치⋯⋯ 이렇게 하여 수많은 사람들이 감시와 평가를 당했던 것이다. 국가안전이라는 명목 하에 그들의 인생에 쐐기가 박히는 것을 지켜봐야만 했을 터이다. 골똘히 생각에 잠겨 있던 안토니는 취조실의 모습이 담긴 사진 앞에서 발걸음을 멈췄다.

내가 잘못했다는 걸 잘 안다. 장벽이 무너진 이상, 예전으로 다시 돌아가기란 불가능했을지도 모르지. 하지만 그 누가 그것을 장담할 수 있었겠니, 줄리아? 프라하의 봄을 경험한 사람들? 수많은 범죄와 부정행위가 난무하도록 방치했던 민주주의자들? 과연 그 누가 오늘날의 러시아는 예전의 폭군들로부터 자유로워졌다고 장담할 수 있겠니? 그래, 맞다. 난 겁이 났던 거야. 독재라는 것이 겨우 자유를 향해 열렸던 문을 다시 닫아버릴지도 모르며, 그렇게 해서 전체주의라는 힘으로 너를 가둬버릴지도 모른다는 끔찍한 공포! 내 딸한테서 영영 멀어질 것 같아 두려웠다. 내 딸이 원해서 그런 것이 아니라, 독재정치가 그렇게 하도록 강요할 수도 있기 때문이었단다. 네가 나를 끝까지 원망할 거라

는 걸 잘 알아. 하지만 일이 잘못되었다면, 난 너를 되찾기
위해 이곳으로 오지 않은 것에 대해 영영 내 자신을 용서하
지 못했을 거다. 어쩌면, 너에게 잘못을 한 것이 다행인지
도 모르겠다는 생각이 드는구나.

"무엇을 도와드릴까요?"

복도 끝에서 누군가의 목소리가 들려왔다.

"서류를 좀 찾으려고 하는데요."

안토니가 중얼거렸다.

"이쪽으로 오십시오. 어떻게 도와드리면 될까요?"

장벽이 무너지고 며칠 후, 옛 동독의 경찰 측은 그들에게 더
이상 희망이 없다는 것을 예감하고 그들의 행적을 보여줄 만
한 모든 것을 없애기 시작했다. 하지만 전체주의 아래 지냈던
사십 년이라는 세월 동안 쌓아온 수많은 사람들에 대한 자료
를 어떻게 한순간에 다 처리할 수 있겠는가! 더구나 1989년
12월, 슈타지 측의 문서파괴 계획을 알게 된 국민들은 치안 정
보망을 구축하기 시작했다. 국민들은 각 도시마다 배치된 슈
타지 지서를 장악했고, 180킬로미터가 넘는 분량으로 채워진
각종 문서의 소멸을 막으려 노력했다. 그리고 그렇게 지킨 문
서들이 오늘날 대중에게 공개되고 있었다.

안토니는 구동독 코메니우스플라츠 2번지에 살았던 토마스
메이어라는 사람의 서류를 보고 싶다고 말했다.

"공교롭게도 제가 큰 도움이 되지 못할 것 같습니다."

담당직원이 대답했다.

"법적으로 보관서류의 대중 공개가 허락된 것으로 알고 있습니다만!"

"물론 그렇지요. 하지만 그 법은 동시에 개인정보의 오용으로부터 국민을 보호하기 위한 목적을 가지고 있는 것이기도 합니다."

직원은 달달 외우고 있는 듯한 문장을 거침없이 쏟아내었다.

"어떻게 해석하느냐에 달려 있겠죠! 제가 감히 말씀드리자면, 우리 두 사람이 관심을 갖고 있는 이 법의 첫 번째 목적은 누구나 슈타지의 서류를 쉽게 볼 수 있도록 하는 것이 아닙니까? 비밀경찰이 국민들에게 어떤 영향을 끼쳤는지 확실히 알 수 있도록 말입니다!"

이번에는 안토니가 서류보관실 입구 게시판에 붙어 있는 내용을 그대로 읊조렸다.

"예, 맞습니다만……."

안토니의 의도를 정확히 파악하지 못한 직원이 말했다. 그러자 안토니는 놀랍도록 침착하게 거짓말을 해대기 시작했다.

"토마스 메이어는 제 사위되는 사람입니다. 지금은 미국에 살고 있지요. 전해드리고 싶은 기쁜 소식도 있어요. 제가 곧 할아버지가 된답니다. 자신이 살아온 이야기를 아이들에게 전해줄 수 있다는 것이 얼마나 중요한 일인지는 잘 이해하시리라 믿습니다. 그 누가 그렇지 않기를 바라겠어요? 그쪽도 자녀를 두고 계시겠죠? 실례지만 성함이……."

"한스 디트리슈라고 합니다! 두 딸아이를 둔 아빠죠. 엠마는 다섯 살, 안나는 일곱 살입니다."

직원이 대답했다.

"정말 좋으시겠습니다! 행복하시죠?"

안토니는 두 손을 모으며 탄성을 질렀다.

"당연한 말씀이십니다!"

"불쌍한 토마스! 사춘기에 겪은 비극의 충격이 아직도 가시지 않아, 여기까지 직접 오지는 못했습니다. 저는 제 사위가 자신의 과거와 화해를 할 수 있도록 돕기 위해 멀리서 여기까지 찾아왔어요. 누가 압니까? 언젠가는 딸아이를 데리고 여기에 직접 찾아올 수 있을지! 한스 씨니까 하는 말인데, 태어날 아이가 딸이에요. 딸을 데리고 조상의 땅으로 와서, 아이의 뿌리를 찾도록 해주면 얼마나 좋겠습니까? 한스 씨, 곧 할아버지가 되는 사람이 예쁜 두 딸아이를 갖고 계신 분께 드리는 부탁입니다! 저를 좀 도와주세요. 한스 씨의 동포인 토마스 메이어의 딸아이를 도와주세요! 우리가 그 아이를 위해 바라는 일을 해줄 수 있는 그런 온정 넘치는 사람이 되어주세요!"

안토니는 격식을 갖춰 부탁했다. 그의 말에 감동을 받은 한스 디트리슈는 더 이상 어쩔 도리가 없었다. 그리고 눈물까지 글썽이는 안토니에게 휴지 한 장을 내밀며 말했다.

"토마스 메이어라고 하셨죠?"

"네, 토마스 메이어!"

안토니가 대답했다.

"저기 책상에 자리를 잡으시죠. 저희가 토마스 씨에 대한 정보를 보관하고 있는지 찾아보겠습니다."

십오 분 후, 한스 디트리슈가 돌아와 철제로 된 서류 케이스를 안토니의 책상 위에 올려놓았다. 그리고 한껏 밝아진 표정으로 말했다.

"사위 되시는 분의 자료를 찾은 것 같습니다. 다행히 소멸된 서류가 아니더군요. 갈기갈기 찢어진 서류들을 복구하는 데는 아직 시간이 더 걸릴 거예요. 지금 예산을 기다리고 있는 중이거든요."

안토니는 한스에게 감사의 말을 전했다. 그리고 한스가 있어서 조금은 불편하며, 이제 사위의 과거를 알기 위해 조용히 시간을 갖고 싶다는 눈치를 줬다. 그러자 한스가 자리를 비켜주었고, 그제야 안토니는 자료를 읽어볼 수 있게 되었다. 제법 두꺼운 서류의 제작연도는 1980년, 구 년 동안 감시대상이 되었던 한 젊은이의 상세기록이 담겨 있었다. 모든 행동 하나하나, 만나는 친구들, 적성, 문학적 취향, 사석과 공석에서 한 말에 대한 요약, 의견, 애국의 정도 등에 대한 조사 내용이 몇십 장에 걸쳐 기록되어 있었다. 야망, 꿈, 첫사랑, 첫 경험, 첫 실패 등 토마스의 사람 됨됨이를 좌지우지할 만한 모든 것이 하나도 빠짐없이 씌어 있었다. 독어에 그리 능숙하지 않은 안토니는 한스 디트리슈에게 도움을 청하기로 했다. 서류의 맨 끝에는 1989년 10월 9일에 마지막으로 재검토된 요약본이 있었는데, 바로 그 요약본을 이해하기 위해서였다.

'토마스 메이어, 고아 출신의 그는 의심이 가는 인물 중 하나였다. 이웃이기도 하며, 어려서부터 가장 친하게 지낸 친구 한 명은 서독으로 도주했다. 쥐르겐 크나프라 불리는 이 친구는 차의 뒷부분에 몸을 숨겨 도주에 성공한 것으로 짐작되었다. 그 이후 동독으로 다시 돌아온 흔적은 없었다. 이 도주에 토마스 메이어가 공모한 증거 역시 발견되지 않았다. 또한 토마스 메이어는 우리측 정보원과 쥐르겐 크나프의 도주 계획에 대해 천진난만하게 얘기를 나눴고, 이런 행동으로 미루어 보아 그가 도주에 가담하지 않았을지도 모른다는 결론을 내렸다. 이렇게 해서 서류를 담당한 우리측 직원이 쥐르겐 크나프가 도주를 준비하고 있다는 사실을 알았지만, 이미 너무 늦은 후였다. 그러나 토마스가 조국을 배신한 크나프와 무척 가까웠다는 사실, 그리고 그 친구의 도주 사실을 일찍 털어놓지 않은 점을 감안하여 토마스 메이어는 우리 국가에 장래성 있는 인물이 아닌 것으로 판단했다. 위에 거론된 내용으로 미루어 보아 토마스 메이어를 따로 미행할 필요는 없어 보였다. 그러나 그가 국가 기관의 주요 업무를 맡지 못하도록 엄격하게 금지시켰다. 서독으로 도주한 쥐르겐 크나프, 혹은 다른 서독 주민과의 연락 여부를 확인하기 위해 당분간은 계속해서 감시를 하기로 결정했다. 토마스 메이어가 서른 살이 될 때까지 감시가 계속될 것이며, 조사마감이나 재검토는 그 이후에 결정하기로 한다.'

요약본을 다 읽고 난 한스 디트리슈는 토마스의 정보를 제공한 정보원의 이름을 보고 깜짝 놀랐다. 혹시라도 잘못 본 것이 아닌가 의심을 하며 두 번이나 그 이름을 확인하는 한스의 얼굴에는 놀라운 기색이 역력했다.

"그 누가 이 일을 상상이나 할 수 있을까요? 이런 비극이 또 있을까!"

정보원의 이름 위로 시선을 고정한 안토니가 말했다. 극도로 당황한 한스 디트리슈도 안토니의 말에 동감했다.

안토니는 다시 한 번 도와줘서 감사하다는 말을 전했다. 이때, 새로운 정보 하나를 알게 된 한스가 잠시 머뭇거리다 안토니에게 털어놓았다.

"왈슈 씨께서 정보를 수집하는 데 필요할 것 같아 말씀드리는 건데…… 아무래도 사위 되시는 분께서도 정보원이 누구였는지 확인하신 것 같습니다. 사위 분께서 직접 이 서류를 읽어보셨다고 서류 케이스에 적혀 있네요……."

안토니는 다시 한 번 한스에게 감사를 표하고, 소멸된 자료의 재복구 사업에 조금이나마 기부를 하겠다고 약속했다. 미래를 준비하기 위해 과거에 대한 이해가 얼마나 필요한 것인지 예전보다 더욱 절실히 느꼈기 때문이다.

자리를 뜬 안토니는 냉정함을 되찾기 위해 잠시 바람을 쐴 필요가 있다고 생각했다. 그는 주차장 옆쪽에 있는 작은 공원의 벤치로 가서 잠시 앉아 있었다.

디트리슈가 전해준 정보에 대해 가만히 생각을 해보던 안토니는 갑자기 하늘을 향해 소리쳤다.

"내가 왜 그 생각을 미처 못 한 거지?"

안토니는 곧 벤치를 떠나 차 쪽으로 다가갔다. 그러고는 차 안으로 들어가자마자 휴대폰을 들어 샌프란시스코로 전화를 걸었다.

"내 전화 때문에 깼나?"

"당연하지, 이 사람아! 지금이 새벽 세 시인걸!"

"정말 미안하네. 하지만 중요한 정보가 있어서 전화했어."

조지 필게즈는 침대 옆 스텐드의 불을 켜고 협탁 서랍을 열어 메모지와 연필을 찾아보았다.

"듣고 있네!"

"우리가 찾고 있는 그 친구가 성을 바꾼 것이 틀림없어! 더 이상 그 이름을 사용하고 싶지 않았던 거야. 자신의 이름을 떠올릴 기회를 최소한 줄이고 싶었던 게지!"

"아니, 왜?"

"말하자면 얘기가 기네……."

"그럼 새로 바꾼 이름에 대한 정보라도 있는 건가?"

"전혀 없지!"

"그런데 왜 이 밤중에 전화를 한 거야? 내 조사에 큰 도움이 되겠군!"

필게즈는 비꼬듯 말을 하고 전화를 끊었다.

불을 끄고 다시 자리에 누운 그는 머리 뒤로 팔을 괴고 잠을 청하려 노력했다. 그리고 삼십 분쯤 지났을까, 필게즈의 아내가 그만 일어나 일이나 하라고 명령했다. 아침이 되려면 멀었지만 상관없었다. 아내는 쉴 새 없이 뒤척이는 필게즈에게 짜증이 났고, 다시 편히 잠들길 바랄 뿐이었다.

조지 필게즈는 가운을 걸쳐 입고 투덜거리며 부엌으로 들어가 샌드위치를 준비하기 시작했다. 그는 식빵 두 개를 꺼내들고서 버터를 듬뿍 발랐다. 오늘밤은 콜레스테롤이 어쩌고저쩌고 나탈리아로부터 잔소리를 듣지 않아도 될 터였다. 그는 준비한 샌드위치를 들고 책상 앞에 앉았다. 24시간 내내 가동되는 부서도 있게 마련, 필게즈는 국경경비대의 친구에게 전화를 걸었다.

"합법적으로 성을 바꾼 사람이 미국으로 들어왔다고 치자. 그럼 예전에 갖고 있던 성도 자료에 남나?"

"어느 나라 사람인데?"

필게즈의 친구가 물었다.

"독일인이야. 구동독 출신."

"그럼 틀림없어. 우리 쪽에서 비자를 받았다면, 분명 어딘가에 흔적이 남아 있을 거야."

"메모할 준비가 됐나?"

필게즈가 물었다.

"컴퓨터 바로 앞에서 전화를 받고 있는걸? 말하게."

존 피츠제럴드 케네디 공항의 이민국 직원인 필게즈의 친구 릭 브람이 말했다.

*

벤츠는 호텔을 향해 달려가고 있었다. 안토니는 차창으로 바깥 풍경을 바라보았다. 약국의 전광판 위로 오늘의 날짜와 시간, 그리고 현재 온도가 보였다. 베를린 현재 시각 정오, 바깥 온도 21도…….

"이제 이틀 남았네……."

안토니가 중얼거렸다.

*

호텔 로비에서 짐을 옆에 둔 줄리아는 안절부절 어쩔 줄을 몰라하고 있었다.

"정말이에요, 줄리아 양. 아버님께서 어디로 가셨는지는 저도 모릅니다. 아침 일찍 차 한 대를 준비시키시고는 어디로 간다 말씀도 안 하시고 사라지셨어요. 그 후로는 다시 못 뵈었습니다. 기사에게 전화를 걸어봤는데, 휴대폰을 꺼놨더군요."

프런트의 직원이 줄리아의 가방을 쳐다보며 덧붙였다.

"왈슈 씨께서는 여행 계획을 바꾸지도 않으셨는데요? 오늘 떠난다는 말씀도 없으셨습니다. 아버님께서 그렇게 결정하신 것이 틀림없나요?"

"제 결정이에요! 오늘 아침 여기서 만나자고 했는걸요! 세 시 비행기를 타야 해요. 파리에서 뉴욕으로 가는 비행기를 갈아타려면, 꼭 이 비행기를 타야 한다고요!"

"암스테르담을 거쳐서 가셔도 되는데요. 그러면 시간을 좀
벌 수 있으실 겁니다. 제가 예약을 바꿔드릴까요?"

"그럼 지금 해주시겠어요?"

줄리아가 주머니를 뒤지며 물었다. 그러더니 곧 절망한 사
람처럼 안내 데스크 위로 머리를 찧었다. 프런트 직원이 줄리
아를 놀란 표정으로 바라보며 물었다.

"무슨 문제라도 있으신지……."

"아빠가 비행기표를 가지고 계세요!"

"그러면 곧 돌아오실 거예요. 너무 걱정하지 마세요. 아직
시간이 조금 남았어요. 오늘 저녁에 뉴욕에 도착하실 수 있을
겁니다."

그때 검은색 차 한 대가 호텔 앞에 멈춰 섰다. 안토니 왈슈
가 차에서 내려 회전문을 열고 호텔 안으로 들어왔다.

"어디 계셨던 거예요? 걱정했잖아요!"

줄리아가 안토니에게 다가오며 물었다.

"내가 뭘 하는지 걱정해주다니 그런 일도 다 있구나. 행여
나한테 무슨 일이라도 생길까봐 걱정했니? 오늘 날씨가 기가
막히게 좋구나!"

"내가 걱정하는 건, 우리가 혹시라도 비행기를 놓치지 않을
까 하는 거예요!"

"무슨 비행기?"

"오늘 돌아가기로 어젯밤에 약속했잖아요. 기억 안 나세요?"

이때, 프런트 직원이 안토니 앞으로 막 도착한 팩스가 담긴 봉투를 전했다. 그 바람에 두 사람의 대화가 끊겼다.

"기억하지. 하지만 어제 일은 어제 일이다."

안토니가 신이 나서 말하고는 줄리아의 가방을 흘깃 쳐다보더니, 곧 직원 한 명을 불러 방으로 갖다 달라고 부탁했다.

"나가자. 가서 점심이나 먹자꾸나. 너에게 할 말이 있단다."

"무슨 말이요?"

걱정이 된 줄리아가 물었다.

"나에 대한 말! 그런 표정 좀 짓지 마라. 농담이야, 농담!"

밖으로 나간 두 사람은 테라스에 자리를 잡았다.

*

자명종 소리에 스탠리는 겨우 악몽에서 깨어났다. 흥청망청 술을 마셔댄 흔적인가, 눈을 뜨자마자 머리가 지끈지끈 아파왔다. 자리에서 일어난 스탠리는 비틀거리며 욕실로 향했다.

거울에 비친 초췌한 모습을 본 그는 이달 말까지 술을 한 방울도 입에 대지 않겠다고 맹세했다. 오늘이 벌써 29일이니, 나름대로 실현 가능성이 있는 결정이었다. 관자놀이를 쉴 새 없이 쪼아대는 딱따구리만 아니면, 꽤 괜찮은 하루였다. 스탠리는 점심께 줄리아의 회사로 찾아가 함께 강변 산책을 해야지하고 마음먹었다. 그러나 곧 미간을 찌푸리며 줄리아가 뉴욕에 없다는 사실을 기억해냈다. 어제 역시 그녀로부터 연락을 못 받았다는 사실도 떠올렸다. 그러나 곤드레만드레가 된 어제 저녁식사에서 무슨 말을 했는지는 영 기억해낼 수가 없었다. 큰 컵으로 가득 차를 마시고 난 후에야, 어쩌면 아담과의 식사 도중에 '베를린'이라는 단어를 입에 올렸을지도 모른다는 의심이 들기 시작했다. 샤워를 마친 스탠리는 점점 커져만 가는 이 의심에 대해 줄리아에게 말을 해야 할까 하고 생각해보았다. 전화를 해야 할지도 모른다……. 어쩌면 그럴 필요가 없을지도!

*

"거짓말은 늘 또 다른 거짓말을 부르지!"

줄리아에게 메뉴판을 건네며 안토니가 말했다.

"저를 두고 하시는 말씀이에요?"

"이 세상에 너밖에 없는 줄 아니? 네 친구 크나프를 두고 하는 말이었다!"

줄리아는 테이블 위로 메뉴판을 올려놓더니 다가오던 종업원을 다시 돌려보냈다.

"무슨 말씀을 하시는 거예요?"

"너와 함께 식사를 하러 온 베를린의 한 식당에서 무슨 말을 하길 바라니?"

"뭔가 알아내셨어요?"

"토마스 울만! 토마스 메이어의 가명이야. 〈타게스슈피겔〉

지의 기자이기도 하지. 내 맹세컨대, 우리에게 아무 말이나 지껄여댄 그 파렴치한 놈과 함께 일하고 있을 거야!"

"크나프가 왜 거짓말을 한 걸까요?"

"그건 네가 직접 물어보렴. 그 친구 나름의 이유가 있지 않을까?"

"그나저나 어떻게 아셨어요?"

"나에게 초능력이 있다는 사실을 몰랐니? 안드로이드의 장점 중 하나랄까?"

줄리아가 당황한 눈빛으로 안토니를 쳐다보았다.

"그러지 말라는 법도 없지, 안 그래? 넌 아이들과 대화를 나누는 동물들을 만들어내잖아. 그러니 나라고 해서 내 딸 눈에 대단하게 보이는 그런 능력을 갖지 못할 이유야 없지!"

안토니는 줄리아의 손을 향해 팔을 뻗었다. 그러나 곧 생각을 바꾸고는 옆에 있던 물컵을 들어 입에 대었다.

"물이에요!"

줄리아가 소리쳤다. 그러자 안토니가 깜짝 놀랐다.

"전자회로에 물이 닿으면 안 되잖아요."

소리를 쳐 식당에 있던 손님들의 시선을 끈 것이 영 불편한지 줄리아가 소곤거렸다. 안토니가 눈을 동그랗게 떴다.

"네가 나를 살렸구나……. 아니, 말이 그렇다는 거지!"

안토니는 물컵을 내려놓으며 말했다.

"도대체 어떻게 아셨어요?"

줄리아가 물었다. 안토니는 딸의 얼굴을 가만히 쳐다보더니, 아침에 슈타지 문서보관청에 갔었다는 말은 하지 않기로 했다. 이 상황에서 중요한 것은 그곳에 갔다는 사실이 아니라, 거기서 얻은 정보가 아니던가!

"필명이야 얼마든지 만들 수 있지. 하지만 국경을 넘는 것은 또 다른 문제 아니냐! 토마스가 몬트리올에서 모델이 되었던 그 초상화를 우리가 찾아내지 않았겠니? 그래서 몬트리올에 가기 전에 미국을 거쳤을지도 모른다는 생각을 하게 된 게지."

"정말 초능력을 갖고 계시군요!"

"경찰에서 근무했던 친구가 있지."

"고마워요."

줄리아가 소곤거렸다.

"어떻게 할 셈이냐?"

"저도 잘 모르겠어요. 토마스가 원하던 일을 하고 있어서 그 냥 기쁠 뿐이죠."

"그걸 어떻게 알아?"

"기자가 되길 원했어요."

"넌 그것만이 토마스가 원했던 거라고 생각하니? 언젠가 살아온 인생을 되돌아볼 때, 기사 사진첩 하나만 바라볼 것 같으냐고! 일? 분명 중요하지. 하지만 얼마나 많은 남자들이 고독한 순간을 보내며 자신들 가까이로 다가온 성공이라는 것이 정작 가족들과 멀어지게 한 것임을 깨닫는지 알기나 하니?"

줄리아는 안토니를 바라보면서 그의 미소 뒤에 숨겨진 슬픔을 짐작할 수 있었다.

"다시 한 번 묻겠다, 줄리아. 이제 어쩔 셈이니?"

"베를린으로 다시 돌아가는 쪽이 가장 현명한 선택일 것 같아요."

"단순한 말실수로 치부하기엔 너무 의미가 있는걸? 지금 베를린이라고 말했어. 네가 사는 곳은 뉴욕인데 말이다!"

"바보같이 실수한 것일 뿐이에요."

"그것 참 재미있구나. 어제까지만 해도 넌 이런 걸 계시라고 했을 텐데 말이야."

"아까 말씀하셨죠? 어제 일은 어제 일이에요!"

"명심해라, 줄리아. 후회로 가득한 과거 속에서 삶을 영위할 수는 없는 법이란다. 아무리 소소하다 할지라도 행복을 위해서는 확신이 필요해. 이제 네 스스로 결정할 차례야. 네 인생을 좌지우지하느라 네 옆에 있을 수도 없고 말이다. 하긴, 그렇게 안 한 지가 벌써 꽤 됐지! 그리고 고독이라는 놈을 조심해라. 아주 위험한 친구니까 말이야."

"아빠도 고독을 아세요?"

"고독? 네가 알고 싶어하니 얘기한다만, 고독은 오랜 시간을 나와 함께 한 동반자였지. 하지만 네 생각을 하면 그 고독을 떨칠 수가 있었어. 뭐랄까, 조금 늦게야 세상을 이해했다고나 할까? 그래도 그게 어디냐? 나와 비슷한 스타일의 바보들은 이런 감사와 축복의 시간을 가질 수 없으니 말이다. 비록 며칠 가지 않는다고 해도…… 그래, 또 하나의 정확한 말이 생각났구나! 네가 정말 보고 싶었어, 줄리아. 잃어버린 시간을 되찾기 위해 할 수 있는 일은 아무것도 없지. 바보처럼 그냥 시간이 흐르게 내버려뒀어. 왜냐하면 난 일을 해야 했거든. 내가 해야 하는 일이 있는 줄 알았고, 내가 맡은 역할이 있다고 생각했다. 그 당시 내 인생에 있어 유일하고도 중요한 연극은 바로 너였는데 말이야. 이게 웬 횡설수설이냐! 우리답지 않게 말이다. 크나프 녀석의 엉덩이를 제대로 한번 차주기 위해서 너와 함께 가고 싶지만, 오늘은 내가 너무 피곤하구나. 그리고 아까도 말했듯이, 이건 너의 인생이야."

안토니는 테이블에 놓인 신문을 집으려 몸을 숙였다. 그리고 신문을 펴들더니 기사를 훑기 시작했다.

"독어는 못 읽으신다고 하셨잖아요."

목이 멘 줄리아가 말했다.

"아직도 거기서 뭘 하고 있니?"

안토니는 신문을 넘기며 말했다.

"크나프를 만나면 전화할게요."

줄리아가 멀어져가며 말했다.

"저녁 무렵이 되면 날씨가 맑아진다는구나!"

안토니가 식당 창문으로 바깥을 쳐다보며 말했다. 하지만 줄리아는 벌써 식당 밖으로 나가 인도에서 택시를 부르고 있었다. 안토니는 신문을 접고 길게 한숨을 쉬었다.

*

　로마-퓨미치노 공항에 다다르자 차가 멈춰 섰다. 토마스는 택시비를 계산하고, 택시 주위를 돌아 마리나의 문을 열어주었다. 수속과 안전검사를 모두 마친 토마스는 어깨에 가방을 걸치고 시계를 쳐다보았다. 비행기는 한 시간 후에 출발할 예정이었다. 마리나는 면세점을 둘러보고 있었다. 토마스는 곧 마리나 곁으로 가서 그녀의 손을 잡고 카페를 향해 걸어갔다.
　"오늘 저녁에 뭘 하고 싶어?"
　커피 두 잔을 주문한 토마스가 물었다.
　"당신 아파트를 구경하는 거지. 오래전부터 당신 집이 어떨까 궁금했거든."
　"원룸이야. 창가에 책상이 있고, 그 정면에 벽 쪽으로 밀어 놓은 침대가 있지."
　"마음에 들어. 그것 말고 또 뭐가 더 필요하겠어?"
　마리나가 말했다.

*

　줄리아는 〈타게스슈피겔〉지의 문을 열고 들어가 안내데스크로 가서 자신을 소개했다. 그러자 직원이 곧 전화기를 들었다.
　"올 때까지 여기서 기다릴 거라고 전해주세요. 꼼짝 않고 오후 내내 있을 거라고!"

1층 로비로 내려가는 유리 엘리베이터 벽에 등을 기댄 크나프는 줄리아에게서 눈을 떼지 않았다. 그녀는 오늘 신문이 걸려 있는 게시판 앞에서 안절부절못하며 이리저리 왔다갔다하고 있었다.

엘리베이터의 문이 열리자 크나프가 로비를 가로질러 갔다.

"무슨 일을 도와줄까, 줄리아?"

"왜 나한테 거짓말을 했는지부터 말해!"

"따라와. 좀더 조용한 곳으로 가서 얘기하자."

크나프는 계단 옆쪽에 마련된 작은 휴게실로 줄리아를 데려 갔다. 그곳에는 커피자판기가 있었다. 크나프는 동전을 찾으려 주머니를 뒤졌다.

"커피? 차?"

자판기 가까이로 가며 크나프가 물었다.

"됐어!"

"도대체 무엇 때문에 베를린에 왔지?"

"그렇게 통찰력이 없니, 너는?"

"거의 이십 년 동안이나 연락 없이 지냈어. 그러니 네가 무얼 하러 왔는지 내가 어떻게 알겠어?"

"토마스!"

"정말 많은 시간이 지났는데…… 어쨌든 좀 놀랐네."

"지금 어디에 있지?"

"말했잖아. 이탈리아에 있다고."

"아내와 아이들과 함께? 참, 기자 일도 그만뒀다고 했지?

나도 알고 있어. 하지만 네가 말한 것 중 몇 개는 틀렸다는 걸 알았어. 토마스는 성을 바꿨지. 하지만 여전히 기자야."

"이제 다 알아놓고도, 왜 여기서 이렇게 시간낭비를 하는 거야?"

"지금 스무고개라도 하자는 말이니? 그래, 좋아. 그럼 내 질문에 대답해. 왜 진실을 말해주지 않았지?"

"진짜 질문을 할까? 너한테 물어보고 싶은 게 몇 가지 있어. 토마스가 널 다시 보고 싶어할까 생각이나 해봤니? 무슨 자격으로 이렇게 다시 나타난 거야? 이제 시간이 됐다고 생각을 해서? 아니면 갑자기 보고 싶어서? 넌 세월이 한참 지난 이제야 다시 나타났지! 하지만 더 이상 무너뜨릴 장벽도 없고, 이뤄나갈 혁명도 없어! 흥분도, 감동도, 광기도 없다고! 이제 조금의 이성만이 남았지. 더 나은 삶을 살고, 일에서도 성공하기 위한 성인으로서의 이성 말이야. 그러니 이제 사라져, 줄리아. 베를린을 떠나! 집으로 돌아가란 말이야. 벌써 충분히 일을 망쳤으니까."

"넌 나에게 이런 말을 할 자격이 없어."

줄리아의 입술이 떨려왔다.

"왜 자격이 없다는 거지? 계속해서 질문을 할까? 토마스에게 폭발사고가 있었을 때 넌 어디 있었지? 토마스가 카불에서 부상을 입고 돌아왔을 때, 공항에서 그를 기다렸던 게 너야? 아침마다 토마스와 함께 물리치료를 받으러 함께 가준 사람이 너였냐고! 그가 절망에 빠져 있을 때 옆에서 위로를 해줬어?

대답거리를 찾으려 애쓰지 마. 난 이미 다 알고 있으니까. 네가 곁에 없어서 토마스는 더 힘들어했어! 네가 토마스에게 저지른 일들에 대해 생각이나 해봤어? 넌 그를 고독으로 몰고갔어! 그게 얼마나 오랫동안 계속됐는지 알기나 해? 그 불쌍한 놈은 찢어지는 가슴을 안고, 그래도 네 편을 들어주었지. 난 토마스가 너를 증오하게 만들도록 갖은 애를 썼지만, 그는 너를 옹호했다고!"

줄리아의 뺨으로 하염없이 눈물이 쏟아져내렸지만, 거기서 멈출 크나프가 아니었다.

"과거를 다 잊는 데 걸린 시간이 얼마였는지 알기나 해? 너에게서 떨어져나오는 데 걸린 시간이 얼마였는지 아느냐고! 밤이 되면 토마스와 난 베를린 시내를 산책했었지. 구석구석 그 어디에서도 너와의 추억을 떠올리지 않았던 장소는 없었어. 어느 카페의 유리창, 공원의 한 벤치, 어느 술집의 테이블, 강둑…… 그 후로 얼마나 많은 만남이 헛수고로 돌아갔는지 알아? 토마스를 사랑하려 했던 수많은 여자들이 너의 향기, 그리고 그를 웃게 했던 바보 같은 말의 메아리에 부딪혀 괴로워했어! 난 원하지 않았지만 너에 대해 모든 걸 알게 되었지. 네 몸에 난 점 하나하나, 아침에 일어났을 때 너의 기분! 난 정말 이해가 안 갔지만, 토마스는 그런 네가 참 매력적이었다고 했지. 네가 아침식사로 뭘 먹는지, 네가 머리를 어떻게 묶는지, 눈 화장은 어떻게 하는지, 네가 좋아하는 옷은 무엇인지, 네가 침대의 어느쪽을 사용했는지 모조리 다! 수요일 피아노 레슨에서 네가 연습했던 그 곡은 천 번도 넘게 들어야 했어. 토마스는 갈가리 찢긴 마음을 부여안고 계속해서 그 곡을 연주했거든! 네가 그렸던 수채화며 스케치를 다 감상해야 했었지. 토마스는 네가 그려놓은 바보 같은 동물들의 이름을 다 알고 있었어. 지나가던 가게 앞에 멈춰 섰던 일은 또 얼마나 많았는지! '줄리아가 이 원피스를 좋아할 텐데, 줄리아가 이 그림을 좋아할 텐데, 줄리아는 이 꽃을 좋아할 텐데!' 도대체 뭘 어떻게 했기에 토마스가 그토록 널 그리워했을까? 몇 번이고 내 자신에게 물어보곤 했었어! 드디어 토마스가 정신을 차리게 되자, 이번에는 너를 닮은 그림자가 나타난 것 같아 두려웠어. 지금까지 거쳐온 그 길을 다시 돌아가도록 만들지도 모르는 그런 유령 말이야. 다른 자유를 찾기 위해 걸어온 길이 참 길었어, 줄리아. 내가 왜 너에게 거짓말을 했는지 물었지? 그 대답을 잘 이해했으리라 믿는다."

"토마스에게 상처를 주려고 했던 것은 아니야, 크나프. 절대로 그런 일은……."

아직 충격에서 헤어나오지 못한 줄리아가 중얼거렸다. 크나프는 휴지 한 장을 뽑아 줄리아에게 건넸다.

"왜 우는 거야? 넌 어떤 삶을 살고 있니? 결혼은 했어? 아니면 이혼까지 했나? 아이들은? 혹시 베를린으로 발령을 받은 거야?"

"그렇게까지 냉정하게 굴 필요는 없잖아!"

"나한테 냉정하다고? 누가 할 소린데!"

"넌 아무것도 몰라……."

"예상은 할 수 있지! 이십 년이 지나니까 마음이 바뀌기라도 했니? 하지만 너무 늦었어. 토마스는 카불에서 돌아올 때 너에게 편지를 썼어. 아니라고 말하지 마. 그 편지를 쓸 때 내가 직접 도와줬으니까. 토마스는 매달 말일이 되면 너를 기다리기 위해 공항에 갔었지. 그때마다 실망을 하고 돌아온 토마스를 맞았던 게 바로 나야! 넌 선택을 한 거야. 그리고 토마스는 단한 번도 너를 원망하지 않으면서 그 선택을 받아들였어. 이게 네가 알고 싶어했던 거야? 그럼 이젠 마음 편히 떠날 수 있겠군!"

"난 어떤 선택도 하지 않았어, 크나프. 토마스가 보낸 그 편지…… 난 그 편지를 이틀 전에야 받았어."

*

비행기는 알프스 산맥 위를 날고 있었다. 마리나는 토마스의 어깨에 머리를 기대고 잠이 들었다. 토마스도 비행기 창문을 닫고 잠을 청하려 눈을 감았다. 이제 베를린에 도착하기까지 한 시간이 남았다.

*

줄리아는 지금까지의 이야기를 모두 들려주었다. 크나프는 얘기를 들으며 단 한 번도 말을 끊지 않았다. 죽은 줄로만 알았던 토마스를 잊기 위해 줄리아에게도 많은 시간이 필요했다고 했다. 얘기가 끝나자 줄리아는 자리에서 일어나며 마지막으로 상처를 준 모든 행동에 대해 미안하다고 전했다. 그러나 일부러 그런 것은 절대 아니며, 아무것도 모르고 있었다고 했다. 크나프에게 작별 인사를 전하고서 줄리아는 자신이 베를린에 왔다는 말을 절대로 하지 말아달라고 부탁했다. 크나프는 계단으로 향하는 복도를 걸어가는 줄리아를 바라보았다. 줄리아가 첫 번째 계단을 오르려 했을 때, 크나프가 그녀의 이름을 불렀다. 줄리아가 돌아섰다.

"그 약속은 지키지 못할 것 같아. 내 친한 친구를 잃고 싶지도 않고! 토마스는 지금 비행기 안에 있을 거야. 사십오 분 후면 베를린에 도착해. 로마에서 오는 길이야."

19

삼십오 분! 이 정도 시간이면 공항까지 가볼 만했다. 줄리아
는 택시 안으로 오르며 시간 내에 도착하면 택시비를 두 배로
지불하겠노라 약속했다. 택시가 두 번째 사거리 신호등에 멈
춰 섰을 때, 줄리아는 갑자기 문을 열고 내리더니 앞자리로 바
꿔 탔다. 이미 신호는 바뀌어 있었다.

"손님은 뒤쪽에 앉아 계셔야 해요!"

기사가 소리쳤다.

"그렇겠죠! 하지만 뒷자리에는 거울이 없는걸요! 빨리 가주
세요, 빨리!"

줄리아가 앞좌석의 차양을 내리며 말했다. 그녀는 거울에
비친 자신의 모습이 영 마음에 들지 않았다. 눈두덩이 잔뜩 부

어 있었고, 눈과 코가 아직도 빨간 상태였다. 이십 년 동안이나 기다려온 만남인 것을! 이렇게 빨간 토끼 눈 같은 모습을 하고 갈 바에야 차라리 돌아가는 편이 나았다. 택시가 빠른 속도로 커브를 도는 바람에 화장 1차 시도는 실패로 돌아가고 말았다. 줄리아가 투덜대자 택시기사는 십오 분 후 공항에 도착하는 쪽을 택하든지, 아니면 바로 길가에 차를 세워 마저 화장을 마치든지 결정하라고 했다.

"가세요!"

줄리아가 마스카라를 다시 들어올리며 말했다.

교통체증이 말도 못하게 심했다. 줄리아는 기사에게 중앙선을 무시하고 무조건 추월하라고 부탁했다. 기사가 이런 중요한 교통법규를 어기면 면허가 취소될 수 있다고 말하자 줄리아는 만일 경찰에게 잡히면 곧 아이 낳는 흉내를 내겠노라고 약속했다. 기사가 그런 거짓말을 하기에는 줄리아의 몸이 영 신빙성이 없다고 하자 말이 끝나기가 무섭게 줄리아는 배를 한껏 부풀리고, 손을 허리 뒤로 가져가더니 곧 끙끙 앓는 흉내를 내기 시작했다. "알았으니 그만 해요!" 하며 기사는 액셀러레이터를 힘껏 밟았다.

"그러고 보니 좀 살이 찐 것도 같고……."

줄리아가 자신의 허리둘레를 보며 중얼거렸다.

저녁 여섯 시 이십이 분, 택시가 멈추기도 전에 줄리아는 차에서 뛰어내렸다. 공항 터미널은 끝도 없이 길기만 했다.

줄리아는 국제여객터미널이 어디냐고 물었다. 옆을 지나던 스튜어드 한 명이 서쪽 끝을 가리켰다. 줄리아는 미친듯이 달린 탓에 숨을 헐떡거리며 전광판을 올려다보았다. 그러나 로마에서 출발한 비행기 정보는 어디에서도 찾아볼 수 없었다. 줄리아는 이번엔 신발까지 벗어던지고서 다시 동쪽 끝을 향해 전력질주를 했다. 그곳에는 사람들이 제법 몰려 있었다. 군중의 옆으로 길을 터가며 겨우 앞쪽으로 나갈 수 있었던 줄리아의 눈앞에 방금 도착한 승객 한 무리가 나타났다. 그들이 밖으로 빠져나오는 리듬에 맞춰 자동문도 열렸다 닫혔다 했다. 여행객, 휴가객, 출장객 등 사람들은 각자 상황에 맞는 옷차림을 하고 있었다. 손을 흔드는 사람들, 서로 얼싸안는 사람들, 입맞춤을 하는 사람들, 그저 가벼운 인사만 주고받는 사람들. 이쪽에는 불어를 쓰는 사람들, 저쪽에는 스페인어를 쓰는 사람들, 조금 멀리에는 영어를 쓰는 사람들, 그리고 네 번째 팀 쪽에서는 이탈리아어가 들려왔다. 등에 잔뜩 짐을 진 두 명의 학생이 팔짱을 끼고 걸어갔다. 그 모습이 마치 두 마리의 거북이 같았다. 손에 성무일도서를 꼭 쥐고 있는 신부님은 까치와 닮았고, 서로 연락처를 주고받던 부기장과 승무원은 전생에 기린이었으리라. 세미나에 참석할 예정인 듯 보이는 한 남자는 부엉이 얼굴을 하고 고개를 들어 팀원들을 찾고 있었다. 작고 귀여운 매미 같은 소녀는 엄마에게 달려가 안겼고, 곰 같은 남편은 아내를 향해 걸어갔다. 그리고 그때, 수많은 얼굴들 사이로 토마스의 눈빛이 보였다. 이십 년 전과 다를 바 없는 바로 그 눈빛이었다.

눈가에 주름이 좀 졌고, 턱 사이의 선은 더 선명해졌으며, 수염이 조금 나 있었다. 하지만 그의 눈빛! 베를린 구석구석을 지켜보게 했으며, 티어가르텐의 보름달 밑에서 감동의 순간을 경험하게 해준 모래처럼 부드러운 그의 눈빛만은 그대로였다. 숨을 한번 길게 들이마시고 줄리아는 발끝을 들었다. 앞에 있던 난간에 몸을 기대고서 그녀는 팔을 번쩍 들어올렸다. 하지만 토마스는 자신의 허리를 손으로 감고 있던 젊은 여자에게 말하기 위해 고개를 돌렸다. 그들은 줄리아 바로 앞을 지나갔다. 한껏 올려졌던 줄리아의 두 발뒤꿈치가 땅으로 쿵 떨어졌다. 토마스와 젊은 여인은 공항을 빠져나가고 없었다.

*

"집에 먼저 들를까?"

택시 문을 닫으며 토마스가 물었다.

"당신 집을 구경하려고 급히 서두를 필요는 없잖아. 신문사로 먼저 가야 하지 않을까? 시간이 벌써 늦었어. 크나프가 퇴근할지도 몰라. 내 일을 위해서라도 크나프를 꼭 만나야 해. 이게 바로 베를린까지 당신을 쫓아온 내 변명이 아니었던가?"

"포츠다머스트라스로 가주세요."

토마스가 기사에게 말했다.

그들이 탄 택시 뒤로 열 대 가량의 차가 늘어서 있는 가운데, 한 여인이 호텔로 향하기 위해 택시를 잡아탔다.

프런트 직원은 줄리아에게 안토니가 호텔 바에서 기다리고 있다고 전했다. 바에 가보니 안토니가 창문 옆에 놓인 테이블에 앉아 있었다.

"일이 잘 풀린 것 같지 않구나."

줄리아를 맞으려 일어서며 안토니가 말했다. 줄리아는 의자 위로 털썩 앉았다.

"아무 일도 일어나지 않았다고 해야 맞겠죠. 크나프의 말이 다 거짓말은 아니었어요."

"토마스를 만났니?"

"공항에서요. 로마에서 돌아오는 길이었어요……. 아내와 함께."

"그래, 말은 해봤어?"

"토마스는 저를 못 봤어요."

이때, 안토니가 웨이터를 불렀다.

"뭐라도 한 잔 하려무나."

"집으로 가고 싶어요."

"그 둘이 결혼반지를 끼고 있든?"

"그 여자가 토마스의 허리를 감고 가던걸요? 그런 이 마당에 혼인신고서를 보여달라고 해요?"

"며칠 전까지만 해도, 어떤 누군가가 너의 허리를 감싸고 있지 않았었니? 내 두 눈으로 직접 그 모습을 보기 위해 그곳에 있지는 못했다만…… 내 장례식이었거든. 아니다, 그러고 보니 나도 그 자리에 있었구나……. 미안하구나. 그런데 이런 말을 하고 있다니 어쩐지 좀 우스운걸?"

"뭐가 우스운지 전 잘 모르겠어요. 우린 그날 결혼식을 올리기로 되어 있었죠. 어쨌든 이 말도 안 되는 여행은 내일로 끝내요. 그러는 게 가장 현명한 방법일 거예요. 크나프의 말이 맞았어요. 이제 와서 제가 무슨 자격으로 토마스의 인생에 끼어들겠어요?"

"두 번째의 기회를 가질 수 있는 자격이 아닐까?"

"누구를 위한 두 번째 기회요? 토마스를 위해서? 아빠를 위해서? 아니면 나를 위해서? 토마스를 찾아나선 건 이기적인 행동이었어요. 그리고 실패가 예정되었던 것이죠."

"그럼 이제 어떻게 할 생각이냐?"

"짐을 정리하고 잠을 자는 거죠."

"아니, 내 말은 뉴욕으로 돌아가면 어쩔 생각이냐는 거지."

"다 잊는 거죠, 뭐. 깨진 화분을 다시 붙이고, 다 잊는 거예요. 그리고 다시 인생을 살아가면 돼요. 이번에는 선택의 여지가 없어요."

"당연히 있지! 끝까지 가보고 마음을 깨끗이 정리하는 거야."

"아빠가 지금 저한테 사랑에 대해 조언을 하시려고요?"

안토니는 줄리아를 가만히 쳐다보았다. 그리고 그녀가 앉아 있는 의자로 다가가며 말했다.

"네가 어렸을 때 말이다, 밤마다 잠이 들기 전에 뭘 했는지 기억하니?"

"이불 속에서 손전등을 켜놓고 책을 읽었어요."

"왜 방에 불을 켜지 않았지?"

"자고 있다고 생각하게끔 하려고 그런 거예요. 물론 전 몰래 책을 읽고 있었지만……."

"그 손전등이 마법 손전등이라고 생각해본 적은 없니?"

"왜요? 그럴 만한 이유라도 있나요?"

"그 오랜 기간 동안 단 한 번이라도 불이 나간 적이 있었니?"

"아니요."

줄리아가 놀라며 대답했다.

"하지만 넌 단 한 번도 손전등의 건전지를 바꾼 적이 없었지? 네가 사랑에 대해 뭘 안다고 생각하니, 줄리아? 널 좋게 보고, 널 예쁘게 보는 그런 사람만 사랑해왔던 너인걸! 내 눈을 똑바로 봐라. 그리고 네 결혼, 네 미래 계획에 대해 말을 해봐. 예상치 않았던 이 여행을 빼고는 그 무엇도 아담에 대한 너의 사랑을 흔들리게 하지 못했을 거라고 맹세하렴. 토마스가 어떤 마음을 가지고 있는지, 어떤 생각을 하고 있는지, 그의 인생이 어떻게 흘러가는지를 다 알 수 있을 거라고 생각하니? 하지만 넌 너 자신의 인생이 어느 방향으로 흘러가야 하는지도 모르잖아! 그것도 토마스의 허리를 두르고 가는 여자 하나 때문에 말이다. 마음을 터놓고 얘기해볼까? 그럼 너에게 묻고 싶은 것이 몇 가지 있다. 솔직히 대답하겠다고 약속해라. 가장 오래 남자를 사귄 것이 얼마나 되지? 토마스를 말하는 게 아니야. 그저 꿈을 꾼 그런 사랑이 아니고, 정말 경험한 사랑을 말하는 거야. 이 년? 삼 년? 사 년? 아니면 오 년? 그게 뭐 그리 중요하겠니! 사랑은 칠 년 정도 지속된다고 하더구나. 자, 솔직히 대답해보렴. 그 칠 년이라는 시간 동안 남김없이 네 자신을 누군가에게 희생할 수 있겠니? 정말 하나도 남김없이 다 줄 수 있을까? 네가 그토록 사랑하는 그 사람이 언젠가는 너와 함께 보낸 모든 시간들을 다 잊을 거란 사실을 알면서도 아무런 근심 없이, 어떤 걱정도 없이 그렇게 다 줄 수 있을까? 너의 모든 정성, 너의 모든 사랑이 그 사람의 기억 속에서 영영 사라질 거라는 사실을 받아들일 수 있겠니? 공백을 참을 수 없어하는 게 인간인지라, 정성과 사랑이 잊힌 자리에는 후회와 비난이 자리잡지. 넌 과연 그걸 받아들일 수 있을까? 하지만 이 모든 것이 피할 수 없는 현실이라는 걸 깨닫고, 네가 사랑하는 그 사람이 목이 마르다는 이유로 혹은 나쁜 꿈을 꿨다는 이유로 한밤중에 함께 깨어나줄 힘을 찾아낼 수 있을까? 그 사람의 아침을 준비하고, 하루를 잘 보내는지 걱정하고, 즐겁게 해주고, 심심해하면 이야기를 들려주고, 노래를 불러주고, 아무리 추워도 바람을 쐬어야 하기 때문에 함께 밖으로 나갈 수 있을까? 그리고 저녁이 되면, 힘든 네 몸을 이끌고 그 사람의 침대맡에서 그 사람이 걱정 없이 잘 수 있도록 지켜줄 수 있을까? 그 사람에게 미래에 대해 얘기해줄 수 있을까? 분명 그 사람의 미래는 너에게서 멀어져 살아갈 것이라는 걸 알면서도? 이 모든 질문에 대한 너의 대답이 '그렇다'는 것이라면, 나를 용서하렴. 내가 널 너무 섣불리 판단한 것 같구나. 넌 진정한 사랑이 뭔지를 아는 셈이니 말이다."

"엄마에 대한 얘기를 하시는 거예요?"

"아니, 바로 너의 이야기란다. 지금 내가 말한 사랑은, 자식을 향한 어느 아버지 혹은 어느 어머니의 사랑이야. 얼마나 많은 시간을 자식을 걱정하며, 혹시라도 닥칠 위험을 대비하며, 자식들을 바라보며, 자식들이 잘 자라도록 도와주며, 그들의 슬픔을 달래주며, 그들을 웃게 만들며 보냈을까? 겨울이면 얼마나 많은 놀이터를 돌아다니고, 또 여름이면 얼마나 많은 해변을 자식들과 함께했을까? 이곳저곳 얼마나 많은 데를 다니고, 또 얼마나 많은 말을 반복하고, 얼마나 많은 시간을 자식들을 위해 희생하며 보냈을까? 하지만…… 이 자식들에게 있어서 첫 번째 어린 시절의 기억은 무엇일까? 자식들만을 위해 사는 법을 배우기 위해서 얼마나 사랑을 해야 하는지 알고 있니? 그 자식들이 태어나고 몇 년간은 아예 기억을 못 한다는 걸 알면서도? 그 후의 시간은 우리가 자식들에게 잘해주지 못한 것 때문에 괴로워한다는 걸 알면서도? 그리고 언젠가는 자식들이 자유를 찾아 분명 내 품을 떠날 것이란 걸 알면서도? 내가 항상 네 옆에 있어주지 않았다고 날 나무랐지? 그럼 자식들이 떠나는 날 부모의 마음이 어떤지는 알고 있니? 이렇게 헤어지는 것이 어떤 기분이라는 걸 알고 있니? 내가 설명해주마.

부모들은 자식이 떠나는 모습을 문턱에서 멍청하게 바라볼 뿐이야. 다 큰 자식을 떠나보내는 것은 자랑스럽고 기쁜 일이라고 스스로에게 최면을 걸면서 말이다. 내 피요 살인 자식을 떠나게 만드는 그 무심함, 자식들로 하여금 부모를 떠나게 하는 그 무심함까지도 사랑해야 한다고 스스로 생각하면서…… 그렇게 자식은 떠나고 문이 닫히면, 다시 모든 걸 배워야 한단다. 이제는 비어버린 공간을 다시 채워야 하고, 더 이상 아이들의 발소리에 귀를 기울일 필요도 없어지지. 자식들이 밤늦게 들어와 계단을 올라가며 내는 소리, 그토록 안심이 되어주는 그 소리를 듣고서야 마음 편히 잠들곤 했었지. 이젠 그 소리도 잊어야 하는 거야. 오지도 않는 잠을 청해야 하는 때가 온 것이지. 떠난 자식은 다시는 돌아오지 않으니 말이다. 알겠니, 줄리아? 하지만 그 어떤 아버지도, 또 그 어떤 어머니도 덕을 보자고 자식을 키우는 것이 아니야. 이게 바로 사랑이라는 거다. 다른 선택의 여지가 없어. 우린 자식을 사랑하니까 말이다. 너를 토마스에게서 떼어놓은 데 대해 끝까지 나를 원망하겠지? 그리고 마지막으로 용서를 구하마. 너에게 그 편지를 전해주지 못해 정말 미안하다."

안토니는 손을 들어 웨이터에게 물을 갖다 달라고 부탁했다. 그리고 이마 위로 송골송골 맺혀 있는 땀을 닦기 위해 주머니에서 손수건을 꺼냈다.

"정말 미안해. 정말 미안해. 정말 미안해."

안토니는 공중에 팔을 치켜든 상태로 같은 말을 반복했다.

"무슨 일이에요?"

걱정이 된 줄리아가 물었다.

"정말 미안해……."

안토니는 또다시 같은 말을 세 번 반복했다.

"아빠!"

"정말 미안해, 정말 미안해……."

안토니는 자리에서 일어나다가 비틀거리며 다시 의자 위로 주저앉았다. 줄리아가 종업원에게 도움을 청하자 안토니는 그럴 필요 없다는 신호를 보냈다.

"여기가 어디지?"

넋이 반쯤 나간 안토니가 물었다.

"호텔 바예요. 우리는 지금 베를린에 있고요!"

"여기가 도대체 어디냐? 오늘이 며칠이지? 난 여기서 뭘 하고 있던 거야?"

"그만 하세요! 오늘은 금요일이고, 우린 함께 여행을 왔어요. 토마스를 찾기 위해서 나흘 전에 뉴욕을 떠났어요. 이제 기억나세요? 몬트리올 항구에서 본 바보 같은 초상화 때문에 일이 이렇게 되었어요. 아빠가 그 초상화를 사주셨죠. 그리고 아빠가 여기까지 오고 싶어하셨어요. 제발 기억이 난다고 말해줘요! 지금 너무 피곤해서 그런 거예요. 배터리를 좀 아껴야 할 것 같아요. 정말 말도 안 되는 것인 줄은 알지만, 아빠가 그렇다고 설명을 해주셨잖아요. 아빠는 저와 모든 얘기를 나누고 싶어하셨죠. 하지만 지금까지는 온통 제 얘기뿐이었죠. 그러니 정신을 차리셔야 해요. 우리에게 남은 시간이 이틀밖에 없어요. 아빠와 저를 위한 시간…… 우리가 차마 나누지 못한 얘기들을 나눌 시간이…… 제가 잊어버린 모든 걸 다시 알고 싶어요. 아빠가 저에게 해주셨던 모든 얘기들을 다시 듣고 싶어요. 연료가 떨어진 비행기 때문에 아마존의 어느 강가에서 길을 잃은 비행사 이야기, 그리고 그 비행사에게 길을 알려준 작은 수달의 이야기요! 그 수달의 털 색깔이 푸른색이었죠. 마치 아빠의 말이 크레파스인 것처럼 오로지 아빠만이 설명할 수 있는 그런 푸른색."

줄리아는 안토니를 팔로 부축하고 방으로 향했다.

"안색이 안 좋아요. 좀 쉬세요. 내일이 되면 다시 힘이 날 거예요."

안토니는 창가 옆에 놓인 안락의자면 충분하다며 침대에 눕지 않겠다고 했다.

"참 재미있지 않니? 우리는 수만 가지 이유를 대가며 사랑을 하지 않겠노라고 다짐하지. 아플까 두렵고, 언젠가는 버려질까 무서우니 말이야. 하지만 어떠냐, 우리는 인생을 사랑하지 않니? 언젠가는 이 삶이 우리를 떠날 것이란 걸 잘 알면서도 말이다."

"그런 얘기는 하지 마세요……"

"자꾸 앞일을 생각하지 마라, 줄리아. 다시 붙여야 할 깨진 화분은 없어. 그냥 살아가면 되는 거야. 그리고 삶이란 건 우리가 원하는 대로 진행되지 않아. 단, 너에게 한 가지만은 일러두고 싶구나. 삶은 눈 깜빡할 사이에 지나가버려. 지금 이 방에서 나와 뭘 하고 있는 거냐? 어서 가라. 가서 네 추억 속을 걷는 거야. 깨끗이 정리한다고 했지? 그럼 가거라. 넌 이십 년 전 이곳에 있었어. 아직 시간이 남았을 때, 잃어버린 그 과거를 찾도록 해. 오늘밤 토마스는 너와 같은 하늘 아래 있어. 그를 만나든 안 만나든, 그것이 중요한 게 아니야. 너희 둘은 같은 공기를 마시고 있잖니. 어딘가에 토마스가 살아 있다는 걸 너도 알잖아! 바로 네 가까이에 있어. 그리고 다시는 이토록 가까이에 있지 못할 거야. 그러니 밖으로 나가. 불 켜진 창이란 창은 다 찾고, 그 밑에 멈춰 서렴. 그리고 네 자신에게 물어봐. 토마스를 닮은 실루엣이 커튼 너머로 보였을 때 과연 너는 어떤 기분이 드는지 말이야. 만일 그 실루엣이 정말 토마스라고 생각된다면, 그의 이름을 부르렴. 토마스도 네 목소리를 들을 수 있을 거야. 너를 찾아 나올 수도 있고, 그렇지 않을 수도 있지. 너를 사랑한다 말할 수도 있고, 너에게 당장 꺼지라는 말을 할 수도 있을 거야. 결과야 어떻든 네 마음만은 편해질 거다."

안토니는 줄리아에게 그만 혼자 있고 싶다고 말했다. 줄리아가 그의 곁으로 다가가자 안토니는 미소를 지었다.

"방금 전 호텔 바에서 너를 놀라게 해 미안하구나. 그러지 말았어야 했는데……."

안토니가 엉큼한 표정을 지으며 말했다.

"그럼 꾀병을 부리신 거예요?"

"네 엄마가 정신을 잃기 시작했을 때, 얼마나 내가 네 엄마를 그리워했는지 아니? 너만 엄마를 잃은 게 아니다. 내가 누군지도 몰라보는 네 엄마 곁을 사 년이나 지켰어. 자, 이제 나가보렴. 베를린에서의 마지막 밤이 아니냐!"

*

줄리아는 방으로 들어가 침대 위에 누웠다. 텔레비전도 재미가 없었고, 탁자에 놓인 잡지는 온통 독어로 되어 있었다. 결국 자리에서 일어난 줄리아는 밖으로 나가 밤공기를 즐기기로 했다. 방에 처박혀 있을 필요는 없었다. 이곳저곳을 산책하고, 베를린에서의 마지막 시간을 즐기면 되는 것이었다. 그녀는 스카프를 찾기 위해 가방을 뒤지다 봉투 하나를 만지작거렸다. 그녀가 어린 시절을 보낸 방 책장에 정리되어 있던 역사책, 그 속에 끼워 넣어두었던 푸른색 봉투였다. 봉투에 씌어진 글씨를 가만히 쳐다보던 줄리아는 봉투를 주머니에 넣고 방을 나섰다.

호텔을 나서기 전, 줄리아는 마지막 층으로 올라갔다. 그리고 안토니가 휴식을 취하고 있는 스위트룸을 노크했다.

"뭘 잊고 갔니?"

문을 열어주며 안토니가 물었다. 하지만 줄리아는 아무런 대답이 없었다.

"네가 어디로 가는지는 모르겠구나. 차라리 모르는 편이 낫

지. 하지만 잊지 마라. 내일 아침 여덟 시에 로비에서 기다리
마. 이미 차도 준비시켜 놓았다. 이 비행기는 놓치면 안 돼. 어
쨌든 뉴욕으로 다시 돌아가야 할 것 아니냐?"

"언젠가는 사랑 때문에 아파하지 않아도 될까요?"

문턱에 서 있던 줄리아가 물었다.

"너에게 운이 따른다면, 절대 그럴 일은 없을 거야!"

"이번에는 제가 아빠에게 용서를 구해야 할 때인가봐요. 이
미 오래전에 아빠와 함께 나눴어야 했는데…… 이거, 제가 받
은 거예요. 그래서 저 혼자만 간직하려고 했죠. 하지만 아빠와
도 관련이 있는 거예요."

"그게 뭔데"

"엄마가 쓴 마지막 편지예요."

줄리아는 안토니에게 봉투를 건네고 곧 돌아섰다.

안토니는 멀어져가는 딸의 모습을 지켜보았다. 그리고 줄리
아가 건넨 봉투를 쳐다봤다. 아내의 글씨체는 금방 알아볼 수
있었다. 크게 한 번 심호흡을 한 뒤 안토니는 무거운 어깨를
누르며 의자에 앉아 편지를 읽기 시작했다.

줄리아에게

네가 내 방으로 들어오는구나. 열린 문으로 스며든 햇살
에 네 모습이 뚜렷이 보여. 나에게로 다가오는 네 발소리가
들려. 난 너의 얼굴을 너무나도 잘 기억하고 있어. 가끔은

네 이름이 생각나지 않을 때도 있지만, 너의 향기는 분명히 기억해. 네 냄새를 맡으면 기분이 좋아지거든. 오래전부터 나를 짓누르고 있는 걱정을 사라지게 하는 유일한 것이 바로 너의 향기란다. 저녁때가 되면 내 방으로 찾아오곤 했던 소녀가 바로 너니? 그럼 벌써 저녁이 되려나보구나. 네가 내 침대로 다가오고 있으니 말이야. 네 말 한마디 한마디는 너무나 따스하지. 점심때 찾아오는 신사분의 말보다 어쩜 더 내 마음을 차분하게 해주는 것 같아. 나를 사랑한다는 그 신사분의 말을 난 믿어. 그 사람은 정말 나를 원하는 것 같거든. 그 사람의 동작 하나하나는 정말 따스하고 부드럽지. 가끔 그는 자리에서 일어나 창밖으로 보이는 나무를 비치는 햇살을 향해 다가가지. 또 가끔 그는 창에 머리를 대고 슬픔으로 눈물을 흘려. 하지만 난 그 사람이 왜 슬퍼하는지 몰라. 그 사람은 내가 모르는 이름을 대며 나를 부르지. 그럴 때마다 나 역시 그 이름을 불러봐. 그 사람에게 기쁨을 주고 싶기 때문이야. 그가 부르는 이름에 내가 미소로 답하면, 왠지 그 사람이 안심을 하는 것 같아. 그래서 나는 그에게 미소를 짓지. 나를 보살펴주는 것에 대한 감사의 표시로 말이야.

　너는 내 침대 언저리에 앉아 있구나. 내 이마를 쓰다듬는 너의 작고 얇은 손가락을 따라 시선을 돌려보곤 해. 난 무섭지 않단다. 네가 나를 불러주니까 말이야. 네 눈빛을 보면, 너도 내가 너의 이름을 불러주길 간절히 원하는 것 같

아. 하지만 네 눈빛 속에는 슬픔이 없어. 그래서 네가 나를 찾아주는 게 더없이 기쁘단다. 너의 작은 손목이 내 코 위를 지날 때면, 난 눈을 감지. 너에게서 나의 어린 시절 냄새가 나. 너의 어린 시절인가? 너는 내 딸이지. 내 사랑, 내 아기…… 네가 나의 딸이란 걸 지금은 알아. 아마 몇 초간 더 지속이 되겠지. 너에게 할 말이 정말 많은데, 시간이 없구나. 난 네가 웃었으면 좋겠어. 창문으로 가서 고개를 돌리고 몰래 우는 네 아빠에게 가서 이제 그만 울라고 말해줬으면 좋겠어. 가끔은 나도 그를 알아본다고, 그가 누구인지도 안다고 아빠에게 전해주렴. 또 우리가 얼마나 사랑했었는지 기억한다고 전해주렴. 그가 내 방으로 올 때마다 매일 그를 다시 사랑하기 때문이라고, 그렇게 전해주렴.

　잘 자라, 아가. 나도 잠이 들려나봐. 그리고 기다릴게.

　　　　　　　　　　　　　　　　　엄마가.

20

크나프는 로비에서 기다리고 있었다. 토마스가 공항을 떠나면서 곧 도착할 것이라고 전화를 했기 때문이었다. 우선 마리나에게 인사를 한 크나프는 토마스를 꼭 껴안았다. 그리고 두 사람을 편집국으로 데려갔다.

"마리나가 와서 정말 다행이야. 덕분에 골치 아픈 일이 해결되게 생겼으니 말이야. 오늘밤 이탈리아 국무총리가 베를린으로 오는데, 방문 소식과 환영파티 일정을 담당한 기자가 아파서 못 나왔지 뭐야. 내일 신문에 삼단기사를 내기로 했는데 말이야! 그러니 빨리 준비해줘. 교정볼 시간까지 생각하면, 새벽두 시 전까지는 기사를 넘겨야 할 거야. 세 시에는 윤전기를 돌려야 해. 오늘 저녁 두 사람의 스케줄에 내가 방해가 되는

군. 하지만 급한 일이라서 그래. 무엇보다 신문이 먼저니까!"

마리나는 자리를 털고 일어나 크나프에게 작별 인사를 했다. 그리고 토마스의 이마에 입을 맞추며 그의 귀에 대고 "아리베데르치, 또 만나. 이 바보야!"라고 속삭이고 자리를 떠났다.

토마스는 잠시 나갔다오겠다며 크나프에게 양해를 구하고서 마리나를 쫓아 복도로 달려갔다.

"크나프가 손가락 하나 까딱했다고 그의 말에 복종을 하겠다는 거야? 같이 저녁 먹기로 했잖아!"

"그러는 당신은? 크나프 말이라면 다 듣잖아! 내일 모가디슈로 가는 비행기가 몇 시라고 했지? 무엇보다 중요한 건 일이라고 당신이 누누이 얘기하지 않았나? 당신은 내일이면 여길 떠나. 언제 돌아올지도 모르지. 몸 조심해. 우리가 만날 운명이라면, 어디선가 다시 만나게 되겠지!"

"집 열쇠라도 가져가! 기사는 내 아파트에서 쓰면 되잖아."

"호텔이 편해. 당신의 궁전을 살펴보고 싶은 마음이 너무 커서 집중하기가 힘들 거야."

"원룸인걸, 뭐. 돌아보는 데 시간이 걸리지도 않을 거야."

"당신은 정말 미워할 수 없는 바보야! 난 섹스를 말한 거야, 알아? 어쨌든 다음으로 미루자, 토마스. 그리고 혹시라도 마음이 바뀌면, 당신 아파트로 찾아가서 잠을 깨울지도 몰라. 잘 있어!"

마리나는 손을 들어 작별 인사를 하고 멀어져갔다.

*

   토마스가 문을 쾅하고 닫으며 편집국으로 들어오자 크나프가 물었다.

"무슨 일이라도 있는 거야?"

"너 정말 왜 이래? 난 마리나와 베를린에서 하룻밤을 보내려고 여기에 온 거야. 소말리아로 가기 전에 마지막 밤을 함께 보내려고! 그런데 넌 기어코 나에게서 마리나를 떼어놓고 마는구나! 설마 마리나 대신 취재를 할 사람이 아무도 없었다는 말은 하지 않겠지? 도대체 무슨 일이야? 마리나가 마음에 드는 거야? 그래서 질투라도 하는 거야? 너의 그 걷잡을 수 없는 야망 때문에, 이제는 신문 외에는 아무것도 보이지 않는 거야? 나와 오늘밤을 함께 보내고 싶은 거야, 뭐야?"

"할 말 다 끝났니?"

책상으로 돌아가 앉으며 크나프가 물었다.

"나쁜놈!"

화가 난 토마스가 말했다.

"글쎄, 너와 내가 오늘밤을 함께 보낼 수 있을런지 모르겠다. 우선 앉아. 할 말이 있어. 앞으로 할 얘기의 내용을 미루어 보건대, 일단 앉아서 듣는 편이 훨씬 좋겠다는 생각이 드는군."

*

    티어가르텐 공원은 저녁 빛에 물들어 있었다. 오래된 가로
등의 할로겐 불빛이 공원의 돌길을 노랗게 비춰주었다. 줄리
아는 호숫가로 다가갔다. 그곳에는 작은 배들을 서로 이으며
정리하는 사람들이 남아 있었다. 줄리아는 계속 길을 걸어 동
물원 가까이에 도착했다. 조금 먼 곳으로는 강 위로 불뚝 솟아
오른 다리 하나가 보였다. 길을 잃을까 걱정도 되지 않는지,
그녀는 숲을 가로질러 가기로 했다. 오솔길 하나하나, 길을 가
다 보이는 나무 하나하나를 다 알고 있기라도 하듯이…… 드
디어 줄리아의 눈앞으로 거대한 전승기념탑 기둥이 보였다.
그녀의 발길은 광장을 지나 브란덴부르크 문으로 향하고 있었
다. 문득 자신이 어디에 와 있는지 깨닫고서 그녀가 멈춰 섰
다. 지금으로부터 약 이십 년 전, 이 모퉁이를 돌아간 곳에는
거대한 장벽 하나가 서 있었다. 그리고 바로 이곳이 처음으로
토마스를 본 곳이기도 했다. 이제는 거대한 보리수 아래 벤치
만이 관광객을 맞이하고 있었다.
    "네가 여기 있을 줄 알았어! 그 걸음걸이는 아직도 똑같구
나."
    뒤에서 들려오는 소리에 소스라치게 놀란 줄리아의 가슴이
죄어왔다.
    "토마스?"
    "이런 상황에선 어떻게 해야 하는지 잘 모르겠는걸? 악수를

해야 하나? 아니면 입맞춤을 해야 하나?"

토마스가 머뭇거리며 말했다.

"나도 잘 모르겠어."

줄리아가 대답했다.

"네가 베를린에 있다고 크나프가 말해줬어. 하지만 어디에 머무는지는 모른다고 했지. 그래서 난 일단 시내에 있는 유스호스텔에 다 전화를 해볼까 생각했어. 그런데 생각보다 유스호스텔이 많더라. 그래서 혹시나 네가 이곳으로 오진 않을까 생각했어."

"목소리가 예전이랑 똑같아. 좀더 굵어진 것 같긴 하지만 말이야."

줄리아가 엷게 미소지었다. 그러자 토마스가 그녀 곁으로 한 발짝 다가서며 말했다.

"원한다면, 이 나무 위로 올라갈 수도 있어. 그리고 뛰어내릴게. 예전에 너를 향해 뛰어내렸던 것과 비슷한 높이야."

토마스는 한 발짝 더 다가가 줄리아를 품에 안았다.

"시간이 정말 빨리 지났어. 동시에 정말 천천히 지나기도 했지."

토마스는 줄리아를 더 힘껏 껴안으며 말했다.

"우는 거야?"

줄리아가 토마스의 뺨을 쓰다듬으며 물었다,

"아니. 먼지가 들어가서 그래. 그러는 너는?"

"나도 먼지 때문에 그래. 우리 정말 바보 같다. 바람도 불지 않는데 웬 먼지 타령이야?"

"그럼 눈을 감아봐."

토마스는 예전처럼 손가락 끝으로 줄리아의 입술을 어루만졌다. 그리고 그녀의 두 눈에 가볍게 입맞춤을 했다.

"내가 아는 가장 아름다운 인사였어."

그리고 줄리아는 토마스의 어깨 위로 머리를 묻었다.

"네 향기는 여전해. 내가 어떻게 이걸 잊을 수 있었겠니?"

"일단 가자. 여긴 너무 추운걸? 떨고 있잖아."

토마스는 줄리아의 손을 잡았다. 그리고 브란덴부르크 쪽으로 그녀를 데려갔다.

"공항에 왔었어?"

"응. 어떻게 알아?"

"왜 아는 척 안 했어?"

"네 아내한테 인사를 하고 싶지 않았었나봐."

"마리나야."

"정말 예쁜 이름이네."

"일차적 만남을 갖고 있는 그런 친구야."

"일시적? 그 말이 하고 싶은 거야?"

"응, 뭐 그런 거지. 아직도 내 영어 실력은 형편없어."

"잘 하면서 왜 그래?"

공원을 떠난 두 사람은 광장을 가로질러 어느 카페의 테라스로 갔다. 자리를 잡고 앉은 두 사람은 아무 말 없이 우두커니 있었다. 할 말을 찾을 수가 없었다.

"어쩌면 이렇게 하나도 변하지 않을 수가 있지?"

토마스가 말했다.

"아니야. 나도 많이 변했어. 벌써 이십 년인데. 아침에 일어나는 내 모습을 본다면, 몇 년이란 세월이 흐르긴 했구나, 실감이 절로 날걸?"

"그럴 필요까진 없어. 몇 년이 지났는지 다 헤아려봤으니까……"

웨이터는 토마스가 주문한 화이트 와인 병을 땄다.

"토마스! 네 편지 말인데, 네가 알아줘야 할 게……"

"크나프가 너와 만나서 무슨 얘길 했는지 다 말해줬어. 네 아버지가 그런 건 단순한 우연만은 아니었을 거야."

토마스는 잔을 들어 줄리아의 잔에 부딪쳤다. 두 사람의 앞을 지나던 남녀 한 쌍이 멈춰 서서 브란덴부르크 문의 웅장함을 감상하고 있었다.

"행복하니?"

줄리아는 아무 말이 없었다.

"어떻게 지내?"

토마스가 다시 물었다.

"이십 년 전과 똑같이 여전히 갈피 못 잡고 그렇게 베를린의 어느 카페에 너와 함께 앉아 있지."

"베를린에는 무슨 일로 왔어?"

"너에게 답장을 할 수가 없었어. 주소를 몰랐으니까. 그리고 네 편지를 받기까지 이십 년이나 걸렸어! 그러니 어떻게 또 우체국을 믿을 수 있겠어?"

"결혼은 했니? 아이도 있어?"

"아직."

줄리아가 대답했다.

"아이가 아직 없다는 거야, 아니면 결혼을 아직 안 했다는 얘기야?"

"둘 다."

"계획은?"

"네 턱에 있는 상처 자국, 예전에는 없지 않았었나?"

"예전에는 벽에서만 뛰어내렸지, 광산 폭발은 경험하지 못했었잖아."

"몸이 더 좋아진 것 같아."

줄리아가 웃으며 말했다.

"뭐라고?"

"칭찬이었어. 정말이야. 이런 모습이 훨씬 잘 어울려."

"거짓말엔 정말 소질이 없구나? 나도 나이가 들었잖아. 어쩔 수 없지. 배고프니?"

"아니."

줄리아가 시선을 떨구며 말했다.

"나도. 그럼 잠깐 걸을까?"

"너한테 하는 말 한마디 한마디가 다 말도 안 되는 소리 같기만 해."

"아니야. 그저 네가 사는 모습에 대해 한마디도 하지 않아서 그럴 뿐이지."

토마스는 슬픈 표정을 지으며 말했다.

"우리가 늘 갔던 카페를 찾았어."

"난 그 후로 한 번도 그곳에 간 적이 없는데……."

"사장님이 나를 알아보시더라."

"봤지? 넌 하나도 안 변했다니까!"

"우리가 살았던 건물을 허물고, 새로운 건물이 들어섰어. 집 앞에 있던 작은 공원을 빼면, 길에 그대로 남아 있는 게 하나도 없어."

"그게 더 나을지 몰라. 그곳에서의 좋은 추억은 없으니까. 물론 너와 함께 보낸 시간은 제외하고 말이야. 난 이제 서쪽에 살아. 아마 많은 사람들에게 별것 아닐지 모르지만, 내 방 창문으로는 아직도 옛 국경이 보여."

"크나프가 네 얘기를 해줬어."

"뭐라고 했는데?"

"이탈리아에서 식당을 경영하고 있다고 하더라. 줄줄이 딸린 애들이 네가 피자 만드는 걸 도와준다나 어쩐다나……."

줄리아가 대답했다.

"바보 같은 녀석…… 어디서 그런 말도 안 되는 얘기를 지어냈대?"

"내가 너에게 한 나쁜 행동들 속에서……."

그러자 눈살을 찌푸리며 토마스가 말했다.

"나도 너한테 내가 죽었다고 생각하게 만들었잖아……. 내 말이 좀 이상했나?"

"응, 조금. 하지만 사실이야."

토마스는 줄리아의 손을 잡았다.

"우린 각자 자신의 길을 간 거야. 삶이 그렇게 하도록 만들었지. 네 아버지가 힘을 쓴 것도 없지 않아 있지만, 어쨌든 운명은 우리가 다시 만나는 걸 허락하지 않았어."

"아빠가 우리를 보호하려고 했던 걸지도 몰라⋯⋯. 누가 알아? 결국 서로를 참아내지 못하고 헤어졌을지? 너랑 나랑 이혼을 했을 수도 있어. 그리고 넌 내가 세상에서 가장 싫어하는 남자가 됐을 수도 있고. 그럼 너와 내가 이렇게 함께 있지도 않았을 거야."

"아니야! 우리 아이들의 교육문제를 상의하느라 함께 있었을지도 몰라! 그리고 이혼을 한 후에도 친구로 남는 커플들이 얼마나 많은데. 만나는 사람이 있니? 이번에도 또 내 질문을 비늘하게 피하지 말고!"

"비굴하게!"

"뭐라고?"

"비굴하게 피하지 말라고 하려던 것 아니야? 비늘은 물고기에 달린 게 비늘이고."

"아, 네 덕분에 좋은 생각이 났어. 따라와!"

카페 옆에는 해물 및 생선요리 전문점이 자리하고 있었다. 토마스는 테이블 하나를 얼른 차지하고 앉았다. 차례를 기다리며 줄을 서 있던 관광객들이 그런 토마스를 화가 나서 쳐다보았다.

"이젠 이렇게 새치기도 해? 선진시민의 자세가 아닌걸? 이러다 식당 주인한테 쫓겨날지도 몰라."

줄리아도 자리에 앉으며 말했다.

"기자로 살아가려면 이 정도 수단은 발휘할 줄 알아야지! 그리고 식당주인도 잘 알아. 그 덕 좀 보자는 거지!"

마침 식당주인이 토마스에게 다가왔다.

"다음에는 새치기를 해도 좀 요령 있게 해! 너 때문에 손님들하고 문제가 생길 수도 있잖아."

주인이 토마스에게 속삭였다. 그러자 이번에는 토마스가 그에게 줄리아를 소개시켜주었다.

"별로 배가 고프지 않은 우리 두 사람에게 추천하는 음식이 있다면?"

토마스가 물었다.

"일단 새우 한 접시 갖다줄게. 먹다 보면 입맛이 돌 거야!"

식당주인이 곧 발걸음을 돌렸다. 그리고 주방으로 들어가다 말고 두 사람 쪽으로 돌아서더니, 토마스를 향해 엄지를 들어 보이며 윙크를 했다. 함께 온 줄리아가 썩 괜찮다는 표시였다.

"애니메이터가 됐어."

"알아. 내가 푸른 수달을 얼마나 좋아하는데⋯⋯."

"봤어?"

"네가 만든 애니메이션을 하나도 빠짐없이 다 봤다고 한다면 거짓말이고. 그래도 내 직업이 직업인 만큼, 영화를 만든 작가의 이름은 어떻게든 내 귀에 들어오게 되어 있지. 마드리드에 살고 있던 어느 날 오후였어. 시간이 좀 남았었지. 포스터를 보고 당장 영화관으로 들어갔어. 솔직히 말하자면, 영화에 나오는 대화 내용을 다 이해하지는 못했어. 스페인어를 잘하지 못하거든. 그래도 이야기의 주요 내용은 이해를 한 것 같아. 질문 하나 해도 돼?"

"응, 뭐든지."

"곰 캐릭터 말이야……. 혹시 나를 모델로 그렸어?"

"스탠리는 고슴도치가 너를 닮았다고 항상 그랬는데."

"스탠리가 누군데?"

"제일 친한 친구."

"그 친구가 내가 고슴도치를 닮았다는 걸 어떻게 알아?"

"직감이 뛰어난 친구야. 통찰력도 대단하지. 그리고 너에 대한 얘기를 자주 들려줬어."

"장점이 참 많은 친구 같구나. 어떤 친구야?"

"사랑하는 사람을 잃고 나와 많은 시간을 함께 한 친구야."

"아, 저런! 정말 유감이군."

"그래도 우리가 보낸 좋은 추억이 많아."

"아니, 그 친구가 아내를 잃어서 유감이라는 말이야. 저세상으로 간 지 오래됐어?"

"음…… 남자친구를 잃은 거야."

"그럼 더욱 더 유감이네."

"바보 같긴!"

"정말 바보 같다는 건 나도 알아. 하지만 스탠리가 남자를 좋아한다고 하니, 그 친구가 더 좋아 보이는걸? 참, 족제비는 누가 모델이야?"

"우리 아랫집 가게 아저씨. 신발가게 주인이야. 그러지 말고, 내 영화를 보러 갔던 그날 오후에 대해 자세히 말해줘. 어땠어?"

"슬펐어. 영화가 끝나니까 마음이 아팠어."

"정말 보고 싶었어, 토마스."

"나도 네가 많이 보고 싶었어. 네가 상상할 수 있는 만큼보다 훨씬 더 많이. 이제 대화의 주제를 좀 바꿔볼까? 여긴 죄의식을 갖게 할 '댈' 먼지도 없잖아."

"핑계를 댈 만한! 핑계를 댈 만한 먼지가 없다는 말 하려던 참 아니었어?"

"어쨌든! 스페인에서 보낸 오후처럼 슬펐던 날은 얼마든지 많이 겪었어. 여기저기서 말이야. 아직도 가끔씩 그런 날이 있는걸? 봤지? 이젠 정말 다른 얘기를 하자. 그렇지 않으면, 내 침울한 추억으로 너까지 우울하게 만든 내가 죄의식을 가질지도 몰라."

"로마는 어땠어?"

"네가 어떻게 살고 있는지 아직도 말하지 않았어, 줄리아."

"이십 년이야. 말로 다 하기엔 너무 긴 시간이지."

"누굴 만나기로 했니?"

"아니, 오늘은 아니야."

"그럼, 내일은?"

"응. 실은 뉴욕에 누군가가 있어."

"심각한 사이야?"

"결혼을 하기로 되어 있었어……. 지난 토요일에."

"하기로 되어 있었다고?"

"결혼식을 취소했거든."

"그쪽에서? 아니면 네가?"

"우리 아빠 때문에……."

"네 아버지 정말 이상한 버릇을 가지고 계시구나! 이번에도 네 약혼자 얼굴에 강타를 날리신 거야?"

"아니, 더 놀라운 일이 생겼어."

"미안해."

"별로 미안해할 필요는 없어. 그렇다고 해서 널 원망하지도 않을 거야."

"아니야. 솔직히 말하면, 네 약혼자의 얼굴을 한 대 쳤으면 했어……. 이런 말을 해서 정말 미안하게 됐다."

줄리아의 입에서 툭하고 웃음이 터져나왔다. 그러더니 곧 박장대소를 터뜨렸다.

"뭐가 그리 재밌어?"

"지금 네 얼굴을 네가 직접 봐야 하는데! 찬장에서 몰래 딸기잼을 훔쳐 먹다가 걸린 아이 같은 표정이야. 입 주위에 잔뜩 딸기를 묻히고서 말이야! 어떻게 해서 네가 내 캐릭터의 모델이 되었는지 이제야 이해가 가. 그런 표정을 지을 수 있는 사람은 어디에도 없을 거야. 토마스, 네가 얼마나 보고 싶었는지 몰라!"

"그런 소리 이제 그만둬, 줄리아."

"왜 그래?"

"지난 토요일에 결혼하기로 되어 있었다며!"

때마침 식당주인이 큰 접시를 가지고 두 사람의 테이블로 다가왔다. 그리고 만족스러운 듯이 말했다.

"드디어 뭘 준비할지 찾아냈어! 가볍게 가자미 어때? 구운 야채와 신선한 허브 소스를 곁들인 가자미! 속만 쓰리지 않게 아주 간단한 요기를 하자는 거지! 준비할까?"

"미안해. 곧 자리를 뜰 것 같거든. 계산서 좀 갖다줄래?"

토마스가 주인에게 말했다.

"뭐라고? 도대체 두 사람 사이에 무슨 일이 있었는지는 모르겠지만, 내 가게에서 내 음식을 맛도 보지 않고 간다니! 내가 음식을 준비하는 동안, 차라리 큰 소리로 마음에 담아두었던 말을 다 내뱉어! 그리고 내 생선요리를 먹으면서 화해를 하라고. 이건 명령이야, 토마스!"

주인은 이렇게 말하고 나서 멀어져갔다. 그러고는 도마 위로 가자미를 올려놓으며 토마스와 줄리아를 주시했다.

"너에게 선택의 여지가 없는 것 같은데? 할 수 없이 나와 함께 좀더 시간을 보내야 하겠어. 그렇지 않으면 네 친구가 정말 화를 낼지도 몰라."

줄리아가 말했다.

"정말 그럴 것 같은데. 미안해, 줄리아. 그런 말을 하는 게 아니……."

토마스가 엷은 미소를 지으며 말했다.

"미안하다는 말 좀 그만 해. 맛있게 먹고, 날 데려다줘. 너와 같이 좀 걷고 싶어. 나한테 이런 말을 할 자격쯤은 있겠지?"

"물론이지. 그나저나 어떻게 해서 네 아버지가 결혼식을 막은 거야?"

토마스가 물었다.

"그 얘긴 잊어. 자, 이제 네 얘기를 해봐."

토마스는 간단하게 지난 이십 년 동안의 얘기를 들려주었다. 줄리아도 마찬가지였다. 식사가 끝나자 식당주인은 두 사람에게 초콜릿 수플레를 갖다주었다. 두 사람을 위해 특별히 준비한 디저트라고 했다. 주인은 티스푼 두 개를 준비했으나, 토마스와 줄리아는 둘이서 하나만 사용했다.

달빛으로 하얗게 물든 밤, 식당을 나선 두 사람은 공원으로 걸어갔다. 기둥에 붙들어 맨 작은 배가 한가로이 떠 있는 호수 위로 보름달이 비쳤다.

줄리아는 토마스에게 중국 전설에 대한 이야기를 들려주었다. 토마스는 줄리아에게 자신이 떠났던 여행에 대해 이야기해주었으나, 그 어느 순간에도 전쟁에 관한 말은 하지 않았다. 줄리아는 뉴욕에 대한 얘기며 일, 그리고 스탠리에 대한 얘기를 들려주었다. 하지만 그녀 역시 미래의 계획에 대한 말은 전혀 하지 않았다.

공원을 떠난 두 사람은 시내로 들어갔다. 그러다가 문득 줄리아는 광장의 길모퉁이에 멈춰 섰다.

"기억나?"

줄리아가 물었다.

"응. 바로 여기서 군중 속에 있던 크나프를 발견했었지. 정말 특별한 밤이었는데! 그 프랑스 친구들은 어떻게 지내?"

"벌써 연락 안 한 지 오래야. 마티아스는 서점을 경영하고 있고, 앙투안은 건축가가 됐어. 마티아스는 파리에 살고, 앙투안은 런던에 살 거야, 아마."

"두 사람 다 결혼은 했어?"

"이혼도 했어. 마지막으로 들은 소식이야."

"아, 저기! 크나프를 만날 때마다 항상 갔던 카페다!"

토마스는 간판에 불이 꺼진 카페를 가리키며 말했다.

"너희 둘이 말다툼을 했던 그 숫자를 찾아냈어."

"무슨 숫자?"

"슈타지에 정보를 제공했던 동독국민 숫자 말이야. 이 년 전에 잡지를 보다가 우연히 발견했지. 장벽 붕괴 연구에 관한 잡지였거든."

"이 년 전에 그런 주제에 관심이 있었단 말이야?"

"2퍼센트밖에 되지 않았대. 네 동포들을 자랑스러워해야 할 거야!"

"할머니가 그 2퍼센트에 들어가 있었어, 줄리아. 문서보관청에 내 자료를 보러 간 적이 있었지. 크나프가 서독으로 도주

했기 때문에, 분명 나에 관한 서류도 있을 거라고 생각했었거든. 우리 할머니가 정보를 제공했더군. 내 삶, 내가 하는 일들, 내 친구들에 관해 상세하게 기록된 몇십 장의 서류를 다 읽었어. 어린 시절을 다시 추억하는 방법 치고는 좀 이상했지."

"내가 요 며칠 어떻게 지냈는지 네가 안다면…… 어쨌든 네 할머니는 너를 보호하기 위해서 그러셨을 거야. 너에게 무슨 일이 생기지 않도록 하기 위해서 말이야."

"난 정말 몰랐어."

"그래서 이름을 바꾼 거야?"

"응. 과거를 다 청산하고, 새로운 인생을 살기 위해서."

"네가 지우고 싶었던 과거에 나도 포함되니?"

"호텔에 다 왔다, 줄리아."

줄리아가 고개를 들었다. '브란덴부르크 호프'라고 씌어진 간판이 빛나고 있었다. 토마스는 줄리아를 껴안고 슬픈 미소를 지었다.

"여긴 나무가 없네. 이런 상황에서는 어떻게 작별 인사를 해야 하지?"

"너랑 나랑…… 잘 될 수 있었을까?"

"누가 알아?"

"어떻게 작별 인사를 해야 할지 모르겠어, 토마스. 솔직히 너에게 정말 작별 인사를 하고 싶은지도 모르겠고……."

"너를 만나서 보낸 시간은 정말 따스했어. 삶이 내게 준 깜짝 선물이랄까?"

토마스가 속삭였다. 줄리아는 그의 어깨 위로 머리를 묻으며 말했다.

　"그래, 정말 따스했어."

　"내가 정말 알고 싶은 그 질문에 대해서는 아직도 대답을 안 했어. 줄리아…… 행복하니?"

　"이젠 아니야."

　"넌, 줄리아? 우리가 정말 잘 될 수 있었다고 생각해?"

　"아마 그랬을 거야."

　"생각을 바꾼 거야, 그럼?"

　"무슨 소리야?"

　"예전 같았으면…… 특히 너의 그 비꼬는 말투로 우리 관계가 실패로 돌아갔을 거라고 말했을 테니까. 늙어가는 내 모습 보는 걸 참지 못했을 거라고…… 살도 찌고, 늘 밖으로만 쏘다니는 나를 결코 참아내지 못했을 거라고 말이야……."

　"요 며칠 거짓말하는 법을 배웠어. 그래서 그래."

　"이제야 너답다. 사랑할 수밖에 없었던 너……."

　"좋은 방법이 하나 있어! 우리가 정말 잘 될 수 있었는지 없었는지를 알아볼 수 있는……."

　"뭔데?"

　줄리아의 입술이 토마스의 입술 위로 닿았다. 두 사람의 키스는 오랫동안 지속되었고, 그 키스는 둘을 제외한 세상은 모두 잊을 정도로 사랑하는 어린 두 남녀의 키스를 닮아 있었다. 줄리아는 토마스의 손을 잡고 그를 호텔 로비로 데려갔다. 프런트 직원은 자리에서 졸고 있었다. 줄리아는 엘리베이터로 토마스를 이끌었다. 그리고 그들의 키스는 6층에 도착할 때까지 이어졌다.

둘만이 갖고 있던 추억 속에서와 같이 두 사람의 몸이 어우러졌다. 땀에 젖은 그들의 몸이 이불 속으로 뒤엉켜 들어갔다. 줄리아는 두 눈을 감았고, 그녀를 어루만지던 토마스의 손이 줄리아의 배 위로 미끄러져 내려갔다. 그녀는 두 손으로 토마스의 목을 끌어안았고, 그녀의 어깨, 목, 가슴선 위로 토마스의 입술이 자유롭게 스치며 지나갔다. 줄리아가 그의 머리카락을 움켜쥐었다. 토마스의 혀가 점점 아래로 내려갔다. 그리고 쾌락이 물밀듯이 밀려들었다. 그 어디에도 비할 데 없는 육체적 기쁨의 추억을 되살려주며, 두 사람의 다리와 몸이 서로 엉켰다. 그 무엇도 이 둘을 떼어놓을 수 없을 만큼…… 서로를 향한 그들의 몸짓은 예전과 다를 바가 없었다. 가끔은 어설프기도 했으나 여전히 부드러운.

시간이 얼마쯤 흐르고 난 뒤, 따스해진 침대 위로 나른하게 누워 있는 두 사람을 비추며 아침 햇살이 밝았다.

*

멀리서 울리는 교회의 종소리가 여덟 시를 알렸다. 토마스는 기지개를 켜고 일어나 곧 창문 쪽으로 다가갔다. 줄리아는 침대 위에 앉아 그늘과 빛으로 물든 그의 모습을 지켜보았다.

"당신은 너무 아름다워."

줄리아를 향해 몸을 돌린 토마스가 말했다. 그러나 줄리아는 아무런 대답이 없었다.

"이젠 뭘 하지?"

토마스가 부드럽게 물었다.

"배가 고파!"

"의자 위에 놓인 저 가방, 벌써 짐을 싼 거야?"

"나 떠나……. 오늘 아침에."

줄리아가 머뭇거리며 말했다.

"너를 잊는 데 십 년이 걸렸어. 그리고 정말 잊은 줄 알았어. 전쟁터에서는 두려움을 배웠다고 생각했지. 하지만 이 모두가 다 착각일 뿐이야. 이 방에 너와 함께 있는 내가 지금 느끼는 감정에 비하면 그건 아무것도 아니었어. 널 다시 잃을 것 같은 이 느낌에 비하면……."

"토마스……."

"무슨 말을 하겠다는 거야, 줄리아? 잠깐의 실수였다고? 그래, 그럴지도 모르지. 네가 베를린에 있다고 크나프가 말했을 때, 너와 나를 갈라놓고 있던 모든 차이들도 지워졌을 거라고 생각했어. 서쪽 여자인 너, 동쪽 남자인 내가 갖고 있던 그 모든 차이들! 적어도 시간이 그걸 해결해주리라 믿었지. 하지만 너와 나는 여전히 전혀 다른 삶을 살고 있어, 그렇지 않니?"

"난 애니메이터야. 넌 기자고. 우린 모두 꿈을 실현했어……."

"가장 중요한 꿈은 실현하지 못했어! 어쨌든 나에게 있어서는 말이야. 넌 아직도 왜 네 아버지가 결혼식을 취소시켰는지 말해주지 않았지. 갑자기 이 방으로 쳐들어와서, 또 한 번 날 기절시키기라도 하실까?"

"내 나이 열여덟이었어. 아빠를 따라가는 것 외에는 다른 방법이 없었지. 성인도 아니었으니까 말이야. 아빠가 돌아가셨어. 내가 결혼식을 올리기로 한 날 장례식이 있었지. 이젠 어떻게 된 일인지 이해했지?"

"유감이야……. 그리고 그때문에 네가 상처를 받았다면, 더욱 더 유감이고."

"그럴 필요 없어, 토마스."

"왜 베를린에 왔지?"

"잘 알잖아. 크나프가 다 말하지 않았어? 이틀 전에야 네 편지를 받았어. 그 전에는……."

"확실히 마음을 정리하기 전에는 결혼할 수 없었던 거야?"

"그렇게 매정하게 굴 필요는 없잖아!"

그러자 토마스가 침대 발치로 가서 앉으며 말했다.

"난 고독이란 놈을 길들였지. 물론 인내가 필요했어. 네가 숨 쉬는 그 공기를 찾아 세상 곳곳을 돌아다녔어. 두 사람이 진정으로 사랑한다면, 그들의 생각도 언젠가는 만난다고 하지. 그래서 잠이 들기 전에 이런 생각을 하곤 했어. '내가 너를 생각할 때, 너도 나를 생각할까?' 뉴욕에 간 적이 있었어. 길거리 여기저기를 헤매고 다녔지. 혹시 너를 볼 수 있을까 싶었어. 그리고 동시에 그런 일은 일어나지 않을 거라는 걱정도 했지. 백 번도 넘게 너를 봤다고 생각했어. 너를 닮은 누군가를 보면 내 심장이 멈추는 것 같았지. 다시는 이런 사랑을 하지 않겠노라고 다짐했어. 이건 정말 미친짓이니까. 내 스스로를 버리는 행동이니까…… 세월이 흘렀고, 그 시간과 함께 우리의 시간도 지난 거야. 어떻게 생각해? 베를린으로 오는 비행기를 타기 전에 이런 질문을 스스로에게 던져봤니?"

"그만 해, 토마스! 그렇게 다 망쳐버리지 말란 말이야! 내가 무슨 말을 하길 바라는 거야? 네가 하늘에서 나를 내려다보고 있을 거라고 굳게 믿었어. 그래서 며칠 밤낮을 그렇게 하늘을 보며 살았어……. 그러니까, 아니! 비행기에 오르기 전에 그런 질문은 생각도 해보지 않았어."

"그럼 어떻게 하길 원해? 그냥 친구로 남을까? 뉴욕에 갈 일이 있으면 너에게 전화할까? 그래서 좋은 추억을 곱씹으며 술이라도 한 잔 할까? 떳떳하지 못한 그런 사이로? 넌 아이들의 사진을 나에게 보여주겠지. 너와 나의 아이들이 아닌…… 그럼 난 아이들이 널 닮았다고 할 거야. 어떻게 해서든 아이들 아버지의 모습을 찾아내지 않으려 노력하면서 말이야. 내가 샤워를 하고 있는 동안, 넌 네 남편에게 전화를 걸겠지. 난 네 입에서 흘러나오는 '여보, 나야!' 라는 그 소리를 듣지 않으려고 일부러 물을 크게 틀어놓을 거야. 네 약혼자는 네가 베를린에 있다는 걸 아니?"

"그만 해!"

줄리아가 소리쳤다.

"돌아가서 뭐라고 말을 할 건데?"

토마스는 창 쪽으로 몸을 돌리며 물었다.

"나도 잘 모르겠어."

"봤지? 내 말이 맞았어. 넌 하나도 변하지 않았어."

"아니야, 변했어. 하지만 운명의 계시가 있었고, 나를 여기까지 오게 만든 거야. 난 변했지만, 내 마음은 변하지 않았다는 걸 결국 받아들이기 위해……."

호텔 밖에서는 안토니가 시계를 보며 안절부절못하고 있었다. 그는 벌써 세 번째, 줄리아의 방 창문을 향해 고개를 들었다. 6층이나 되는 높이였지만, 안토니가 얼마나 초조해하는지는 잘 알 수 있었다.

"네 아버지가 언제 돌아가셨다고 했지?"

토마스는 창문 커튼을 다시 내리며 물었다.

"말했잖아. 결혼식이 열리기로 했던 지난 토요일."

"됐어. 더 이상 아무 말도 하지 마. 네 말이 맞았어. 우리가 보낸 지난밤의 추억을 망치지 말자. 사랑하는 사람에게 거짓말을 하지는 않지. 어쨌든 넌 그런 사람이 아니야. 우리는 그런 사람들이 아니야……."

"너한테 거짓말하지 않았어."

"저 의자 위의 가방…… 이제 들고 떠나."

토마스가 나지막이 말했다. 바지와 셔츠를 찾아 입고 웃옷을 걸친 그는 신발 끈은 맬 생각도 하지 않고 줄리아에게 다가갔다. 그리고 그녀에게 손을 내밀어 그녀를 품에 안았다.

"오늘 저녁에 모가디슈로 떠나. 그곳에서도 늘 네 생각을 할 거야. 걱정하지 마. 어떤 후회도 할 필요 없어. 이렇게 너와 같이 시간을 보낼 수 있기를 얼마나 바랐는지 몰라. 너무 많아 다 셀 수도 없어. 너와 함께 보낸 시간은 너무나도 아름다웠어. 내 사랑…… 이렇게 너를 불러보는 것, 단 한 번만이라도 이렇게 너를 불러볼 수 있는 것…… 이건 차마 꿈에조차 그려볼 수 없었던 일이야. 넌 내 인생에 가장 소중하고 아름다운 여자였고, 앞으로도 계속 그렇게 남을 거야. 넌 나에게 가장 좋은 추억을 선사해주었어. 이것만으로도 충분해. 딱 한 가지만 부탁할게. 제발, 행복해."

토마스는 줄리아에게 부드러운 입맞춤을 남겼다. 그리고 뒤도 돌아보지 않고 떠났다.

호텔을 나선 토마스는 차 옆에서 기다리고 있던 안토니에게 다가갔다.

"따님도 곧 내려올 거예요."

토마스가 안토니에게 작별인사를 하고 나서 곧 멀어져갔다.

21

　베를린에서 뉴욕으로 돌아오는 내내 안토니와 줄리아는 서로 단 한마디도 나누지 않았다. 안토니는 그저 가끔 "내가 실수를 한 것 같아"라는 문장만 반복할 뿐이었다. 그러나 줄리아는 그 말의 뜻이 무엇인지 몰랐다. 두 사람은 오후가 되어 뉴욕에 도착했다. 맨해튼엔 비가 내리고 있었다.

　"뭐라고 말 좀 하렴!"

　호라치오 거리에 있는 줄리아의 아파트로 들어서며 안토니가 소리쳤다.

　"싫어요!"

　줄리아가 짐을 내려놓으며 대답했다.

　"토마스를 만났니?"

"아니요!"

"무슨 일이 있었는지 말해보렴. 내가 조언을 해줄 수 있을지도 모르니 말이야."

"아빠가요? 세상이 거꾸로 돌아가겠군요!"

"그렇게 고집만 피우지 말아라. 넌 더 이상 다섯 살 꼬마아이도 아니고, 우리에게 남은 시간은 딱 하루야."

"토마스를 만나지 못했어요. 그리고 전 이만 가서 샤워를 하려고 해요. 얘기 끝이에요!"

안토니는 두 팔을 들어 길을 막았다.

"그러고 나서는? 앞으로 이십 년을 욕실 안에서 보낼 생각이냐?"

"비켜요!"

"내 질문에 대답하지 않는 이상 비켜주지 못하겠다!"

"제가 뭘 하려는지 알고 싶으세요? 아빠가 일주일이란 시간동안 여기저기 흩뜨려버린 제 인생의 조각들을 찾을 생각이에요. 그 조각들을 다 찾아서 이어붙일 수는 없겠죠. 분명 찾지못할 조각이 있을 테니까 말이에요. 이해하지 못하겠다는 표정은 짓지 마세요. 돌아오는 내내 잘못한 것 같다며 후회하셨잖아요."

"이 여행에 대한 후회가 아니었어."

"그럼 뭐예요?"

안토니는 아무런 대답도 하지 않았다.

"그럴 줄 알았어요! 그동안 전 가터벨트를 하고, 뾰족한 브

423

래지어를 매고, 가장 섹시한 속옷을 입고 토마스에게 전화를 할 거예요. 그리고 함께 잠을 자겠죠! 아빠와 함께 있는 동안 배운 실력으로 또 한 번 거짓말을 할 수 있다면, 그때는 아마 결혼식에 대해서 다시 한 번 얘기를 해볼 수도 있겠죠!"

"방금 토마스라고 했니?"

"뭐라고요?"

"결혼을 하기로 했던 건 아담이 아니냐! 그런데 넌 방금 토마스라고 했어!"

"이제 그만 비켜주세요. 안 그러면 아빠한테 제가 무슨 일을 저지를지 몰라요!"

"시간 낭비일 뿐이야. 난 이미 죽었단다. 그리고 네 성생활에 대한 말이 나에게 충격을 줄 거라고 생각한다면, 그건 정말 큰 오산이야!"

그러자 줄리아가 경멸하는 눈초리로 안토니를 쳐다보며 말했다.

"아담 집에 도착하자마자, 그를 벽으로 밀어붙이고, 옷을 벗긴 다음에……."

"그만!"

안토니가 소리쳤다. 그리고 안정하려고 애쓰며 덧붙였다.

"그렇게 자세한 내용까지 다 알 필요는 없다."

안토니는 못마땅하다는 듯한 표정을 짓더니, 이내 줄리아에게 자리를 비켜주었다. 그는 방문에 귀를 대고 줄리아의 전화 통화 내용을 엿들었다.

회의중이라면 굳이 아담을 방해할 필요가 없다고 했다. 줄리아가 오늘 뉴욕에 도착했고, 저녁에 시간이 있으면 여덟 시쯤 집에 들러달라는 내용이었다. 줄리아는 집 앞에서 아담을 기다리겠노라고 전했다. 혹시 무슨 일이 생기면, 휴대폰으로 연락을 달라는 말도 잊지 않았다.

안토니는 조심조심 거실로 나와 의자에 앉았다. 텔레비전을 켜려고 리모컨을 들었으나 곧 내려놓고 말았다. 텔레비전 리모컨이 아니었던 것이다. 그는 하얀색으로 된 안드로이드 리모컨을 한참 들여다보다가 미소를 지으며 옆으로 내려놓았다.

십오 분쯤 뒤, 비옷을 어깨에 걸친 줄리아가 다시 거실로 나타났다.

"어디 가니?"

"일하러요!"

"토요일인데? 게다가 이렇게 비가 오는데 일을 하러 나간다고?"

"주말에도 스튜디오에는 항상 일하는 사람들이 있어요. 확인해야 할 메일이랑 편지도 쌓여 있고……."

줄리아가 밖으로 나가려 하자 안토니가 그녀를 불렀다.

"줄리아!"

"왜요?"

"네가 정말 큰 실수를 저지르기 전에 한마디 하고 싶구나. 토마스는 아직도 너를 사랑해."

"그걸 아빠가 어떻게 알아요?"

"아침에 그 친구와 마주쳤다. 호텔을 나서면서 나에게 공손히 인사를 하더구나! 네 방 창문으로 이미 날 본 것 같아."

줄리아가 안토니를 무섭게 쏘아보았다.

"가세요. 그리고 제가 다시 집으로 돌아왔을 때, 아빠가 더 이상 이곳에 계시지 않았으면 좋겠어요!"

"그 유령이 나올 것 같은 다락방으로 올라가란 말이냐?"

"아니요! 아빠 집으로 가세요!"

줄리아는 문을 쾅 닫고 나가버렸다.

*

안토니는 아파트 입구에 걸려 있던 우산을 집어들고 베란다로 나갔다. 그리고 난간에 몸을 기댄 채 줄리아가 사거리를 향해 멀어져가는 모습을 지켜보았다. 딸의 모습이 사라지자마자, 그는 줄리아의 방으로 들어갔다. 침대 협탁에 전화기가 놓여 있었다. 그는 전화기를 들고 재다이얼 버튼을 눌렀다.

안토니는 전화를 받은 이에게 자신이 줄리아 왈슈의 비서라고 전했다. 줄리아가 방금 전 이쪽으로 전화를 걸었다는 것을 당연히 알고 있고, 아담 역시 통화가 불가능하다는 사실을 잘 알고 있지만 그에게 전해야 할 중요한 메시지가 있다고 말했다. 그것은 바로 줄리아가 예정보다 앞선 저녁 여섯 시에 그를 기다리기로 계획을 바꿨다는 내용이었다. 단, 비가 오는 관계로 길가에서 볼 게 아니라 아담이 직접 줄리아의 아파트로 와주었으면 좋겠다고 했다. 그리고 사십오 분 후면 곧 여섯 시가 되니, 회의중이라 방해가 된다는 것은 잘 알지만 꼭 아담에게 직접 전해주고, 휴대폰 배터리가 다 됐으니 굳이 줄리아에게 다시 전화를 걸어 확인할 필요는 없다고 했다. 또, 줄리아는 잠깐 장을 보기 위해 밖으로 나가 지금 집에 없다고도 했다. 꼭 아담에게 메시지를 전해달라고 두 번이나 부탁을 하고서 안토니는 전화를 끊었다. 안토니의 입가에 더할 나위 없이 만족스러운 미소가 번졌다.

전화기를 제자리에 올려놓은 뒤 안토니는 줄리아의 방을 나서 거실의 안락의자에 편안히 앉았다. 그리고 소파 위에 놓인 하얀 리모컨에서 시선을 떼지 않았다.

*

줄리아는 의자를 빙그르르 돌리며 컴퓨터를 켰다. 끝도 없이 길기만 한 읽지 않은 메일 리스트가 화면에 떴다. 그녀는 곧 책상을 한번 쭉 훑어보았다. 우편함 바구니는 넘치고 있었고, 음성메시지가 녹음되어 있음을 알리는 전화기의 램프가 깜빡거리고 있었다.

줄리아는 비옷 주머니 속에 넣어두었던 휴대폰을 꺼내 스탠리에게 전화를 걸었다.

"가게에 손님 많아?"

줄리아가 물었다.

"이런 날씨에는 개구리 한 마리조차 없는 법이야! 오늘 오후는 망했어."

"알아. 나도 비에 흠뻑 젖었어."

"뉴욕에 온 거야?"

스탠리가 소리쳤다.

"한 시간도 안 됐어."

"좀더 일찍 전화를 해줄 수도 있었잖아!"

"가게 문 닫고 파스티스로 올래?"

"차 한 잔 시켜놔. 아니, 카푸치노로 할래! 아니, 아무거나 마음대로 시켜. 곧 갈게!"

십 분 후 스탠리가 나타났다. 줄리아는 파스티스 안쪽 구석에 자리를 잡고 앉아 있었다.

"네 모습이 꼭 호수에 빠진 스패니얼 같아!"

스탠리를 꼭 껴안으며 줄리아가 말했다.

"너도 호수에 같이 따라 빠진 코커스패니얼 꼴인걸! 주문은 뭘로 했어?"

스탠리가 자리에 앉으며 물었다.

"사료 2인분!"

"이번주에 누구랑 누구랑 잤는지에 관한 소문 몇 가지를 알고 있지만, 너에게 우선 양보할게. 다 얘기해봐. 토마스를 다시 만난 게 확실하지? 그랬으니 지난 이틀 동안 한 번도 연락이 없었지! 그런데 네 표정을 보니, 원했던 대로 일이 돌아가지는 않은 모양이구나."

"원한 것도 없는데, 뭘……."

"거짓말!"

"세상에 둘도 없는 진정한 바보와 시간을 보내고 싶다면, 지금이 기회야!"

줄리아는 여행중 있었던 모든 일을 스탠리에게 얘기해주었다. 기자협회에 간 일, 크나프의 첫 번째 거짓말, 토마스가 가명을 쓰게 된 사건, 전시회 파티, 호텔 직원이 도와줘서 급하게 타고 가게 된 신데렐라 마차…… 드레스와 함께 신고 있었던 신발 얘기를 했을 때, 스탠리가 얼마나 분개했는지! 그는 마시던 차를 내버려두고 포도주 한 잔을 시켰다. 밖으로는 조금 전보다 더 심하게 비가 쏟아져내리고 있었다. 줄리아는 동독으로 간 얘기를 스탠리에게 전했다. 예전의 집이 다 사라진 길, 여태 살아남은 오래된 카페의 구식 인테리어, 토마스의 가장 친한 친구 크나프와 나눈 대화, 미친듯이 공항으로 달려간 사건, 마리나…… 그리고 스탠리의 숨이 넘어가기 직전, 결국 줄리아는 티어가르텐 공원에서 있었던 토마스와의 만남을 얘기했다. 그다음에는 생선요리 식당의 테라스에서 있었던 일을 말해주었다. 조금밖에 손을 대지 않았지만, 어쨌든 지금껏 먹었던 생선요리 중 제일 맛있었던 기억, 호수 근처에서 있었던 한밤의 데이트, 그리고 어젯밤 토마스와 사랑을 나눈 호텔방…… 마지막으로는, 함께하려 했으나 그러지 못했던 아침식사 얘기가 이어졌다. 혹시 필요한 것이 없느냐고 물으러 벌써 세 번째 웨이터가 다가왔다. 그러자 스탠리는 한 번만 더 방해를 했다가는 포크로 찔러버리겠다고 위협했다.

"내가 같이 갔어야 했는데! 그런 모험을 하러 가는 줄 알았다면, 결코 너를 혼자 가도록 내버려두지 않았을 거야!"

스탠리가 말했다. 줄리아는 계속해서 스푼으로 찻잔을 저을 뿐이었다. 스탠리는 줄리아를 가만 쳐다보고 있다가 결국 그녀의 손짓을 멈추며 말했다.

"줄리아! 넌 차에 설탕을 타지도 않잖아⋯⋯. 조금 방황하는 거야?"

"그 '조금'이라는 말은 빼도 좋아."

"어쨌든 너무 걱정하지 마. 토마스가 마리나와 잘 될 가능성은 전혀 없으니까 말이야. 내 경험을 믿어!"

"무슨 경험? 그리고 지금쯤이면 토마스는 이미 모가디슈로 가는 비행기 안에 있을 거야."

줄리아가 미소를 지으며 말했다.

"우린 이렇게 비가 내리는 뉴욕에 있고!"

창문으로 힘차게 떨어져내리는 비를 보며 스탠리가 말했다.

행인 몇 명이 식당 앞 테라스의 차일 밑에서 비를 피하고 있었다. 한 노신사는 조금이라도 더 부인을 보호하고자 그녀를 옆으로 꼭 안았다.

"이제 내 인생을 좀 정리해야겠어. 할 수 있는 한 최선을 다해서 말이야. 이것만이 내가 할 수 있는 일인 것 같아."

줄리아가 말했다.

"네 말이 맞았어. 지금 나는 세상에서 둘째가라면 서러운 그런 바보와 얘기를 하고 있었던 거야! 넌 처음으로 네 인생이 행복한 난장판이 되는 엄청난 행운을 얻은 거야. 그런데 뭐? 그걸 다 정리하겠다고? 너 정말 바보구나. 그리고 부탁하는데, 그 눈물 좀 닦아줘. 안 그래도 이 도시가 잔뜩 물에 잠겼으니까 말이야. 지금은 울 때가 아니야, 줄리아. 아직도 다 하지 못한 질문이 수두룩한데!"

줄리아는 손등으로 눈물을 훔치고 스탠리를 보며 미소를 지었다.

"아담한테는 뭐라고 말할 거야? 네가 돌아오지 않는다면 아담을 우리집 하숙생으로 받아야 하나 생각했었어. 시골에 있는 아담 부모님 집으로 내일 저녁 식사초대까지 받았는걸? 부탁인데, 제발 실수하지 마. 사실은 배탈이 났다고 거짓말을 했거든."

"너무 상처를 주지 않도록 몇 가지만 얘기하려고 해."

"사랑에 있어서 가장 상처를 받는 게 뭔지 알아? 그건 바로 비겁함이야. 아담하고 잘해보려는 거야, 그렇지 않은 거야?"

"이렇게 말하는 게 정말 나쁘다는 건 알지만…… 솔직히 말해서 다시 혼자가 될 자신이 없어."

"그럼 곧 괜찮아질 거야. 지금은 아니더라도, 곧 괜찮아질 거야."

"아담에게 크게 상처주지 않으려고 노력할 거야."

"좀 개인적인 질문을 해도 될까?"

"너한테는 숨기는 게 하나도 없다는 걸 잘 알면서 왜 그래?"

"토마스랑 보낸 밤…… 어땠어?"

"부드럽고 따스했어. 마법과 같은 동시에 슬프기도 했고."

"아니, 섹스 말이야!"

"부드럽고, 따스하고, 마법 같고……."

"그런데 지금 방황하고 있다고 말하는 거야?"

"난 지금 뉴욕에 있어. 아담도 그렇고. 그리고 이제 토마스는 너무나 먼 곳에 있어."

"그 사람이 어디에 있는지, 또 어느 도시에 사는지 아는 게 중요한 건 아니야. 그 사람과 나를 이어주는 그 사랑이 어디에 있는지를 아는 게 중요하지. 실수 따위는 문제도 아니야, 줄리아. 우리가 살고 있는 지금 이 순간만이 중요해."

*

아담은 엄청나게 쏟아지는 비를 맞으며 택시에서 내렸다. 길가의 도랑이 넘치고 있었다. 인도 위를 급히 뛰어간 그는 끈질기게 초인종을 눌러댔다. 벨소리를 들은 안토니가 자리에서 일어났다.

"잠깐만, 잠깐만 기다리래도!"

안토니는 투덜거리며 1층 입구의 자동문 버튼을 눌렀다. 계단을 오르는 발소리가 들려왔다. 그리고 그는 활짝 미소를 지으며 아담을 맞았다.

"아니!"

아담은 한 발짝 뒤로 물러나며 질겁하여 소리쳤다.

"아담! 무슨 일로 여기까지 오셨나요?"

아담은 할 말을 잃고 충계참에 그대로 서 있었다.

"말씀을 하세요, 아담."

"돌아가신 줄 알았는데!"

아담이 웅얼거리며 말했다.

"그렇게까지 말할 건 또 없잖아요! 우리가 서로 그리 좋아하는 사이는 아니라 하더라도, 이렇게 살아 있는 사람을 바로 묘지로 보내다니!"

"장례식 날 묘지까지 갔었는데……."

아담이 중얼거렸다.

"이제 그만 해요! 너무 예의 없이 구는 것 아닙니까? 여기 이렇게 서 있을 게 아니라, 안으로 들어갑시다. 얼굴이 하얗게 질렸어요."

아담이 거실로 들어왔다. 그러자 안토니가 그에게 물을 뚝뚝 흘리고 있는 비옷을 벗으라고 일렀다.

"자꾸 이런 말씀을 드려서 죄송하지만…… 제가 왜 이렇게 놀랐는지는 곧 이해하실 겁니다. 제 결혼식이 그 장례식 때문에 취소가 되었었는데……."

아담은 옷걸이에 비옷을 걸며 말했다.

"내 딸의 결혼식이기도 했지요!"

"설마 줄리아가 이런 얘기를 꾸며내지는 않았겠죠? 그것도 단지……."

"그쪽을 떠나려는 생각에? 너무 자신을 과대평가하는 발언 아닌가요? 우리 가족이 뭔가를 지어내는 데는 좀 재능이 있긴 해요. 하지만 내 딸이 그런 망측한 상상을 할 수 있는 애라고 생각한다면 그건 줄리아를 잘 모르고 하는 소리일 거예요! 뭔가 다른 이유가 있겠죠. 그 입 좀 다물고 내 말을 들을 준비가 되어 있다면, 내가 그 이유에 대해 몇 가지 예측을 해보죠."

"줄리아는 어디 있죠?"

"어디로 온다간다 얘기하지 않은 지 벌써 이십 년째라오. 솔직히 말하면, 난 줄리아가 지금 그쪽과 함께 있는 줄 알았어요. 우리가 벌써 뉴욕으로 돌아온 지 세 시간이 넘었는데!"

"줄리아와 함께 여행을 떠나셨던 건가요?"

"물론이죠! 같이 왔다고 얘기 안 하던가요?"

"그럴 수가 없었겠죠. 유럽에서 아버님 시신이 보내졌을 때, 공항에 함께 나갔었거든요. 그리고 그 시신을 모시고 영구차를 타고 묘지까지 함께 갔으니……."

"이것 참 가관이군! 또 무슨 얘기를 하려고 하는 겁니까? 말이 나온 김에, 소각로 전원 버튼까지 직접 눌렀다고 하시지!"

"아니에요, 그건…… 하지만 아버님 관 위로 흙 한 줌은 분명 뿌렸습니다!"

"그렇게까지 신경을 써주시다니, 정말 고맙군요!"

"몸이 좀 안 좋으신 것 같아요."

점점 얼굴색이 변해가는 아담이 말했다.

"그럼 그렇게 바보처럼 서 있지만 말고 좀 앉으세요."

안토니가 아담에게 소파를 가리키며 말했다.

"예, 거기요! 엉덩이를 댈 곳이 어딘지 아직은 알고 있는 거요, 아니면 날 보자마자 뇌세포까지 다 상실한 거요?"

아담은 안토니의 말에 따르기로 했다. 그는 소파의 방석 위로 털썩 주저앉다가 그만 잘못하여 안드로이드 리모컨의 버튼을 눌러버리고 말았다.

안토니는 갑자기 말이 없어지더니 두 눈을 감았다. 그리고 넋이 나간 아담이 보는 앞에서 바닥으로 쓰러졌다.

*

"토마스 사진은 분명 안 가지고 왔겠지? 어떻게 생겼는지 정말 보고 싶었는데. 내가 말도 안 되는 소리를 하고 있다는 건 알아. 하지만 난 네가 그렇게 말없이 가만히 있을 때가 제일 싫더라!"

"왜?"

"왜냐하면 네가 머릿속에서 무슨 생각을 하고 있는지 알 방법이 없으니까."

줄리아의 가방 속에서 글로리아 게이너의 노래가 흘러나왔고, 두 사람의 대화는 그 상태에서 끊겼다.

휴대폰을 집어든 줄리아가 발신자의 이름을 스탠리에게 보여주었다. 아담이었다. 스탠리는 어깨를 한번 으쓱거렸고, 줄리아는 곧 전화를 받았다. 겁에 질린 아담의 목소리가 전화기를 타고 들려왔다.

"우린 서로 해야 할 말이 많아. 특히 당신이 나에게 할 말이 많을 거야. 하지만 그 얘긴 좀 나중에 하기로 해. 왜냐하면 당신 아버지가 쓰러지셨거든."

"다른 상황이었다면, 당신의 그 말이 재미있다고 생각했을지도 몰라. 하지만 이건 농담 치고는 좀 심한데?"

"지금 당신 아파트에 와 있어, 줄리아."

"거기서 뭘 하는 거야? 한 시간 후에 만나기로 했잖아!"

놀라움에 경직된 줄리아가 말했다.

"당신 비서한테서 전화가 왔었어. 예정보다 일찍 만나자고 말이야."

"내 비서? 무슨 비서?"

"그게 지금 무슨 상관이야? 네 아버지가 바닥에 누워 있다고! 내 말 듣고 있는 거야? 당신 아파트 거실 중앙에 쓰러져 있어! 그러니 당장 달려와. 난 구급차를 부를게."

"안 돼! 내가 곧 갈게."

줄리아가 소리를 지르자 옆에 있던 스탠리가 깜짝 놀랐다.

"지금 정신이 있는 거야? 내가 아무리 흔들어봐도 네 아버지는 깨어나질 않는단 말이야. 당장 911로 전화를 해야겠어!"

"아무한테도 전화하지 마. 내 말 들려? 곧 갈게."

줄리아가 자리에서 일어나며 말했다.

"지금 어디 있는데?"

"집 앞이야. 파르티스에 있어. 길만 건너면 바로야. 그러니까 기다리는 동안 꼼짝 말고 그대로 있어. 아무것도 만지지 마. 특히 아빠는 건드리지도 마!"

지금 일어나고 있는 일을 하나도 이해하지 못한 스탠리가 줄리아의 귓속에 대고 계산은 자기가 하겠다고 속삭였다. 벌써 길을 건너는 줄리아를 향해 스탠리는 일이 해결되는 대로 전화를 달라고 소리쳤다.

*

성큼성큼 계단을 올라 집에 도착해보니, 정말 안토니가 거실 한 가운데에 쓰러져 있었다.

"리모컨 어디 있어?"

소란스럽게 안으로 들어오며 줄리아가 물었다.

"뭐라고?"

당황해서 어찌할 바를 모르던 아담이 말했다.

"버튼이 달린 네모난 물건, 리모컨! 리모컨이 뭔지 몰라?"

줄리아가 집 안을 둘러보며 말했다.

"네 아버지가 쓰러져 있는 이 상황에 텔레비전을 보겠다는 말이야? 구급차를 당장 부를게!"

"뭘 만지기라도 한 거야? 어쩌다 이렇게 됐어?"

줄리아는 서랍이란 서랍은 다 열어젖히며 물었다.

"별로 특별하게 한 일은 없어. 지난주에 돌아가신 네 아버지와 대화를 나눈 것밖에는 말이야. 그러고 보니 이게 정말 특별한 일이군."

"조금 있다가! 그런 유머는 조금 있다가 해도 늦지 않아. 지금은 위급상황이니까!"

"웃기려고 한 말이 아니야! 도대체 무슨 일이 벌어지고 있는지 말해줘. 아니면 적어도 내가 곧 잠에서 깨어날 거라고 말해줘. 잠시 후 일어나서 지금 꾸고 있는 이 악몽을 생각하며 혼자 웃을 거라고……."

"나도 처음에는 그런 생각을 했어! 그나저나 리모컨은 어디로 간 거야?"

"도대체 무슨 말을 하는 거야?"

"아빠 리모컨!"

"안 되겠어. 이젠 정말 구급차를 불러야 할 것 같아!"

아담은 부엌에 걸린 전화기를 향해 걸어가며 말했다. 그러자 두 팔을 번쩍 들어 줄리아가 길을 막았다.

"여기서 한 발짝도 움직이지 마. 그리고 무슨 일이 있었는지 잘 설명해봐."

"이미 말했잖아! 네 아버지가 문을 열어줬어. 내가 얼마나 놀랐는 줄 알아? 나보고 안으로 들어오라고 했지. 당신이 왜 이곳에 있는지 설명을 해주겠다면서 말이야. 그리고 나한테 앉으라고 했어. 그래서 난 소파로 가서 앉았고, 네 아버지는 말을 하다 말고 쓰러졌지."

"그래, 소파! 비켜봐!"

줄리아가 아담을 밀어내며 소리치자 그는 바닥으로 고꾸라지고 말았다. 줄리아는 소파의 방석을 하나씩 들춰보았다. 결국 찾던 물건을 발견한 그녀는 안도의 한숨을 내쉬었다.

"내 말이 맞았어. 당신 정말 정신이 나갔나봐."

아담이 몸을 일으키며 투덜거렸다.

"제발 다시 움직이게 해주세요, 제발!"

줄리아는 리모컨을 부여잡고 기도하듯 말했다.

"줄리아! 도대체 뭘 하고 있는 건지 말해줄 수 있겠어?"

아담이 고래고래 소리를 질렀다.

"조용히 해!"

줄리아가 눈물을 참으며 소리치고는 이내 덧붙였다.

"굳이 지금 말할 필요 없어. 당신도 곧 알게 될 테니까. 리모컨이 제발 다시 작동해주기만 하면, 그럼 다 알게 될 테니까……."

그녀는 창문으로 보이는 하늘을 향해 애원했다. 그러더니 두 눈을 감고 리모컨의 버튼을 눌렀다.

"아담! 보이는 것이 전부는 아니라오……."

안토니가 눈을 뜨며 말했다. 그리고 거실 한가운데 서 있는 줄리아를 보더니 이내 입을 다물었다. 그가 몇 번 헛기침을 하고 자리에서 일어나자 아담은 안락의자 위로 힘없이 주저앉았다.

"이런! 지금이 몇 시지? 벌써 여덟 시가 되었니? 시간이 이렇게 간 줄 몰랐구나."

안토니가 팔을 걷으며 말했다. 줄리아는 그를 향해 이글거리는 눈빛을 보냈다. 그러자 당황한 안토니가 말했다.

"내가 자리를 비키도록 하지. 그러는 편이 낫겠어. 서로 할 말이 무척 많을 테니까 말이야. 아담! 줄리아가 하는 말을 잘 들으세요. 중간에 말을 끊지 마시고! 처음에는 받아들이기가 힘들겠지만, 조금만 집중하면 다 이해할 거예요. 난 그만 비옷을 찾아 입고 나가야겠구나……."

안토니는 옷걸이에 걸려 있던 아담의 비옷을 집어들었다. 그리고 살금살금 거실을 가로질러 창문 옆에 두었던 우산을 들고는 곧 밖으로 사라졌다.

*

줄리아는 우선 거실 중앙에 놓인 상자를 가리켰다. 그리고 그녀가 겪은 놀라운 일들에 대해 설명하기 시작했다. 말을 마친 줄리아는 소파 위로 털썩 주저앉았고, 아담은 안절부절못하고 있었다.

"당신이 내 입장이었다면 어떻게 했을 것 같아?"

"나도 잘 모르겠어. 내 입장이 어떤지조차 모르겠으니까! 일주일 동안이나 날 속였어. 그리고 이제는 나더러 그런 말도 안 되는 얘기를 믿으라고?"

"아담! 만일 당신 아버지가 죽은 다음 날 당신 집으로 찾아온다면? 아버지와 함께 며칠을 더 보낼 수 있다면? 차마 서로에게 고백하지 못한 말들을 다시 나누고, 어린 시절을 함께 추억할 수 있다면? 당신은 그런 기회를 그냥 놓치겠어? 아무리 부조리하다고 할지라도, 그 여행을 떠나지 않을 수 있겠느냐는 말이야!"

"난 당신이 아버지를 미워하는 줄 알았어."

"나도 그런 줄 알았어. 하지만 지금은 아빠와 시간을 갖고 싶어. 아빠한테 내 얘기만 했어. 아빠에 대해서, 아빠의 인생에 대해서 알고 싶은 게 너무나 많은데 말이야. 난생 처음으로 어른의 눈으로 아빠를 바라볼 수 있었어. 나의 이기적인 모든 것을 잊고, 진정한 어른의 눈으로 말이야. 아빠에게 단점이 많다는 사실을 받아들였어. 나도 마찬가지야. 그러니 아빠에게 단점이 많다는 이유로 아빠를 사랑하지 않는 건 아니야. 집으로 돌아오면서 생각했어. 내 아이들도 언젠가 나에게 이런 아량을 보여줄 것이라는 확신만 있다면, 나도 이제 부모가 될 수 있겠다고 말이야. 안심하고 부모가 될 수 있겠다고……."

"정말 순진하구나, 줄리아. 당신 아버지는 당신이 태어난 그날부터 당신 인생을 마음대로 조정하려 했어. 어쩌다가 한 번 당신이 아버지의 얘기를 꺼냈을 때마다 나에게 이렇게 말하지 않았던가? 그래, 지금 당신이 들려준 그 말도 안 되는 이야기가 사실이라고 치자. 죽은 후에도 당신 인생을 조정하려 했던 당신 아버지의 시도가 성공한 것밖에 더 돼? 당신은 아버지와 그 무엇도 함께 나누지 않았어, 줄리아! 그건 그냥 기계일 뿐이라고! 당신에게 했던 모든 말은 이미 녹음되어 있던 거야. 어떻게 바보같이 그런 함정에 빠질 수가 있지? 당신과 아버지,

441

그렇게 두 사람 사이의 대화가 아니었어. 그건 그냥 혼자만의 모놀로그일 뿐이라고! 당신은 픽션을 위한 캐릭터를 만들어내지. 그렇다고 해서 아이들이 진짜 당신의 캐릭터와 대화를 나누도록 해줄 수 있어? 당연히 그럴 수 없지. 그저 당신은 아이들이 원하는 게 뭔지를 생각하고 대화를 만들 뿐이야. 아이들이 즐거워할 수 있도록, 아이들을 위로할 수 있도록 말이야. 당신 아버지도 같은 전략을 쓴 거야. 또 한 번 당신을 농락한 거라고! 두 사람이 함께 보낸 일주일은 재회의 패러디일 뿐이야. 당신 아버지는 환상에 불과해! 생전에도 그랬던 일들이 죽은 후에도 계속된 거야. 아버지로부터 받지 못한 사랑에 목이 타던 당신은 그 함정에 넘어갔어. 당신 아버지가 우리 결혼식을 엉망으로 만들도록 그냥 내버려둘 정도로 함정에 빠진 거라고! 하긴 그것만이 당신 아버지가 성공을 거둔 방해 작전은 아니었지!"

"바보처럼 굴지 마, 아담! 우리 둘을 헤어지게 하려고 그날을 택해서 돌아가신 게 아니야."

"이번주 내내 어디에 있었지?"

"그게 지금 와서 무슨 상관이야?"

"나한테 솔직하게 말하지 못한다고 해서 너무 걱정할 필요는 없어. 스탠리가 다 말해줬으니까. 스탠리가 좋은 포도주라면 사족을 못 쓴다고 당신이 얘기하지 않았었나? 그래서 좋은 포도주를 준비했지. 당신을 되찾을 수 있다면, 당신이 왜 나에게서 멀어져갔는지 알 수 있다면, 그럼에도 불구하고 계속해

서 당신을 사랑해야 하는지 알 수만 있다면…… 프랑스에서
라도 주문을 했을 거야. 당신과 결혼을 하기 위해서라면 백 년
도 더 기다릴 수 있었을 거야. 그런데 줄리아…… 오늘 나에
게는 텅 빈 마음만이 남아 있을 뿐이야."

"다 설명할 수 있어, 아담!"

"이제는 그럴 수 있어? 여행을 떠난다고 나에게 얘기하러
온 그날, 몬트리올에서 서로 마주칠 뻔했던 그다음 날, 그 다
음다음 날…… 당신이 내 전화를 받아주지 않았던 그 모든 날
들, 하다못해 내가 남긴 메시지에 답을 해주지도 않았던 그 모
든 날들…… 그때는 왜 설명할 수 없었지? 당신은 과거에 항
상 남아 있던 그 남자, 하지만 나에게는 단 한 번도 얘기를 꺼
내지 않았던 그 남자를 찾아 베를린으로 가는 길을 택했어. 난
당신에게 뭐였지? 당신 인생의 두 부분을 이어주는 다리? 당
신이 그토록 사랑했던 그 남자가 다시 나타나길 기다리는 동
안, 당신이 안심하고 머물 수 있었던 사람?"

"어떻게 그런 생각을 할 수 있어?"

줄리아가 매달렸다.

"지금 당장 그 사람이 저 문을 두드린다면, 당신은 어떻게
할 거야?"

줄리아는 아무 말이 없었다.

"당신 자신도 모르는데 나라고 어떻게 알겠어?"

아담은 밖을 향해 걸어나갔다.

"당신 아버지에게, 아니 그 로봇에게 전해. 비옷은 선물이라고."

아담이 떠났다. 줄리아는 밖으로 들리는 그의 발소리를 세어보았다. 이윽고 아래층 문이 닫히는 소리가 들려왔다.

*

안토니는 거실로 들어오기 전에 조심히 노크를 했다. 줄리아는 창가에 몸을 기대고, 멍하니 밖을 바라보며 서 있었다.

"왜 그랬어요?"

줄리아가 조용히 물었다.

"난 아무것도 하지 않았어. 뜻하지 않은 사고였을 뿐이다."

안토니가 대답했다.

"그럼 뜻하지 않게도 아담이 한 시간이나 먼저 우리집으로 왔나요? 뜻하지 않게 아빠가 문을 열어줬나요? 뜻하지 않게 아담이 리모컨 위로 앉은 건가요? 또, 뜻하지 않게 아빠가 거실 바닥에 쓰러진 건가요?"

"우연 치고는 굉장한 우연이라고 말하지 않을 수 없구나…….우리가 차분히 상황을 이해해보도록 노력……."

"빈정대지 좀 마세요! 지금은 웃을 기분이 아니니까요. 마지막으로 물을게요. 왜 그랬죠?"

"아담에게 진실을 말하도록 너를 돕기 위해서 그랬다. 네 스스로가 진실과 대면할 수 있도록 도와주기 위해서였어. 마음이 한결 가벼워지지 않았니? 겉모습은 몹시도 외로워 보이지만, 어쨌든 마음은 편해졌다고 말하려무나."

"오늘 저녁 아빠가 벌인 일만을 얘기하는 게 아니에요."

안토니는 숨을 한 번 크게 들이마시더니 얘기를 꺼냈다.

"네 엄마는 병 때문에 나를 몰라봤지. 세상을 뜨기 전에 내가 누구인지 몰라봤어. 하지만 난 확신했다. 가슴속 어딘가에서는 우리가 사랑했던 기억을 잊지 않고 있을 거라고 말이다. 난 그 사랑을 잊을 수 없으니까. 우린 완벽한 부부도 아니었고, 모범이 될 만한 부모도 아니었어. 네 엄마와 나 역시 뭔가 불확실해 주저할 때도 있었고, 또 싸울 때도 있었어. 하지만 단 한 번도, 단 한 번도…… 듣고 있니, 줄리아? 단 한 번도! 함께 생을 보내기로 한 우리의 선택을, 너에게 쏟아붓는 우리의 사랑을 의심해본 적이 없었어. 네 엄마의 마음을 얻고, 그녀를 사랑하고, 그녀의 아이의 아빠가 되는 것, 그것이야말로 내 인생에 있어서 가장 중요한 선택이었다. 가장 아름다운 선택이었어. 비록 너에게 가장 정확한 말로 설명하기 위해 수많은 단어를 찾아야 했다만……."

"그럼, 그 아름다운 사랑의 이름으로 제 인생에 이런 피해를 주신 건가요?"

"내가 여행중에 했던 쪽지 얘기 기억하니? 지갑 속이든, 주머니 속이든, 머릿속이든, 우리가 항상 소중히 간직하는 그런 쪽지 말이다. 나에게 있어서 그 쪽지는 언젠가 샹젤리제에서 식사를 하고 계산할 돈이 없었던 바로 그날 네 엄마가 나에게 남긴 쪽지지. 이젠 내가 왜 파리에서 죽고 싶어했는지 이해가

가지? 뭐, 어쨌든! 너한테는 그게 무엇이지? 항상 가방 속에 넣어두었던 옛 독일 마르크? 아니면 네 방에 있는 토마스의 편지들?"

"그 편지들을 읽으셨어요?"

"절대 그런 짓을 하지는 않지! 그저 마지막 토마스의 편지를 정리하러 갔다가 봤을 뿐이야. 네 결혼식 청첩장을 받은 날, 난 네 방으로 올라가봤어. 너에 대한 기억, 내가 절대 잊지 않았던 모든 것에 대한 기억, 그리고 앞으로도 절대 잊지 않을 기억들이 여기저기 흩어져 있는 네 방에서 생각했지. 언젠가 토마스가 보낸 이 편지의 존재에 대해서 알게 된다면, 과연 넌 어떤 반응을 보일까 하고 말이다. 편지를 없애야 하나, 아니면 너에게 전해줘야 하나 생각했어. 과연 네 결혼식 날 그 편지를 전해주는 것이 옳은 일인가도 생각해봤지. 하지만 어떤 결정을 내리기에도 시간은 너무 부족했어. 네가 늘 말했었지? 우리가 조금만 관심을 기울이면, 인생은 우리에게 많은 선물을 해준다고. 내가 곰곰이 생각했던 것에 대한 해답의 한 부분을 몬트리올에서 찾았어. 그다음은 너에게 달려 있다, 줄리아. 물론 너에게 토마스가 보낸 편지를 다시 보내는 것으로 끝날 수도 있었겠지. 하지만 네가 나에게 청첩장을 보내기 전까지는 연락을 아예 끊고 살았잖니. 너에게 편지를 보내고 싶어도 주소를 알 수가 없었어. 그리고 내가 보낸 우편물을 네가 열어보기나 했을까? 그리고 결정적인 이유 하나! 난 내가 그렇게 죽을지 몰랐어!"

"아빠가 고민했던 것에 대한 해답을 모두 알게 되지 않겠어요?"

"아니야, 줄리아. 너의 선택이고, 너만이 할 수 있는 선택이야. 네가 생각하는 것보다 훨씬 오래전부터 그래왔어. 넌 곧바로 내 전원을 끌 수도 있었지. 기억하니? 버튼 하나만 누르면 해결되는 문제였으니까. 베를린으로 가지 않아도 됐었지. 또 너 혼자서 토마스를 만나러 공항으로 가지 않았니? 너희 둘이 처음 만난 곳에 다시 갔을 때, 그때도 너 혼자였어. 난 그곳에 너와 함께 가지 않았다는 말이다. 네가 토마스를 호텔로 데리고 왔을 때도 나는 그 자리에 없었지, 줄리아. 어린 시절을 후회하고, 우리를 힘겹게 만드는 부모를 탓할 수도 있지. 인생에서 겪게 되는 여러 가지 어려운 일들, 약해 빠지기만 한 우리 자신들, 그리고 우리의 비겁함이 다 부모 잘못이라고 할 수 있다는 말이다. 하지만 우리의 존재 자체에 책임을 져야 하는 것은 바로 우리 자신이란다. 우리는 우리 자신이 그렇게 되기로 결정한 존재가 된다는 말이야. 그리고 네가 겪는 일을 너무 과대평가하지 마라. 세상에는 네 가족보다 더 심각하고, 더 비참한 가족들이 얼마든지 많으니까."

"예를 들면요?"

"토마스를 배신한 그의 할머니를 예로 들 수 있겠지!"

"어떻게 아셨어요?"

"내가 이미 말했잖니. 그 어떤 부모도 자식을 대신해서 살 수는 없어. 하지만 그렇다고 해서 자식을 걱정하고, 자식들이 괴로워할 때 함께 힘들어하는 것까지 막을 수는 없지. 그래서 가끔은 직접 나서서 일을 해결하려 하고, 자식들이 갈 길을 더 쉽게 열어주기를 바라기도 하지. 어떻게 보면 아무것도 안 하고 그냥 멍청하게 있느니, 차라리 자식들을 향한 넘치는 사랑 때문에 서투른 솜씨로 나서서 실수를 하는 편이 더 나을지도 몰라."

"내가 갈 길을 더 잘 열어주려는 게 아빠의 생각이었다면, 일을 제대로 망치셨네요. 지금 전 이보다 더할 수는 없는 어둠 속에 갇혔으니까요."

"어둠 속에 갇힌 건 사실이지. 하지만 넌 이제 앞을 볼 수 있잖니."

"아담 말이 맞았어요. 지난 일주일간 우리가 나눈 대화는 진짜가 아니었어요……."

"아마도 그 친구 말이 맞을지 몰라, 줄리아. 난 진짜 백 퍼센트 네 아빠가 아니지. 네 아빠에게 남아 있는 것 정도랄까? 하지만 문제가 생길 때마다 해결책을 찾았던 장본인이 바로 이 기계가 아니었더냐? 우리가 함께 보낸 일주일 동안 네 질문에 단 한 번이라도 대답을 못 한 적이 있었니? 네가 생각하는 것보다 난 너를 더 잘 알기 때문이 아닐까? 그리고 네가 생각하는 것보다 내가 너를 아주 많이 사랑하고 있었다는 걸 보여주는 게 아닐까? 이젠 네가 다 알았으니, 나도 편히 죽을 수 있을 것 같구나."

줄리아는 오랫동안 안토니를 바라보다가 그의 옆으로 가서 앉았다. 두 사람은 오랜 시간 침묵 속에 있었다.

"나에 대해서 아까 한 말들…… 진짜 그렇게 생각하니?"

안토니가 물었다.

"아담한테 아빠에 대해서 한 말이요? 또 문에 귀를 대고 엿들으신 거예요?"

"문이 아니라 마루야, 더 정확히 말하자면! 네 다락방에 올라갔었다. 이렇게 비가 내리는데 밖에서 기다릴 수는 없잖니. 만약 그랬다면 기계에 문제가 생겼을 거야."

안토니가 웃으며 말했다.

"왜 이런 아빠를 더 일찍 알지 못했을까요?"

"부모와 자식이 서로를 알기 전까지는 많은 시간이 필요한 법이지."

"우리에게 시간이 더 있었으면 좋겠어요."

"우린 바로 그 시간을 가졌다고 생각한다."

"어떻게 내일이면 모든 게 다 끝날 수가 있죠?"

"너무 걱정하지 마라. 넌 그래도 행운아야. 아버지의 죽음을 보기란 정말 힘든 일이지. 하지만 넌 이미 겪었잖니!"

"지금 웃고 싶은 기분이 아니에요."

"내일은 내일의 태양이 뜰 거야. 내일 일은 내일 가서 생각하자꾸나."

밤이 깊어갔고, 안토니의 손이 줄리아의 손을 향해 스스르 미끄러져 내려갔다. 결국 안토니는 딸의 손을 잡았다. 부녀는 서로 그렇게 손을 꼭 쥐고 있었다. 시간이 조금 더 지나 줄리아는 잠이 들었다. 안토니의 어깨 위로 머리를 기댄 채 편안히…….

*

아직 새벽이 밝지 않은 시간이었다. 안토니는 딸이 혹시나 깨지 않을까 조심하며 자리에서 일어났다. 그리고 줄리아를 소파 위에 눕히고 이불을 덮어주었다. 줄리아는 뭐라고 잠꼬대를 하더니 곧 돌아누웠다.

줄리아가 아직도 깊은 잠에 빠져 있다는 것을 확인한 안토니는 식탁으로 가서 앉았다. 그리고 종이 한 장과 볼펜을 꺼내 편지를 쓰기 시작했다.

안토니는 다 쓴 편지를 잘 보이도록 식탁 위에 올려놓은 뒤 가방을 열어 붉은 리본으로 싼 백 통의 편지들을 꺼냈다. 이어 그는 줄리아의 방으로 들어가 편지와 함께 있던 토마스의 낡은 사진이 훼손되지 않을까 조심하며 그 편지들을 제자리에 놓았다. 그리고 미소 지으며 서랍을 닫았다.

거실로 다시 돌아온 안토니는 소파 곁으로 다가가 그 위에 놓여 있던 하얀 리모컨을 들어 양복 주머니에 넣었다. 그리고는 몸을 숙여 줄리아의 이마에 입을 맞추며 말했다.

"잘 자라, 내 아가. 사랑한다."

22

눈을 뜬 줄리아는 길게 기지개를 폈다. 거실에는 아무도 없었다. 그리고 상자의 문도 닫혀 있었다.

"아빠!"

하지만 침묵을 깨는 그 어떤 대답도 들려오지 않았다. 식탁에는 아침식사가 준비되어 있었다. 우유통과 시리얼 상자 사이에 있던 꿀통 위로 비스듬히 봉투 하나가 보였다. 줄리아는 식탁에 앉아 편지를 읽기 시작했다.

사랑하는 나의 딸에게

네가 이 편지를 읽을 때쯤이면, 내 기력은 다하고 없겠

451

지. 나를 너무 나무라지 마라. 필요 없는 작별 인사는 피하고 싶었다. 제 아비는 딱 한 번 묻는 것으로 족해. 이 편지를 다 읽고 나면, 한 몇 시간 밖으로 나가 있으렴. 사람들이 상자를 찾으러 올 거야. 그때 네가 없었으면 좋겠구나. 다시 상자를 열어볼 필요도 없다. 난 그 안에서 편히 잠을 자고 있을 테니까. 네 덕분에 말이다. 네가 나에게 선사한 이 며칠…… 정말 고맙게 생각한다. 이런 시간을 얼마나 갖고 싶어했는지 몰라. 너무도 훌륭하게 자란 너를 알게 되는 시간이 오길 얼마나 원했는지 모른다. 난 요 며칠을 통해 부모의 삶이 갖는 거대한 신비 중 하나를 배우지 않았나 싶다. 그건 바로 성인이 된 자식을 만나보는 그 순간을 잘 넘기는 방법을 아는 것이지. 그리고 성인이 된 자식에게 자리를 내어주는 법을 배우는 거야. 어린 시절, 항상 네 곁에 있지 못했던 이 아비를 용서하렴. 난 최선을 다했단다. 네가 원하는 만큼 너와 함께 있어주질 못했지. 난 네 친구가 되고 싶었고, 너와 비밀을 나누고 싶었다. 하지만 난 네 아버지일 뿐이었지. 그리고 앞으로도 영원히 그럴 거야. 내가 지금 가고 있는 곳으로 영원히 끝나지 않을 사랑의 추억을 가져간단다. 너를 향한 나의 영원히 끝나지 않을 사랑. 중국 전설을 기억하니? 물에 비친 달이 소원을 들어준다는 그 아름다운 이야기를 말이야. 그 전설을 믿지 않은 건 나의 큰 실수였다. 참을성을 가지고 기다리면 되는 문제였는데 말이야. 내 소원이 이루어졌다고 말할 수 있겠구나. 내가 그토록 보고 싶어했던 그 여인, 내 삶으로 다시 나타나 주길 그토록 바랐던 그 여인이 바로 너였으니까.

꼬마아이였던 네 모습이 아직도 기억에 선하구나. 나에게 달려와 품에 안기던 어린 너, 이렇게 말하는 게 조금은 우스울 수도 있지만, 그런 너는 내 인생이 가져다준 가장 아름다운 선물이란다. 깔깔거리던 너의 웃음소리, 퇴근하고 돌아온 나에게 달려와 안기던 너의 모습 말고 나를 더 행복하게 해주었던 것이 또 어디 있을까? 언젠가, 네가 슬픔에서 헤어나올 수 있을 때면 그 모든 추억들이 기억날 것이라고 믿는다. 네 침대맡에 가 앉았을 때 네가 나에게 해주었던 꿈과 상상의 이야기들을 절대 잊지 못할 거야. 장담한단다. 내가 네 곁에 없었을 때도, 난 네가 생각했던 것만큼 그리 먼 곳에 있지 않았어. 어설프고 서투르지만…… 난 너를 정말 사랑한단다. 너에게 딱 한 가지만 부탁할게. 제발 행복하겠다고 약속해주렴.

아빠가.

줄리아는 편지를 다시 접고 거실에 놓인 상자 곁으로 다가갔다. 그리고 나무 상자를 손으로 어루만지며 조용히 말했다.

"저도 사랑해요, 아빠."

무거운 마음을 뒤로 하고 줄리아는 안토니의 마지막 말에 따르기로 했다. 아파트의 열쇠를 지무어 씨에게 전하며, 오늘

아침 아파트에 있는 상자를 찾으러 트럭 한 대가 올 것이라고
했다. 그러니 줄리아 대신 문을 열어달라고 부탁했다. 지무어
씨에게 뭐라고 말할 시간도 남겨두지 않은 채, 줄리아는 밖으
로 나와 앤티크 가게로 향했다.

23

 십오 분 정도 흘렀을까, 줄리아의 아파트 안으로 침묵이 감돌았다. 딸깍 하는 소리가 들리더니 상자의 문이 열렸다. 안토니가 상자 밖으로 나왔다. 그는 어깨의 먼지를 털며 거울 앞으로 가서 넥타이를 단정히 고쳐 맨 뒤 자신의 사진이 담긴 액자를 제자리에 잘 정리하고는 아파트 안을 쭉 훑어보았다.

 안토니는 줄리아의 아파트를 벗어나 밖으로 나갔다. 건물 앞에서는 차 한 대가 그를 기다리고 있었다.

 "잘 있었나, 왈라스!"

 안토니가 차 뒷자리에 앉으며 말했다.

 "다시 뵙게 되어서 기쁩니다, 사장님."

 안토니의 개인비서가 대답했다.

"배달회사에는 연락이 되었겠지?"

"바로 저희 뒤에 트럭이 대기하고 있습니다."

"음, 완벽해!"

안토니가 대답했다.

"병원으로 모시고 갈까요, 사장님?"

"아니. 시간을 이미 너무 낭비해버렸어. 일단 집에 들렀다가 바로 공항으로 가지. 짐을 다시 싸야 하니까 말이야. 자네도 간단히 짐을 싸도록 하게. 이번 여행은 함께 가도록 하지. 혼자 여행하는 법을 벌써 잊어버렸다네!"

"어디로 가는지 여쭤봐도 되겠습니까, 사장님?"

"가면서 설명하지. 참, 여권도 준비하도록 하게."

그들이 탄 차가 그린위치 스트리트로 접어들었다. 그다음 사거리에 도착하자, 안토니는 창문을 열고 하얀색 리모컨을 보도의 도랑으로 던져버렸다.

24

.

    이토록 따뜻한 뉴욕의 10월을 예전에는 경험할 수 없었다.
올해 뉴욕은 가장 아름다운 늦여름을 만끽하고 있었다. 석 달
전부터 스탠리는 주말마다 줄리아와 함께 브런치를 나눴다.
오늘도 역시 파스티스에 자리를 예약했지만, 조금 늦게 갈 생
각을 하고 있었다. 이번 일요일은 특별한 날이었기 때문이었
다. 바로 지무어 씨 가게의 세일이 시작되는 날이었다. 그리고
오늘 처음으로 줄리아는 무언가 사고 소식을 알리기 위해서가
아니라, 다른 목적으로 지무어 씨 가게의 문을 두드렸다. 지무
어 씨는 영업시작 두 시간 전임에도 불구하고 기꺼이 줄리아
에게 문을 열어주었다.

    "나 어때?"

"한번 돌아볼래? 다시 좀 보게."

"스탠리! 내 발을 보고 있는 게 벌써 삼십 분째야. 더는 정말 못 서 있겠어!"

"내 의견을 듣고 싶은 게 아니었어? 다시 한 번 돌아봐. 이번에는 정면을 봐야겠어. 내가 생각했던 그대로야. 굽 높이가 영 마음에 안 들어!"

"스탠리!"

"세일 때가 되어야 뭘 사려는 너의 그 버릇! 정말 이해할 수가 없어."

"가격을 보고도 그런 소리를 해? 그래픽 디자이너 월급이 뻔하잖아. 더 이상 비싼 것을 살 수가 없어서 미안하구나!"

"또 그 소리야?"

"그걸로 하시겠어요? 있는 물건은 다 보여드린 것 같은데……두 분이서 제 가게를 다 헤집고 다니셨으니, 원!"

녹초가 된 지무어 씨가 말했다.

"아직 아니에요! 저 선반 위에 있는 하이힐은 아직 신어보지 않았는데요? 네, 제일 위에서 마지막!"

"이 모델로 줄리아 양한테 맞는 사이즈는 없는데요."

"창고에 있을 수도 있죠!"

"그럼 내려가서 찾아봐야 하겠네요."

지무어 씨가 한숨을 내쉬며 말하고는 이내 사라졌다.

"그나마 우아하게 생겨서 다행이지, 안 그랬으면 저 성격으로……."

"넌 지무어 씨가 우아하게 생겼다고 생각해?"

줄리아가 웃으며 물었다.

"알고 지낸 지도 꽤 됐는데, 적어도 한 번은 너희 집으로 초대해서 식사라도 함께 하는 게 어때?"

"지금 농담해?"

"뉴욕에서 제일 예쁜 구두를 파는 사람이 지무어 씨라고 했던 게 누군데 그래?"

"그래서 지무어 씨를……."

"난 계속해서 홀아비로 살고 싶은 마음이 없어. 너도 반대하지는 않겠지?"

"그건 그래. 하지만 지무어 씨는……."

"지무어는 잊어!"

스탠리가 가게 유리창을 향해 시선을 던지며 말했다.

"벌써?"

"돌아보지 마. 그런데 유리창 밖에서 우리를 보고 있는 저 남자! 정말 끝내준다!"

"누군데 그래?"

줄리아는 꼼짝할 생각도 않고 물었다.

"십 분 전부터 유리창에 딱 달라붙어서 마치 성모 마리아라도 보듯 너를 지켜보고 있는 저 남자…… 물론 성모 마리아라면 삼백 달러가 넘는 구두는 신지 않았겠지! 게다가 그게 세일 가격이라면 더 말할 필요도 없고! 돌아보지 말라고 했잖아! 저 남자는 내가 먼저 찍었어."

줄리아가 고개를 들었다. 그녀의 입술이 떨려왔다.

"아니야, 스탠리…… 저 남자는 내가 먼저 찍었어."

줄리아가 떨리는 목소리로 말했다. 단상에 구두를 던져놓은 채, 줄리아는 가게 문의 걸쇠를 돌렸다. 그리고 밖으로 달려나 갔다.

지무어 씨가 가게로 돌아왔을 때는 구두를 손에 든 채 단상 에 앉아 있는 스탠리밖에 없었다.

"줄리아 양은 나갔어요?"

놀란 지무어 씨가 물었다.

"네. 하지만 걱정하지 마세요. 곧 돌아올 거예요. 아마 오늘 은 아닐 테지만, 언젠가는 돌아올 거예요."

스탠리의 대답과 동시에 지무어 씨가 들고 있던 구두상자를 바닥으로 떨어뜨렸다. 스탠리는 곧 구두상자를 들어올려 지무 어 씨에게 돌려주었다.

"정말 망연자실하신 것 같은데, 제가 가게 정리하는 걸 도와 드릴게요. 그리고 커피 한 잔 사도록 하죠. 원하신다면 차를 드셔도 상관없어요."

*

토마스는 줄리아의 입술을 어루만지며 그녀의 두 눈에 입을 맞췄다.

"너 없이도 얼마든지 살 수 있다고 내 스스로 얼마나 다짐을 했는지 몰라. 하지만 봤지? 난 그럴 수가 없어."

"아프리카는? 취재는? 크나프가 뭐라고 하겠어?"

"내 스스로에게는 거짓말을 하면서 세상 곳곳을 돌아다니며 취재를 하는 게 무슨 소용이야? 내가 사랑하는 사람은 없는데, 이 나라 저 나라를 돌아다니는 게 도대체 다 무슨 소용이야?"

"그럼 더 이상 아무것도 묻지 마. 이게 바로 나에게 한 가장 아름다운 인사였어."

줄리아가 발끝을 들며 말했다.

그들의 키스는 오랫동안 이어졌다. 그 키스는 세상을 다 잊을 정도로 사랑에 빠진 연인들의 키스를 닮아 있었다.

"날 어떻게 찾았어?"

토마스의 품에 꼭 안긴 줄리아가 물었다.

"네 집 아래서 너를 기다린 세월이 이십 년이야. 이 정도야 별것 아니지, 뭐!"

"십팔 년! 게다가 그건 너무나 긴 시간이었어."

줄리아가 다시 한 번 토마스를 껴안았다.

"넌, 줄리아? 넌 왜 베를린에 왔던 거야?"

"말했잖아, 운명의 계시라고…… 길에서 그림을 그려주는 아가씨 곁에 있던 네 초상화를 본 순간!"

"난 초상화를 만든 적 없는데?"

"무슨 소리야? 네 얼굴이었어. 네 눈, 네 입술, 그리고 턱 사이로 난 그 선까지!"

"나를 쏙 빼닮은 그 초상화는 어디서 본 거야?"

"몬트리올의 부두에서."

"난 몬트리올에 한 번도 가본 적이 없어……."

줄리아가 고개를 들었다. 뉴욕의 하늘 위로 한가로이 구름이 떠가고 있었다. 줄리아는 구름의 모양을 보며 미소 지었다.

"정말 보고 싶을 거야."

"누가?"

"우리 아빠. 자, 가자. 좀 걸을까? 내가 사는 도시를 소개해 줄게."

"넌 지금 맨발인데?"

"그게 뭐가 중요해!"

줄리아가 대답했다.

차마 못다 한 이야기들

초 판 1쇄 발행 2008년 12월 10일
개정판 1쇄 인쇄 2023년 9월 8일
개정판 1쇄 발행 2023년 9월 18일

지은이 마르크 레비
옮긴이 강미란
펴낸이 정중모
펴낸곳 도서출판 열림원

출판등록 1980년 5월 19일(제406-2000-000204호)
주소 경기도 파주시 회동길 152
전화 031-955-0700
팩스 031-955-0661   페이스북 /yolimwon
홈페이지 www.yolimwon.com   트위터 @yolimwon
이메일 editor@yolimwon.com   인스타그램 @yolimwon

주간 김현정   마케팅 홍보 김선규 최가인 최은서
편집 조혜영 황우정 이서영 김민지   온라인사업 서명희
디자인 강희철   제작 관리 윤준수 이원희 고은정 구지영

ISBN 979-11-7040-215-2 03860